BLUT VERGISST NICHT

Kathy Reichs

BLUT VERGISST NICHT

Roman

Aus dem Amerikanischen
von Klaus Berr

Weltbild

Die amerikanische Originalausgabe erschien 2010 unter dem Titel
Spider Bones bei Scribner, New York.

Besuchen Sie uns im Internet:
www.weltbild.de

Genehmigte Lizenzausgabe für Verlagsgruppe Weltbild GmbH,
Steinerne Furt, 86167 Augsburg

Published by arrangement with the original publisher, Scribner,
an imprint of Simon & Schuster, Inc.

Übersetzung: Klaus Berr
Umschlaggestaltung: zeichenpool, München
Umschlagmotiv: Shutterstock (© Tomo Jesenicnik; © Danilo Moura)
Gesamtherstellung: CPI – Clausen & Bosse, Leck

Printed in the EU
ISBN 978-3-86800-798-5

2014 2013 2012 2011
Die letzte Jahreszahl gibt die aktuelle Lizenzausgabe an.

Für

Henry Charles Reichs

geboren am 20. Dezember 2009

BIS SIE ZU HAUSE SIND

Das Motto des Joint POW/MIA Accounting Command

1

Die Luft roch nach sonnenwarmer Rinde und Apfelknospen, die sich reckten, um aufzublühen und das Leben neu zu beginnen. Über meinem Kopf tanzte eine Million kleiner Blätter im Wind.

Von dem Obsthain aus, in dem ich stand, breiteten sich Felder aus, die frisch umgepflügte Erde fett und schwarz. Die Adirondacks krochen über den Horizont, leuchtend bronzefarben und grün im prächtigen Sonnenlicht.

Ein Tag, gemacht aus Diamanten.

Der Satz flatterte mir zu aus einem Kriegsdrama, das ich im Filmklassikerkanal gesehen hatte. Van Johnson? Egal. Das Bild passte perfekt auf diesen Nachmittag Anfang Mai.

Ich bin ein Carolina-Mädchen, kein Fan polaren Klimas. Jonquils im Februar. Azaleen, Hartriegel, Ostern am Strand. Obwohl ich seit Jahren im Norden arbeite, überrascht mich nach jedem langen, dunklen, ermüdenden Winter die Schönheit des Frühlings in Quebec noch immer.

Eine Welt, die funkelt wie ein Neunkaräter.

Ein unerbittliches Summen zog meinen Blick wieder zu der Leiche, die vor meinen Füßen lag. Nach Angaben des SQ-Beamten André Bandau, der jetzt so viel Distanz wie möglich wahrte, war die Leiche gegen Mittag ans Ufer gekommen.

Neuigkeiten verbreiten sich schnell. Obwohl es noch kaum drei Uhr war, krabbelten und schwirrten Fliegen in einer Orgie des Fressens. Oder der Fortpflanzung. Ich wusste das nie so genau.

Rechts von mir schoss ein Techniker Fotos. Links spannte ein anderer polizeiliches Absperrband um den Uferstreifen, auf dem die Leiche lag. Auf den Jacken der beiden stand *Service de l'identité, Division des scènes de crime.* Quebecs Version von CSI, dem Spurensuche- und Tatortsicherungsteam.

Hinter mir saß Ryan in einem Streifenwagen und sprach mit einem Mann mit einer Truckerkappe.

Lieutenant-détective Andrew Ryan, *Section de Crimes contre la Personne, Sûreté du Québec.* Klingt nach was ganz Besonderem. Ist es nicht.

In *La Belle Province* werden Verbrechen in den Großstädten von lokalen Kräften bearbeitet, draußen auf dem flachen Land von der Provinzpolizei. Ryan ist ein Detective des Morddezernats von letzterer Truppe, der SQ.

Die Leiche wurde in einem Teich in der Nähe der Stadt Hemmingford entdeckt, fünfundvierzig Meilen südlich von Montreal. Hemmingford. Ländliche Gegend. SQ. Sie verstehen, was ich meine.

Aber warum Ryan, ein Mordermittler der Montrealer Einheit der SQ?

Da der Verstorbene in Plastik eingewickelt war und am Fuß einen Stein als Schwimmflosse trug, vermutete die örtliche SQ ein Verbrechen. Deshalb kam Ryan ins Spiel.

Und ich. Temperance Brennan, forensische Anthropologin.

Ich arbeite für das *Laboratoire de Sciences Judiciaires et de Médecine Légale* und beschäftige mich im Auftrag der Provinz mit den Verwesten, den Mumifizierten, den Verstümmelten, den Zerstückelten und den Skelettierten, ich helfe dem Coroner bei der Identifikation und der Bestimmung der Todesursache und des postmortalen Intervalls, also der Zeit, die seit Eintritt des Todes vergangen ist.

Liegt eine Leiche im Wasser, bedeutet das einen nicht unbedingt unverfälschten Zustand, als Ryan deshalb den Anruf wegen einer Wasserleiche bekam, holte er sofort mich hinzu.

Durch die Windschutzscheibe sah ich Ryans Gesprächspartner erregt gestikulieren. Der Mann war vermutlich fünfzig, mit grauen Bartstoppeln und Gesichtszügen, die auf eine Zuneigung zu geistigen Getränken hindeuteten. Schwarze und rote Buchstaben auf seiner Kappe verkündeten *I Love Canada*. Anstelle des traditionellen Herzsymbols sah man hier ein Ahornblatt.

Ryan nickte. Schrieb etwas in sein kleines Notizbuch.

Ich konzentrierte mich wieder auf die Leiche und machte mir auf meinem eigenen Spiralblock Notizen.

Die Leiche lag auf dem Rücken und war in transparentes Plastik eingewickelt, aus dem nur das linke untere Bein herausragte. Isolierband versiegelte das Plastik unter dem Kinn und an der linken Wade.

Der aus dem Plastik herausragende Fuß trug einen schweren Motorradstiefel. Über dem Rand waren etwa fünf Zentimeter Fleisch zu sehen, das die Farbe von Hafergrütze hatte.

Ein Stück gelbes Polypropylenseil war um den Schaft des Stiefels gebunden. Am anderen Ende war mittels eines komplizierten Geflechts aus Knoten ein schwerer Stein befestigt.

Der Kopf des Opfers war separat eingewickelt, in einer Plastiktüte, die aussah wie eine normal große Einkaufstüte. Ein Röhrchen ragte seitlich aus der Tüte heraus und war ebenfalls mit Isolierband befestigt. Auch um den Hals war die Tüte mit Isolierband verklebt.

Was zum Geier …?

Als ich mich hinkauerte, drehten die Fliegen völlig durch.

Glänzend grüne Geschosse prasselten auf mein Gesicht und meine Haare.

So nahe dran, war der Fäulnisgeruch unmissverständlich. Angesichts der Verpackung des Opfers war das merkwürdig.

Diptera wegwedelnd beugte ich mich ein Stück über die Leiche, um mir die andere Seite besser ansehen zu können.

Eine dunkle Masse pulsierte etwa in Höhe des rechten Oberschenkels. Ich verscheuchte den Schwarm mit einer behandschuhten Hand.

Und ärgerte mich.

Durch einen frischen Schnitt im Plastik war der obere Teil des rechten Beins zu sehen. Fliegen kämpften am Handgelenk und offensichtlich auch weiter oben am Arm um die besten Plätze.

Verdammt.

Ich unterdrückte meinen Ärger und wandte mich dem Kopf zu.

Algen breiteten sich in den Falten der Tüte oben am Kopf und am Hinterkopf aus. Auch eine Seite des merkwürdigen Röhrchens zeigte schleimigen Bewuchs.

Unter der durchscheinenden Bedeckung erkannte ich verschwommene Gesichtszüge. Ein Kinn. Den Rand einer Augenhöhle. Eine zur Seite gebogene Nase. Aufblähung und Verfärbung deuteten darauf hin, dass es mit einer visuellen Identifikation wohl nichts werden würde.

Ich stand auf und schaute zu dem Teich hinüber.

Ans Ufer hochgezogen lag ein kleines Aluminiumboot mit einem 3-PS-Außenborder. Im Heck sah ich auf dem Boden eine Kühltasche, eine Utensilienbox und eine Angelrute.

Neben dem Boot lag ein rotes Kanu auf die Steuerbordseite gekippt. Auf der Backbordflanke stand in weißen Buchstaben *Navigator.*

Ein Polypropylenseil spannte sich von einem Knoten an der Mittschiffsruderbank zu einem Stein auf der Erde. Mir fiel auf, dass der Knoten auf diesem Stein dem auf dem Fußanker des Opfers ähnelte.

Im Kanu lag auf der Steuerbordseite ein Paddel. Unter dem Hecksitz klemmte ein Leinwandsack. Daneben lagen ein Messer und eine Rolle Isolierband.

Ein Motorengeräusch mischte sich unter das Fliegensummen und das Rascheln und Klicken der Techniker um mich herum. Ich ignorierte es.

Fünf Meter den Strand hoch stand ein verrostetes, rotes Moped unter einem frühzeitig blühenden Baum. Von meiner Position aus war das Nummernschild nicht zu lesen. Zumindest nicht mit meinen Augen.

Zwei Rückspiegel. Seitenständer. Transportkoffer hinter dem Sitz. Das Ding erinnerte mich an meinen fahrbaren Untersatz aus Unizeiten. Ich hatte diesen Hobel geliebt.

Als ich die Strecke zwischen dem Boot und dem Moped abging, sah ich einen Satz Reifenspuren, der zu dem Pick-up am Straßenrand passte, und eine Spur, die von dem Moped stammte. Keine Fuß- oder Stiefelabdrücke. Keine Zigarettenkippen, Getränkedosen, Kondome oder Schokoriegelverpackungen. Auch ansonsten absolut kein Müll.

Auf dem Rückweg am Wasserrand entlang notierte ich weiter meine Beobachtungen. Das Motorengeräusch wurde lauter.

Teich mit schlammigem Ufer, flach, keine Wellenbewegungen. Apfelbäume knappe zwei Meter vom Ufer entfernt. Zehn Meter bis zu einem Kiesweg, der zum Highway 219 führte.

Reifen knirschten. Das Motorengeräusch brach ab. Autotüren wurden geöffnet und zugeknallt. Männliche Stimmen, die Französisch sprachen.

Da fest stand, dass mir dieser Fundort keine weiteren Informationen liefern würde und ich mit dem fleißigen Beamten Bandau ein paar Worte wechseln wollte, drehte ich mich um und ging zu den Fahrzeugen, die am Wegrand parkten.

Ein schwarzer Transporter stand nun hinter Ryans Jeep, dem blauen Spurensicherungslaster, dem Pick-up des Anglers und Bandaus SQ-Streifenwagen. Gelbe Beschriftung auf dem Van kündigte das *Bureau du Coroner* an.

Ich kannte den Fahrer des Transporters, einen Autopsietechniker namens Gilles Pomerlau. Neben ihm saß mein neuer Assistent, Roch Lauzon.

Nach gegenseitigen *Bonjours* versicherte ich Pomerlau und Lauzon, dass sie nicht lange würden warten müssen. Sie gingen zur Leiche, um sie sich anzusehen. Ryan saß mit dem glücklosen Angler weiter im Streifenwagen.

Ich ging zu Bandau, einem schlaksigen Mittzwanziger mit einem weizenblonden Schnurrbart und Haut, die aussah, als würde sie die Sonne wirklich hassen. Seine Haare waren von seiner Kappe verdeckt. Ich stellte sie mir blond und besorgniserregend schütter vor.

»Was ist mit der Plastikverpackung?«, fragte Bandau auf Französisch und schaute an mir vorbei zu der Leiche.

»Gute Frage.« Ich hatte keine Erklärung.

»Männlich oder weiblich?«

»Ja«, sagte ich.

Bandau drehte mir das Gesicht wieder zu, sodass ich mein Spiegelbild in seiner Pilotenbrille sah. Mein Ausdruck war kein glücklicher.

»Soweit ich weiß, haben Sie als Erster auf den Notruf reagiert.«

Bandau nickte, seine Augen waren hinter den dunklen Gläsern nicht zu sehen.

»Wie lief das ab?«

Bandau deutete mit dem Kinn zu dem Streifenwagen. »Ein Ortsansässiger namens Gripper fand das Opfer. Behauptet, er wäre beim Fischen gewesen, als er das Kanu entdeckte. Er fährt mit dem Boot hin, um nachzusehen, und etwas verheddert sich in seinem Propeller. Sagte, er wäre hingepaddelt, hätte gesehen, dass sein Fang eine Leiche war, und auf seinem Handy 911 angerufen. Während er wartete, schleppte er die Leiche ans Ufer und holte dann das Kanu.«

»Gründlicher Typ.«

»Kann man so sagen.«

»Ist er glaubwürdig?«, fragte ich.

Bandau zuckte die Achseln. Wer weiß?

»Angaben zur Person?«

»Lebt mit seiner Frau an der Avenue Margaret. Arbeitet als Wartungstechniker im Naturpark.«

Hemmingford liegt in der Region Montéregié, dicht an der Grenze zwischen Quebec und den USA. Die Region Montéregié ist berühmt für ihre Äpfel, ihren Ahornsirup und den Parc Safari, eine Mischung aus befahrbarem Naturschutzgebiet und Vergnügungspark.

Als ich anfing, in Quebec zu arbeiten, berichteten die Medien über eine Gruppe Rhesusaffen, die aus dem Park entkommen war. Ich stellte mir vor, wie die Horde nachts auf dem Bauch nach Süden kroch, um den Grenzkontrollen zu entgehen, wie sie alles riskierte für eine Green Card und ein besseres Leben. Zwanzig Jahre später muss ich bei dem Gedanken immer noch grinsen.

»Weiter«, sagte ich.

»Ich erhielt den Anruf so gegen Mittag, fuhr hier raus und sicherte den Fundort.«

»Und nahmen der Leiche Fingerabdrücke ab.« Frostig.

Bandau spürte meine Missbilligung, spreizte die Füße und hakte die Daumen in den Gürtel. »Ich dachte, das beschleunigt die Identifikation.«

»Sie haben das Plastik aufgeschnitten.«

»Ich hatte Handschuhe an.« Defensiv. »Sehen Sie, ich habe diese neue Kamera, also habe ich Nahaufnahmen gemacht und die Datei elektronisch verschickt.«

»Sie haben den Fundort kompromittiert.«

»Was für einen Fundort? Der Kerl dümpelte in einem Teich.«

»Die Fliegen werden zusammenlegen, um Ihnen ein Bier zu spendieren. Vor allem die Damen. Während wir hier reden, legen die gerade voller Freude ihre Eier.«

»Ich wollte doch nur helfen.«

»Sie haben die Verfahrensvorschriften missachtet.«

Bandau kniff die Lippen zusammen.

»Was ist mit den Abdrücken passiert?«

»Ich konnte von allen fünf Fingern Wellenmuster abnehmen. Jemand vom Revier schickte sie an das CPIC. Und von dort gingen sie weiter ans NCIC und ans New York State System.«

CPIC ist das Canadian Police Information Center, ein computerisierter Index von Informationen zu Kriminalfällen. NCIC ist das amerikanische Äquivalent, das National Crime Information Center des FBI.

»Warum wurden die Abdrücke nach Süden geschickt?«

»Da wir hier dicht an der Grenze sind, kommen viele Amerikaner durch. Und das Moped hat ein New Yorker Kennzeichen.«

Nicht schlecht, Bandau.

Eine Autotür wurde zugeschlagen, und wir drehten uns beide um.

Ryan kam auf uns zu. Gripper, der für den Augenblick erlöst war, lehnte mit Unbehagen im Gesicht an seinem Pick-up.

Ryan nickte Bandau zu und wandte sich dann an mich.

»Was denkst du?«

»Der Kerl ist tot.«

»Kerl?«

»Allein ausgehend von der Größe.«

»Wie lange?«

»Schwer zu sagen. Bei den warmen Temperaturen dieser Woche und der Plastikverpackung würde ich sagen, ein oder zwei Tage. Es gibt leichte Verwesung, aber nicht viel.« Ich warf Bandau einen bedeutungsvollen Blick zu. »Das wird sich jetzt ändern, da man den Insekten ein Einfallstor geöffnet hat.«

Ich berichtete Ryan, was Bandau getan hatte.

»Was war denn das für ein Anfängerfehler?«

Bandaus Wangen wurden himbeerrot.

»So schaffen Sie es sicher nicht die Karriereleiter hoch, mein Sohn.«

Ryan wandte sich wieder mir zu.

»Vierundzwanzig bis achtundvierzig Stunden passt zu den Angaben des Zeugen. Gripper sagt, er kommt an seinen freien Tagen hierher, normalerweise am Dienstag und am Donnerstag. Er schwört, dass der Teich vorgestern noch kanu- und leichenfrei war.«

»Algenbewuchs deutet darauf hin, dass die Leiche mit dem Kopf an oder knapp unter der Wasseroberfläche trieb«, sagte ich.

Ryan nickte. »Laut Gripper hing die Leiche mit dem Kopf nach oben im Wasser, und der gestiefelte Fuß war mit einem Stein auf dem Grund verbunden. Er schätzt, dass der Teich an der Stelle, wo er den Kerl fand, ungefähr zweieinhalb Meter tief ist.«

»Wo war das Kanu?«

»Neben dem Opfer. Gripper sagt, das ist der Grund, warum sich das Seil in seinem Außenborder verhedderte.«

Ryan wandte sich nun an Bandau: »Prüfen Sie nach, ob es schon eine Rückmeldung wegen der Fingerabdrücke gibt.«

»Jawoll, Sir.«

Ryan und ich sahen Bandau zu seinem Streifenwagen latschen.

»Wahrscheinlich zu viele Copserien gesehen«, sagte Ryan.

»Nicht die richtigen.«

Ryan schaute flüchtig zu der Leiche, dann wieder zu mir. »Was denkst du?«

»Komische Sache«, sagte ich.

»Selbstmord? Unfall? Mord?«

Ich breitete die Hände aus, was »Keine Ahnung« heißen sollte.

Ryan grinste. »Deshalb nehme ich dich ja mit.«

»Das Opfer hatte das Kanu wahrscheinlich am Teich und fuhr mit dem Moped hin und her.«

»Hin und her von wo?«

»Keine Ahnung.«

»Ja. Was würde ich nur ohne dich machen?«

Über uns trällerte eine Walddrossel. Eine andere antwortete. Der fröhliche Austausch stand in starkem Kontrast zu der grimmigen Unterhaltung darunter.

Als ich nach oben sah, verscheuchten eilige Schritte den Vogel.

»Hab ihn.« Bandaus Pilotenbrille hing nun an einem Bügel an seiner Brusttasche. »Volltreffer in den Staaten. Übereinstimmung an dreizehn Punkten.«

Kann sein, dass Ryans Brauen noch höher schnellten als meine.

»John Charles Lowery. Geburtsdatum 15. August 1950.«

»Nicht schlecht, Bandau.« Diesmal sagte ich es laut.

»Es gibt nur ein Problem.«

Bandaus bereits tiefe Stirnfurchen wurden noch tiefer.

»John Charles Lowery starb 1968.«

2

»Wie kann Lowery heute eine Wasserleiche sein, wenn er vor vier Jahrzehnten den Löffel abgegeben hat?« Ryan sprach die Frage aus, die ich mir ebenfalls gestellt hatte.

Ich hatte keine Antwort.

Wir fuhren auf der Fifteen nach Norden. Der Transporter des Coroners war irgendwo hinter uns. Pomerlau und Lauzon würden ihren triefenden Passagier in die Leichenhalle bringen, wo er in der Kühlung warten würde, bis ich ihn am nächsten Morgen auswickelte.

»Vielleicht war der Treffer ein Fehler.«

»Bei dreizehn übereinstimmenden Punkten?« Mein Ton verriet meine Skepsis.

»Kannst du dich noch an diesen Anwalt in Oregon erinnern?«

Brandon Mayfield. Das FBI hatte ihn aufgrund von Fingerabdruckindizien mit dem Bombenanschlag auf den Zug in Madrid in Verbindung gebracht. Wie sich herausstellte, war die Übereinstimmung falsch gewesen.

»Das war ein Patzer«, sagte ich. »Glaubst du, dass die Abnahme der Fingerabdrücke am Fundort Konsequenzen haben wird?«

»Für den guten Herrn Beamten schon. Eine hirnrissige Aktion, hat aber wahrscheinlich nicht viel geschadet.«

»Er hat's nur gut gemeint.«

Ryan schüttelte ungläubig den Kopf.

Einige Meilen lang herrschte Schweigen im Jeep. Ryan beendete es.

»Willst du nach Hause?«

Ich nickte.

Minuten später überquerten wir den St. Lawrence auf der Champlain Bridge. Unter uns floss kalt und dunkel der Strom. Auf der einen Seite zwinkerten winzige Gärten und Rasenflächen zwischen den Wohnanlagen mit frischem Grün.

Hier in der Stadt bewegte sich der Verkehr wie Schlamm durch einen Strohhalm. Der Jeep ruckte und zuckte, während Ryan immer wieder zwischen Gas und Bremse wechselte.

Freundlich, ja. Witzig, positiv. Großzügig, absolut. Geduldig, auf gar keinen Fall. Reisen mit Ryan war oft eine Prüfung.

Ich schaute auf die Uhr. Zehn nach fünf.

Normalerweise hätte Ryan mich inzwischen nach meinen Plänen fürs Abendessen gefragt. Hätte ein Restaurant vorgeschlagen. An diesem Abend tat er es nicht.

Machte es mir etwas aus?

Ich kurbelte mein Fenster herunter. Der Geruch von öligem Wasser wehte in den Jeep. Von warmem Zement und Auspuffgasen.

Ja. Es machte mir etwas aus.

Würde ich fragen?

Auf gar keinen Fall. Seit unserer Trennung hatten wir uns auf eine neue, bilaterale Balance geeinigt. Berufliche Beziehung: So wie immer. Private Beziehung: Nichts fragen, nichts sagen.

War eigentlich meine Entscheidung gewesen. Obwohl Lutetia wieder einmal Geschichte war, tat es immer noch weh, dass Ryan mich wegen seiner Ex sitzen gelassen hatte.

Das gebrannte Kind scheut das Feuer.

Und da gab es ja auch noch Charlie Hunt.

Schnappschuss. Charlie auf der Dachterrasse seines Backsteinhauses in den Außenbezirken von Charlotte. Zimtfarbene Haut. Smaragdgrüne Augen. So groß wie sein Daddy, der in der NBA gespielt hatte.

Nicht schlecht.

Ich warf Ryan einen Seitenblick zu. Sandfarbene Haare. Die blauesten aller Augen. Lang und schlank wie sein Daddy in Nova Scotia.

Auch nicht schlecht.

Um ehrlich zu sein, nach jahrzehntelanger Ehe, dann einer wackeligen Wiederannäherung nach der Trennung, gefolgt von einer Periode braver Solidität und einer unverdienten Abschiebung zum alten Eisen fand ich die Wer-zweimal-mit-demselben-pennt-Schiene gerade richtig dufte.

Bis auf zwei winzige Details. Ryan hatte seit unserer Trennung im letzten Sommer das Bett nicht mehr mit mir geteilt. Charlie Hunt war noch kein Zugang gewährt worden.

Auf beiden Ebenen war es ein langer, kalter Winter gewesen.

Der Klang von Ryans Handy riss mich aus meinen Gedanken.

Ich hörte, wie er oft *oui* sagte und ein paar Fragen stellte. Aus Letzteren schloss ich, dass es bei dem Anruf um John Lowery ging.

»Bandau hat eine Anfrage Richtung Süden geschickt«, sagte Ryan nach dem Auflegen zu mir. »Wie's aussieht, ist unser Junge in Vietnam im Kampf gefallen.«

»Hast du jetzt die Titelmelodie der *Sesamstraße* als Klingelton?«

»Keeping the clouds away«, sang Ryan.

»Hast du Bettwäsche mit Big Bird drauf?«

»*Bien sûr, Madam.*« Großes Zwinkern. »Willst du sie sehen?«

»Lowery? Vietnam?«

»Schon mal was von einem Laden namens JPAC gehört?«

»Sicher. Ich habe für die gearbeitet. Das Joint POW/MIA Accounting Command. Zuständig für Kriegsgefangene und im Einsatz Vermisste. Hieß bis 2003 noch CILHI.«

»Halleluja. Buchstabensuppe.«

»*Now I've said my A B C's*«, sang ich.

»Wir sollten es mit der Metapher nicht zu weit treiben.«

Central Identification Laboratory Hawaii. Das Zentrale Identifikationsinstitut auf dieser schönen Insel. JPAC entstand aus der Zusammenlegung des CILHI und der Joint Task Force – Full Accounting Commission. Die Laborabteilung des JPAC nennt sich jetzt CIL. Das ist das größte Forensiklabor der Welt.

»Lowery kam nicht vom JPAC, aber da ist seine Akte gelandet. Was hattest du mit dem Laden zu tun?«

»Jede eindeutige Identifikation beim JPAC muss durch Unmengen von Gutachtern bestätigt werden, einige davon sind Zivilisten und gehören nicht zum CIL. Ich habe in dieser Eigenschaft viele Jahre für sie gearbeitet.«

»Richtig. Ich habe diese Hawaiiflüge mitten im Winter ganz vergessen.«

»Für die Laborkontrolle waren zwei Reisen pro Jahr erforderlich.«

»Und ein bisschen Surfen, meine Kokosnussprinzessin?«

»Ich surfe nicht.«

»Wie wär's, wenn ich mein Brett in deine Richtung steure und wir –«

»Ich hatte kaum mal Zeit, einen Fuß an den Strand zu setzen.«

»Aha.«

»Wann wurde Lowery identifiziert?«, fragte ich.

»Hat Bandau nicht gesagt.«

»Falls das damals in den Sechzigern war, da war alles noch ganz anders.«

Ryan bog von der Rue Ste-Catherine ab, fuhr einen halben Block und hielt vor einem grauen Steinkomplex mit prächtigen Erkerfenstern, die auf den Bürgersteig hinausschauten. Leider liegt meine Wohnung nach hinten raus und profitiert nicht von dieser architektonischen Schrulle.

»Hast du vor, dir den Plastikmann gleich morgen in der Früh vorzunehmen?«

»Ja. Der Zeitunterschied ist fünf Stunden, also werde ich das CIL gleich heute Abend noch anrufen und mal sehen, was ich über Lowery herausfinden kann.«

Ich spürte Ryans Blick auf meinem Rücken, als ich zur Tür ging.

Für gewöhnlich bringt mir der Frühling in Quebec viel Arbeit auf den Tisch. Flüsse und Seen tauen. Der Schnee schmilzt. Leichen tauchen auf. Die Bürger verlassen ihre Sofas und wagen sich ins Freie. Manche entdecken Leichen. Andere werden selber welche.

Weil mein Mai-Turnus in Montreal normalerweise ziemlich lange dauert, begleitet Birdie mich als Handgepäck unterm Sitz. Vom Flug selbst abgesehen, ist Birdie eine ziemlich gute Gesellschaft.

Die Katze wartete hinter der Wohnungstür.

»Hey, Bird.« Ich kauerte mich hin, um ihn zu streicheln.

Birdie schnupperte an meinen Jeans; den Hals gereckt, die Schnauze gehoben, saugte er in schnellen Zügen die Luft ein.

»Schönen Tag gehabt?«

Birdie trottete davon, setzte sich und legte geziert die Pfoten aneinander.

»Eau de Verwesüng nicht dein Duft?« Ich stand auf und warf meine Tasche aufs Sideboard.

Bird erhob sich und leckte eine Pfote.

Meine Eigentumswohnung ist nicht groß. L-förmige Kombination aus Wohnzimmer und Esszimmer mit angrenzender Küche vorne, zwei Schlafzimmer und zwei Bäder hinten. Sie liegt im Erdgeschoss, in einem Flügel eines vierstöckigen, u-förmigen Gebäudes. Vom Wohnzimmer aus führen Terrassentüren in einen winzigen Garten. Auf der anderen Seite gelangt man vom Esszimmer aus durch ebensolche Türen in einen zentralen Innenhof.

Der direkte Zugang zum Rasen auf der einen Seite und zum Garten auf der anderen war beim Kauf der wichtigste Grund für meine Entscheidung gewesen. Mehr als zehn Jahre später bin ich noch immer in dieser Wohnung.

Trotz der olfaktorischen Beleidigung trottet Birdie hinter mir her in die Küche. Sein Appetit war offensichtlich noch intakt.

Die Innenausstattung der Wohnung besticht durch Erdtöne und gebrauchte Möbel, die ich zu Antiquitäten gemacht habe. Echtholzzierleisten. Steinerner Kamin. Ein gerahmtes Poster von Jean Dubuffet. Eine Vase voller Muschelschalen als Erinnerung an die Strände in den Carolinas.

Mein Anrufbeantworter flackerte wie ein defekter Blinker.

Ich hörte die Nachrichten ab.

Meine Schwester Harry in Houston ist nicht glücklich mit ihrem augenblicklichen Rendezvouspartner.

Meine Tochter Katy in Charlotte hasst ihren Job, ihr Privatleben und das Universum im Allgemeinen.

Die *Gazette* will Abos verkaufen.

Harry.

Mein Nachbar Sparky beschwert sich über Birdie. Schon wieder.

Harry.

Charlie Hunt. »Denke an dich.«

Harry.

Ich löschte alles und stellte mich unter die Dusche.

Das Abendessen bestand aus Linguine mit Olivenöl, Spinat, Pilzen und Feta. Birdie leckte den Käse von seinen Nudeln und machte sich dann über den Rest der knusprigen, braunen Brocken in seiner Schüssel her.

Nachdem ich das Geschirr abgeräumt hatte, rief ich das CIL an.

Fünftausend Meilen von der Tundra entfernt wurde gleich nach dem ersten Läuten ein Hörer abgenommen. Nachdem ich meinen Namen genannt hatte, fragte ich nach Roger Merkel, dem wissenschaftlichen Direktor des Instituts.

Merkel war in Washington, DC.

»Dr. Tandler?«

»Einen Augenblick, bitte.«

Daniel »Danny« Tandler ist der Stellvertretende Direktor des CIL. Wir beide sind gleich alt und haben uns gemeinsam in der forensischen Hierarchie hochgearbeitet, wenn auch in verschiedenen Institutionen. Kennengelernt haben wir uns bereits zu Studienzeiten, in der Studentenorganisation der American Academy of Forensic Sciences. Vor Urzeiten, als die Welt noch ziemlich jung war, hatten wir ein kurzes, fleischliches Techtelmechtel. Viel Spaß, aber schlechtes Timing. Auftritt Pete Petersons. Ich heiratete, machte mein Diplom an der Northwestern und unterrichtete anschließend zuerst an der Northern Illinois

University, dann an der University of South Carolina in Charlotte. Danny blieb die ganze Zeit an der University of Tennessee und machte sich nach seiner Promotion schnurstracks auf nach Hawaii.

Da ging mir einer durch die Lappen? Vielleicht. Sei's drum. Danny Tandler ist inzwischen verheiratet und nicht mehr im Spiel.

Im Lauf der Jahre haben Danny und ich uns gegenseitig viel geholfen, als Fürsprecher bei der Dissertation, bei Lizenzprüfungen, Bewerbungs- und Beförderungsgesprächen. Als das CIL einen neuen externen Gutachter brauchte, brachte Danny meinen Namen ins Spiel. Das war Anfang der Neunziger. Fast zehn Jahre lang arbeitete ich in dieser Funktion.

Ich wartete auf Tandler nur unwesentlich länger als auf die erste Abnahme des Hörers.

»Tempe, mein Mädchen. Wie geht's?« Eine Stimme, die nach Land und weiten, offenen Flächen klang.

»Gut.«

»Sag mir, dass du es dir überlegt hast und wieder mit an Bord kommst.«

»Noch nicht.«

»Im Augenblick haben wir hier siebenundzwanzig Grad. Moment mal.« Dramatisches Rascheln. »Okay. Hab jetzt die Sonnenbrille auf. Die Sonne, die sich im Wasser spiegelt, hat mich geblendet.«

»Du bist in einem Gebäude auf einer Militärbasis.«

»Palmwedel streichen zärtlich über mein Fenster.«

»Heb's dir für den Winter auf. Hier ist es im Augenblick auch sehr schön.«

»Welchem Anlass verdanke ich diese unerwartete Überraschung?«

Ich berichtete ihm von dem Teich, der Plastikfolie, der Fingerabdruckidentifikation des Opfers als Lowery.

»Warum die Verpackung?«

»Keine Ahnung.«

»Bizarr. Mal sehen, ob ich Lowerys Akte finde.«

Es dauerte volle zehn Minuten.

»Tut mir leid. In weniger als einer Stunde fängt bei uns hier eine Ankunftszeremonie an. Die meisten sind bereits drüben am Hangar. Im Augenblick kann ich dir nur das Allerwesentlichste sagen. Details müssen warten.«

»Verstehe.«

Das tat ich wirklich. Eine Ankunftszeremonie ist ein feierliches Ereignis zu Ehren eines unbekannten Soldaten, Matrosen, Fliegers oder Marineinfanteristen, der fern der Heimat in Ausübung seiner Pflicht fiel. Nach Bergung und Rückführung auf amerikanische Erde ist das der erste Schritt auf einem komplizierten Weg zur Wiedereinbürgerung.

Während meiner Zeit beim JPAC nahm ich an mehreren Ankunftszeremonien teil. Ich stellte mir die Szene vor, die sich in Kürze abspielen würde. Das eben gelandete Flugzeug. Die stillstehenden Soldaten und Soldatinnen. Das mit der Flagge verhüllte Überführungsbehältnis. Die feierliche Fahrt quer über den Stützpunkt zum CIL-Labor.

»John Charles Lowery war ein achtzehn Jahre alter, einfacher Soldat. Kam am 24. Juni 1967 in Vietnam an.« Dannys Tonfall ließ darauf schließen, dass er den Text überflog und nur die wichtigsten Fakten herauspickte. »Am 23. Januar 1968 stürzte Lowery in der Nähe von Long Binh mit einem Huey-Hubschrauber ab.« Pause. »Die Leiche wurde am nächsten Tag geborgen, identifiziert, zurückgebracht und der Familie zur Beerdigung übergeben.«

»Wo beerdigt?«

»Bei dir um die Ecke. Lumberton, North Carolina.«

»Im Ernst?«

Im Hintergrund hörte ich eine Stimme. Danny sagte etwas. Die Stimme antwortete.

»Tut mir leid, Tempe. Muss los.«

»Kein Problem. Ich rufe dich morgen wieder an. Ich sollte mehr wissen, wenn ich unseren Kerl erst mal untersucht habe.«

Doch so lief es nicht.

3

Am nächsten Tag stand ich um sieben auf. Dreißig Minuten später schlich ich in meinem Mazda durch den Ville-Marie-Tunnel. Das Wetter war wieder prächtig.

Das Édifice Wilfrid-Derome ist ein hoch aufragender, T-förmiger, dreizehnstöckiger Gebäudekomplex im Distrikt Hochelaga-Maisonneuve östliche von *centre-ville.* Das *Laboratoire de Sciences Judiciaires et de Médicine Légale* nimmt die beiden obersten Stockwerke ein. Das *Bureau du Coroner* liegt im elften Stock, die Leichenhalle ist im Keller. Der Rest der Fläche gehört der SQ.

Jawohl. Ryan und ich arbeiten nur acht Stockwerke voneinander entfernt.

Obwohl die morgendliche Personalbesprechung keine unangenehmen Überraschungen für die Anthropologin bereithielt, war es ein ungewöhnlich arbeitsreicher Donnerstag gewesen. Ein tödlicher Arbeitsunfall durch Stromschlag und ein Tod durch Stichverletzungen gingen an einen Pathologen. Ein verdächtiger plötzlicher Kindstod und ein Feueropfer gingen an einen anderen. Pierre LaManche, Direktor der rechtsmedizinischen Abteilung des LSJML, wies sich selber den angeblichen Selbstmord eines zehnjährigen Jungen zu.

LaManche übernahm auch die Verantwortung für LSJML-49744, die Fallnummer, die man John Lowery zugewiesen hatte, bat mich aber, den Ball ins Rollen zu bringen. Da die Identifikation bereits über die Fingerabdrücke erfolgt war, würde, abhängig vom Zustand der Leiche, nach Abschluss der Präliminarien entweder LaManche eine normale Autopsie durchführen, oder ich würde die Knochen säubern und eine Skelettanalyse machen.

Um halb zehn war ich unten in *Salle d' autopsie* Nummer 4, ein Raum, der speziell für Verweste, Wasserleichen und andere Stinker ausgestattet ist. Ich arbeite dort ziemlich häufig.

Nachdem ich das Fach gefunden hatte, in dem LSJML-49744 wartete, holte ich mir die Nikon und kontrollierte die Batterie. Dann zog ich an dem Edelstahlgriff.

Der Geruch fauligen Fleisches drang mit dem Schwall gekühlter Luft aus dem Fach. Ich löste die Fußbremse und zog die Bahre heraus.

Pomerlau und Lauzon hatten auf den üblichen Leichensack verzichtet. Bei Lowerys exotischer Aufmachung war das verständlich.

Ich machte eben Weitwinkelaufnahmen, als eine Tür aufging und Schritte über die Fliesen quietschten.

Sekunden später tauchte Lisa Savard auf.

Mit ihren honigblonden Haaren, dem immer paraten Lächeln und dem Dolly-Parton-Busen ist Lisa der Liebling jedes männlichen heterosexuellen Mordermittlers in Quebec. Sie ist auch mein Liebling, allerdings aus anderen Gründen. Die Frau ist die beste Autopsietechnikerin in der Provinz.

Weil sie ihre Sprachbeherrschung verbessern will, spricht Lisa mit mir immer Englisch.

»Komischer Fall, ja?«

»Eindeutig.«

Lisa schaute kurz auf Lowery hinunter.

»Sieht aus wie eine Ken-Puppe noch in Originalverpackung. Radiologie?«

»Ja, bitte.«

Während Lisa Röntgenaufnahmen machte, ging ich Lowerys Dossier durch. Bis jetzt enthielt es nur wenig. Den Polizeibericht. Das Aufnahmeformular der Leichenhalle. Bandaus Bericht über den NCIC-Treffer. Ein Fax, das eine alte Fingerabdruckkarte zeigte.

Ich kontrollierte die Herkunft des Fax. NCIC.

Komisch. Wenn Lowery 68 starb, warum war er dann im System? Wurden so alte Abdrücke im Normalfall überhaupt eingegeben?

Spontan rief ich die Fingerabdruckabteilung des *Service de l'identité judiciaire* an. Ein Sergeant Boniface meinte, ich solle zu ihm raufkommen. Ich schnappte mir die Akte und stieg die Treppe in den ersten Stock hoch.

Als ich vierzig Minuten später wieder hinunterstieg, wusste ich eine schwindelerregende Menge über Schleifen, Bögen und Windungen. Das Wesentliche jedoch: Auch wenn Boniface nicht genau wusste, warum Lowery in der FBI-Datenbank war, hatte er keinen Zweifel an der Korrektheit der Übereinstimmung.

Lowery lag jetzt auf einem in den Boden geschraubten Tisch in der Mitte des *salle* 4. Fliegen krabbelten über seine Plastikumhüllung und schwirrten durch die Luft darüber. Ein Polizeifotograf schoss von einer Leiter aus Fotos.

LaManche und Lisa untersuchten die Röntgenaufnahmen auf den Lichtkästen an der Wand. Ich ging zu ihnen, und gemeinsam bewegten wir uns die Reihe entlang.

Auf jedem Film leuchtete das Skelett weiß im blassen Grau des Fleisches. An Schädel und Knochen fiel mir nichts Ungewöhnliches auf.

Wir waren bei der fünften Aufnahme, als LaManches knotiger Finger auf ein Objekt bei Lowerys linkem Fuß tippte. Das Ding war strahlenundurchlässig und lag schräg über dem Fersenbein.

»Un couteau«, sagte Lisa. Ein Messer.

»Oui«, sagte LaManche.

Ich stimmte ihnen zu.

Das nächste Beutestück tauchte in einer Thoraxaufnahme auf. Das zweite Objekt war etwa acht Zentimeter lang und zwei Zentimeter breit und leuchtete so hell wie das erste.

»Mais, oui.« LaManche nickte langsam, nun endlich begriff er. *»Oui.«* Aus dem Nicken wurde ein Kopfschütteln. *»Sacre bleu.«*

Klasse. Mein Chef schien diesen bizarren Todesfall jetzt zu verstehen. Ich kapierte ihn immer noch nicht.

Ich schaute mir die Form auf Lowerys Brust genauer an. Ein zweites Messer war es nicht. Es war auch keine Uhr, keine Gürtelschnalle oder ein Stück Anglerausrüstung. Ich hatte keine Ahnung.

LaManche ging zu der Leiche und fing an, seine Beobachtungen in ein Diktiergerät zu sprechen.

»Das Opfer steckt in einem offensichtlich selbst gemachten Sack, bestehend aus einer großen Plastikplane, die einmal gefaltet und mit Isolierband zugeklebt wurde. Die Unterkante und die eine Seite wurden bis auf die oberen zehn Zentimeter von außen versiegelt. Das Halsende und die obersten zehn Zentimeter der Seite wurden von innen versiegelt. Die Folie wurde erst kürzlich aufgeschnitten, sodass die rechte Hand frei liegt. Im Bereich des Schnitts ist mäßige Insektenaktivität deutlich ersichtlich.«

Während LaManche weitere Details aufzählte, knipste der Fotograf und positionierte dabei für jede Aufnahme die Tafel mit der Fallnummer neu.

»Allem Anschein nach stieg das Opfer in den Sack, sicherte dann das Plastik mit einem Arm, den er durch die zehn Zentimeter lange, seitliche Öffnung streckte, die anschließend von innen versiegelt wurde.«

LaManche wies Lisa an, das Seilstück am Knöchel abzumessen.

»Der linke Fuß steckt in einem Stiefel, der mittels eines zwanzig Zentimeter langen Stücks Polypropylenseils mit einem Stein verbunden ist. Das Opfer scheint das Seil zuerst um den Stein gebunden zu haben und dann um den Knöchel, der linksseitig aus dem Plastik herausragt.«

Während Lisa mit dem Maßband hantierte, diktierte La-Manche die Abmessungen. »Die äußere Plastikumhüllung ist einen Meter breit und insgesamt zweieinhalb Meter lang und liegt eng am Körper an.«

LaManche ging zum Kopfende des Tisches. Verärgert summend stiegen Fliegen auf. Hinter mir klatschten winzige Körper gegen die Lichtkästen.

»Der Kopf ist separat umhüllt. Ein Atemrohr, das mit Isolierband an der Tüte befestigt ist, ragt seitlich heraus.«

Atemrohr?

Ich schaute mir den schleimigen Zylinder an. War dieses Kunststoffarrangement eine Art selbst gebastelter Taucheranzug?

»Die Unterseite der Tüte ist am Hals dicht verklebt.«

Und so weiter. Lisa nahm die Maße. LaManche diktierte Längen, Positionen, Öffnungsgrößen. Schließlich tastete er den Kopf in der Tüte ab.

»Das Atemrohr ist im Verhältnis zum Mund zur Seite und nach hinten verschoben.«

Ich weiß nicht recht, warum, vielleicht weil ich plötzlich das Bild vor mir hatte, wie die Röhre aus Lowerys Mund rutscht. Eine Röhre, durch die er Luft holen wollte.

Plötzlich machte es klick. Der eingewickelte Körper. Der Stein am Knöchel. Das Messer, mit dem er sich befreien wollte, das ihm aber aus der Hand glitt.

Ich kam mir vor wie ein Trottel. Mein Chef hatte lange vor mir begriffen, worum es ging.

Aber unter Wasser? Ich nahm mir vor, die einschlägige Literatur zu konsultieren.

In diesem Augenblick klingelte mein Handy.

Ryan.

Ich zog die Handschuhe aus, ging in den Vorraum und nahm den Anruf entgegen.

»Was läuft?«

»Wir wickeln Lowery gerade aus.«

»Du scheinst dir ziemlich sicher zu sein, wer das ist.«

Ich berichtete ihm von meiner Sitzung mit Boniface.

»Zu früh für Aussagen über die Todesursache?«

»Ich bin mir ziemlich sicher, dass LaManche an autoerotische Manipulation denkt. Der Kerl hat sich rausgeputzt, um sich einen runterzuholen.«

»In einem Teich?« Ryan klang skeptisch.

»Alles ist möglich, wenn man seinen Träumen folgt.«

»Rentiert es sich schon, einen Blick zu riskieren?«

»Bei Autoerotikern eigentlich immer.«

»Ansonsten, ich dachte mir, das interessiert dich vielleicht. Das Kennzeichen auf dem Moped führte zu einem Morgan Shelby in Plattsburgh, New York. Ich habe eben mit ihm telefoniert.

Shelby sagt, er hat den Hobel an einen Mann aus Hemmingford mit dem Namen Jean Laurier verkauft. Die Transaktion ging, sagen wir mal, informell vonstatten.«

»Bar bezahlt, kein Papierkram, Laurier bringt das Ding nach Norden, ohne Einfuhrzoll bezahlen zu müssen.«

»Genau. Laut Shelby behauptete der Käufer, er würde sich in Quebec um Anmeldung und Versicherung kümmern.«

»Hat er aber nicht getan.«

»Der Verkauf fand erst vor zehn Tagen statt.«

»Jean Laurier. John Lowery.«

»Oui, Madame.«

»Was weiß man über ihn?«

»Bandau hat sich ein bisschen umgehört und ein paar Ansässige gefunden, die den Kerl kannten. Einer sagte, Laurier hätte in Hemmingford gelebt, solange er sich erinnern kann.«

»Seit 1968.«

»So genau sagte der Gentleman das nicht.«

»Was machte Laurier?«

»Arbeitete als Handwerker, strikt freiberuflich.«

»Wieder alles bar?«

»*Oui, Madame.* Laurier hatte für unsere Verwaltung nicht viel übrig. Keine Wählerregistrierung, keine Steuerakte. Keine Sozialversicherungsnummer. Bandaus Informant sagt, der Kerl sei ein Einzelgänger gewesen, komisch, aber nicht bedrohlich.«

»Hast du eine LBA?« Letzte bekannte Adresse.

»*Oui, Madame.* Dachte mir, ich stelle die Bude morgen auf den Kopf. Lust, mitzukommen?«

»Ich habe Zeit.«

»Wir haben ein Rendezvous.«

»Wir haben kein Rendezvous, Ryan.«

Ryans nächster Satz klang, als würde er dabei seine Augenbrauen hüpfen lassen. »Wie wär's dann, wenn wir danach meine Bude auf den Kopf stellen?«

»Ich habe Bird versprochen, ihm gefüllte Eier zu machen.«

»Ich habe außerdem die Polizei in Lumberton angerufen.« Ryans Vokale wurden länger als Dixie. »Nette, freundliche Jungs dort unten.«

»Aha.«

»Ein Lowery lebt immer noch dort. Der Kerl, mit dem ich gesprochen habe, konnte sich sogar noch an John erinnern und versprach, in die Bibliothek zu gehen und das Foto des Jungen aus dem Schuljahrbuch zu kopieren.«

»Warum waren Lowerys Fingerabdrücke im System?«

»Wegen eines Teilzeitjobs, den er während der Highschoolzeit hatte. Sanitätsassistent? Pfleger in einem Nervenkrankenhaus? So was in der Richtung.«

»Ich bin beeindruckt.«

»Ich bin Ermittler. Ich ermittle. Ich komme runter, sobald Lowerys Gesicht per Fax reinkommt.«

Mittags hingen die Einkaufstüte und die Körperhülle aus Plastik auf Trockengestellen im Gang. Das Atemrohr erwies sich als ganz gewöhnlicher Schnorchel. Man hatte Fotos und einen Abstrich gemacht und es dann nach oben zur Analyse geschickt.

Wie auch einen kleinen Streifen Plastik, den man mit einer Schleife verknotet um Lowerys Penis gefunden hatte. Auch den würde man nach Körperflüssigkeiten untersuchen.

Lowery lag mit dem Rücken auf Edelstahl, das Gesicht verzerrt, der Hodensack geschwollen, der Bauch aufgebläht und grün. Alles in allem jedoch war der Kerl in ziemlich gutem Zustand. Eine Skelettanalyse würde nicht nötig sein.

»Männlicher Weißer, fünfzig bis sechzig Jahre alt«, diktierte LaManche. »Schwarze Haare. Braune Augen. Beschnitten. Keine Narben, Piercings oder Tätowierungen.«

Ich half Lisa beim Abmessen.

»Größe ungefähr einhundertundfünfundsiebzig Zentimeter.«

Ryan kam an, als LaManche langsam um die Leiche herumging und Augen, Hände, Schädelschwarte und Körperöffnungen untersuchte. Er gab mir das Fax aus Lumberton.

Das Bild war so klein und unscharf, dass es irgendwer hätte sein können. Die schwarzen Haare waren seitlich gescheitelt und kurz.

»Das Opfer zeigt keine Hinweise auf äußerliche Verletzungen.« LaManche schaute hoch. Nickte zum Gruß. »Detective.«

Nachdem Ryan die Herkunft erklärt hatte, gab er ihm das Fax. Er und Lisa betrachteten es.

»Bitte säubern Sie ihn«, wies LaManche Lisa an.

Lisa benutzte eine Handbrause für Lowerys Kopf. Nachdem sie die Haare mit einem Handtuch getrocknet und seitlich gescheitelt hatte, legte sie das ausgedruckte Bild direkt neben sein rechtes Ohr.

Acht Augen sprangen zwischen dem Fax und dem Gesicht hin und her.

Vier Jahrzehnte Leben und zwei Tage Tod trennten den Mann auf dem Tisch von dem Jungen auf dem Foto. Die Nase war knollenförmiger und die Kinnlinie schlaffer, aber das Opfer aus dem Teich hatte dieselben Haare und Augen, dieselben Al-Pacino-Brauen.

War die Wasserleiche aus Hemmingford eine ältere Version des Jungen aus Lumberton?

Ganz sicher war ich mir nicht.

»Glauben Sie, das ist er?«, fragte ich LaManche.

Mein Chef zuckte auf seine typisch unergründlich französische Art die Schultern. *Wer weiß? Warum fragen Sie mich? Was für Kräuter tun Sie in Ihr Ragout?*

Ich schaute Ryan an. Sein Blick klebte auf dem Mann auf dem Tisch.

Kein Wunder.

Es war ein bizarrer Anblick.

Bei seinem Tod hatte John Lowery folgende Kleidungsstücke getragen: einen weichen Baumwoll-BH in Pink der Marke Glamorise, Größe vierundvierzig B; ein Damen-Hüfthöschen in Pink der Marke Blush, Größe L; eine Schwesternhaube aus Baumwolle-Polyester, blau-weiß gestreift, in Einheitsgröße; einen Stiefel mit Stahlkappe der Marke Harley Davidson in Schwarz am linken Fuß, Größe zweiundvierzig.

Und das war nur die Bekleidung.

Lowery hatte in seiner Plastiktüte zwei Werkzeuge bei sich: ein Proktoskop, für einen Sport, den ich mir lieber nicht vorstellen wollte, und ein Schweizer Taschenmesser, um sich zu befreien, wenn die Party vorbei war.

Das Proktoskop hing in einem Stoffsäckchen noch um seinen Hals. Das Messer war neben seinen Füßen gelandet.

Bissspuren auf dem Mundstück des Schnorchels deuteten darauf hin, dass das nicht Lowerys erster Versuch einer submarinen Solosause war. Aber irgendwie ging es diesmal schief. Wahrscheinlichstes Szenario: Das Rohr rutschte ihm aus dem Mund, das Messer glitt ihm aus der Hand.

Das Arrangement war ungewöhnlich, aber der erste Eindruck

meines Chefs war höchstwahrscheinlich korrekt. Lowerys Tod würde als tödlicher Unfall durch Ersticken im Zusammenhang mit autoerotischer Aktivität beschrieben werden.

John Charles Lowery war ums Leben gekommen, als er unter Wasser in einer selbst gebastelten Ziploc-Tüte unartige Krankenschwester spielte.

4

Der Samstagmorgen präsentierte wieder einen makellos blauen Himmel. Und wieder versprachen die Meteorologen siebenundzwanzig Grad.

Drei schöne Frühlingstage hintereinander. In Montreal vermutlich ein Rekord.

LaManche rief gegen neun an. Eine reine Höflichkeit, die nicht notwendig gewesen wäre. Das gefiel mir an ihm.

Seine Autopsieergebnisse waren wie erwartet. Abgesehen von einer leichten Arteriosklerose hatte Lowery keine Vorerkrankungen gehabt. Keine Verletzungen. Leichtes Lungenödem. Blutalkohol 132 mg/100 ml.

Todesursache war Ersticken durch Sauerstoffmangel. Ein Unfall im Kontext autoerotischer Aktivität.

Um zehn fuhren Ryan und ich in Richtung Süden nach Hemmingford. Er war bester Laune. Ein rauschender Freitagabend? Wenig Verkehr? Zu viele Donuts? Ich fragte nicht nach.

Was ich allerdings fragte, war, wie lange Laurier/Lowery unter der Adresse gewohnt hatte, zu der wir jetzt fuhren. Ryan sagte, sehr lange.

Davon ausgehend, fragte ich weiter, wie Laurier/Lowery es geschafft hatte, durchs Raster zu schlüpfen. Ryan erzählte mir eine komplizierte Geschichte über schwammige Mietvereinbarungen und wechselnde Hauseigentümer. Es lief darauf hinaus, dass Laurier/Lowery einfach im Haus wohnen blieb, als der letzte Besitzer ohne Erben starb. Anstatt Miete zu zahlen, bezahlte er die Steuern und Nebenkosten im Namen des Verstorbenen. So oder so ähnlich.

Die Unterhaltung wandte sich nun Jean Laurier/John Lowerys unglücklichem Abgang zu. Wie hätten wir auch widerstehen können.

»Lowery holte sich also seinen Kick, indem er sich in Plastik einwickelte, abtauchte und sich im Teich einen runterholte.« Ryan klang angeekelt.

»Als Krankenschwester verkleidet.«

»Anscheinend zog er sich im Kanu um. In dem Leinwandsack waren Jeans, Socken, Turnschuhe und ein Hemd.«

»Verlangt einiges an Balancekünsten.«

»Außerdem war noch eine Taschenlampe drin.«

»Was darauf hindeutet, dass er nachts zu dem Teich fuhr.«

»Würdest du das nicht?« Ryan schüttelte den Kopf. »Ich kapier das nicht. Wo ist der Witz?«

In Ermangelung eines Privatlebens hatte ich am Abend zuvor recherchiert und herausgefunden, dass der Begriff autoerotisch jede allein vollzogene sexuelle Aktivität bezeichnet, bei der ein Requisit, ein Instrument oder eine Vorrichtung zur Erhöhung der sexuellen Stimulation verwendet wird. Ich wusste, dass Ryan das alles wusste.

»Die meisten autoerotischen Aktivitäten finden zu Hause statt«, sagte ich.

»Ach. Warum wohl?«

»Zum Tod kommt es meistens aufgrund eines Versagens vorbereiteter Fluchtmechanismen.«

»Lowery hat wahrscheinlich seinen Schnorchel verloren, geriet in Panik und ließ das Messer fallen, das er benutzen wollte, um sich loszuschneiden.«

»So sieht es LaManche. Und es ist plausibel. Die meisten autoerotischen Todesfälle sind Unfälle. Die Person stranguliert sich oder erstickt durch irgendeine Aufhängung oder die Verwendung einer Drosselvorrichtung oder einer Plastiktüte. Mögliche Szenarien sind auch Zufügung eines Stromschlags, Fremdkörpereinführung, das Tragen mehrerer Schichten Kleidung oder das Einwickeln des Körpers.«

»Einwickeln des Körpers?«

»Eine Plastiktüte über dem Kopf ist ziemlich häufig, das Einwickeln des ganzen Körpers weniger. Gestern Abend las ich über einen sechzigjährigen Mann, den man eingewickelt in sieben vernähte Decken fand, sein Penis war mit einer Plastiktüte umhüllt. Einen sechsundvierzigjährigen Mann fand man mit sieben Paar Strümpfen an den Beinen, einem Kleid und Damenunterwäsche, die vorne aufgeschnitten war, um Mr. Happy einen Sitz in der ersten Reihe zu ermöglichen. Ein dreiundzwanzigjähriger Lehrer starb in einem Regenponcho aus Plastik, sieben Baumwollhemden, einem Trenchcoat und einer Plastik –«

»Ich verstehe, worauf du hinauswillst. Was soll das Ganze?«

»Um die sexuelle Erregung zu verstärken.«

Die Mörderblauen wanderten in meine Richtung. »Ich kann mir bessere Wege zu diesem Ziel vorstellen.«

Ach, konnte er das? Ich spürte, wie ich rot wurde. Hasste es. Konzentrierte mich auf das, was ich am Abend zuvor herausgefunden hatte.

»Autoerotische Erregung entsteht durch eine begrenzte Anzahl von Mechanismen.« Ich zählte sie an meinen Fingern ab. »Erstens, direkte Stimulation der erogenen Zonen.« Mein Daumen bewegte sich zum nächsten Finger. »Zweitens, Stimulation der Sexualzentren im zentralen Nervensystem.«

»Wie durch Strangulieren oder Aufhängen.«

»Oder durch Umhüllen des Kopfes. Es ist allgemein bekannt, dass Sauerstoffmangel im Hirn zu verstärkter sexueller Lust führen kann.«

Der Daumen wanderte weiter.

»Drittens, die Erzeugung von Angst oder Stress im Kontext masochistischer Aktivitäten. Das Ganze noch etwas aufpeppen mit Stromschlägen oder das Eintauchen in Wasser.«

»Schniedelrubbeln unter Wasser dürfte nicht allzu häufig sein.«

»Es gibt sogar einen Begriff dafür. Aquaerotik. Ich habe in der Literatur Berichte über ein paar Fälle gefunden. Ein Opfer benutzte einen am Knöchel befestigten Stein, wie Lowery.«

Ryan fuhr auf den Highway 219. Wir kamen an dem Teich vorbei, und wenige Minuten später hielt er am Straßenrand vor einem Briefkasten mit der von Hand auf eine Seite gepinselten Nummer 572. Ein Streifenwagen der SQ war bereits da.

Ryan und ich schauten uns das Haus an.

Laurier/Lowerys kleiner Bungalow stand ein Stückchen von der Straße zurückversetzt und war von einem dichten Kiefernbestand zum Teil verdeckt. Holzhaus mit grüner Rahmenabsetzung. Nur Erdgeschoss. Rechts war ein kleiner Schuppen angebaut.

Als wir den Kiesweg hochgingen, sah ich frisch lackierten Zierbesatz und ordentlich aufgestapeltes Holz. Ein großer Garten hinter dem Haus schien frisch gepflügt zu sein.

Als ich in einem Fenster Bewegung sah, schaute ich Ryan an. Auch er hatte es gesehen.

»Bandau sollte besser nicht noch so eine Lone-Ranger-Nummer abziehen.«

Die äußere Tür stand offen, der Rahmen war auf Höhe des Knaufs aufgestemmt und gesplittert. Ryan und ich traten direkt in ein Wohnzimmer, das mit Möbeln, die offensichtlich von der Heilsarmee stammten, nur spärlich eingerichtet war. Bandau stand in dem Zimmer. Als er Schritte hörte, drehte er sich um.

Hinter Bandaus Rücken stand ein Schreibtisch mit einem MacBook Pro darauf, das offensichtlich ziemlich neu war. Der Deckel stand offen.

»Na, ist der Herr Beamte mal wieder ein wenig voreilig?« Ryans Lächeln war eisig.

»Nein, Sir.«

»Sie sind ohne Durchsuchungsbeschluss hier eingedrungen.«

»Wollte nur die Szene sichern.«

»Dann wollen wir mal hoffen, dass das stimmt.«

Bandau sagt nichts im Sinne einer Rechtfertigung oder Entschuldigung.

Ryan und ich gingen methodisch vor, denn wir wussten nicht so recht, was wir suchten.

In den Küchenschränken standen angeschlagenes Geschirr, Reinigungsmittel, Fertigprodukte aus dem Supermarkt und genügend Selbsteingemachtes, um den nächsten Advent zu überdauern.

Der Kühlschrank zeigte das übliche Sortiment aus Würzsaucen, Milchprodukten, Frühstücksfleisch und Brot. Kein Kaviar. Keine Kapern. Kein französisches Mineralwasser in Glasflaschen.

Ein Teller, ein Glas und Besteck klemmten in einem Trockengestell aus Plastik. Auf einer Arbeitsfläche stand eine halb leere Flasche Scotch.

Das Bad war, wie die Küche, überraschend sauber. Im Medizinschränkchen rezeptfreie Medikamente und persönliche Pflegeprodukte. In der Dusche billiges Shampoo und billige Seife.

Das Schlafzimmer war ähnlich unauffällig. Doppelbett mit grauer Wolldecke, Kissen, keine Tagesdecke. Nachtkästchen mit Lampe, Radiowecker und Augentropfen. Hölzerne Kommode mit Boxershorts und T-Shirts, einer gestreiften Krawatte und einem halben Dutzend zusammengerollte Socken, alle schwarz, in den Schubladen.

Der Wandschrank hatte die Größe eines Briefkastens. Jeans und Hemden. Schwarze Polyesterhose. Ein hässliches Sportsakko, hellbrauner Cordsamt.

Auf dem Boden standen zweieinhalb Paar Stiefel, ein Paar Schnürhalbschuhe und ein Paar Sandalen mit Reifengummi als Sohlen.

Auf dem obersten Regalbrett lagen Stapel von Magazinen.

Ryan zog ein paar heraus und blätterte sie durch. »Aber hallo.«

Ich las die Titel. *Titten-Mann. Ärsche-Mann.*

»Der Kerl ist flexibel«, sagte ich.

Ryan nahm ein anderes zur Hand. *Lollipop-Mädchen.* Die erste Geschichte hatte den Titel *Park ihn in meinem Höschen.* Ich versuchte, dieses literarische Juwel zu entziffern. Gab es auf. Die Aufforderung ergab keinen Sinn.

Ich schaute Ryan an. Seine Augen und die Brauen waren schon wieder in Bewegung. Ich wusste, dass ich gleich einen Höschenkommentar zu hören bekommen würde.

»Anstandsformen, Sir.«

»Dorthinnen wir zu jenem trefflichen Computer?«, fragte Ryan bescheiden.

»Dorthin ist kein Verb.«

»Lasst uns voran, flachshaar'ge Maid.«

Mein Augenverdreher dürfte eine persönliche Bestleistung gewesen sein.

»Ich unterwerfe mich den überleg'nen Künsten meiner edlen Dame.«

»Vielen Dank.«

»Und ihrer unbefleckten Unterwäsche.«

Ich boxte Ryan auf den Arm und dorthinnte zum Schreibtisch.

Bandau stand weiter am Fenster, die Beine gespreizt, die Ellbogen angewinkelt, die Hände hinter dem Rücken verschränkt, und schaute hinaus.

»Kein Telefon«, sagte ich. »Keine Kabel. Hatte Laurier ein ISP-Konto?«

»Soll heißen?«

»Internal Service Provider. Wie Videotron oder Bell?«

»Soweit ich das feststellen konnte, nicht.«

Der Mac erwachte schnurrend zum Leben und fragte nach einem Passwort. Ich versuchte PASSWORT. 123456. ABCDEF. Verschiedene Kombinationen aus Jean und Laurier. Lauriers Adresse und den Straßennamen. Das alles durcheinander gemischt und von hinten nach vorne. Kein Erfolg.

LOWERY.

Nichts.

YREWOL.

Ich nahm die Initialen JCR und wandelte sie um in die Positionsziffern im Alphabet. 100318. Drehte die Abfolge um. 813001. Nahm die Initialen von hinten nach vorne. 180310. Drehte auch das um. 0130081.

Doch der kleine Cursor widerstand mir noch immer.

Ich stellte mir ein Telefon vor und probierte die Ziffernschlüssel der Buchstabenfolge LOWERY.

569379.

Ich war drin.

Als der Computer komplett hochgefahren war, entdeckte ich am rechten Rand der Symbolleiste ein fächerförmiges Icon. Drei Streifen. Ich klickte es an.

»Er hat sich ins Signal der Nachbarn eingehackt.« Ich deutete auf den Codenamen eines Netzwerks. Fife.

»Kann er das tun?«

»Die Fifes haben wahrscheinlich ihre Telefonnummer als Passwort benutzt. Viele Leute tun das. Laurie kannte sie oder schaute sie nach. Vielleicht fragte er sie auch um Erlaubnis. Wie auch immer, sobald das Passwort eingegeben ist, erinnert sich der Computer an das Netzwerk und wählt es automatisch an. Die Fifes können nicht weit weg sein. Das Signal ist schwach, aber es reicht.«

Während Ryan den Namen Fife in sein Notizbuch schrieb, schaute ich mir die Anwendungen an.

Lauter Mac-Standardprogramme. *Numbers. Mail. Safari. iCal.*

Laurier/Lowery hatte keine Tabellen oder Dokumente abgespeichert. Er hatte keine Kontakte ins Adressbuch, keine Termine in den Kalender eingegeben.

»Er benutzte Mailprogramm«, sagte ich. »Oder iTunes, iPhoto, iMovie, DVD.«

»Verstehe.«

Noch ein Augenverdreher. »Mal sehen, was er im Internet amüsant fand.«

Ich startete Safari und klickte mich bis zum Browser-Verlauf durch.

In den letzten zwei Wochen hatte der User recherchiert über Mulch und Düngemittel, Maishybride, Sporttauchen, Hypoxie, Giftefeu, Kupferdraht, Dachziegel, nordamerikanische Eichhörnchen, Zahnärzte in Quebec und eine Reihe von Vitaminen.

»Eine Seite mit dem Namen Robesonian.com wurde sechsmal besucht«, sagte ich.

Ryan beugte sich über mich. Er roch nach Männerschweiß und einem Duftwasser, das alle Mütter glücklich macht. Ich glaube, es war Bay Rum.

Die flachshaar'ge Maid spürte ein Kribbeln in den unteren Regionen. Doch sie schaffte es, konzentriert zu bleiben.

Robesonian.com war eine Online-Zeitung für Lumberton, die Bezirkshauptstadt des Robeson County in North Carolina.

»O Mann«, sagte Ryan sehr dicht an meinem Ohr.

Zurück zum Browserverlauf. Binnen weniger Augenblicke hatte ich Hinweise auf weitere aussagekräftige Online-Aktivitäten entdeckt.

Laurier/Lowery hatte Dutzende von Seiten, die für und von amerikanischen Fahnenflüchtigen der Vietnamära eingerichtet worden waren. Beiträge aus dem Archiv der CBC, der Canadian Broadcasting Corporation. Ein Bericht über ein Verweigerertreffen 2006 in Vancouver. Die Seite einer Exilgemeinde in Toronto. Ein Essay der University of British Columbia mit dem Titel *Vietnam-Kriegsverweigerer in Kanada.*

»Damit ist es eindeutig«, sagte Ryan. »Lowery verließ Lumberton mit dem Ziel Kanada, um dem Kriegsdienst in Vietnam zu entgehen. Und seitdem lebte er ein stinknormales Leben als Jean Laurier.«

»Stinknormal bis auf eine Marotte.« Ich deutete auf mehrere Webadressen. *Liebe dich selbst und rede darüber. Mach's dir selber hart. Ramrods Selbstfesselungsseite.*

»Such dir eine aus.«

Ryan deutete auf eine.

Ramrods Blog lieferte zwei Geschichten.

Ein Baptistenpriester war tot aufgefunden worden, alleine in seinem Haus in Arkansas und bekleidet mit Taucheranzug, Gesichtsmaske, Taucherhandschuhen und Hausschuhen. Unter der Oberbekleidung trug er eine zweite, gummierte Schicht samt Strumpfhalter und gummierter Herrenunterwäsche sowie Fesselungsutensilien aus Nylon und Leder. Im Anus des Reverend steckte ein Dildo mit Kondomüberzug.

Ein Klempner aus Kansas hatte sich mit dem Ledergürtel seiner Frau an einem Duschkopf aufgehängt. Der Herr überlebte, um seine Geschichte zu erzählen. Mit allen Details.

Ramrods Seite hatte ein farbenfrohes Randfenster, das Besucher in seinen Chatroom einlud. Ryan und ich lehnten ab.

Ich klappte den Computer zu und fing eher beiläufig an, den Schreibtisch zu durchsuchen. Was brauchten wir denn noch mehr? Jean Laurier aus Hemmingford, Quebec, war eindeutig John Charles Lowery, ein Vietnamverweigerer aus Lumberton, North Carolina.

Die oberste Schublade enthielt ein Durcheinander aus Gummibändern, Büroklammern, Kulis und Bleistiften. Die obere Seitenschublade linierte Schreibblöcke, Umschläge und zwei Lesebrillen, wie man sie in jeder Drogerie kaufen kann.

Hinter mir hörte ich Ryan Sofakissen abklopfen und Schranktüren öffnen.

Die untere Seitenschublade enthielt Computerzubehör, darunter Kopfhörer, Tastaturbürsten, Kabel und Adapterstecker. Als ich sie wieder zuschob, glitt ein weißes Eck unter einem Mousepad hervor.

Ich hob das Pad an und sah ein weißes Rechteck von etwa zehn mal fünfzehn Zentimetern. Darauf standen ein Name und ein Datum. Spider, 7. April 1967.

Ich zog das Ding heraus und drehte es um.

Der Schnappschuss war schwarz-weiß. Rissig und zerknittert, wie er war, sah er wirklich aus wie vierzig Jahre alt.

Abgebildet war ein Junge im Teenageralter, der, die Füße überkreuzt und die Arme verschränkt, an einem Chevy aus den Fünfzigern lehnte. Er hatte dunkle Haare und Augen und dichte Brauen, die den oberen Rand seiner Augenhöhlen rahmten. Er trug Jeans und ein T-Shirt mit aufgerollten Ärmeln. Sein Lächeln hätte den Staat Montana erhellen können.

»Schau dir das mal an.«

Ryan kam zu mir. Ich gab ihm das Foto.

»Sieht aus wie Lowery«, sagte Ryan.

»Auf der Rückseite steht der Name Spider.«

Ryan betrachtete das Foto und gab es mir zurück.

Ich starrte Lowerys Gesicht an. So jung und unverdorben.

Andere Bilder blitzten in meinem Hirn auf. Vom Wasser aufgequollene Gesichtszüge. Algenschleimiges Plastik. Ein durchnässtes Schwesternhäubchen.

»Wir sind hier fertig«, sagte Ryan.

»Nehmen wir die mit?« Ich deutete auf das Foto und den Mac.

Ryans Blick wanderte zu Bandau, dann zu der aufgestemmten Tür.

Er nickte. »Der Durchsuchungsbeschluss deckt es ab.«

Ich konnte es zu der Zeit nicht wissen. Aber dieses Foto sollte mich viele Tage lang und über viele, viele Meilen verfolgen.

Und es sollte mich beinahe das Leben kosten.

5

Als ich aufwachte, prasselte Regen auf Glas. Die Jalousie am Fenster war ein düsteres, graues Rechteck in einem sehr düsteren Raum.

Ich schaute auf die Uhr. 9:40.

Von der Kommode her starrten zwei unbewegte gelbe Augen in meine Richtung.

»Mach mal halblang, Bird. Es ist Sonntag.«

Der Kater bewegte einmal seinen Schwanz.

»Und es regnet.«

Wieder der Schwanz.

»Du kannst unmöglich hungrig sein.«

Nach der Rückkehr aus Hemmingford hatten Ryan und ich uns einen schnellen Happen in Hurley's Irish Pub genehmigt und waren dann zu mir gegangen. Dank Mr. Weiches Herz hatte der Kater die eingepackten Reste meines Käsekuchens bekommen.

Ich weiß, was Sie denken. Leere Wohnung. Öder Winter. Frühlingserwachen!

Ist aber nicht passiert. Trotz Ryans anzüglichen Bemühungen blieb der Besuch strikt auf Tee und Unterhaltung beschränkt, größtenteils über unsere Kinder und unseren gemeinsamen Papagei Charlie. Ryan setzte sich auf die Couch und ich mich in einen Sessel gegenüber.

Ich erläuterte ihm meine Besorgnis über Katys Unbehagen mit der Grundidee der Vollzeitbeschäftigung. Und über ihr gegenwärtige Faszination für einen zweiunddreißigjährigen Schlagzeuger namens Smooth.

Ryan erzählte von Lilys jüngstem Heroinrückfall. Seine neunzehnjährige Tochter hatte eine Reha hinter sich, wohnte bei ihrer Mutter Lutetia und ging zur psychologischen Beratung. Ryan war verhalten optimistisch.

Er brach um sieben auf, um mit Lily zum Bowling zu gehen.

Ich überlegte.

Waren Lilys fragile Fortschritte der Grund für Ryans gute Laune in letzter Zeit? Oder war der wieder aufgefrischte Kontakt zu ihrer Mutter der Auslöser?

Was auch immer.

Ryan versprach, Charlie am nächsten Tag vorbeizubringen, wie wir es schon vor Längerem vereinbart hatten. Wenn ich in Montreal war, gehörte der Vogel mir.

Als ich Birdie von der bevorstehenden Ankunft des Papageis erzählte, zeigte er entweder Begeisterung oder Verärgerung. Manchmal ist er nur schwer zu durchschauen.

Nachdem Ryan gegangen war, nahm ich ein sehr langes Bad. Dann schauten Bird und ich uns Episoden der ersten Staffel von *Arrested Development* auf DVD an. Er fand Buster amüsant.

In Montreal erscheint die wichtigste Wochenzeitung am Samstag. Nicht gerade, wie ich es mir vorstelle, aber so ist es eben.

Ich machte mir Kaffee und eine Art Omelette aus Käse und verquirlten Eiern und fing dann an, mich durch die gestrige *Gazette* zu arbeiten.

Auf dem Highway 15 hatte sich auf einem erhöhten Teilstück über das Autobahnkreuz Turcot Interchange ein riesiges Schlagloch geöffnet. Zwei Spuren waren bis auf Weiteres gesperrt.

Ein vierzigjähriger Mann hatte mitten am helllichten Tag einen Jungen gepackt und in den Kofferraum seines Autos geworfen. Dem Mistkerl drohten nun mehrere Anklagen, darunter Entführung, Entführung eines Kindes unter vierzehn und sexuelle Nötigung.

Zwölf Artikel berichteten über den Bach, den die Wirtschaft runterging.

Ich las eben einen Artikel im Vermischten über einen Hamster, der eine siebenköpfige Familie aus einem brennenden Haus gerettet hatte, als mein Handy klingelte.

Katy.

»Hey, Süße.«

»Hey, Mom.«

Wir stammen aus dem Süden. Das ist die Art, wie wir uns begrüßen.

»Du bist früh auf.«

»Ein wunderbarer Tag. Ich fahre nach Carmel zum Tennisspielen.« Katys beschwingte Laune überraschte mich. Als wir das letzte Mal telefonierten, war sie deprimiert gewesen.

»Mit Smooth?« Ich hatte Schwierigkeiten, mir seine Dreadlocks und das Doo-Rag-Tuch auf den Plätzen des Country Club vorzustellen.

»Mit Lija. Smooth hat einen Auftritt in Atlanta.« Verächtliches Schnauben. »Von mir aus kann er ruhig dort bleiben. Oder in Savannah, Raleigh oder Kathmandu.«

Es gibt einen Gott, der unsere Gebete erhört.

»Wie geht's Lija?«, fragte ich.

»Klasse.«

Katy und Lija Feldmann sind seit der Highschool beste Freundinnen. Vor einem Jahr, nach Katys lange hinausgezögertem Collegeabschluss, beschlossen die beiden, zusammenzuziehen. So weit, so gut.

»Wie ist die Arbeit?«

»Hirnbetäubend. Ich sortiere Blödsinn, kopiere Blödsinn, recherchiere Blödsinn. Hin und wieder gebe ich Blödsinn im Gerichtsgebäude zu den Akten. Diese Ausflüge in die heiligen Hallen der Justiz bringen mein Adrenalin echt in Wallung.« Sie lachte. »Aber wenigstens habe ich einen Job. Die Leute werden entsorgt wie Atommüll.«

Okay.

»Wo bist du?«

»Im Stadthaus. O Gott. Ich hoffe, wir können hier bleiben.«

»Soll heißen?«

»Coop kommt aus Afghanistan zurück.«

Coop war Katys Vermieter und, soweit ich das beurteilen konnte, hin und wieder auch von romantischem Interesse. Schwer zu sagen. Der Mann schien permanent außer Landes zu sein.

»Ich dachte, Coop ist in Haiti.«

»Schnee von gestern. Sein Engagement beim Friedenskorps endete vor zwei Jahren. Dann war er zehn Monate in den Staaten und arbeitet jetzt für eine Gruppe mit dem Namen International Rescue Committee. Die haben ihre Zentrale in New York.«

»Wie lange ist Coop schon in Afghanistan?«

»Fast ein Jahr. Irgendwo in einer Ecke namens Helmand-Provinz.«

War Coops Wiederauftauchen der Grund für Katys sonnige Laune? Und für Smooths Abgang?

»Du scheinst dich über seine Rückkehr zu freuen.« Diskret.

»O ja.« Das O war so lang wie fünf Vokale. »Coop ist irre. Und er kommt sofort zu mir, nachdem er sich zu Hause gemeldet hat.«

»Wirklich.« Mein Tonfall machte daraus eine Frage.

»Wenn du es schlau anstellst, liebste Mommy, dann bringe ich ihn vielleicht mal vorbei.«

Eine offensichtliche Finte, aber da Katy so aufgeregt war, beschloss ich, das Thema weiterzuverfolgen.

»Wie heißt denn dieser irre Herr mit richtigem Namen?«

»Webster Aaron Cooperton. Er ist aus Charleston.«

»Du hast ihn auf der UVA kennengelernt?«

»Ja.«

»Wie kommt es, dass der junge Mr. Cooperton Besitzer eines Stadthauses in Charlotte ist?«

»Er hat hier die Schule abgeschlossen.«

»Gefiel es ihm in Charleston nicht?«

»Wurde nicht wieder eingeladen.«

»Verstehe.«

»Er ist wirklich nett. Man kann viel Spaß mit ihm haben.«

Daran hatte ich keine Zweifel.

»Und das Stadthaus?«

»Seine Eltern kauften es ihm, als er auf die UNCC wechselte. Als Investition. Die sind *vraiment* gespickt.«

Daher Coops Freiheit, sich in moralisch bewundernswerten, aber jämmerlich unterbezahlten Jobs zu engagieren.

Wie auch immer. Zotteliger Musiker draußen. Abgesicherter Aktivist drin. War mir ganz recht.

»Warst du nach Coops Rückkehr aus Haiti mit ihm zusammen?«

»Wenn es ging. Er war viel in New York.«

Ich hielt einen Augenblick inne, um Katy die Möglichkeit zu geben, zum Grund ihres Anrufs zu kommen. Wie sich zeigte, gab es keinen.

»Na dann, Mommy-o. Einen schönen Tag noch.«

Mommy-o?

Wer war diese fremde Frau, die sich als meine Tochter ausgab?

Gegen Mittag brachte Ryan Charlie vorbei. Da er gleich wieder zu Lily wollte, blieb er nur kurz. Die Tür hatte sich kaum geschlossen, als der Vogel zwei seiner schlüpfrigeren Sprüche abließ.

»Immer rein mit den jungen Stechern!«

»Charlie!«

»Klappe zu und Falle auf.«

Ganz offensichtlich war die Papagei-Trainings-CD in meiner Abwesenheit nicht sehr oft gespielt worden.

Kurz zur Information: Charlie war vor einigen Jahren bei einer Razzia in einem Bordell konfisziert worden und wurde dann zu Ryans Geschenk an mich. Das Repertoire des kleinen, gefiederten Freundes lässt, sagen wir mal, tief blicken.

Um eins rief Jean-Claude Hubert, der Chief Coroner, an. Hubert hatte John Lowerys Vater ausfindig gemacht, einen gewissen Plato Lowery, und ihn über die Fingerabdruckidentifikation der Leiche in Hemmingford informiert. Zunächst war Plato verwirrt. Dann schockiert. Dann skeptisch.

Die United States Army war ebenfalls ins Bild gesetzt worden.

»Und jetzt?«, fragte ich Hubert.

»Jetzt warten wir ab, was Uncle Sam zu sagen hat.«

Um halb zwei fuhr ich zum Marché Atwater in der Nähe des Lachine-Kanals im Viertel Saint-Henri. Der Markt, der im Jahr 1933 gegründet wurde, liegt nur zehn Autominuten von meiner Wohnung entfernt.

Im Inneren des zweistöckigen Art-déco-Pavillons bieten Läden und Stände Käse, Wein, Brot, Fleisch und Fisch an. Draußen verkaufen fliegende Händler Ahornsirup, Kräuter und frisches Obst und Gemüse. In der Weihnachtszeit würzen frisch gefällte Bäume die Luft mit Tannenduft. Im Frühling und im Sommer verwandeln Blumen das Trottoir in ein Farbenmeer.

Als ich anfing, im Atwater einzukaufen, war die Gegend noch ein Arbeiterviertel und ziemlich heruntergekommen. Heute ist das nicht mehr so. Seit der Wiedereröffnung des Kanals 2002 haben luxuriöse Eigentumswohnungen die bescheidenen und günstigen Mietwohnungsblöcke verdrängt, und die Gegend wurde zu einem Dorado für Immobilienspekulanten.

Ich weiß nicht so recht, ob ich ein Fan von solcher Aufwertung bin. Aber das Parken ist jetzt einfacher.

Drinnen kaufte ich Fleisch und Käse. Draußen kaufte ich frisches Gemüse und Töpfe mit Ringelblumen und Petunien. Da sie etwas widerstandsfähiger sind, dachte ich mir, dass sie meine gärtnerische Nachlässigkeit vielleicht überstanden.

Wieder zu Hause, pflanzte ich die Blumen am Rand meiner briefmarkengroßen Terrasse und in meinem winzigen hinteren Garten ein. Es regnete immer noch. Glück gehabt. Muss nicht gießen.

Ich schrubbte mir eben Erde aus den Nägeln, als mein Handy klingelte. Vorwahl 808. Hawaii.

Ich trocknete mir die Hände und ging dran.

»Dr. Tandler. Welchem Ereignis habe ich diese unerwartete Freude zu verdanken?« Obwohl ein Anruf am Sonntag wirklich unerwartet war, hatte ich wenig Zweifel in Bezug auf das Thema.

»Was? Brauche ich einen Grund?«

»Ja.«

Danny stieß einen langen Atemzug aus. »Diese Lowery-Geschichte sorgt hier bei uns für ziemliche Verwirrung.«

Da ich ein wenig Besorgnis in Dannys Stimme hörte, wartete ich.

»Gestern erhielt Merkel noch auf der Rückfahrt vom Flughafen einen Anruf von Notter. Du kannst dir vorstellen, wie sehr es ihn gefreut hat, gleich nach der Landung einkassiert zu werden.«

Das JPAC beschäftigt über vierhundert Menschen, sowohl Militär wie Zivilisten. Zusätzlich zu dem CIL-Labor auf dem Luftwaffenstützpunkt Hickam gibt es noch drei Überseefilialen: in Bangkok, Thailand, Hanoi, Vietnam, und Vientiane, Laos, sowie eine weitere US-Filiale im Camp Smith auf Hawaii. Jede wird von einem Oberstleutnant befehligt. Die gesamte JPAC-Organisation steht unter dem Befehl eines Konteradmirals der Navy. Im Augenblick.

Danny meinte Brent Notter, Stellvertreter des Commander for Public Relations and Legislative Affairs, und Roger Merkel, wissenschaftlicher Direktor und Stellvertreter des Commander for CIL Operations. Merkel war Dannys direkter Vorgesetzter.

»Nachdem Plato Lowery gestern vom Quebecer Coroner angerufen worden war, wandte er sich an seinen Kongressabgeordneten«, fuhr Danny fort.

»O Mann«, sagte ich. »Hat Lowery so viel Vitamin B?«

»Vitamin B?«

»Danny, wir wissen beide, dass telefonische Anfragen nicht so schnell bearbeitet werden. Es ist erst vierundzwanzig Stunden her, dass Lowery über die Situation informiert wurde. Er muss Beziehungen haben.«

»Laut Kongressabgeordneten O'Hare kam John Lowery aus einer Familie, in der es Tradition ist, die Jungs zum Militär zu schicken.«

»Das ist bei vielen Jungs so.«

»Ich habe mich informiert. O'Hare muss sich im nächsten Jahr der Wiederwahl stellen.«

»Das ist bei vielen Jungs so.«

»O'Hare und Notter waren in Wake Forest in derselben Studentenverbindung.«

»Das reicht.«

»Für immer Kappa Sig.«

Danny gab sich große Mühe, witzig zu klingen. Es funktionierte nicht.

»Macht Notter sich Sorgen?«, fragte ich.

»Lowery war ziemlich aufgeregt. Will wissen, warum irgendein Typ in Kanada die ehrenvolle Vergangenheit seines Sohns in Zweifel zieht.«

»Verständlich.«

»Warum irgendein Franzmann seinen Jungen einen Deserteur nennt.«

»Ich bezweifle, dass der Coroner diesen Begriff verwendet hat.« Oder überhaupt Details der Umstände von John Lowerys Tod preisgegeben hat. Ich behielt das für mich.

»Kongressabgeordneter O'Hare hat geschworen, seinen Wähler vor einer Verleumdungskampagne durch unsere Nachbarn aus dem Norden zu beschützen.«

»Hat er das so gesagt?«

»In einer Verlautbarung vor der Presse.«

»Warum wendet O'Hare sich an die Medien?«

»Der Kerl ist publicitygeil, stürzt sich auf jede Gelegenheit, sich bei seiner Wählerschaft beliebt zu machen.«

»Aber das ist doch lächerlich. Warum sollte die kanadische Regierung sich gerade John Lowery aus Lumberton aussuchen, um ihn zu verleumden?«

»Natürlich ist es lächerlich. Merkel glaubt, dass O'Hare wahrscheinlich Schwierigkeiten wegen NAFTA hat. Auf Kanada einzuprügeln bringt ihm vielleicht Punkte bei seinen Leuten zu Hause.«

Diese Theorie war nicht völlig von der Hand zu weisen. North Carolina war von dem Nordamerikanischen Freihandelsabkommen stark betroffen, in der Textil- und Möbelindustrie waren Tausende von Jobs verlorengegangen. Aber der Vertrag war schon 1994 unterzeichnet worden.

»Lowery senior will außerdem wissen, wer zum Teufel im Grab seines Sohns liegt, wenn John eben erst in Quebec starb.«

Auch das war verständlich.

»Notter will ganz sichergehen, dass die Geschichte sich nicht in einen Medienalbtraum verwandelt.«

»Was hat er vor?«

»Du lebst in North Carolina.«

»Tue ich, ja.« Argwöhnisch.

»Du kennst die Sitten und Gebräuche dort unten.«

»Aha.«

»Notter will, dass du nach Lumberton gehst und denjenigen ausbuddelst, der in diesem Grab liegt.«

6

Plato Lowery war jünger, als ich erwartet hatte, höchstens Anfang achtzig. Seine Haare waren von der Art, die in Los Angeles Kellner zu Stars macht. Sie waren zwar völlig weiß, wallten aber dicht und glänzend von einem Mittelscheitel weit über seine Ohren.

Doch es waren Lowerys Augen, die einen fesselten, schwarz wie Wurmlöcher im All. Sein Blick fuhr einem wie ein Laserstrahl direkt in die Seele.

Lowery sah zu, als ich die Grabung stoppte. Die anderen Teilnehmer der Versammlung: der Baggerfahrer, zwei Friedhofsarbeiter, ein Reporter vom *Robesonian,* ein weiterer von WBTW, ein Polizist aus Lumberton, ein Lieutenant der Army, der gerade mal wie sechzehn aussah.

Es war Donnerstag, der elfte Mai. Zwei Tage nach Dannys Anruf bei mir.

Obwohl es kaum zehn Uhr vormittags war, lag die Temperatur bereits bei über dreißig Grad. Die Sonne prallte auf den psychedelisch grünen Rasen des Friedhofs. Der Geruch feuchter Erde und frisch gemähten Grases hing schwer in der Luft.

Ich kauerte mich hin, um mir die eine Seite des frisch geöffneten Grabs näher anzuschauen.

Die Stratigrafie erzählte die Geschichte.

Die oberste Schicht war satt schwarz-braun, die darunter anämisch gelb-braun. In knapp eineinhalb Meter Tiefe hatten sich die Zähne der Baggerschaufel in eine dritte Schichtung gebissen. Wie bei der Deckschicht war auch die Erde hier gesättigt mit organischen Bestandteilen.

Ich wies den Baggerfahrer an, zurückzufahren, und die Friedhofsarbeiter, in Aktion zu treten. Die Männer nahmen ihre Schaufeln zur Hand, sprangen in das Loch und begannen, Erde aus dem Grab zu schaufeln.

Binnen Minuten kam ein Sarg zum Vorschein. Mir fiel auf, dass keine Schutzummantelung vorhanden war, nur die Überreste einer eingestürzten Grabauskleidung. Schlechte Nachrichten.

Eine Ummantelung, ob aus Beton, Plastik oder Metall, umhüllt einen Sarg komplett. Eine Grabauskleidung schützt nur den Deckel und die Seitenwände eines Sargs und ist weniger widerstandsfähig. Erde ist schwer. Das Fehlen einer Schutzummantelung ließ für den Zustand des seit vierzig Jahren in der Erde liegenden Sargs nichts Gutes erwarten.

Nach einer Stunde stand der Sarg frei in dem ausgehobenen Grab. Obwohl an einem Ende etwas flachgedrückt, wirkte er größtenteils intakt.

Während ich fotografierte, fuhr einer der Assistenten des Coroners den Transporter an den Grabrand.

Nach meinen Anweisungen wurde ein Brett unter den Sarg geschoben und je eine Kette um das Kopf- und Fußende geschlungen. Während die Friedhofsarbeiter ihn mit Gesten dirigierten, hob der Baggerfahrer den Sarg langsam in die Höhe, schwang den Baggerarm nach rechts und stellte den Sarg auf dem Boden ab.

Auf dem smaragdgrünen Gras und in der warmen Frühlingssonne wirkte der Sarg beklemmend unpassend. Während ich mir Notizen machte und fotografierte, dachte ich an John Lowerys andere sonnenbeschienene Wiederauferstehung viel weiter nördlich.

Und an den lebhaften jungen Mann auf dem Foto aus Jean Lauriers Schreibtischschublade.

An diesem Morgen hatte ich die gesamte IDPF gelesen, die *Individual Deceased Personal File.* Zu dieser detaillierten Personalakte eines verstorbenen Militärangehörigen gehörten Unterlagen, die das Militär 1968 eingeschickt hatte. DD Form 893, das Dokument über den anatomischen Identifikationsprozess; DA Form 10–249, der Totenschein; DD Form 1384, die Dokumentation über den Transport der Leiche; DD Form 2775, die Dokumentation über die Vorbereitung und Bestattung der Überreste.

Das Akronym TSN-RVN verstand ich. Tan Son Nhut – Republik Vietnam. Identifiziert und für den Transport vorbereitet worden war Lowerys Leiche in Tan Son Nhut, einer der zwei Leichenhallen des US-Militärs in Vietnam.

Der vorbereitende Beamte, H. Johnson, wahrscheinlich ein ziviler GS-13-Identifikationsbeamter, hatte auf DD 893 John Lowery als den Verstorbenen eingetragen und Lowerys Dienstgrad und Dienstnummer hinzugefügt. Für den Zustand der Leiche hatte er sowohl »verwest« wie »verbrannt« angekreuzt.

In der Front- und Rückenansicht hatte Johnson eingezeichnet, dass Lowerys Kopf schwer verletzt war und dass seine Unterarme und die Hände und beide Füße fehlten. Er hatte weder Narben noch Tätowierungen aufgeführt.

Im Abschnitt Bemerkungen hatte Johnson angegeben, dass man Lowery bekleidet mit Armeedrillich, doch ohne Rangabzeichen, Hundemarke oder Ausweis gefunden hatte. Merkwürdig, kam aber hin und wieder vor. Während meiner Zeit als Beraterin des CIL hatte ich einen solchen Fall bearbeitet. Da man in der Gegend Einheimische beim Plündern ertappt hatte, vermutete Johnson, dass diese Gegenstände wahrscheinlich gestohlen worden waren, bevor man Lowerys Leiche fand.

Ein Militärarzt mit einem kaum zu entziffernden Gekrakel hatte DA 10–249 ausgefüllt und als Todesursache »vielfache Verletzungen« angegeben. Wieder ein recht häufiger Befund, vor allem bei Opfern von Flugzeug- und Hubschrauberabstürzen.

Schließlich hatte ein Leichenbestatter namens Dadko den Abschnitt mit dem Titel Bestattung der Überreste unterschrieben. Dadko hatte auch das Formular DD 2775 ausgefüllt.

DD 1384 gab Saigon als Ausgangspunkt von Lowerys Abtransport aus Vietnam an, und den Luftwaffenstützpunkt Dover als Ankunftsort auf Heimaterde.

Kein Formular ging detailliert auf die Grundlagen für die eindeutige Identifizierung ein.

Wen, fragte ich mich, haben wir eben aus diesem Grab geholt?

Ich gab Anweisung, die Ketten zu entfernen, und schoss noch ein paar letzte Fotos. Danach wurde, unter viel Stöhnen und Schwitzen, das Brett mit den vereinten Kräften der Friedhofsarbeiter, des Polizisten, des Baggerfahrers, des Army-Lieutenants und eines nicht sehr begeisterten TV-Journalisten angehoben.

Ich beobachtete Plato Lowery, als der Sarg in den Transporter geladen wurde. Sein Gesicht blieb starr, doch sein Körper zuckte beim Geräusch der zuschlagenden Türen sichtlich zusammen.

Als das Fahrzeug davonfuhr, ging ich zu ihm.

»Das muss schwer für Sie sein.« Banal, ich weiß, aber im Small Talk bin ich ziemlich mies. Nein, das ist noch großzügig gesagt. Bei Beileidsbezeugungen bin ich ein totaler Versager.

Lowerys Gesicht blieb eine steinerne Maske.

Ich hörte, wie hinter mir Autotüren zugeschlagen und Motoren angelassen wurden. Die Journalisten und der Polizist fuhren davon.

»Ich verspreche Ihnen, dass ich alles in meiner Macht Stehende tun werde, um Klarheit in diese Sache zu bringen.«

Noch immer keine Reaktion. Es passte zu meinem ersten Eindruck. Als wir uns vor einigen Stunden vorgestellt worden waren, hatte Lowery weder mit mir gesprochen noch mir die Hand gegeben. Anscheinend war ich eins der Ziele seiner Wut. Wegen meiner Rolle in Quebec? Weil ich in seine Welt eingedrungen war, um seinen Sohn zu exhumieren?

Ich wollte es eben noch einmal versuchen, als Lowerys Blick zu etwas hinter meiner Schulter schnellte. Ich drehte mich um.

Der Lieutenant kam in meine Richtung gelaufen, ein schlaksiger Mann mit Bürstenschnitt und olivfarbener Haut. Guipani? Guipini? Zweifellos war er aus Fort Bragg hierhergeschickt worden, um einer unangenehmen Situation den bestmöglichen Anstrich zu verpassen.

»Dr. Brennan, Mr. Lowery, Sir. Ich bin sehr froh, dass hier alles gut gegangen ist.« Sonne funkelte auf den Streifen auf seinen Schultern und einem Schildchen auf der Brust. *D. Guipone.* »Wir sind natürlich alle sehr froh darüber.«

Ein nervöses Lächeln zeigte Zähne, die eine Spange gut hätten gebrauchen können.

»Die Army wusste es natürlich. Dass es gut gehen würde.«

In Lowerys Gesicht rührte sich kein Muskel.

»Meine Kollegen im Central Identification Laboratory sagen, dass Dr. Brennan die Beste ist. Genau so wird dieser Fall auch behandelt werden, Sir. Immer nur das Beste. Und natürlich mit völliger Transparenz.«

»Natürlich.« Lowerys Stimme klang wie rollender Kies.

»Natürlich.« Ein entschiedenes Nicken von Guipone.

»Gebührlich ist gebührlich.«

»Sir?«

»Natürlich.«

Guipone warf einen verwirrten Blick in meine Richtung.

»Natürlich«, sagte ich so staubtrocken wie der alte Mann.

Guipone war entweder zu jung oder zu dumm, um zu erkennen, dass man einen Witz auf seine Kosten gemacht hatte.

»Nun gut.« Wieder dieses an mich gerichtete, zahnschiefe Lächeln. »Wie geht's jetzt weiter?«

»Heute Morgen habe ich anhand der Friedhofsakten und der Grabmarkierung festgestellt, dass dies hier tatsächlich die John Lowery zugewiesene Grabstätte ist.« Ich deutete auf das offene Grab. »Jetzt werde ich, in Anwesenheit des Coroners, den Sarg öffnen, den Zustand der Überreste dokumentieren und die Leiche in einem Transportbehälter versiegeln. Sobald die Army mit ihren Vorbereitungen fertig ist, werden die Überreste ins JPAC geflogen.«

»Mein Sohn ist als Held gestorben.« Angespannt.

»Ja, Sir. Natürlich, Sir. Wir werden dieser Sache auf den Grund gehen.«

Lowery drehte Guipone den Rücken zu und sprach mich direkt an. »Ich will ihn sehen.«

»Ich halte das nicht für eine gute Idee.« So sanft, wie ich konnte.

Die Ebenholzaugen bohrten sich in meine. Sekunden vergingen. Dann: »Woher soll ich wissen, dass mein Sohn mit dem Respekt behandelt wird, den er verdient?«

Ich legte dem alten Mann eine Hand auf die Schulter.

»Mein Ehemann war ein Marine, Mr. Lowery. Ich bin eine Mutter. Ich verstehe das Opfer, das der Mann in diesem Sarg gebracht hat. Und alle gebracht haben, die ihn liebten.«

Lowery drehte das Gesicht der Sonne zu und schloss die Augen. Dann senkte er den Kopf, drehte sich um und ging davon.

Medical Examiner werden ernannt. Die meisten sind Ärzte, vorzugsweise Pathologen, im Idealfall staatlich geprüfte forensische Pathologen.

Coroner werden gewählt. Die Kandidaten können Mechaniker, Lehrer oder arbeitslose Stripperinnen sein. Die meisten sind Leichenbestatter oder Betreiber von Bestattungsunternehmen.

1965 erließ die North Carolina General Assembly ein Gesetz, nach dem es jedem County gestattet ist, das Amt des Coroners abzuschaffen und Ärzte zu ernennen, um die Todesfälle innerhalb seiner Grenzen zu untersuchen.

Heute hat North Carolina ein zentralisiertes Todesermittlungssystem. Medical Examiner eines Countys werden für eine Frist von drei Jahren vom Chief Medical Examiner in Chapel Hill ernannt.

Klingt fortschrittlich? Tatsächlich läuft das alles doch nicht so rund.

In Countys, in denen es keine zu dieser Aufgabe bereiten oder fähigen Ärzte gibt, dienen noch immer Nichtmediziner, manchmal geprüfte Krankenschwestern oder Pfleger in dieser Funktion. Sie werden jetzt nicht mehr Coroner genannt, sondern »Acting Medical Examiner«, also geschäftsführende MEs.

Und lassen Sie sich das auf der Zunge zergehen. Auf seiner Webseite beschreibt das North Carolina Medical Examiner System sich selbst als Netzwerk von Ärzten, die ihre Zeit, ihre Energie und ihr medizinisches Fachwissen *freiwillig* zur Verfügung stellen.

Da muss man zwischen den Zeilen lesen. Ob Arzt oder Hundeausführer, in North Carolina erhalten die Medical Examiner keinen Cent.

Der Acting Medical Examiner des Robeson County war Silas Sugarman, Besitzer und Betreiber von Lumbertons ältestem Bestattungsunternehmen. Bereits zuvor war vereinbart worden, dass man den Sarg nach der Exhumierung in Sugarmans Institut bringen würde.

Ich war in meinem eigenen Auto von Charlotte nach Lumberton gefahren und schon aufgebrochen, als die ersten Tentakel der Morgendämmerung die Queen City wach kitzelten. Obwohl präzises Timing erforderlich war, schaffte ich es, Guipone abzuschütteln und den Friedhof alleine zu verlassen.

Es war nicht nur so, dass ich den Lieutenant als lästig empfand. Ich hatte einen Plan.

Im Lauf der Jahre war ich unzählige Male von Charlotte zu den Stränden von South Carolina gefahren. Zu dem Schleichweg, den ich bevorzuge, gehört ein langes Stück auf dem Highway 74, und das bringt mich nahe genug an Lumberton heran, um einen Abstecher in ein Grillrestaurant machen zu können. Das war an diesem Tag mein Ziel. Da ich bereits in Lumberton war, erschien es mir durchaus angebracht, mir eine der gegrillten Köstlichkeiten einzuverleiben.

Ich fuhr direkt zu Fuller's Old Fashioned Barbecue. Das war ein kleiner Umweg, aber ich musste erst um vierzehn Uhr im Bestattungsinstitut sein. Und mein Magen schrie vor Hunger.

Um Viertel nach eins waren die meisten der Lunchgäste bereits wieder gegangen. Ich ignorierte das Buffet und bestellte mein übliches Menü. Gegrilltes Schweinefleisch, Krautsalat, Pommes und Hush Puppies. Ein Glas Süßtee so groß wie ein Silo.

Okay. Der Service ist nicht der allerfreundlichste. Aber die Besitzer, Fuller und Delora Locklear, wissen, wie man ein Schwein grillt.

Als ich das Restaurant verließ, kam ich mir vor, als würde ich in die Melasse treten, die ich unberührt auf meinem Tisch zurückgelassen hatte. Die Temperatur in meinem Mazda lag bei gefühlten fünfundsechzig Grad.

Nachdem ich die Klimaanlage hochgedreht hatte, gab ich eine Adresse in mein tragbares GPS ein und fuhr nach Süden auf den Martin Luther Drive zu. Nach wenigen Minuten verkündete eine Roboterstimme, dass ich mein Ziel erreicht hatte.

Sugarmans Bestattungsinstitut sah aus wie Tara auf Anabolika. Rote Ziegel. Weiße Säulen und Verzierungen im Stil der Vorkriegszeit. Vor dem Eingang ein prächtiger, befahrbarer Säulenvorbau.

Das Innere konnte nur als roséfarben beschrieben werden. Roséfarbener Teppich. Roséfarbene Vorhänge. Roséfarbene Blumentapeten über der Holzvertäfelung.

In der Haupthalle nannte eine Anschlagtafel im Kolonialstil

zwei einstweilige Residenten. Selma Irene Farrington erwartete die Trauergäste laut Plakette im »Raum der Ewigen Harmonie«. Lionel Peter Jones ruhte im »Ewigen Frieden«.

Eine junge Frau tauchte plötzlich auf, als ich noch über die relativen Vorzüge von Harmonie versus Frieden nachdachte. Als ich sie bat, mir den Weg zum Büro des Besitzers zu zeigen, führte sie mich vorbei am »Ruheraum der Lilienpracht« und der »Edgar Firefox Gedächtniskapelle«.

Sugarman saß hinter einem massiven Eichenschreibtisch mit geschnitzten Ananas als Füßen. Mit seinen mindestens einhundertfünfzig Kilo bei einer Größe von eins neunzig, den fettigen schwarzen Haaren und der Hakennase sah er eher aus wie ein Mafioso als wie ein Bestatter.

Ebenfalls anwesend waren der gute Lieutenant und ein kleiner, rattengesichtiger Mann mit kurzen braunen, mit chirurgischer Präzision gescheitelten Haaren.

Das Trio kicherte eben über irgendeinen Witz. Als sie mich in der Tür sahen, verstummten sie und standen auf.

»Dr. Brennan. Das ist in der Tat eine Ehre.« Sugarmans Stimme war überraschend hoch, sein Südstaatenakzent so dick wie Fullers Melasse.

Sugarman stellte Rattengesicht als seinen Schwiegersohn vor, Harold Beasley, Sheriff des Robeson County. Beasley nickte und ließ einen Zahnstocher vom rechten zum linken Mundwinkel wandern. Kein Kommentar, keine Frage. Offensichtlich hatte man ihn auf meine Rolle im Ablauf dieses Tages vorbereitet.

»Und den Lieutenant kennen Sie ja.«

»Ja.« Ich unterdrückte »Natürlich«.

Sugarman arrangierte seine fleischigen Gesichtszüge nun zu einem Ausdruck angemessener Feierlichkeit. »Ma'am. Gentlemen. Wir alle kennen die traurige Pflicht, die Gott uns aufgetragen hat. Ich schlage vor, wir machen uns ohne weitere Umschweife an die Arbeit.«

Sugarman führte uns einen Gang hinunter und durch eine Tür im hinteren Teil des Instituts. Ohne Plakette. »Einbalsamieren für die Ewigkeit«? »Zurechtmachen für alle Zukunft«?

Der Raum war fensterlos und etwa fünf auf sieben Meter groß.

In der Westwand führte eine Tür nach draußen. Auf einem Metallregal daneben präsentierte sich das gewohnte Arrangement aus Instrumenten, Chemikalien, Kosmetikartikeln, Plastikunterwäsche und Flüssigkeiten, deren Zweck ich eigentlich gar nicht wissen wollte.

An der Südwand war ein großes Waschbecken befestigt. Auf einer Arbeitsfläche daneben standen Absaug- und Injektionsmaschinen. Außerdem entdeckte ich dort ein Brecheisen und eine kleine Elektrosäge.

An der Nordwand standen nebeneinander Ankleide- und Einbalsamierungstische. Ein offener Sarg gähnte aufnahmebereit in einem Transportbehälter aus Aluminium auf einer Rollbahre, die man neben die Tische geschoben hatte.

Der exhumierte Sarg stand auf der Klappbahre, auf der man ihn vom Friedhof hierher transportiert hatte. Auch wenn diverse Ventilatoren ihr Bestes gaben, hing der Geruch von Schimmel, modrigem Holz und verwesendem Fleisch schwer in der Luft.

Sugarman zog sein Sakko aus und krempelte die Ärmel hoch. Er und ich streiften Gummihandschuhe über und legten Schürzen und Schutzbrillen an. Beasley und Guipone schauten von der Tür aus zu. Beide sahen aus, als wären sie lieber woanders. Ich hoffte, ich machte einen diskreteren Eindruck.

Der alte Sarg war aus Mahagoni, mit geschnitzten Eckverzierungen und einem gewölbten, inzwischen aber eingebrochenen Deckel. Beide Haltestangen und fast alle anderen Metallteile waren verschwunden. Die verbliebenen waren erodiert und verfärbt.

Ich machte mir Notizen und schoss Fotos. Dann trat ich zurück.

Sugarman hob die Augenbrauen. Ich nickte.

Der Mann trat an den Sarg, schob ein Ende der Brechstange unter den Deckel und drückte die Stange nach unten. Verrottetes Holz splitterte und spritzte.

Sugarman trat Splitter beiseite und stemmte noch einmal. Und noch einmal. Fragmente, die sich lösten, warf ich zu Boden.

Als Sugarman nach einer Weile sein Werkzeug weglegte, verdunkelten Schweißflecken seine beiden Achselhöhlen.

Ich trat an den Sarg.

Guipone und Beasley kamen ebenfalls dazu.

Schwer atmend hob Sugarman den Rest der oberen Hälfte des Sargdeckels an.

Beasley hielt sich die Hand vor den Mund.

»Heilige Mutter Gottes.«

7

Die Bestattungsindustrie behauptet, ihre Produkte und Dienstleistungen würden unsere lieben Dahingeschiedenen vor den Verwüstungen der Zeit bewahren. Sarghersteller bieten Ummantelungen und Dichtungsmanschetten an und garantieren die Beständigkeit ihrer Behältnisse. Bestatter rühmen die Dauerhaftigkeit ihrer Einbalsamierungen.

Nichts verhindert das Unausweichliche.

Nach dem Tod treten außen an der Leiche aerobe Bakterien, also solche, die Luft benötigen, in Aktion, während in den Eingeweiden ihre anaeroben Brüder, also solche, die keine Luft benötigen, sich an die Arbeit machen. Luftdichte Särge können zwar erstere ausschließen, die Einwirkung letzterer aber eher beschleunigen als verzögern. Das Resultat ist Verflüssigung und verfaulte Suppe in der Kiste.

Ein einfacher Holzsarg dagegen lässt Luft herein und ermöglicht so aeroben Sport. Das Ergebnis ist schnelle Skelettierung.

Bei den meisten Exhumierungen kann man nur raten, was unter dem Deckel liegt. Knochen? Schlutze? Irgendeine von der Zeit gehärtete Mischung?

Verbrannte Leiche. Vierzig Jahre. Beschädigte Kiste.

Bei dieser hier hatte ich wenig Zweifel.

Und ich sollte recht behalten.

Im Sarg lagen mit Schimmel überzogene Knochen. Unter der rosa-weißen äußeren Kruste erschienen die Oberflächen dunkel und gefleckt.

»Ach du meine Güte«, presste Beasley hinter vorgehaltener Hand hervor.

Guipone schluckte hörbar.

Die Überreste waren auf militärische Art in den Sarg gelegt worden. Das traditionelle, wollene Leichentuch war verschwunden, doch verrostete Sicherheitsnadeln zeugten von seinem früheren Vorhandensein.

»Darf ich die Akte noch einmal sehen?«

Sugarman holte den braunen Ordner von der Arbeitsfläche und gab ihn mir. Diesmal überblätterte ich die Regierungsformulare zugunsten des handgeschriebenen Berichts des Leichenbestatters.

»Bedauerlicherweise gehörte Buchführung nicht gerade zu

den Stärken meines Vaters.« Sugarman zeigte mir, was er vermutlich als ein »bedauerndes« Lächeln betrachtete. Wahrscheinlich vor dem Spiegel geübt, während er seine feierlich schwarze Krawatte band. »So war das damals eben.«

Nicht überall, dachte ich.

Soldat John Charles Lowery wurde bei einem Hubschrauberabsturz in Vietnam getötet. (Siehe Armeeformulare.) Die Leiche wurde von Dover, Delaware, nach Charlotte, North Carolina, geflogen. Am 18. Februar 1968 holte ich, begleitet von Plato Lowery, den Leichnam ab und fuhr ihn zu Sugarman's Funeral Home in Lumberton, North Carolina. Auf Bitten von Plato und Harriet Lowery wurde der Leichnam in einen privat erworbenen Sarg umgebettet und am 20. Februar 1968 im Gardens of Faith Cemetery bestattet (Abteilung 9, Reihe 14, Grab 6). Zusätzliche Dienste wurden nicht verlangt.

Holland Sugarman
12. März 1968

Anmerkung: Grabstein errichtet am 4. Oktober 1968

Ich warf Daddys nutzlosen Bericht beiseite und fing an, Überreste zerfallender Textilien aus dem Sarg zu zupfen und zu Boden zu werfen. Auskleidung, Polsterung, Kopfkissen, Leichentuchfetzen.

Sugarman half mir. Sheriff und Lieutenant schauten uns stumm zu.

Der Geruch von Fäulnis und Moder wurde stärker.

Nach wenigen Minuten lag das Skelett völlig frei da, nackt bis auf seinen postmortalen Panzer aus Schimmel. Der Schädel lag in Stücken auf dem Holz. Jede Zahnkrone war verschwunden. Wie auf dem Formblatt des Identifizierungsoffiziers verzeichnet, fehlten Unterarme und Hände und beide Füße.

Ich bewertete die Überreste so gut ich konnte auf Vereinbarkeit mit John Lowerys bekanntem biologischem Profil.

Ein Wasserhahn tropfte. Neonröhren summten. Beasley und Guipone traten abwechselnd von einem Fuß auf den anderen.

Die Beckenform sagte, dass die Person eindeutig männlich war. Die Oberfläche einer Schambeinfugenkante deutete auf ein Alter zwischen achtzehn und fünfundzwanzig hin.

Die Schädelfragmentierung machte eine präzise Rasseneinschätzung unmöglich.

Mit behandschuhtem Finger kratzte ich an einem Schädelfragment. Unter der äußeren Kruste war die Knochenrinde schwarz und schuppig. Wieder war das vereinbar mit Johnsons Bericht über den Zustand der Leiche. Der Verstorbene war Feuer ausgesetzt gewesen, entweder während des Todes oder danach.

Außer den Sicherheitsnadeln enthielt der Sarg noch einen anderen Gegenstand, ein leeres Marmeladenglas mit einem Pulverfilm am Boden. Keine Bestattungszeichen oder Hundemarken, keine Knöpfe, Gürtelschnallen oder Rangabzeichen.

Ich machte Notizen und fotografierte.

Als ich mir schließlich sicher war, dass ich nichts übersehen hatte, wandte ich mich an Sugarman. Der Bestatter streifte frische Handschuhe über, und gemeinsam schoben wir eine blaue Plastikplane unter die Knochen. Behutsam hoben wir sie heraus und legten sie in den neuen Sarg.

Wir sahen alle zu, wie Sugarman den Sargdeckel zuklappte und verschloss und schließlich den Deckel des Transportbehälters darauf legte. Ich half ihm, die Metallschließen des Behälters zuzuschrauben.

Ich sah die ins Aluminium eingestanzten Wörter »Kopf« und »Fuß« und dachte an die Ehrenwache, die den Behälter mit einer Flagge bedecken würde, und an den Respekt, mit dem er ins Flugzeug und in den Leichenwagen geschoben werden würde.

Es war halb sechs, als ich mir schließlich die Hände wusch und die Papiere unterschrieb.

Wir verabschiedeten uns unter dem Säulengang vor dem Haus. Ich dankte Sugarman. Er dankte mir. Guipone dankte uns allen. Falls auch Beasley unsere Bemühungen zu schätzen wusste, behielt er das für sich.

Hitzebilder flimmerten über dem Parkplatz. Der Asphalt fühlte sich unter meinen Turnschuhen weich an.

Ich schaute nach links, als ich dort eine Bewegung erahnte. Fünf Buchten von meinem Mazda entfernt wurde die Fahrertür eines blauen Ford Ranger geöffnet. Eine Alarmglocke bimmelte leise, aber ich ging weiter.

Ein Mann stieg aus dem Pick-up und kam in meine Richtung. Sein Gesicht war vom Schirm einer Kappe verdeckt, doch ich erkannte den kräftigen Körperbau und die breiten Schultern. Und das T-Shirt der Atlanta Braves.

»Guten Nachmittag, Mr. Lowery.« Als ich noch drei Meter entfernt war. »Zu früh im Jahr für einen so heißen Tag.«

»Ja, Ma'am.«

»Könnte ein langer Sommer werden.«

»Ja, Ma'am.«

Über den kohlschwarzen Augen überwölbten gelbe Buchstaben in einem Doppelbogen die grüne Silhouette einer Landmasse. *Korean War Veterans Forever Proud, 1950-1953*. Veteranen des Koreakriegs. Stolz auf immer.

Obwohl offensichtlich war, dass Lowery auf mich gewartet hatte, sagte er nichts.

Ich war erschöpft, schmutzig und verschwitzt und sehnte mich nach Seife und Shampoo. Und einem Abendessen. Unter Idealbedingungen dauerte die Fahrt von Lumberton nach Charlotte zwei Stunden. Zu dieser Tageszeit musste ich mich auf mindestens drei einstellen.

»Wollten Sie mich etwas fragen, Sir?«

»Sagen Sie mir, was Sie in diesem Sarg gesehen haben.«

»Tut mir leid. Es ist meine Pflicht, meine Erkenntnisse für den Augenblick noch für mich zu behalten.«

Ich dachte, Lowery würde jetzt gehen. Doch er blieb einfach nur stehen. Augenblicke vergingen, dann nickte er knapp, als hätte er eben eine schwierige Entscheidung getroffen.

»Ich hab's nicht so mit Worten. Rede nicht, außer ich muss. Rede nicht, außer ich weiß, wer hört, was ich sage.«

Der alte Mann wischte sich beide Hände an seinen Jeans ab.

»O'Hare verkauft meine Sorgen, um seinen Namen in die Zeitung zu kriegen. Guipone ist ein Trottel. Die Army hat einfach nur einen Aufpasser geschickt. Ich bin kein Kirchgänger, also kann ich den Herrn nicht fragen, wer rechtschaffen ist und wer nicht. Ich kann mich nur an das halten, was mein Bauch sagt.«

Lowery schluckte. Sein Unbehagen war ein schmerzhafter Anblick.

»Ich hab gehört, was Sie auf dem Friedhof gesagt haben. Was Sie jetzt gesagt haben. Mein Bauch sagt mir, dass ich Ihnen trauen kann.«

»Vielen Dank, Sir.«

»Ich bin Ihnen sehr dankbar, dass Sie mir zuhören.«

»Sollen wir in meinem Auto weiterreden?«

Während ich mit der Fernbedienung meine Autotüren aufpiepste und die Klimaanlage hochdrehte, holte Lowery etwas vom Armaturenbrett seines Trucks. Als er sich auf meinen Beifahrersitz setzte, wehte der Geruch von billigem Duftwasser und schalem Schweiß in meine Richtung.

Nicht sehr angenehm, aber besser als die Gerüche, die ich eben hinter mir gelassen hatte.

Lowery drückte sich ein Album mit Goldrand an die Brust. Den Blick auf etwas hinter der Windschutzscheibe fixiert, trommelte er mit schwieligen Daumen auf den Ledereinband.

Sekunden vergingen. Eine ganze Minute.

Schließlich setzte er zum Sprechen an.

»Meine Mama hat mir einen Knaller von einem Namen gegeben, Plato. Die Witze können Sie sich vorstellen.«

»Ich weiß, was Sie meinen.« Ich klopfte mir auf die Brust. »Temperance. Die Leute denken, ich bin eine Bewegung zur Wiedereinführung der Prohibition.«

»Drum habe ich für meine Jungs gute, solide Namen ausgesucht.«

»Bei John kann man kaum was falsch machen«, sagte ich und wunderte mich, warum Lowery den Plural verwendet hatte.

»John war gerade mal fünf, als er anfing, Spinnen zu sammeln. Stellte sie in Gläsern auf sein Fensterbrett. Rote, gesprenkelte, große, haarige schwarze. Das wurde so heftig, dass seine Mama Angst hatte, sein Zimmer zu betreten.«

Ich unterbrach ihn nicht.

»Sobald er lesen konnte, lieh John sich Bücher in der mobilen Bibliothek aus. Er redete von nichts anderem mehr. Spinnen hier und Spinnen dort. Was sie fraßen, wo sie lebten, wie sie Nachwuchs machten. Die Bibliothekarin besorgte ihm jedes Buch, das sie in die Hände bekam. Ich arbeitete nicht viel, konnte ihm keine kaufen.«

Lowery hielt inne, den Blick noch immer nach draußen gerichtet, vielleicht sogar aus diesem konkreten Augenblick hinaus.

»Irgendwann fingen die Leute an, ihn Spider zu nennen. Der Spitzname klebte an ihm wie Kaugummi an einer Sohle. Dauerte nicht lange, und keiner dachte mehr an John. Sogar seine Lehrer nannten ihn Spider.«

Wieder verstummte Lowery. Ich drängte ihn nicht.

»Spinnen waren nicht alles. John liebte Tiere. Brachte alle möglichen Streuner mit nach Hause. Seine Mutter ließ die meisten bleiben.«

Lowery drehte sich mir zu, hielt aber den Blick gesenkt.

»Harriet. Sie starb vor fünf Jahren. Die Niere machte nicht mehr mit. Harriet war immer kränklich, auch nach der Transplantation.«

»Das tut mir sehr leid.«

»Spider bot seiner Mama eine seiner eigenen Nieren an. Daran sieht man, wie großzügig der Junge war.« Lowerys Stimme wurde dunkler. »Hat nicht funktioniert.«

»Spider hatte einen Zwillingsbruder, Thomas. John und Tom. Gute, solide Namen. Tom ist auch tot. Starb 2003 auf einem Traktor. Beide Söhne zu verlieren hat Harriet einfach den Wind aus den Segeln genommen.«

»Trauer hat Folgen, die noch nicht völlig verstanden sind.«

Lowery hob jetzt den Blick und schaute mir in die Augen. In seinen sah ich die Qual wieder aufgebrochenen Schmerzes.

»Haben Sie in diesem Sarg ein Glas gefunden, Miss?«

»Ja, Sir. Das habe ich.«

»Ich habe es da reingestellt.« Er hielt inne, vielleicht verlegen, vielleicht dieses Geständnis bedauernd. »War albern.« Mit einem leichten Kopfschütteln wandte Lowery sich ab. »Ich ging raus und fing eine Spinne und gab sie meinem Jungen mit.«

»Das war eine sehr schöne Geste, Mr. Lowery.«

»Mein Junge.« Lowery klopfte sich so heftig auf die Brust, dass ich hochschrak. »Und er entwickelte sich zu einem anständigen jungen Mann.« Lowery spannte die Kiefermuskeln an, entspannte sie wieder. »Deshalb schwadronier ich ja jetzt so. Ich will, dass Sie Spider als Menschen sehen, wenn Sie ihn aufschneiden.«

»Mr. Lowery, ich werde nicht diejenige sein, die –«

»Seine Mama hat das hier die ganze Zeit aufbewahrt.«

Als Lowery sich zu mir beugte, wurde seine Geruchsmischung überwältigend. Er klappte das Album auf und gab es mir.

Auf jeder Seite waren vier bis sechs Fotos. Schwarz-weiße mit wellenförmigen Rändern. Baby- und Schulporträts. 7-mal-12-Abzüge aus dem Drugstore.

Ich blätterte durch die Seiten und fragte nach Menschen, Orten, Ereignissen. Lowery gab mir kurze, oft nur aus einem Wort bestehende Antworten. Weihnachten 1954. 1961. 1964. Ein Ausflug an den Myrtle Beach. Harriet. Tom. Das Haus an der Red Oak. Der Wohnwagen am See. Auf jedem Foto war eine jüngere Version des Jugendlichen zu sehen, dessen Foto ich in Jean Lauriers Schreibtischschublade gefunden hatte.

Ein Schnappschuss zeigte Plato und eine Frau, von der ich annahm, dass es Harriet war.

»Ist das Ihre Frau?«, fragte ich.

Plato wartete nun mit einem für ihn untypischen Detail auf. »Harriet hatte wirklich schöne Augen. Eins braun, das andere grün wie eine Tanne. O Mann.«

Der nächste Kodak-Augenblick zeigte Spider, Plato und Harriet auf einem Pier. Alle trugen Shorts und leichte Sommerhemden. Harriet sah aus, als hätte sie viel zu viel Sonne und viel zu wenig Sonnencreme abbekommen. Einige Falten verschwanden zu einem V in ihrem beträchtlichen Dekolleté.

Das vorletzte Bild zeigte Spider unter einem Bogen aus Luftballons neben einem Mädchen mit Brille und hoch aufgetürmten Haaren. Er trug ein weißes Sakko mit einer Blume im Knopfloch. Sie trug ein rosafarbenes Abendkleid aus Satin mit Rüschenmanschetten. Beide wirkten steif und linkisch.

Die letzte Aufnahme war das offizielle Porträt einer Baseballmannschaft, zwölf Jungs in Uniform und zwei Trainer, einer vorne auf ein Knie gestützt, der andere stehend in der hinteren Reihe. Ein aufgedrucktes Datum nannte die Saison: 1966/67.

Wieder war Platos Erklärung unerwartet lang.

»Das wurde in Spiders letztem Collegejahr aufgenommen, bevor er zur Armee ging. Er hatte für Sport nicht viel übrig, wollte es aber wenigstens mal versuchen. Meistens saß er auf der Bank. Das da ist er.«

Lowery deutete mit dem Finger auf einen Jungen, der in der ersten Reihe kniete.

Ich hob das Album eben an, als er es zur Seite riss.

»Moment.« Er hielt sich die Seite auf Armeslänge vor die Augen, zog sie heran und streckte die Arme dann wieder. Diesmal deutete er mit dem Finger auf einen der stehenden Jungs. »Das da ist Spider.«

Ich begriff den Grund für Lowerys Verwirrung. Beide Jungs hatten dieselben dunklen Haare und Augen, dieselben schweren Brauen über den Augenhöhlen.

»Mann«, sagte ich. »Sie könnten Brüder sein.«

»Cousins, von Harriets Seite her. Die Leute verwechselten sie immer. Nur dass Spider die grünen Augen von seiner Mama hatte. Reggies waren dunkel wie meine.«

Das Foto war zu ausgebleicht, die Gesichter zu klein, um sie auf Anhieb auseinanderhalten zu können.

»Ein Herz und eine Seele, die beiden«, fuhr Plato fort. »Reggie war derjenige, der Spider dazu überredete, ins Team zu gehen.«

Der alte Mann nahm das Album zurück und klappte es zu. Wieder entstand ein langes Schweigen, bevor er noch etwas sagte.

»Mein Daddy kämpfte in Frankreich. Ich tat in Korea meine Pflicht. Drei meiner Brüder gingen zur Army, einer zur Navy. Alle ihre Söhne meldeten sich freiwillig. Ich will damit nicht angeben, nur eine Tatsache feststellen.«

»Das ist bewundernswert, Sir.«

»Spider ging nach Vietnam und kam in einer Kiste zurück.«

Lowery atmete durch die Nase ein. Atmete aus. Schluckte.

»Ich hatte immer Vertrauen ins Militär. Jetzt –«

Dann klappte er unvermittelt das Album noch einmal auf, riss das Mannschaftsfoto heraus und hielt es mir hin.

»Ich vertraue darauf, dass Sie meinem Jungen Gerechtigkeit widerfahren lassen.«

Ich hatte mich um über eine Stunde verschätzt. Als ich in meinem Stadthaus in Charlotte war, schlug die Uhr meiner Oma auf dem Kaminsims bereits zehn.

Bird fing mich, Missbilligung verströmend, an der Tür ab.

Nachdem ich mich bei dem Kater entschuldigt und ihm seine Schüssel aufgefüllt hatte, zog ich mich aus, warf meine Klamotten in die Waschmaschine und stieg unter die Dusche. Während ich mich abtrocknete, erzählte ich ihm von meinem Tag in Lumberton.

Ich zog eben einen Pyjama an, als in der Küche etwas schepperte.

Verwirrt eilte ich nach unten.

Ich durchquerte eben das Esszimmer, als Katy durch die Schwingtür krachte.

Der Ausdruck im Gesicht meiner Tochter ließ mir das Blut in den Adern erstarren.

8

Katys Haare waren ein blondes Chaos, die Augen feucht und gerötet. Die unteren Lider und die Wangen waren mit Mascara verschmiert.

Ich stürzte zu meiner Tochter und drückte sie an mich.

»Liebling, was ist denn los?«

Katy stand nur stumm da, die Schultern hochgezogen, die Hände zu Fäusten geballt.

Ich schob sie sanft in mein Arbeitszimmer und auf die Couch, nahm sie dort wieder in die Arme und streichelte ihr den Rücken. Sie blieb steif, weder wehrte sie sich gegen meine Berührung, noch reagierte sie darauf.

Sekunden vergingen. Eine Minute. Schließlich ließ sie, tief aufseufzend, ihren Körper gegen meinen sinken. Bald durchnässten Tränen meine Pyjamajacke.

Mein Magen krampfte sich zusammen, während ein Kaleidoskop von Bildern auf mich einstürzte. Tragödien der Kindheit, die ähnliche Tränen ausgelöst hatten. Der Tod ihres Kätzchens Arthur. Der Umzug ihrer besten Freundin in der Mittelstufe nach Iowa. Die Nachricht, dass ihr Vater Pete und ich uns trennten.

Aber Katy war jetzt vierundzwanzig. Was konnte passiert sein, das sie so tief verstörte? Eine Krankheit? Ein Streit in der Arbeit? Eine Krise mit Lija? Pete?

Wie bei diesen längst vergangenen Herzensschmerzen kam meine Reaktion blitzschnell und instinktiv.

Mach was dagegen!

Aber ich wusste: Ich konnte nichts tun.

In meiner Hilflosigkeit strich ich meiner Tochter über den Kopf und machte beruhigende Geräusche.

Omas Uhr tickte regelmäßig wie ein Metronom. Ich erinnerte mich an ihre knotigen Hände auf meinem kleinen Kopf, ihre Stimme, die mich in den Unglücksfällen meiner eigenen Kindheit getröstet hatte.

Draußen bellte ein Hund. Andere antworteten. Eine Hupe ertönte.

Irgendwann erschien Birdie in der Tür. Vielleicht, weil er die Heftigkeit der Gefühle spürte, vielleicht, weil er hungrig oder gelangweilt war, trollte er sich wieder.

Langsam, aber unausweichlich wurde Katys Schluchzen schwächer, und ihr Atem bekam wieder einen normalen Rhythmus. Sie löste sich von meiner Brust und stand auf.

War das Gesicht meiner Tochter normalerweise perfekt geschminkt, setzte sie jetzt einen neuen Standard für aufgelöstes Make-up. Sie fuhr sich mit dem Handrücken über die Nase und strich sich dann Strähnen ihrer langen, blonden Haare aus dem Gesicht.

Ich zog Papiertaschentücher aus einem Karton und gab sie ihr. Sie wischte sich die Augen, schnäuzte sich und warf den Knäuel dann auf den Boden.

»Coop ist tot.« Kaum ein Flüstern.

»Coop kommt nach Hause.« Blöd, aber genau das sagte ich. Ich hatte Katys Worte gehört, aber mein Hirn hatte sie noch nicht verarbeitet.

»Ja.« Sie kämpfte wieder gegen Tränen. »In einer Kiste.«

Ich hielt ihr frische Tücher hin, umfasste ihre Hände. »Was ist passiert?«

»Hast du keine Nachrichten gesehen?«

»Ich war den ganzen Tag in Lumberton.«

»Aufständische beschossen ihren Konvoi. Coop kam zusammen mit einem afghanischen Fahrer und zwei Frauen aus England ums Leben.«

»O Gott. Wann?«

»Gestern.« Sie atmete bebend ein. »Ich habe die Geschichte auf CNN gehört, aber nicht weiter darüber nachgedacht. Es wurden keine Namen genannt, weder die der Toten noch der Organisation, für die sie arbeiteten. Dann wurden heute die Opfer identifiziert. Ich …«

Ihre Unterlippe zitterte. Sie biss sich darauf.

»Ach, Katy«, sagte ich.

Verdammt, dachte ich.

Doch nein, genau so lief das ab. Die Identitäten wurden erst preisgegeben, wenn die nächsten Angehörigen benachrichtigt waren.

»Hast du mit Coops Familie telefoniert?«

»Ach ja, richtig.« Sie schnaubte verächtlich. »Bekam einen Onkel oder Cousin oder was auch immer ans Telefon. Und der sagte mir im Wesentlichen, ich könne ihn mal.«

»Was hat er gesagt?«

»Der Kerl hatte keine Ahnung, wer ich war, und es war ihm auch scheißegal. Meinte, der Gedenkgottesdienst sei nur für die Familie. Vielen Dank für den Anruf. Und leck mich.«

»Wo wurden sie überfallen?«

»Irgendeine Straße außerhalb von Kabul. Alle in dem Konvoi arbeiteten für das International Rescue Committee. Sie wollten Coop und eine der Britinnen zum Flughafen bringen.«

Um nach Hause zu fliegen. Sie konnte es nicht sagen.

»Im zweiten Fahrzeug wurden zwei verletzt. Alle vier im ersten Auto waren auf der Stelle tot.« Katy schluckte. »Gestorben an vielfachen Schusswunden.«

»Ach, Kleine, das tut mir ja so leid.«

»Das waren Helfer!« Sie kreischte es beinahe. »Sie haben Brunnen gegraben.«

Ich drückte Katys Hände. Sie zitterten.

»Die Taliban haben die Verantwortung übernommen. Sie behaupten, Coop und seine Kollegen seien Spione gewesen. Spione! Kannst du dir das vorstellen?«

In mir kämpfte Abscheu mit Kummer. Und wachsender Wut. Es war die übliche Rechtfertigung der Taliban für Mord. Die Opfer waren immer Spione oder Kollaborateure.

»Diese Arschlöcher nannten das International Rescue Committee einen verhassten Alliierten der Invasionstruppen.«

»Wenn ich nur wüsste, was ich dir sagen soll, meine Kleine.«

»Sie waren unbewaffnet, Mom. Ihr Fahrzeug war über und über mit IRC-Stickern beklebt.«

»Es tut mir so, so leid.« Erschöpft von meiner Fahrt nach Lumberton und argwöhnisch meinen eigenen Gefühlen gegenüber, sollte ich ihnen freien Lauf lassen, fiel mir beim besten Willen nichts anderes ein als diese zugegeben lahme Erwiderung.

»Coop war kein Spion. Er ging nach Afghanistan, weil er den Menschen helfen wollte. Es ist total falsch, dass er sterben musste.«

»Der Krieg fordert viele unschuldige Opfer«, sagte ich.

»Coop hatte sich freiwillig gemeldet.« Jetzt flossen wieder Tränen über Katys Wangen. »Er musste überhaupt nicht dort sein.«

»Ich weiß.«

»Warum er?«

Ich hatte keine Antwort.

»Ist Lija zu Hause?«, fragte ich sanft, als einige Sekunden vergangen waren.

»Sie ist in den Bergen.« Katy wischte mit einem zusammengeknüllten Taschentuch unter den Augen entlang. »Banner Elk, glaube ich.«

»Weiß sie Bescheid?«

»Ich habe ihr eine Nachricht aufs Handy gesprochen.«

»Willst du heute Nacht bei mir bleiben?«

Katys Schulterzucken stach mir direkt ins Herz. Seit frühester Kindheit benutzte sie diese Geste, wenn sie tief traurig war.

»Ich fasse das als ein Ja auf«, sagte ich.

Omas Uhr tickte sechzigmal, während wir, jede in die eigenen Gedanken versunken, dasaßen.

Als Katy dann wieder etwas sagte, machte Wut ihre Stimme heiser.

»Diese Taliban sind absolute Arschlöcher.«

Die Verbitterung in der Stimme meiner Tochter jagte mir einen Schauer über den Rücken. Ich umfasste ihre Schultern, zog sie an mich und legte meinen Kopf an ihren.

Zusammen weinten wir leise. Sie um ihren verlorenen Freund. Ich um mein Kind, dessen Schmerz ich nicht tilgen konnte.

Gemeinsam klappten Katy und ich die Schlafcouch auf und bezogen sie. Während sie duschte, holte ich Fertigteig aus der Kühltruhe, legte ihn auf ein Backblech und schob es in den Ofen.

Als Katy wieder auftauchte, füllte süßer Backgeruch die Wohnung. Mit übertriebener mütterlicher Fürsorglichkeit stellte ich ihr Milch und warme Schokoladenplätzchen hin.

Während sie nach einem Plätzchen griff, runzelte meine

Tochter skeptisch die inzwischen wieder makellose Stirn. Ich gab zu, Tiefkühlteig verwendet zu haben, nahm aber für mich in Anspruch, ihn zumindest eingekauft zu haben. Katy hätte beinahe gelächelt.

Ich stellte eben die Gläser ins Waschbecken, als das Festnetztelefon klingelte.

Mein Blick huschte zur Wanduhr. Eine Viertelstunde nach Mitternacht.

Verärgert griff ich nach dem Hörer.

»Der Hauptgewinn. Eine Reise nach Hawaii. Alles inklusive und völlig kostenlos!« Danny Tandler imitierte einen Spielshowmoderator.

»Weißt du, wie spät es hier ist?«

Katy wünschte mir mit einem Winken gute Nacht und verließ die Küche.

»Zum Reisen ist es nie zu spät.«

»Was?«

»Unsere glückliche Gewinnerin erhält einen Holzklassesitz neben dem Klo und eine Billigbude eine Million Meilen vom Strand entfernt.«

»Von was redest du da?«

»Dein Charme hat Plato Lowery völlig platt gemacht.«

»Er ist ein sehr netter Gentleman.«

»Der sehr nette Gentleman will dich und nur dich. Und sein Kongressabgeordneter zieht alle Fäden, damit er auch kriegt, was er will.«

Nach unserer gemeinsamen Fotoalbumsession hatte ich schon befürchtet, dass sich so etwas daraus entwickeln könnte.

»O'Hare hat wieder angerufen«, vermutete ich.

»Ja. Ich weiß nicht, ob Lowery den guten Abgeordneten angerufen hat oder andersherum. O'Hare rief Notter an. Notter rief Merkel an. Ist die moderne Kommunikation nicht was Großartiges?«

»Ich kann im Augenblick nicht nach Hawaii kommen.«

»Notter sieht das anders.«

»Er wird drüber hinwegkommen.«

»Was, wenn wir dich an einem wirklich netten Strand unterbringen?«

»Danny.«

»Warum nicht?«

Ich erzählte ihm von Coop.

»O Gott, ich habe den Bericht in den Nachrichten gesehen. Katys Freund war der Amerikaner?«

»Ja.«

»Armes Mädchen. Standen sie sich nahe? Du weißt schon?«

Ich wusste es nicht. »Nahe genug.«

»Gib Katy eine dicke Umarmung von mir. Warte mal. Noch besser. Bring sie mit. Ein wenig hawaiianische Sonne könnte genau das sein, was sie jetzt braucht.«

»Ach, Danny.«

»Lowery besteht stur darauf, dass du die Leiche seines Sohns nach Honolulu begleitest und dass du die gesamte Neuuntersuchung überwachst.«

»Notter soll ihn davon abbringen.«

»Wird nicht passieren.«

»Ist nicht mein Problem.«

»Wann warst du das letzte Mal im Urlaub?«

»Weihnachten.«

»Hör mal, Tempe. Wir wissen beide, dass der Kerl, den du heute ausgebuddelt hast, nicht John Lowery ist.«

»Man nannte ihn Spider.«

»Warum?«

»Lange Geschichte.«

»Diese Sache wird Lowery den Boden unter den Füßen wegziehen. Tu es für ihn. Und für Notter und Merkel. Vielleicht brauchst du ja mal von uns einen Gefallen.«

Ich sah gequälte Augen unter einer Koreaveteranen-Kappe vor mir.

Eine in Plastik eingewickelte Leiche.

Ein mit Schimmel bedecktes Skelett.

Ich hatte weder in North Carolina noch in Quebec dringende Fälle. Vielleicht hatte Danny recht. Vielleicht wäre eine Reise nach Hawaii die richtige Therapie für Katy, und Dannys Hinweis, dass ich die Leute vom CIL vielleicht irgendwann einmal brauchen würde, war auch nicht nur als Witz gemeint. Aber würde Katy mitkommen?

»Wann startet die Sache im CIL?«, fragte ich.

»Die Überreste werden am Freitag hierher transportiert. Lowery besteht darauf, dass du mit ihnen fliegst.«

»Stur.«

»Stur.«

»Ich werde Katy fragen.«

»Braves Mädchen.«

»Das ist kein Versprechen, Danny. Katy braucht mich jetzt im Augenblick. Sie muss die Entscheidung treffen.«

»Ich kann mir vorstellen, dass sie ziemlich fertig ist.«

»Total.«

»Wird sie zur Beerdigung des Jungen gehen?«

»Die findet im engsten Familienkreis statt.«

Schweigen summte vom Südpazifik zur südöstlichen Küste. Danny brach es.

»Ich schicke dir die Flugdaten, sobald ich sie habe.«

9

Früh am nächsten Morgen stand ich auf, überfiel die Blumenabteilung von Harris Teeter und fuhr zurück nach Hause, um Fotos aus dem Netz herunterzuladen und auszudrucken. Gewappnet und bereit schlich ich auf Zehenspitzen zu meinem Arbeits- und gegenwärtigen Gästezimmer.

Katy wachte auf inmitten von Orchideen und Frangipani, einem selbst geflochtenen Blütenkranz und einem mit Reißzwecken an die Wand gehefteten Hawaiipanorama.

Kurz nach zehn tauchte sie in der Küche auf, zerzaust und verwirrt und mit einem besonders spektakulären Foto des Kamaole Beach auf Maui in der Hand.

Ich fragte sie, wie sie sich fühle. Sie zuckte die Achseln, goss sich Kaffee ein.

Ich übermittelte ihr Danny Tandlers Beileidswünsche. Sie schlürfte.

Ich startete meine Werbekampagne. Schnorcheln. Tauchen. Vielleicht ein paar Surfstunden.

Katy hörte zu, den Blick auf den Dampf gerichtet, der aus ihrer Tasse stieg.

Da ich Schweigen ohne Achselzucken als Interesse interpretierte, redete ich weiter. Diamond Head. Waikiki. Lanikai Beach.

»Und? Was denkst du, meine Kleine? Aloha?« Ich imitierte einen kleinen Hula.

»Warum nicht.«

Nicht gerade ein »Hurra!«. Aber sie war bereit mitzukommen.

Bis zum Mittag hatte das Büro des Pflichtverteidigers, dank

Charlie Hunts Intervention, seiner sehr jungen Rechercheurin im ersten Jahr einen »Sonderurlaub im Todesfall« gewährt. Zwei Wochen. Unbezahlt.

Immerhin.

Nach einem Lunch aus Tomatensuppe und Thunfischsandwiches suchten Katy und ich uns unsere Tauch- und Schnorchelausrüstung zusammen. Zumindest ich tat es. Katy schaute vorwiegend zu.

Ich erledigte einige Anrufe, während Katy nach Hause fuhr, um zu packen. LaManche hatte keine Einwände gegen meine zweiwöchige Abwesenheit vom LSJML in Montreal, vorausgesetzt ich wäre telefonisch erreichbar. Pete versprach, Birdie zu nehmen. Mein Nachbar versprach, sich um das Stadthaus zu kümmern.

Gegen sechs rief Danny mit den Fluginformationen an. Überzeugt von der Richtigkeit seines Plans, hatte er bereits vorgearbeitet und eine Reservierung für Katy gebucht.

Danny sagte, er werde uns am Flughafen abholen, und warnte mich spielerisch vor einer Überraschung. Ich konnte ihm schöntun, wie ich wollte, ich brachte nicht mehr aus ihm heraus. Mit leichtem Unbehagen legte ich auf.

An diesem Abend lud ich Charlie Hunt in ein Restaurant ein. Zum Teil, weil ich ihn vermisste. Zum Teil, um ihm für Katys unverdienten Urlaub zu danken.

Wir trafen uns im Barrington's, einem winzigen Bistro, versteckt zwischen lauter Einzelhandelsgeschäften. Unpassende Gegend. Saftige Rechnung. Gigantisches Essen.

Ich hatte die Tagliatelle. Charlie hatte den Barsch. Zum Dessert teilten wir uns einen Brotpudding mit weißer Schokoladeneiscreme.

Danach sagte ich, an meinem Mazda lehnend, Charlie ein

sehr großes Mahalo, ein hawaiianisches Dankeschön. Seine Reaktion ließ durchblicken, dass er mehr als bereit war, die Bedankungen in seinem Haus weiterzuführen.

Ich war in Versuchung.

Heftigst.

Aber noch nicht.

Zu Charlies Bestürzung gingen wir beide getrennt nach Hause.

Von North Carolina nach Hawaii zu kommen ist jetzt einfacher als in den Neunzigern, als ich als Beraterin für das CIL arbeitete. Die Reise dauert trotzdem noch ein halbes Leben.

Ich stand bei Tagesanbruch auf und rief Katy an. Sie war am Abend zuvor nach Hause gefahren, weil sie allein sein wollte, um über Coops Tod zu schreiben. Im letzten Winter hatte meine Tochter angefangen zu bloggen. Ich hatte ihre Seite besucht, ChickWithThoughts.blogpost.com, und die Eloquenz ihrer Einträge hatte mich überrascht. Und die Ernsthaftigkeit ihrer Themen. Sie reichten von der Politik des Präsidenten über Öko-Terrorismus bis hin zur Weltwirtschaft. Erstaunt hatte mich auch die Menge der Leute, die ihre Einträge lasen und an den Diskussionen teilnahmen.

Katy war wach und zog sich bereits an. Gutes Zeichen.

Wir flogen mit USAirways von Charlotte über Phoenix und kamen um halb drei nachmittags in Honolulu an. Man gewinnt fünf Stunden, wenn man nach Westen reist, die Hinreise war deshalb täuschend schmerzlos. Aber ich wusste aus Erfahrung, dass die Rückreise mich fertigmachen würde.

Obwohl ich mit dem offiziellen Transfer nichts zu tun hatte, war ich mir des jungen Mannes natürlich bewusst, der unter uns im Lagerraum reiste. Während des ganzen Flugs waren meine

Gedanken immer wieder zu ihm gewandert. Wer war er? Wie lautete seine Geschichte? Wie war er in Spider Lowerys Grab gelandet?

Katy verschlief fast den ganzen Flug. Ich versuchte, Berichte zu schreiben, gab es aber auf. Ich kann in Flugzeugen einfach nicht arbeiten. Ich schiebe es auf die Höhe. Im Grunde genommen ist es einfach nur ein Mangel an Disziplin.

Die angebotenen Filme waren von den Zensoren sowohl für Matrosen auf Landurlaub wie für vierjährige Baptisten freigegeben worden, und so las ich und wechselte dabei zwischen einem Reiseführer über Hawaii und einem Roman von Stephen King hin und her.

In einer von Katys kurzen Wachperioden erklärte ich ihr die JPAC-Geschichte. Keine Details. In ihrer Situation musste sie nun wirklich nicht noch einmal an die tragischen Kosten des Krieges erinnert werden. Aber Katy würde allein sein, wenn ich im CIL arbeitete. Sie würden wissen wollen, wo ich war und warum.

Katy hörte zu, ohne mich zu unterbrechen, eine Reaktion, die ich alarmierend fand. Normalerweise hätte Katy tausend Fragen gestellt und eine ähnliche Anzahl von Meinungen geäußert. Ich verstand ihre Teilnahmslosigkeit. Katy redete zwar nicht darüber, aber ich hatte gestern mitbekommen, wie sie noch einmal bei den Coopertons angerufen hatte. Ihre Seite des Gesprächs deutete auf eine weitere Zurückweisung hin.

Wie versprochen, wartete Danny vor der Gepäckausgabe. Als er uns sah, grinste er wie ein Kind, das eben ein Snickers verdrückt hat.

Allgemeine Umarmungen.

Während Danny und ich das Gepäck abholten, suchte Katy sich eine Toilette. Danny nutzte die Gelegenheit, um sich nach

Katys Verfassung zu erkundigen. Ich wackelte mit der Hand. So lala.

Ich fragte nach den Überresten aus Lumberton. Er erwiderte, dass Silas Sugarman den Transportbehälter zum Charlotte Airport gebracht habe und dass er auf der Frachtliste unserer Maschine aufgeführt sei.

Ich kannte den Ablauf. Der Transportbehälter würde ausgeladen und in den Frachtbereich gebracht werden, wo er vom Personal von Borthwick, einer Leichenhalle in Oahu, abgeholt werden würde. Nach Erledigung des Papierkrams würde der Sarg im Leichenwagen nach Hickam und durch eine Hintertür ins CIL gebracht werden. Er würde eine Zugangsnummer erhalten, und dann würden die Überreste auf ihre Bearbeitung warten.

Die Schlange vor dem Avis-Schalter bewegte sich im Schneckentempo. Als ich vor der Theke stand, fand sich keine Spur von meiner Reservierung. Nach viel Seufzen und Kopfschütteln wurde schließlich ein Auto für mich gefunden, ein Chevrolet Cobalt ungefähr von der Größe meiner Handtasche.

Danny half uns, das Gepäck einzuladen. Doch er weigerte sich, uns irgendeinen Hinweis auf unser Hotel zu geben, sondern bestand darauf, dass wir seinem Jeep folgten.

Wenn ich in der Vergangenheit für das CIL gearbeitet hatte, war ich immer in einem mäßig teuren Hotel am Waikiki Beach untergebracht gewesen. Das bedeutete, ungefähr in südöstlicher Richtung in die Stadt zu fahren.

Dannys Route überraschte mich. Er fuhr auf dem H-1 nach Norden und dann östlich auf den H-3 in Richtung Kaneohe.

Wir hatten kaum den Flughafen verlassen, als Katys Kopf ans Seitenfenster sank und sie einschlief. Meine kleine Navigatorin. Jetzt musste ich allein darauf achten, Danny nicht aus den

Augen zu verlieren. Was eine Herausforderung war, da der Kerl einen Gasfuß mit dem doppelten Atomgewicht von Blei hatte.

Nach zwanzig Minuten bog Danny ab auf den Highway 630, Mokapu Boulevard und dann nach Süden auf die Kalaheo. Nach einer Weile kamen wir am Kailua Beach State Park vorbei.

Als mein eingebautes GPS ansprang, spürte ich ein leichtes Kribbeln der Aufregung. Danny wusste, dass mein Lieblingsstück des Oahu-Sands der Lanikai Beach war. Lanikai liegt direkt südlich von Kailua. Wohin fuhr Danny? War das seine Überraschung?

Vergiss es, tadelte mich ein pessimistisches Neuron. *Du reist auf Kosten des Militärs.*

Alles ist möglich, schoss ein optimistisches zurück.

Kaum waren wir in Kailua über der Brücke, war es, als würde man in Charlotte fahren. Alle paar Meter änderten sich die Straßennamen. Lihiwai. Kawailoa. Alala. Mokulua.

Hawaiianisch. Man muss es einfach lieben.

Schließlich bog Danny in eine Öffnung ein, die zwischen hoch aufragenden Hecken kaum zu sehen war. Ich folgte ihm.

Die Auffahrt führte zwischen weiten Rasenflächen hindurch zu einem zweistöckigen Haus mit Stuckverzierungen und Balkonen an drei Seiten. Hinter dem Haus konnte ich noch mehr Rasen erkennen, weißen Sand und das glitzernde Türkis der Kailua Bay.

Danny hielt an, stieg aus und kam auf mein Auto zu. Ich ließ das Fenster herunter.

»Dein neues Zuhause.« Er streckte theatralisch den Arm aus.

»Wir wohnen hier?« Ich muss zugeben, es war fast ein Kreischen.

Ein Grinsen spaltete Dannys Gesicht von einem Ohr zum anderen.

Katy setzte sich auf und spähte durch die Windschutzscheibe.

»Wie hast du denn das geschafft?«, fragte ich.

»Danny hat so seine Möglichkeiten.« Er tippte sich dabei an die Schläfe.

Ich wedelte mit den Fingern, was »Erzähl« heißen sollte.

»Das Anwesen gehört einem pensionierten Colonel. Er ist einen Monat nicht da, besucht seine Kinder auf dem Festland und fühlt sich sicherer, wenn das Haus bewohnt ist.«

Katy stieg aus dem Auto und ging auf das Haus zu.

»Sollen wir nachsehen, ob die Unterbringung Madams hohen Ansprüchen genügt?«

Ich ignorierte den falschen britischen Akzent, stieg aus und folgte Danny zur Haustür.

Das Haus genügte jeglichen Ansprüchen. Ansprüchen, über die ich, bei meinem Beruf, nur Gerüchte gehört hatte.

Der Dekor war eine Mischung aus hawaiianischem Plantagenstil und modernstem Hightech. Bogenfenster und -türen. Geschnitzte Holzapplikationen. Luxuriöser Pflanzenschmuck. Böden aus Stein und brasilianischer Kirsche.

Die Ess- und Wohnbereiche hatten hohe, gewölbte Holzdecken und Glasschiebetüren, die auf eine Veranda über einem Pool führten. Hinter dem Pool erstreckten sich dreißig Meter Rasen bis zu einer Reihe aus Kokospalmen und dem Strand.

In der Küche fand sich jedes Gerät, das im neuen Millennium patentiert worden war, und genug Edelstahl, um einen OP damit auszurüsten. Ein Schlafzimmer und ein Bad, ein Schminkzimmer, ein kleines Fitness-Studio und ein Büro komplettierten das Erdgeschoss.

Jeder der drei Suiten oben hatte ein Bad mit begehbarer Dusche, einem Jacuzzi und einem Hektar Marmor. Riesige Betten. Flachbildfernseher. Deckenventilatoren. Vom Boden bis zur Decke reichende Fenster mit Meeresblick, bei dem einem das Herz stehen blieb.

Katy trottete nur hinter uns her.

»Welches Zimmer willst du?«, fragte ich nach der Tour.

»Das grüne ist ganz okay.«

»Dann ist es deins.«

»Und jetzt?«, fragte ich, als Katy zum Auto gegangen war, um ihr Gepäck zu holen.

Danny schaute auf die Uhr.

»Es ist Freitag, fast sechs Uhr. Das Labor wird leerer sein als das Herz eines Politikers.«

Ich konnte nicht anders, ich musste einfach lachen.

»Ich habe ein paar Infos über Lowery ausgegraben. Nicht viel. Über vierzig Jahre ist eine lange Zeit. Wie wär's, wenn ich dich kurz ins Bild setze, und dann entspannt Katy und du euch übers Wochenende? Montag in der Früh treffen wir uns dann im CIL und fangen mit der Untersuchung an.«

Ich war zwar enttäuscht über die zweitägige Verzögerung, aber Danny hatte recht. Es war fast elf Uhr abends Ostküstenzeit, und ich war seit fünf auf den Beinen. Ich hatte im Flugzeug kaum geschlafen und war wahrscheinlich nicht mehr fähig zu kritischen Gedanken. Und wichtiger noch, ich wollte Katy nicht jetzt sofort schon alleine lassen.

»Klingt nach einem Plan«, sagte ich.

Danny bot an, meine Sachen aus dem Auto zu holen. Ich sagte ihm, mit Koffer und Laptop würde ich schon alleine zurechtkommen. Er holte sie trotzdem.

Während Danny mein Gepäck ins Haus brachte, schaute ich in den Kühlschrank. Er war randvoll. Limonaden, Säfte, Käse, Joghurt, Humus, Obst und Gemüse, Bagels und Frischkäse, Schälchen mit abgepacktem Sushi.

Ich öffnete ein paar Schränke. Dasselbe.

Diese Großzügigkeit war typisch Danny. Immer wieder hatte er, wenn es mir schlecht ging, irgendein albernes Geschenk geschickt, um mich zum Lachen zu bringen. Wenn ich gut drauf war, mich über einen kleinen Sieg oder eine Leistung freute, hatte er mir ein albernes Geschenk geschickt, um meine Freude noch zu vergrößern.

Als Danny zurückkam, bot ich ihm an, die Lebensmittel zu bezahlen. Er verlangte ein Bier, lehnte aber das Geld ab.

Wir diskutierten. Schließlich nannte Danny einen Betrag. Da ich wusste, dass er zu niedrig angesetzt war, verdoppelte ich ihn und schrieb einen Scheck aus. Dann setzten wir uns beide in Clubsessel auf der Veranda.

»Spiders Geschichte wird seinen Alten Herrn nicht sehr glücklich machen.«

Danny trank einen Schluck Corona und begann.

»Im Dezember 1967, während seiner Stationierung in Vietnam, entfernte sich Soldat John ›Spider‹ Lowery unerlaubt von seiner Einheit.«

»Er hat sich einfach aus dem Staub gemacht?«

»Offensichtlich. Sechs Wochen später wurde er im Haus einer vietnamesischen Prostituierten in den Außenbezirken von Saigon von der Militärpolizei verhaftet.«

»Sie wohnten zusammen?«

Danny nickte. »Kurz gesagt, Lowery landete im Long-Binh-Gefängnis, einem Militärknast an der Straße zwischen Bien Hoa und Saigon. Nach einer Weile bot man ihm die vorzeitige Entlassung an, wenn er zu seiner Einheit zurückkehrte und seine Pflichten wieder aufnahm.«

»War das damals so üblich?«

Wieder ein Nicken. »Der Krieg war in seiner heißen Phase,

und das Militär brauchte so viele Soldaten wie nur möglich, wenn das Vergehen deshalb nur unerlaubtes Entfernen war, ließ sich das Militär auf den Handel ein.«

1968. Die Tet-Offensive. Die Schlacht von Hue.

Ich war zu der Zeit noch ein Kind gewesen, aber in meiner Zeit beim JPAC hatte ich mich mit den Details vertraut gemacht.

Im Januar 1968 hatten die Nordvietnamesische Armee, die NVA, und die Nationale Front zur Befreiung Südvietnams, der Vietcong, in der Hoffnung, einen nationalen Aufstand zu provozieren, den traditionellen Waffenstillstand zum Mond-Neujahrsfest gebrochen und die Tet-Offensive gestartet. Über zehn Städte wurden angegriffen. Wie auch General Westmorelands Hauptquartier und die US-Botschaft in Saigon.

Während dieser urbanen Offensive nahmen die NVA- und Vietcong-Truppen Hue ein. Die Marines starteten einen Gegenangriff und eroberten die frühere Hauptstadt zurück, Meter um blutigen Meter.

»Spider wurde am 23. Januar 1968 aus dem Long Binh entlassen und stieg in einen Huey, der ihn zu seiner Einheit zurückbringen sollte«, fuhr Danny fort. »Die Passagierliste verzeichnete vier Mann Besatzung und den Soldaten Lowery. Kurz nach dem Start stürzte der Huey ab und verbrannte mit allen an Bord.

Drei Besatzungsmitglieder wurden am nächsten Tag geborgen und identifiziert. Zwei Warrant Officers, der Pilot und der Kopilot, und ein Sergeant, der Truppenführer. Mehrere Tage später wurde in der Nähe der Absturzstelle eine vierte, stark verbrannte Leiche gefunden. Die Leiche trug Armeedrillich, aber keine Rangabzeichen.«

»War das nicht merkwürdig?«

»Nicht angesichts der Tatsache, dass Lowery frisch aus dem Gefängnis kam.« Danny trank noch einen Schluck von seinem Bier. »Die verbrannte Leiche wurde in die Leichenhalle von Tan Son Nhut gebracht, wo eine forensische Untersuchung ergab, dass das Opfer Lowerys Profil entsprach, in Alter, Geschlecht, Rasse und Größe.«

»Was war mit dem vierten Besatzungsmitglied?«

Danny schüttelte den Kopf. »Ein Wartungsspezialist. Er wurde ausgeschlossen. Weiß nicht so recht, warum.«

»Wurden seine Überreste je gefunden?«

»Da muss ich nachfragen.« Noch ein Schluck. »Nach Identifikation und Bearbeitung wurden Lowerys Überreste vom Tan Son Nhut nach Lumberton, North Carolina, transportiert, um dort beerdigt zu werden. Ende der Geschichte.«

»Offensichtlich nicht«, sagte ich.

»Offensichtlich nicht.« Danny stellte die leere Bierflasche ab und stand auf. »Ein schönes Wochenende euch beiden.«

Trotz Katys Kummer hatten wir das auch.

10

Katy schlief noch, als ich mich am Montagmorgen auf den Weg machte. Ihr Tag würde eine Wiederholung von Sonntag und Montag sein. Lesen am Strand, später am Pool. Ein bisschen Schnorcheln. Joggen am Strand. Ein langes Nickerchen.

Hawaii liegt am Äquator, das Wetter auf der Insel ändert sich also kaum. Sonnig, maximal dreißig Grad, nachmittags vielleicht ein kurzer Schauer. In einem Wort, perfekt.

Das Adjektiv trifft allerdings nicht zu für den Stoßverkehr in Honolulu.

Kriechen und Bremsen. Kriechen und Bremsen.

Zusätzlich zum JPAC beheimatet die Hickam Air Force Base auch noch den 15th Airlift Wing und 67 Partnereinheiten, darunter die Pacific Air Forces Headquarters und die Hawaii Air National Guard. Wie bei den meisten Militäranlagen können Zivilisten nicht einfach durchs Tor fahren.

Volle zehn Minuten stand ich an der Schranke an. Als ich schließlich die Spitze der Schlange erreicht hatte, salutierte ein außerordentlich tipp topp herausgeputzter junger Mann und führte mich in ein Büro voller Sicherheitspersonal in orangenen Westen.

Danny hatte Beglaubigungen hinterlassen. Nachdem die Autozulassung und die Dokumente der Sicherheitsüberprüfung eingescannt waren, wurde ich sehr schnell durchgelassen.

Nachdem ich den Militärflugplatz passiert hatte, reihte ich mich in den Kreisverkehr ein und fuhr an den Air Wing Headquarters vorbei. Die Einschusslöcher in dem Gebäude, Zeugnisse des Angriffs vom 7. Dezember 1941, der die Vereinigten Staaten in den Zweiten Weltkrieg trieb, werden jedem gezeigt, der den Stützpunkt zum ersten Mal besucht.

Schließlich bog ich rechts ab, kurvte vorbei an Flugzeughangars, bog links ein und fuhr auf einen kleinen Parkplatz. Building 45. Das Militär liebt so poetische Namen.

Ich rief Danny mit meinem Handy an. Er meldete sich und sagte, er komme gleich raus.

Während ich auf ihn wartete, dachte ich über die Verantwortung derjenigen nach, die in diesem unscheinbaren braunen Gebäude arbeiteten. Und über die *raison d'être* für das JPAC.

Von 1959 bis 1975 kämpfte Nordvietnam, unterstützt von kommunistischen Alliierten im Süden, gegen die Regierung und die Armee Südvietnams, unterstützt von den Vereinigten

Staaten und anderen Mitgliedern der SEATO, des Südostasienpakts. In seiner heißesten Phase fügte dieser Krieg den Ländern Vietnam, Laos und Kambodscha schwersten Schaden zu.

So lief dieser Konflikt ab.

Während der leicht bewaffnete Vietcong einen typischen Guerillakrieg führe, benutzte die NVA konventionellere Taktiken, die oft große Truppeneinheiten in einer Schlacht banden. Die Vereinigten Staaten verließen sich auf ihr gewohntes Dreigestirn aus Bodenkräften, schwerer Artillerie und maximaler Luftunterstützung.

Der Tribut an Menschenleben war gigantisch: drei bis vier Millionen Vietnamesen auf beiden Seiten, 1,5 bis 2 Millionen Laoten und Kambodschaner, 58 159 Amerikaner.

1800 dieser Amerikaner kamen nie nach Hause, ihr Schicksal wurde nie geklärt.

Daher das CIL, später JPAC.

Jetzt kommen die Akronyme.

Das Central Identification Laboratory in Thailand, kurz CILTHAI, wurde 1973 gegründet, um amerikanisches Militärpersonal aufzuspüren, das in Südostasien vermisst wurde. Drei Jahre später wurde das Institut nach Honolulu verlegt und sein Aufgabenbereich erweitert. Das Central Identification Laboratory Hawaii, CILHI, sollte von nun an vermisste Amerikaner aus allen vorherigen Konflikten suchen, bergen und identifizieren. Heute bedeutet das, neben den Vermissten aus Vietnam, 120 Soldaten aus dem Kalten Krieg, 8100 aus dem Koreakrieg und 78 000 aus dem Zweiten Weltkrieg.

Sprung von der Gründung von CILHI fast zwei Jahrzehnte nach vorne.

1992 wurde die Joint Task Force, Full Accounting Commission, kurz JTF-FA, gegründet, um eine möglichst umfassende

Beantwortung aller Fragen im Zusammenhang mit in Südostasien vermissten Amerikanern zu ermöglichen. Nach einem weiteren Jahrzehnt beschloss das Verteidigungsministerium, dass man all diese Recherche- und Aufklärungsbemühungen am besten in einer einzigen Einheit ansiedelte. Deshalb wurden 2003 diese beiden Organisationen miteinander verschmolzen und bildeten von nun an das Joint POW/MIA Accounting Command, das JPAC.

JPACs Aufgabe, wie die seines Vorgängers, ist es, amerikanische Kriegstote zu finden und nach Hause zu bringen. Die wesentlichen Aufgaben sind die Verfolgung von Spuren, die Bergung von Überresten und Artefakten und die Identifikation von einzelnen Soldaten, Matrosen, Fliegern und Marines.

Jede Ermittlung beginnt mit Papier. Historiker und Analysten des JPAC sammeln Korrespondenzen, Karten, Fotos, die Daten der diversen Einheiten und medizinische und persönliche Unterlagen. Die JPAC-Abteilung für Recherche und Nachrichtendienst beleuchtet den geschichtlichen Hintergrund.

Die meisten Ermittlungen bedienen sich auch diverser Quellen außerhalb des JPAC, darunter nationale Archive und Aktendepots der amerikanischen Regierung und ausländischer Regierungen. Veteranen, zivile Historiker, Privatleute, die Familien vermisster Amerikaner und Amateurforscher liefern ebenfalls regelmäßig Informationen.

Letztendlich kombinieren die Experten des JPAC das alles zu einer »Verlustfallakte«. Im CIL werden permanent über 1000 offene Akten parallel bearbeitet.

Danny trat in einem pinkfarbenen Hawaiihemd und einer weiten, braunen Hose ins Freie. Hinter seinen dicken Brillengläsern blinzelte er ins Sonnenlicht.

Wir betraten das Building 45 durch eine Hintertür und folgten einem Korridor an den Büros des Admiralsstabs vorbei zur Haupthalle. An den Wänden erinnerten Messingtafeln an die Namen der Gefallenen, die durch die Arbeit des JPAC identifiziert worden waren.

Danny zog seine Karte durch das Lesegerät an einer Glasflügeltür, und wir betraten den öffentlichen Bereich des CIL. Auf der linken Seite bot eine lange Glaswand einen Blick auf das Hauptlabor. Davor lagen auf einem Klapptisch zu Demonstrationszwecken Schädel, Knochen und militärische Ausrüstungsstücke.

Direkt vor uns führte ein Durchgang zu Büros, einem Kopierzentrum, einer kleinen Küche, einem Konferenzzimmer und einem Autopsiebereich, der für die Reinigung und Untersuchung von Artefakten benutzt wurde. An einer Empfangstheke rechts vor uns saß ein junger Mann in Armeedrillich. Über seinem rasierten Kopf hingen fünf Uhren für diverse Zeitzonen.

Die Büros ranghoher JPAC-Bediensteter säumten den Rand. Nur zwei Türen standen offen.

Roger Merkel ist ein großer, leicht gebeugter Mann mit schütteren Haaren. Er ist Mitte fünfzig und hat ein von den Jahren in der Sonne gebräuntes Gesicht mit tief eingegrabenen Furchen.

Merkel saß an seinem Schreibtisch. Als er uns sah, stand er auf und drückte mich so fest, dass mir die Tränen in die Augen traten und ich einen Augenblick sein Büro nur verschwommen sah.

Ich trat einen Schritt zurück und wunderte mich, wie immer, über Merkels Ordnungssinn. Akten und Papiere lagen in ordentlichen Stapeln auf seinem Schreibtisch. Bücher, Fotos und Erinnerungsstücke hingen und standen in perfekter Regelmäßigkeit da.

Nach ein paar Worten mit Merkel machten Danny und ich, uns auf die Suche nach Kaffee. Lyndon Mulcahy, ein CIL-Anthropologe, verließ eben die Küche, als wir eintraten.

Obwohl ungefähr im selben Alter wie Danny und ich, ist Mulcahy jemand, mit dem ich nie warm werden konnte. Er ist zwar recht attraktiv, hat schöne Haare und schöne Augen, aber er verhält sich, also würde er sich von Einbalsamierflüssigkeit ernähren.

Lyndon Mulcahy lacht nie. Wirklich niemals. Ehrlich gesagt, ich konnte ihn nie leiden.

Anscheinend teilen andere meine Ansicht. Seit ich ihn kenne, wohnt Mulcahy alleine in einer kleinen Wohnung am Waikiki Beach.

Mulcahy schaute von dem Fax hoch, das er gerade überflog. Als er mich sah, wurde sein beständig mürrisches Gesicht steif. Mit einem Nicken ging er über den Gang davon.

Überrascht wandte ich mich an Danny. »Was ist denn los?«

»Na komm. Ihr wart doch noch nie Seelenverwandte.«

»Aber wir sind immer freundlich miteinander umgegangen.«

»Zerbrich dir deswegen nicht den Kopf.«

Danny war nun damit beschäftigt, Tassen zu holen und Kaffee einzugießen, der aussah wie flüssiger Asphalt.

Ich überlegte mir, wie lange ich Mulcahy nicht mehr gesehen hatte. Mindestens zwölf Jahre. Bei meinen letzten Abstechern ins CIL war er auf Missionen unterwegs gewesen.

»Ist Mulcahy immer noch sauer wegen des Kingston-Washington-Fiaskos?«

Bernard Kingston war 67 zusammen mit drei anderen in einem Schnellboot auf dem Mekong ums Leben gekommen. Dreißig Jahre später trafen vier unvollständige Skelette im CIL ein.

Lange Geschichte. Im Grunde ging's darum, dass Einheimische die Matrosen beerdigten, als sie angespült wurden, und 95 ihre Geschichte mit der Hoffnung auf viel Geld verkauften.

Die Akten wurden Mulcahy zugewiesen. Ich als Kontrolleurin kritisierte seinen Bericht, weil ich befürchtete, dass zwei Identifikationen vertauscht worden waren. Wie sich herausstellte, hatte ich recht.

»Geht's immer noch darum?«

Danny nickte.

»Mein Gott, das ist doch eine Ewigkeit her.«

»Was soll ich dir sagen?« Danny hielt mir eine Tasse hin. »Der Kerl ist nachtragend wie ein Elefant.«

Auf dem Weg zu Dannys Büro trafen wir sonst niemanden mehr.

»Scheint ziemlich ruhig zu sein.«

»Ziemlich viele Leute sind vor Ort unterwegs.«

Danny meinte Angestellte, die zu Bergungsmissionen unterwegs waren.

Ein kurzer Abriss über die Vorgehensweise des JPAC:

Sobald eine Verlustfallakte geöffnet und der wahrscheinliche Liegeplatz einer Leiche eruiert wurde, wird ein IT, ein Ermittlungsteam, vor Ort geschickt. Das könnte überall sein – ein Reisfeld in Südostasien, eine Klippe in Papua-Neuguinea, eine Bergspitze im Himalaja oder ein Meeresgraben vor der Küste Tunesiens.

Ein IT besteht aus zehn bis vierzehn Personen, geführt von einem Teamleiter und einem forensischen Anthropologen, wobei Ersterer verantwortlich ist für die Sicherheit und den Erfolg der Mission, Letzterer für die eigentliche Ausgrabung. Darüber hinaus gehören dazu ein Organisator, ein Dolmetscher, ein Arzt und ein Spezialist für Lebenserhaltung, ein forensischer Fotograf und ein Bombenentschärfer. Weitere Spezialisten kommen dazu, wenn sie gebraucht werden. Bergsteiger, Taucher und so weiter.

Bergungsstätten variieren zwischen wenigen Quadratmetern, wie bei Gräbern von Einzelpersonen, und Flächen größer als Fußballfeldern, wie bei Flugzeugabstürzen. Der Anthropologe startet die Aktion, indem er mit Stöcken und Schnüren ein Gitternetz auslegt, danach werden die einzelnen Quadrate eins nach dem anderen umgegraben. Die Erde wird per Hand durchgesiebt, um auch noch das winzigste Skelettfragment oder Teile dazugehöriger Artefakte bergen zu können. Abhängig von den Umständen können einige wenige oder bis zu hundert ortsansässige Arbeiter für ein Projekt engagiert werden.

Wenn dann alles im CIL ist, treten die Laborratten in Aktion und untersuchen Knochen, Zähne und materielle Indizien, und gleichen alle Ergebnisse mit historischen Informationen ab.

Der Anthropologe erstellt ein so komplettes biologisches Profil wie möglich, untersucht Verletzungen und beschreibt pathologische Zustände wie Arthritis oder alte, verheilte Brüche. Der Odontologe vergleicht die Zähne mit Röntgenaufnahmen, handgeschriebenen Krankenblättern und Behandlungsnotizen in antemortalen Unterlagen. Beide entnehmen Proben für einen mitochondrialen DNS-Test.

Materielle Indizien unterscheiden sich von Fall zu Fall. Schilder mit Flugzeugdaten. Artilleriegeschütze oder Handfeuerwaffen. Rucksäcke, Kochgeschirr, Uniformen. Persönliche Habseligkeiten wie Ringe, Uhren, Kämme. Auch noch das winzigste Fragment wird genauestens untersucht.

Wie man sich vorstellen kann, ist dieser gesamte Prozess aus Recherche, Bergung und Analyse sehr arbeitsintensiv, und eine eindeutige Identifikation kann Jahre dauern. Wurde DNS aus

Knochen oder Zähnen gesichert, kann die Suche nach Vergleichsproben aus der Familie noch zusätzliche Zeit erfordern.

Und dann ist es immer noch nicht vorbei. Jede eindeutige Identifikation erfordert Gegenkontrollen auf mehreren Ebenen, darunter auch Gutachten von externen Experten. An diesem Punkt kam ich dazu. Jahrelang bewertete ich Dossiers, zergliederte überlappende Indizienketten, die sich aus den jeweiligen Überresten ergaben.

Klingt nach sehr viel Geld und Arbeit? Tja, Kosten und Mühen zahlen sich aus. Im Durchschnitt identifiziert das JPAC sechs Individuen pro Monat. Bis heute wurden über 1400 Soldaten ihren Familien zurückgegeben. Die Dankbarkeit von Verwandten ist unschätzbar.

Unterm Strich heißt das: Unsere Truppen wissen Bescheid. Sollten sie in den Krieg ziehen, bringen wir sie wieder nach Hause, auf die eine oder die andere Art.

»Wie viele Bergungsteams werden jedes Jahr losgeschickt?« Da ich nicht mehr zum JPAC gehörte, hatte ich kein Gefühl mehr für die augenblicklichen Zahlen.

»Mindestens zehn nach Südostasien, vielleicht fünf noch im Zusammenhang mit dem Koreakrieg.« Danny schürzte nachdenklich die Lippen. »Zehn weitere wohin auch immer, ob im Zusammenhang mit dem Zweiten Weltkrieg oder dem Kalten Krieg. Ein Kommen und Gehen.«

Dannys Büro war das genaue Gegenteil von Merkels. Überall lagen Papiere und Bücher verstreut, Ordner drohten von wackeligen Stapeln herunterzufallen. Memos lagen noch dort, wo irgendjemand sie hingeworfen hatte. Ein Baseball mit Autogramm. Ein Drachen. Ein Foto von Danny bei einer Ausgrabung auf einem Berg.

Der Schreibtisch präsentierte eine ähnliche Ansammlung

von Erinnerungsstücken. Eine mikronesische Skulptur, die aussah, als wäre sie aus den Hauern eines Wildschweins gemacht. Eine bemalte Kokosnuss. Ein Miniskelett mit einem Foto von Dannys Gesicht auf dem Schädel. Eine ausgestopfte Eidechse, deren Spezies mir ein Rätsel war.

Danny räumte Akten von einem Stuhl, damit ich mich setzen konnte. Vor meiner Ankunft hatte er sich bereits Spider Lowerys Akte zurechtgelegt. Obwohl wir mit dem Inhalt vertraut waren, fingen wir damit an.

Das Durcharbeiten der Dokumente erinnerte mich daran, wie viele Stunden ich mit dem Entziffern von verschmierten Durchschlägen von Formularen, ausgebleichtem Nachrichtenverkehr und unleserlichen Handschriften verbracht hatte. Die Sichtung von Spiders Akte dauerte eine Stunde.

»Hast du schon deine Probe abgegeben?«

Danny meinte die DNS-Probe, die jeder abgeben musste, der das Labor betrat. Keine große Sache, ein Q-tip, mit dem man sich übers Wangeninnere streicht. Die Proben werden archiviert für den Fall, dass es bei einer Untersuchung zu Kontaminierung durch den Untersuchenden kommt.

Ich nickte.

Wir gingen zur Glaswand, und Danny legte seinen Ausweis auf den Sensor. Mit einem Klicken ging die Tür auf. Wir traten ein und schlängelten uns durch ein Labyrinth aus Tischen, einige leer, einige mit Knochen darauf, auf einen Mann in einem roten Sweatshirt zu, der an einem Tisch ganz hinten im Saal saß.

Den Lumberton-Überresten hatte man die Eingangsnummer 2010-37 zugewiesen. Danny zeigte seinen Ausweis und nannte die Fallnummer der Überreste, die wir bearbeiten wollten.

Rotes Sweatshirt stand auf und drückte auf einen Knopf. Eine Schiebetür glitt zurück, und er verschwand zwischen vom

Boden bis zur Decke reichenden Regalreihen. Augenblicke später kehrte er mit einem langen, weißen Pappkarton zurück.

Ich kannte den Ablauf. Den Überresten wurde ein spezieller Tisch zugewiesen, auf dem sie bis zu dreißig Tage liegen durften. Die Transaktion wurde in ein Computersuchprogramm eingegeben, und der den Überresten zugewiesene Tisch war in einem Diagramm auf einer Tafel an einer Wand des Saals verzeichnet.

Danny nahm den Karton entgegen und ging zu dem zugewiesenen Tisch. Ich folgte ihm.

Wir zogen beide Handschuhe an, und dann ließ Danny mir den Vortritt.

Ich hob den Deckel an.

Die Überreste waren genauso wie in meiner Erinnerung, der Schädel zertrümmert, Unterarme, Hände und Füße fehlten, die Knochenrinden dunkel gefleckt und von rosa-weißem Schimmel überzogen, einige verkohlte Stellen.

Schweigend arbeitend arrangierten Danny und ich auf dem Edelstahl das, was von dem Mann noch übrig war, der so lange in dem Grab in North Carolina gelegen hatte. Schädel, Torso, Arme, Beine.

Als das Skelett anatomisch korrekt auf dem Tisch lag, erstellten wir ein Inventar, wobei Danny die Knochen benannte und ich sie in ein Diagramm eintrug. Ich hatte mir bereits bei Sugarman eine vorläufige Aufstellung notiert, doch Dannys Inventar würde dasjenige sein, das in die Akte kam.

Anschließend arbeiteten wir uns durch dieselben Untersuchungsschritte, die ich bereits im Bestattungsinstitut vollzogen hatte. Mit denselben Ergebnissen.

Die Überreste waren die eines Mannes, der im Alter zwischen achtzehn und fünfundzwanzig Jahren gestorben war. Die Rasse war nicht zu bestimmen.

»Nichts, um Spider Lowery auszuschließen«, sagte Danny.

»Und nichts, um ihn eindeutig zu identifizieren.«

»Zähne kommen nicht infrage.«

»Vielleicht entdecken wir Wurzelfragmente, wenn wir den Schädel röntgen. Oder wir könnten alveolare Konfigurationen vergleichen.« Ich meinte die Form der Zahnhöhlen.

Danny schüttelte den Kopf. »Sein Formular 603 ist nur Text.«

Danny meinte Lowerys militärischen Zahnstatus, der normalerweise Diagramme, sogenannte Odontogramme, Röntgenaufnahmen, Informationen über den Versorgungszustand des Patienten, die Kontaktdaten seines Zahnarztes und so weiter und so fort enthielt.

»Warum keine Röntgenaufnahmen?«, fragte ich. »Erhielt denn nicht jeder Soldat bei der Einziehung eine komplette zahnärztliche Untersuchung?«

»Theoretisch ja. Wenn nicht schon im Einziehungszentrum, dann vielleicht im Ausbildungslager oder im Einsatzgebiet, in der Bien Hoa Air Base zum Beispiel. Aber das passierte nicht immer.«

»Du meinst, Lowery ist durchs Raster gerutscht?«

»Vielleicht. Aber es gibt noch eine andere Möglichkeit. Wenn ein Soldat sich bei einer neuen Dienststelle meldete, hatte er oft seine Unterlagen selbst mit dabei. Es half bei der Eingliederung, wenn die medizinischen und dentalen Unterlagen gleichzeitig mit dem Soldaten eintrafen.«

Ich verstand, worauf Danny hinauswollte. »Aber auch das ist nicht immer passiert.«

»Nein. Manchmal kam der Papierkram erst später. Vielleicht trafen Lowerys Unterlagen erst in Vietnam ein, als er bereits tot und seine Leiche nach Hause geschickt worden war.«

»Ist aus der Akte ersichtlich, ob Röntgenaufnahmen überhaupt je existierten?«

»Nicht wirklich. Sagen wir, bei einem Soldaten wurde eine Zahnwurzel- oder Bissflügelaufnahme gemacht. Dann wurden die Röntgenbilder entweder gelocht und direkt in die Akte geheftet oder in einen kleinen Umschlag gesteckt und lose beigefügt. So oder so könnten die Aufnahmen verloren oder verlegt worden sein.«

Ein plötzlicher, unheilvoller Gedanke. »Oder absichtlich entfernt?«

Etwas flackerte in Dannys Augen und verschwand, bevor ich es interpretieren konnte.

»Soll heißen?«

»Ich weiß es nicht.«

»Möglich.« Danny nahm ein Schädelfragment zur Hand und kratzte behutsam daran, so wie ich es bei Sugarman getan hatte. »Brandspuren.«

»Vereinbar mit dem berichteten Hubschrauberabsturz«, sagte ich. »Wie auch die fehlenden Hände und Füße und die Schädelfrakturen.«

»Das biologische Profil, die Verletzungen, das Timing, der Fundort. Es passte alles. Deshalb die Identifikation 68 in Tan Son Nhut.«

»Johnson, Dadko und ein medizinischer Offizier mit Schreibproblemen schickten diesen Kerl als Spider Lowery nach Hause.«

»Weickmann.«

»Was?«

»Der Name des medizinischen Offiziers war Weickmann.«

»Konntest du dieses Gekritzel etwa lesen?«

»Jahrelange Übung.«

»Wie auch immer. Die Fingerabdrücke meiner Wasserleiche aus Quebec sagen, dass sie sich geirrt haben.«

»Vietnam explodierte '68. Das System war überlastet.«

In der Tat.

Am Anfang des Krieges bearbeitete eine einzige Stelle alle Amerikaner, die in Südostasien ums Leben kamen. Als die Opferzahlen im Frühjahr 67 in die Höhe schnellten, wurde klar, dass man so nicht mehr weitermachen konnte. Die viel zu kleine und in einer überfüllten Ecke des Stützpunkts gelegene Leichenhalle in Tan Son Nhut war ineffizient, ungenügend und ein Gesundheitsrisiko.

Daher wurde eine zweite Leichenhalle in der Da Nang Air Base eröffnet. Von Juni 67 an wurden die Überreste, die in der Zone des I. Corps geborgen wurden, nach Da Nang gebracht.

Aber die Tet-Offensive ließ die Zahlen ins Atmosphärische steigen. Im Februar 68 bearbeiteten die zwei Leichenhallen etwa 3000 Tote, zu diesem Zeitpunkt eine größere Zahl als zu jeder vergleichbaren Epoche.

Das Ergebnis war die Errichtung einer modernen Halle mit zwanzig Tischen auf einem neuen Grundstück in Tan Son Nhut. Im August 68 nahm diese neue Einheit ihren Betrieb auf.

Spider Lowerys Huey stürzte im Januar dieses Jahres in Long Binh ab, also kurz nach der Tet und acht Monate vor Eröffnung der modernen Anlage in Tan Son Nhut.

Im Chaos des Kriegs war ein Fehler gemacht worden.

Kurz nach eins machten Danny und ich eine Pause. Weil wir an diesem Tag so viel wie möglich erreichen wollten, verzichteten wir aufs Mittagessen im Offiziersclub oder auf dem Malama-Golfplatz und begnügten uns stattdessen mit einer schnellen Pizza im BX. Das Futterloch. Es gibt einen Grund für diesen Spitznamen.

Auf der Rückfahrt zum CIL rief ich Katy an. Sie als unglücklich zu beschreiben wäre, als würde man sagen, Nixon hätte sich über die Tonbänder ein bisschen geärgert.

Um Viertel nach zwei waren Danny und ich wieder bei 2010-37. Zwei Stunden lang kratzten wir vertrocknetes Fleisch und Gewebe von Knochen, eine Arbeit, die ich extrem langweilig finde. Und der Geruch ist ekelhaft.

Adipocire ist eine wachsähnliche Substanz, die durch die Hydrolyse von Fett bei der Verwesung entsteht. Ich war schon fast fertig, als ein kleiner Brocken des Zeugs von dem Fragment des Oberkiefers, das ich eben reinigte, ins Waschbecken fiel. Ich sah Wasser um den Brocken herumwirbeln, kleine Stückchen ablösen und in den Abfluss spülen.

Dann richtete ich den Blick auf die nun freiliegende Gesichtsarchitektur. Von den Wangenknochen war nichts mehr vorhanden, und die Jochbein-Oberkiefer-Naht war unauffällig. Ich drehte das Fragment.

Der obere Gaumen war breit, die sich überschneidenden Nähte größtenteils noch nicht verschmolzen.

Ich führte meine Sonde in eine der leeren Zahnhöhlen ein. Wieder löste sich ein Krümel Adipocire. Mit den Augen verfolgte ich seine Flugbahn ins Waschbecken.

Der erste Brocken war inzwischen um die Hälfte reduziert. Ich wandte mich bereits wieder dem Oberkiefer zu, als mir etwas ins Auge stach, nicht mehr als ein Aufblitzen.

Ich griff ins Becken und schob mir den Rest des ersten Brockens auf den Handschuh. Als ich das Ding antippte, zerbrach es in zwei Hälften.

Auf meinem Handschuh lag glitzernd ein Objekt.

11

»Was hast du da?« Danny sah, dass ich meine Handfläche anstarrte.

Ich streckte die Hand aus.

Er riss sich die Brille herunter und brachte seine Nase sehr nahe an meinen Fund heran. Sekunden vergingen.

»Dreh's mal um.«

Ich bewegte das Ding mit meiner Sonde. »Weißt du, was das ist?«

»Nee.«

»Denkst du, es ist was?«

»Alles ist irgendwas.«

»Sehr tiefschürfend.«

»Sieht aus wie Metall. Wo war es?«

»Eingepackt in Adipocire, das an der Schädelbasis unterhalb des Gaumens klebte.«

»Gutes Auge.«

»Danke.«

»Der Hang der Dame zu glänzenden Dingen zahlt sich aus. Legen wir's mal unters Mikroskop.«

Das taten wir auch und drehten die Vergrößerung immer weiter hoch.

Das Objekt war etwa fünf Millimeter lang, drei Millimeter breit und ungefähr einen Millimeter dick und schien aus Gold zu bestehen. Die Form war unregelmäßig, mit einer abgeschrägten Wölbung auf der einen Seite und zwei sich verjüngenden Fortsätzen auf der anderen.

»Sieht aus wie eine Ente mit einem weit offenen Schnabel.«

Dem Vergleich konnte ich nicht folgen.

Ich drehte das Ding um neunzig Grad. Danny schaute noch einmal durchs Okular.

»Jetzt ist es ein Pilz mit zwei spitzen Stielen.«

Ich schaute ebenfalls hindurch. »Das sehe ich jetzt auch. Irgendeine Ahnung, was es sein könnte?«

»Eigentlich nicht.«

»Ein Stück von einer Füllung oder Krone?«

»Äääh.« Danny verzog das Gesicht.

»Was? Äääh?«

»Sieht zu dünn und zu flach aus.«

Dannys Blick wanderte zur Uhr an der Wand. Meiner folgte. Viertel vor sechs. Ich hatte gar nicht bemerkt, dass es still wurde im Labor. Oder dass wir alleine waren.

»Feierabend?«, fragte ich, obwohl ich die Antwort kannte.

Zwar war Danny inzwischen seit fast zwanzig Jahren verheiratet, aber er und seine Frau turtelten immer noch wie frisch Verliebte. Manchmal fand ich ihr zärtliches Getue irritierend. Meistens beneidete ich sie.

»Feierabend.« Dümmliches Grinsen. Oder geiles. Oder hungriges. »Aggie kocht Salisbury-Steak.«

Danny steckte das Pilz-Enten-Ding in eine Plastiktüte. Zurück in seinem Büro, schloss er es in eine Schreibtischschublade ein.

»Morgen können wir ja Craig mal löchern.« Craig Brooks war einer der CIL-Dentisten.

Nachdem wir unsere Labormäntel ausgezogen hatten, machten wir uns beide auf den Weg, er zu Rindfleisch und Sauce, ich zu Bedrücktheit am Lanikai Beach.

Katy saß in einem Clubsessel am Pool. Ich brauchte einen Augenblick, bis ich sie durch die Schiebetür entdeckte.

Katy hörte weder iPod, noch telefonierte sie mit ihrem Handy, noch surfte oder bloggte sie auf ihrem Laptop. Kein Buch oder Magazin lag auf ihrem Schoß. Sie trug noch dasselbe Tanktop und die Hose mit Zugband vom Abend zuvor, saß einfach nur da und starrte aufs Meer hinaus.

Mit einem Wort, sie sah elend aus.

Wieder packte mich das Gefühl der Hilflosigkeit. Ich wusste, nur die Zeit würde den Schmerz meiner Tochter lindern können, und seit Coops Tod war noch nicht einmal eine Woche vergangen. Ich wusste außerdem, dass die Überbringung dieser Nachricht kalt und unpersönlich gewesen war.

Trotzdem.

Ich straffte mich und trat auf die Veranda.

»Wie geht's, Rabauke?« Ein Kosename aus der Kindheit.

»Bereit zu neuen Schandtaten.« Ausdruckslos.

»Wo warst du heute?« Während ich mich in den Sessel neben ihrem setzte.

»Nirgends.«

»Was hast du getan?«

»Nichts.«

»Irgendwelche Ideen fürs Abendessen?«

»Habe keinen Hunger.«

»Du musst was essen.«

»Nein, muss ich nicht.«

Eins zu null für Katy.

»Ich bin mir sicher, in der Küche ist was, das ich zusammenrühren könnte. Danny hat den Markt leer gekauft.«

»Mir egal.«

»Oder ich könnte nach Kailua fahren und Sushi holen.«

»Schau, Mom. Ich weiß, dass du es gut meinst. Aber beim Gedanken an Essen wird mir im Augenblick schlecht.«

Du musst was essen. Ich sagte es nicht.

»Kann ich irgendwas tun, um dich aufzumuntern? Ein kleiner Groucho?« Ich hob die Augenbrauen und schnippte Asche von einer imaginären Zigarre.

»Lass mich einfach in Ruhe.«

»Ich fühle mich schlecht dabei.«

»Nicht schlecht genug, um zu Hause zu bleiben.«

Es fühlte sich an wie eine Ohrfeige. Mein Ausdruck schien das auch zu zeigen.

»Tut mir leid.« Katy hob die Hand zum Mund, ließ sie mitten in der Bewegung erstarren, als wüsste sie nicht so recht, warum sie es tat. »So habe ich das nicht gemeint.«

»Ich weiß.«

»Es ist nur so …« Sie bewegte die Finger. »Ich habe eine solche Wut in mir, und ich weiß nicht, worauf ich sie richten soll.« Sie schlug sich mit der Faust aufs Knie. »Auf den blöden Coop, weil er nach Afghanistan ging? Auf die Taliban, weil sie ihn erschossen haben? Auf Gott, weil er es zuließ? Auf mich, weil es mich fertigmacht?«

Katy drehte sich zu mir um. Ihre Augen waren zwar trocken, das Gesicht jedoch bleich und abgespannt.

»Ich weiß, dass Wut und Selbstmitleid sinnlos und kontraproduktiv und selbstzerstörerisch und blabla sind. Und ich versuche wirklich, mich aus diesem Loch wieder herauszuziehen. Wirklich. Es ist nur so, dass das Leben im Augenblick ziemlich beschissen ist.«

»Ich verstehe.«

»Wirklich? Hattest du schon mal jemanden, der einfach abgeknallt wurde? Jemanden, der dir wirklich wichtig war?«

Hatte ich. Gabby, meine beste Freundin. Polizisten, mit denen ich gearbeitet hatte und die mir wichtig waren. Eddie Rinaldi in Charlotte. Jean Bertrand, Ryans Partner. Ich sagte es nicht.

»Schau, Mom. Ich weiß, dass du hier bist, um zu arbeiten. Und ich weiß, dass du für Coops Tod nichts kannst. Aber du bist den ganzen Tag nicht da, und dann kommst du zurück voller Sonnenschein und Mitleid.« Sie streckte beide Hände in die Höhe. »Ich weiß auch nicht. Du bist in Reichweite, deshalb kriegst du die geballte Ladung ab.«

»Ich habe schon Schlimmeres abbekommen.«

Ein dünnes Lächeln.

Katy wandte sich von mir ab und spielte mit der Kordel an ihrer Taille, verdrehte die Enden zwischen den Fingern.

Über unseren Köpfen raschelten Palmwedel in der Brise. Unten am Strand schrien Möwen.

Katy hatte recht. Ich hatte sie Tausende von Meilen mitgeschleppt und dann an einem Ort allein gelassen, über den sie nichts wusste. Ja, sie war vierundzwanzig, ein großes Mädchen. Aber im Augenblick brauchte sie mich.

Das vertraute, alte Dilemma krampfte mir die Eingeweide zusammen. Wie sollte ich Mutterschaft und Arbeit unter einen Hut bringen?

Nur jeden zweiten Tag im CIL arbeiten? Halbtags?

Unmöglich. Ich war auf Kosten des JPAC nach Honolulu gekommen. Und Plato Lowery wartete ungeduldig auf eine Antwort.

Katy mitnehmen ins CIL?

Eindeutig eine schlechte Idee.

Ich setzte zum Sprechen an. »Vielleicht könnte ich –«

»Nein, Mom. Du musst in die Arbeit gehen. Ich hätte nicht sagen sollen, was ich gesagt habe.«

»Es hilft, wenn man sich beschäftigt.« Sanft.

Ich machte mich auf eine heftige Reaktion gefasst. Sie kam nicht.

»Ja«, sagte Katy. »Das stimmt.«

Vorschläge sprangen mir ins Hirn.

Nein!, rief ein weiser Sektor meiner grauen Zellen. *Gib ihr Zeit. Freiraum.*

Ich stand auf und drückte Katys Schultern. Dann ging ich nach drinnen, zog mir Shorts an und lief zum Strand hinunter.

Während ich am Wasserrand entlangspazierte, kamen mir Kindheitserinnerungen in den Sinn. Sommer auf Pawley's Island. Meine Schwester Harry. Oma. Meine Mutter Katherine Daessee Lee.

Daisy.

Angeregt von der Umgebung und der Unterhaltung mit Katy, feuerten Synapsen Bilder und Gefühle ab.

Die Augen meiner Mutter, grün wie meine eigenen. Manchmal strahlend. Manchmal kühl und sich verweigernd.

Die Verwirrung eines Kindes.

Was für eine Mutter heute?

Eine Frau voller gesellschaftlicher Anmaßung? Der neueste Urlaubsort, das schickste Restaurant, die Wohltätigkeitsveranstaltung, die den meisten Medienrummel verursacht?

Eine Frau in Abgeschiedenheit? Die Vorhänge zugezogen, die Schlafzimmertür verschlossen, drinnen Weinen oder Stille.

Wie ich Daisys überdrehten Partymodus hasste. Wie ich ihren Rückzug in ihre fliederduftende Zelle hasste.

Mit der Zeit wurden die geschlossenen Türen und der distanzierte Blick zur Norm.

Als Kind hatte ich meine Mutter abgöttisch geliebt. Als Erwachsene stellte ich mir schließlich die grausame Frage. Hat meine Mutter mich je geliebt?

Und ich hatte mich der Antwort gestellt.

Ich wusste es nicht.

Meine Mutter liebte meinen kleinen Bruder Kevin. Und meinen Vater, Michael Terrence Brennan. Ich war acht, als beide starben, der eine an Leukämie, der andere betrunken am Steuer. Die doppelte Tragödie veränderte alles.

Aber stimmte das wirklich? Oder war Daisy schon immer verrückt?

Dieselbe Antwort. Ich wusste es nicht.

Ich wollte eine Nähe zu meiner Tochter, die meine Mutter mir verweigert hatte. Egal wie irrational Katys Verhalten auch wäre, wie unvernünftig ihre Bedürfnisse, ich würde immer für sie da sein.

Aber wie?

Der Rhythmus der Wellen brachte mir keine Erleuchtung.

Katy war nicht mehr auf der Veranda, als ich zum Haus zurückkam. Sie tauchte auf, als ich eben meine Füße in der Außendusche wusch.

»Du hast recht. Trübsal blasen ist blöd.«

Ich wartete.

»Morgen gehe ich Parasailen.«

»Klingt gut.« Tat es nicht. Mir war Katy sicher auf festem Boden lieber als dreißig Meter hoch in der Luft.

»Oder ich melde mich für einen dieser Helikopterflüge an.«

»Mm.« Ich drehte den Hahn zu.

»Hör mal, Mom. Ich bin dir wirklich dankbar für diese Reise. Hawaii ist klasse.«

»Und ich bin dankbar, dass du hier bist.«

»Ich habe ein Dutzend Shrimps aus der Kühltruhe geholt.«

»Grill anwerfen?« Ich versuchte es mit einem australischen Akzent.«

»Aye, Kumpel.«

Katy hob die Hand. Ich klatschte ab.

Aus dem Dutzend wurden zwei.

12

Birdie jagte einen sehr großen Hund über einen sehr weißen Strand. Der Hund hatte einen komplizierten Apparat umgeschnallt, von dem Seile zu einem leuchtend roten Fallschirm am Himmel führten.

Katy baumelte kopfunter an dem Fallschirm, ihre langen, blonden Haare flatterten im Wind. Sonnenlicht funkelte in Tränen auf ihren Wangen.

Eine Möwe schrie.

Der Hund blieb stehen.

Katys Schirm sackte in sich zusammen, und Katy trudelte zur Erde.

Schnell. Zu schnell.

Aus dem Schreien der Möwe wurde ein sehr lautes Summen.

Im Halbschlaf öffnete ich ein Auge.

Das Zimmer war dunkel. Das Nachtkästchen vibrierte.

Ich tastete nach meinem BlackBerry und schaltete ein.

Danny Ho sang *Aloha Oe.*

»Wie geht's meiner süßen Rose von Maunawili?« Eine Männerstimme. Nicht Dannys.

Nur eine neue Wendung im Traum?

Nein. Meine Augen waren offen. Eins schaffte es, den Wecker zu entziffern.

»Weißt du, wie spät es hier ist?« Anscheinend eine häufige Gesprächseröffnung bei Anrufen nach Hawaii.

»Sieben?«

»Rechne noch mal nach, Ryan.«

»Gib mir einen Tipp.«

»In der Antwort ist eine fünf.« Genau genommen zwei. Die kleinen, grünen Ziffern zeigten 5:59.

»Oh. Entschuldigung.«

»Mm.«

»Das heißt, ich habe dich aufgeweckt.«

»Ich musste aufstehen, um ans Telefon zu gehen.«

»Der Spruch ist uralt.«

»Es ist viel zu früh für irgendwas Originelles.«

»Dachte mir, du willst es wissen. Verflossene Florence hat DNS geliefert.«

»Verflossene Florence?«

»Nightingale. Wie in Krankenschwester? Die Hemmingford-Leiche. Deine Laborkumpels haben ein STR gemacht. Was immer das ist.«

»Short. Tandem. Repeat.«

»Sorry. Teilnehmer. Retardiert.«

»Also komm, Ryan. STR gibt's seit den Neunzigern.«

»Klonen ebenfalls. Und immer noch kapiert's keiner.«

»Das ist eine Standardprozedur für die meisten forensischen DNS-Labore.«

Ryan war sehr intelligent, ein Genie in den meisten Dingen. Naturwissenschaften gehörten nicht dazu. Sein Schweigen bedeutete, dass er keine Ahnung hatte, wovon ich sprach.

Klasse. Biologiegrundkurs im Morgengrauen.

»Jedes DNS-Molekül besteht aus zwei langen Ketten aus Nukleotideinheiten, die entlang der Mitte miteinander verbunden sind, sodass das Ganze aussieht wie eine Leiter mit vielen Sprossen. Jede Nukleotideinheit besteht aus einem Zucker, einem Phosphat und einer von vier Basen. Adenin, Cytosin, Guanin oder Thymim. A, C, G oder T. Wichtig ist die Sequenz der Basen. Eine Person kann zum Beispiel CCTA an einer bestimmten Position haben, eine andere CGTA: Mit STR werden vier oder fünf Sequenzwiederholungen analysiert.«

»Warum?«

»Kürzere Wiederholungssequenzen können bei der Vervielfältigung Probleme machen. Außerdem werden einige genetische Störungen mit Drei-Nukleotid-Wiederholungen in Verbindung gebracht. Chorea Huntington zum Beispiel. Längere Wiederholungssequenzen sind anfälliger für Degeneration. Und sie vervielfältigen sich in der PCR, der Polymerase-Kettenreaktion, nicht so gut wie kürzere Sequenzen.«

»In zehn Worten oder weniger, wie funktioniert STR?«

»Zehn?«

»Ich gehe bis zwanzig, aber das ist mein Maximum.«

»Zuerst extrahiert man nukleare DNS aus einer Probe. Als Nächstes vervielfältigt man spezifische polymorphe Regionen –«

»Gelbe Karte. Foul mit Fachchinesisch.«

»Regionen des Genoms, in denen es Variabilität gibt. Man vervielfältigt, du weißt schon, macht mehr Kopien. Dann bestimmt man, wie viele Wiederholungen es für die fragliche STR-Sequenz gibt.«

Ryan zuliebe stellte ich die Sache ein wenig zu vereinfacht dar. Es schien zu funktionieren.

»Hat man erst einmal den genetischen Fingerabdruck des Verdächtigen oder Unbekannten, in unserem Fall die Wasserleiche aus Hemmingford, vergleicht man ihn mit dem eines Familienangehörigen, richtig?«, fragte er.

»Noch besser, man vergleicht eine Probe vom Verdächtigen

oder Unbekannten mit einer anderen Probe, die ihm oder ihr vor dem Tod abgenommen wurde. Gezogene oder aufbewahrte Milchzähne. Speichel von einer Zahnbürste. Sekret auf einem Taschentuch.«

»Unser nächster Schritt ist also, Plato mit einem Q-tip im Mund herumzufuchteln oder Spiders eigenen Rotz zu finden.«

»Nett.«

»Du hast es gesagt.«

»Mit viel mehr Enthusiasmus.«

»Aber mit einem ähnlichen Beiklang. Glaubst du, Daddy ist bereit, den Mund weit aufzumachen und ›Ah‹ zu sagen?«

»Ich weiß es nicht«, sagte ich. »Es ist zweifelhaft, dass ihm die Ergebnisse gefallen werden.«

»Sehr«, stimmte Ryan mir zu.

Einige Sekunden lang summte Schweigen durch die Leitung. Dann fragte Ryan nach Katy.

»Immer noch ziemlich fertig«, sagte ich.

»Du hast nie was von einem Freund gesagt. Hast du gewusst, dass sie in den Kerl verknallt war?«

»Nein.«

Abwesenheit? Unaufmerksamkeit? Was der Grund auch sein mochte, meine Unwissenheit sprach von Distanz.

»Sie wird schon wieder.«

»Ja. Wie geht's Lily?«

»Geht zu Gruppensitzungen und hält die Termine mit ihrem Psychologen ein. Sie hat eine bessere Farbe und auch ein bisschen Gewicht zugelegt.«

»Sag ihr das bloß nicht.« Ein Versuch, unbeschwerter zu klingen. Klappte nicht.

»Das Mädchen sagt all die richtigen Dinge. Aber ich weiß nicht.« Ryan atmete einmal tief ein und wieder aus. »Manchmal habe ich das Gefühl, sie spult das alles nur pro forma ab. Sagt mir, was sie glaubt, dass ich hören will.«

Nicht gut. Ryans Instinkte waren normalerweise goldrichtig.

»Und sie und ihre Mutter sind wie Feuer und Eis. Lutetia gibt sich Mühe, aber Geduld ist nicht gerade ihre Stärke. Lutetia sagt was, Lily überreagiert, Lutetia putzt sie zusammen, sie explodieren beide, und ich darf dann die Scherben wieder zusammenkehren.«

»Klingt, als bräuchten sie mal eine Auszeit voneinander.«

»Da hast du recht. Aber ich kann Lily nicht bei mir wohnen haben. In diesem Stadium der Rekonvaleszenz braucht sie die ganze Zeit jemanden um sich. Ich bin tagsüber meistens weg und oft auch noch nachts. Das weißt du doch.«

Ich tat es.

Pling!

Schlechter Plan.

Er ist perfekt.

»Fliegt hierher.« Ausgesprochen, bevor die weiseren Zellen etwas einwenden konnten.

»Was?«

»Bring Lily nach Hawaii. Katy ist den ganzen Tag allein. Sie sind sich altersmäßig so nahe, dass sie einander Gesellschaft leisten könnten.«

Vierundzwanzig. Neunzehn. Aus meinem Blickwinkel sah es aus, als würde es passen.

»Du bist verrückt.«

»Ihr drei könntet Touristen spielen, während ich arbeite. Und abends machen wir dann Party.«

»Ich kann nicht.«

»Du hast, wie viel, neunzig Jahre ungenutzten Urlaub auf

deinem Konto? Es kostet dich nicht mehr als zwei Flugtickets. Platz haben wir hier genug.«

Ich argumentierte weiter, obwohl ich bereits die Weisheit der ganzen Idee in Zweifel zog.

»Eine Klimaveränderung könnte helfen. Lily wurde auf den Abacos Islands geboren. Vielleicht erinnert Hawaii sie an die Heimat.«

»Lilys Gerichtsauflagen verbieten ihr, die Provinz zu verlassen.«

»Halloho. Sie wird in deiner Begleitung sein, eines vereidigten Beamten. Du findest doch sicher einen Richter, der das absegnet.«

Eine sehr lange Pause folgte.

»Ich ruf dich wieder an.«

Danny war noch nicht da, als ich im CIL eintraf. Aber Mulcahy war es. Mit einem frostigen Nicken verschwand er in seinem Büro.

Ich zog einen Labormantel über und machte mit 2010-37 weiter, wo ich aufgehört hatte. Unter dem Wasserhahn gab ein Fragment eine Naht frei, eine geschlängelte Linie, die das Hinterhauptbein am Hinterkopf mit dem linken Schläfenbein verband.

Oh?

Ich schrubbte behutsam mit meiner Zahnbürste. Details wurden sichtbar.

O Mann.

Ich erinnerte mich an den Oberkiefer und kehrte an den Tisch zurück.

O Mann.

Ich stand wieder am Waschbecken, als Dannys Lachen ertönte, ein ungezähmter Sopran, ansteckend wie Typhus.

Minuten später kam Danny auf mich zu. Neben ihm ging eine Giraffe von einem Mann, groß und sehnig und mit Elefantenohren.

»Schön, Sie zu sehen, Tempe.« Craig Brooks, einer der Dentisten des CIL, streckte mir seine Hand hin.

»Schön, Sie zu sehen«, sagte ich, während wir uns die Hände gaben.

»Danny behauptet, Sie seien auf eine Goldader gestoßen.«

»Kaum.« Noch ein Mädchenkichern. »Tempes Fund ist so groß wie eine Milbe.«

»Dann wollen wir ihn uns mal ansehen.«

Craig saß lange überm Mikroskop, drehte immer wieder unser Pilz-Enten-Ding und verstellte den Lichteinfall der beiden Snakelight-Lampen. Schließlich richtete er sich auf.

»Danny-Boy hat recht. Das Material ist Gold.«

»Teil einer Füllung oder einer Krone?«, fragte ich.

»Nee.«

»Sind Sie sicher?«

»Ich habe Unmengen von geschmolzenem Zahnersatz gesehen, und das hier passt nicht ins Muster. Es gibt einige Veränderungen aufgrund der Hitzeeinwirkung, aber die beschränken sich auf den gerundeten Rand. Der Rest der Form sieht original aus. Und die ist nicht typisch für eine Restauration oder eine Krone.«

»Inwiefern?«

»Erstens ist das Fragment viel zu dünn. Zweitens ist eine Oberfläche glatt, hatte aber einige gerundete Erhebungen. Die andere Oberfläche ist aufgeraut, aber flach.«

»Was ist es dann?«, fragte ich.

Craig zuckte die Achseln. »Keine Ahnung.« Er stand auf. »Aber ich denke darüber nach.«

Als Craig gegangen war, sagte ich Danny, dass ich ihm etwas zeigen müsse. Er fragte, ob das noch zehn Minuten Zeit habe. Er müsse vor neun noch einen Anruf erledigen.

Ich ging eben wieder zum Waschbecken, als mein Handy klingelte. Ich schaute auf das Display, weil ich Ryans Nummer erwartete. Die Kennung war eine lokale, aber nicht die Nummer des Hauses am Lanikai Beach.

Neugierig schaltete ich ein.

13

»Aloha.« Ich war integrationswillig.

»Aloha. Dr. Temperance Brennan, bitte.« Die Stimme klang nach Jahren filterloser Zigaretten. Ich war mir nicht sicher, ob es eine männliche oder eine weibliche war.

»Am Apparat.«

»Hadley Perry hier.«

Klasse. Geschlechtsneutraler Name. Ich zog mir einen Stuhl neben 2010-37 und setzte mich.

»ME.« Medial Examiner.

Diese Hadley Perry. Wir waren uns zwar nie begegnet, aber ich kannte Perrys Ruf. Seit mehr als zwei Jahrzehnten war sie Chief Medical Examiner für Stadt und Bezirk Honolulu, ihre Mätzchen waren legendär, und die Presse stürzte sich gierig auf sie.

Bei einer Gelegenheit hatte Perry in Decken gewickelte Leichen auf den Parkplatz ihres Instituts gerollt, um gegen die Überfüllung ihrer Leichenhalle zu protestieren. Doch es zeigte sich, dass auf den Bahren nur aufblasbare Puppen lagen. Ein anderes Mal hatte sie Todesurkunden für zwei Senatoren ausgestellt. Mit der Begründung, deren Weigerung, ihrem Büro mehr Geld zu genehmigen, sei ein deutlicher Beweis für ihren Hirntod.

»Ich hoffe, Sie haben nichts dagegen, dass ich Ihre Privatnummer anrufe.«

»Natürlich nicht.« Tatsächlich hatte ich schon etwas dagegen. Aber die Neugier siegte.

»Man hat mir gesagt, Sie sind die beste forensische Anthropologin in der westlichen Hemisphäre.«

Eine Alarmglocke schrillte.

Seit Jahrzehnten spielen Danny und ich uns gegenseitig derbe Streiche. Sechs Tage in seinem Revier und noch kein Schabernack.

Okay, Cowboy. Dann mal los.

»Ja, Ma'am. Hier bei der Arbeit.«

Ein kurzes Zögern. Dann: »Ich habe hier eine wirklich harte Nuss von einem Fall. Ich möchte Sie um Ihre Hilfe bitten.«

»Einen Buckelwal mit Implantaten?«

»Wie bitte?«

»Eine transsexuelle Hawaii-Gans?«

»Es ist ein Mordfall.«

»Ein garrottierter Gecko?« Jetzt war ich wirklich auf Touren.

»Ich glaube, das Opfer ist jung und männlich, aber ich bin mir nicht sicher. Es wurden nur wenige Teile geborgen.« Mit unerbittlichem Tonfall. Ich musste zugeben, die Frau war gut.

»Was für Teile? Muskelmagen? Flügel?«

Ich grinste eben über meine eigene Ausgelassenheit, als Danny wieder auftauchte.

»Netter Versuch«, formte ich mit den Lippen und deutete aufs Telefon.

»Was ist?«

»Hadley Perry«, formte ich und verdrehte die Augen.

Danny schaute aufrichtig verwirrt drein.

»Einen Augenblick, bitte.« Ich drückte mir das Handy an die Brust. »Mensch, ich habe hier eine Frau in der Leitung, die behauptet Hadley Perry zu sein.«

»Das muss Hadley Perry sein.«

»Das wird nicht funktionieren.«

»Wovon redest du?«

»Revanche dafür, dass ich dieses Dia bei der AAFS-Konferenz herumgezeigt habe.« Ich hatte Dannys Kopf mit Photoshop auf den Körper eines Orang-Utans in Badehose und Schwimmflossen gesetzt. »Ich kenn dich doch.«

»Ich krieg dich schon noch. Da kannst du Gift drauf nehmen. Aber eine angemessene Rache erfordert Zeit und sorgfältige Planung.«

»Also komm, Danny. Es ist aufgeflogen.«

»Was ist aufgeflogen?«

»Deine kleine Farce.«

»Was für eine Farce?«

»Dass du eine Anruferin die Chief ME spielen lässt.«

»Falscher Verdacht.« Danny legte ausgebreitete Finger auf die Brust. »Vor Perry habe ich eine Heidenangst.«

Ich spürte eine winzige Flamme in meinem Bauch züngeln.

»Ernsthaft?«

»Total.«

Oh oh.

»Sind Sie noch dran, Dr. Perry?«

»Ja.« Knapp.

»Die Verbindung ist entsetzlich. Kann ich Sie zurückrufen?«

Sie nannte mir die Nummer.

Ich legte auf und wählte.

»Aloha. Honolulu Medical Examiner.«

»Hier Dr. Brennan. Ich erwidere Dr. Perrys Anruf.« Mit brennendem Gesicht.

»Einen Augenblick, bitte.«

Perry hob sofort ab.

»Tut mir leid. Was bei mir ankam, ergab einfach keinen Sinn. Wer weiß, was da an Ihrem Ende ankam.« Nervöses Lachen. »Dieses Handy wirft Geräusche durcheinander, wenn das Signal schwach wird.« O Gott, was plapperte ich denn da? »Wie kann ich Ihnen helfen?«

Perry wiederholte, was sie zuvor gesagt hatte. Mord, Leichenteile, junger Mann, Hilfe.

»Kann Ihnen denn niemand von hier zur Hand gehen?«

»Nein.«

Ich wartete. Sie ging nicht weiter darauf ein.

»Es gibt beim CIL staatlich geprüfte Anthropologen.« Ich schaute Danny an. Obwohl er sich alle Mühe gab, auf 2010-37 konzentriert auszusehen, wusste ich, dass er zuhörte.

»Und die helfen mir auch oft weiter, Dr. Brennan. Dieses Mal bitte ich Sie.«

»Ich bin nur sehr kurz in Honolulu.«

»Das weiß ich.«

Oh? Ich lehnte mich in meinem Stuhl zurück.

»Dr. Perry, ich habe den Auftrag, ein Problem hier am CIL zu lösen.«

»Das ist militärisch. Die hören früh auf. Sie können danach mit mir arbeiten.«

Danny suchte sich einen Knochen aus und ging zum Waschbecken.

»Warum ich?«

»Weil Sie die Beste sind. Das haben Sie selber gesagt.«

»Das war doch nur ein Witz.«

»Ich bitte Sie als persönlichen Gefallen darum.«

Weit hinten in der Leitung hörte ich eine kaum vernehmbare Stimme, wie einen Geist, der in einer parallelen Dimension sprach.

Oder ein namenloses Opfer, das nach Gerechtigkeit schrie.

Ich schaute Danny an. Dann 2010-37.

»Ich komme um halb sechs zu Ihnen«, sagte ich. »Aber nur für eine Stunde.«

Nachdem ich aufgelegt hatte, schaute ich Danny an. Seine Schultern waren angespannt wie bei jemandem, der wütend ist oder Angst hat.

»Du hast mitgehört?«

»Genug.«

»Ich nehme an, ihr zwei kommt nicht besonders miteinander aus.«

»Sagen wir einfach, Hadley Perry wird in nächster Zeit wohl kaum bei mir daheim zu Abend essen. Aber das heißt nicht, dass du ihr nicht helfen solltest.«

»Willst du es mir erzählen?«

»Ich mag sie nicht, das beruht auf Gegenseitigkeit, und dabei sollten wir es belassen.«

Danny ging zum Tisch. Ich folgte ihm. Er legte das frisch geschrubbte Schienbein wieder zu dem Mann aus Lumberton.

Einen Augenblick starrten wir beide das halb gesäuberte Skelett an.

»Was wolltest du mir zeigen?«, fragte Danny.

»Kann sein, dass es nichts ist.« Ich nahm das Hinterkopffragment zur Hand. »Schau dir die Naht an.« Ich deutete auf die geschlängelte Linie.

»Komplex, mit vielen Einsprengseln.« Danny meinte die in der Naht eingeschlossenen, winzigen Knocheninseln.

Ich gab ihm das Oberkieferteilstück, in dem ich das Pilz-Enten-Ding gefunden hatte.

»Breiter Gaumen. Gerade Quernaht, keine Aufwölbung über der Mittellinie.« Er betrachtete den Knochen von vorne. »Die Jochbein-Oberkiefer-Naht ist winkel-, nicht s-förmig.« Er drehte den Schädel, sodass die Nase nach oben gedeutet hätte. »Die Wangenknochen waren vermutlich ein wenig ausgestellt.«

Danny schaute mich an.

»Denkst du, dass der Kerl vielleicht Vietnamese sein könnte?«

Ich schüttelte den Kopf. »Du hast recht, diese Merkmale deuten auf mongolide Abstammung hin. Der hohe Nasenrücken, die schmale Nasenöffnung, der mäßig ausgeformte Schädel, weder lang und schmal noch kurz und breit.«

»Gemischtrassig, also?«

»Europäisch-asiatisch oder auch europäisch-indigen-amerikanisch.«

»Wir hatten Soldaten, auf die diese Beschreibung passt. Amerikanische Indianer, Puerto Ricaner, Mexikaner, Filipinos. Nicht viele, aber da drüben kämpften sie für uns.«

»Was ist mit dem vermissten Besatzungsmitglied? Hast du schon erfahren, ob die vierte Leiche je gefunden wurde?«

»Noch nicht.«

»Wie war der Name des Mannes?«

»Ich warte immer noch auf eine Antwort auf meine Nachfrage.«

Für den Rest des Tages wuschen und schrubbten wir verkohltes Gewebe und moderige Stoffreste von den Knochen.

Um fünf lag ein völlig gesäubertes Skelett auf dem Tisch.

Die nackten Knochen verhalfen uns nicht zum Durchbruch.

Honolulus Medical Examiner arbeitet in einem krummlinigen, weißen Gebäude an der Wilei Road, nur einen kurzen Spaziergang von Chinatown entfernt. Gleich nebenan befindet sich die größte Filiale der Heilsarmee, die ich je gesehen habe.

Pünktlich um halb sechs fuhr ich unter einem Bogen hindurch und auf einen kleinen Parkplatz gleich neben dem Gebäude. Hadley Perry öffnete mir persönlich. Die Fotos, die ich im *Honolulu Advertiser* gesehen hatte, hatten mich kaum vorbereitet.

Hadley Perry war eine schlanke Frau mit unverhältnismäßig großen Brüsten und einer Vorliebe für eine Art von Make-up, die Katy »edelnuttig« genannt hätte. Ihre kurzen, schwarzen Haare waren mit Gel zu Stacheln aufgestellt, von denen einige feuerwehrrot waren.

»Hadley Perry.« Sie streckte mir die Hand entgegen.

Ich ergriff sie.

Perrys Umklammerung hätte Eisen schmieden können.

»Vielen Dank, dass Sie gekommen sind.«

»Ich bin mir nicht sicher, ob ich Ihnen helfen kann.« Ich bewegte die Finger, um zu sehen, ob auch keine gebrochen waren.

»Aber für ein paar Runden steigen Sie doch mit in den Ring, oder?« Sie boxte mich auf den Bizeps, dass es richtig wehtat.

O Gott. Wer war diese Frau?

Ich folgte Perry durch eine Doppeltür und einen Korridor mit gewienertem Fliesenboden entlang und verkniff es mir dabei, den pochenden Muskel zu massieren. Vorbei an einem großen Autopsiesaal mit fünf Tischen, kamen wir schließlich in einen kleineren Raum, der dem *salle 4* im LSJML nicht unähnlich war. Schränke mit Glasfronten, Arbeitsfläche an einer Wand, Sektionsmikroskop, Hängewaage.

Auf einem Edelstahlkarren lag eine mit Plastik abgedeckte

Erhebung. Der kleine, unregelmäßig geformte Umriss schien irgendwie nicht zu einem Menschen zu passen.

Wortlos zogen wir beide Schürze und Handschuhe an.

Wie ein Oberkellner, der die *table d'hôte* präsentiert, zog sie mit Schwung die Abdeckung weg.

14

Ich schluckte schwer.

Die Überreste bestanden aus fünf amorphen Klumpen und einem etwa fünfundvierzig Zentimeter langen Segment eines menschlichen Beins. Die Haut war faltig und selleriegrün, das darunterliegende Gewebe grau und zerfasert wie Schmorbraten.

Ich trat an den Tisch und beugte mich darüber.

Das abgetrennte Bein war spärlich mit kurzen, dunklen Haaren bedeckt. Tief im Fleisch waren Knochen sichtbar, oben ein Teil des Oberschenkelknochens, unten Teile von Schien- und Wadenbein. Alle drei Schäfte endeten in ausgefransten Stacheln. Knochen, Haut und Muskeln waren überzogen mit Furchen, Schnitten und parallelen Rissen.

»Das ist ein Knie, nicht?«, fragte Perry.

»Ein linkes. Kam das aus dem Meer?«

»Ja. Schauen Sie sich die Röntgenaufnahmen an.«

Perry ging zu einem Doppellichtkasten, drückte auf zwei Schalter und tippte auf eine Aufnahme, die auf dem Kasten lag. Ich stellte mich neben sie.

In einem Fleischsegment leuchtete ein weißes Objekt. Es war etwa bohnengroß und sah aus wie die weiße Schaumkrone einer Welle in einem Comic.

»Haizahn«, sagte ich.

»Ja. Nicht der einzige.« Ein blau lackierter Nagel tippte auf zwei weitere Aufnahmen.

»Sie denken an Tod durch Haiangriff?«

Perry wackelte mit der Hand. Vielleicht ja, vielleicht nein. »Ich kann im Gewebe keine Einblutungen erkennen.«

Tote Herzen pumpen nicht. Einblutungen im Umkreis um eine Verletzung bedeuten normalerweise, dass das Opfer noch am Leben war, als es verletzt wurde. Kein Blut bedeutet normalerweise einen postmortalen Angriff.

»Könnte das Nichtvorhandensein von Einblutungen durch das Eintauchen in Salzwasser erklärt werden?«

»Klar.«

»Die Abtrennung des Beins könnte also Folge einer postmortalen Attacke sein.«

»Das habe ich schon öfters gesehen.«

Ich betrachtete die einzelnen, aus verschiedenen Winkeln aufgenommenen Bilder. Wie das Knie enthielten auch drei andere Fleischklumpen Skelettanteile.

»Das ist das Schambein und ein Teil des Sitzbeins.« Ich deutete auf ein Bild, das einen Teil der Beckenvorderseite zeigte.

»Reicht das fürs Geschlecht?«

»Wieso, kommt's Ihnen auf die Größe an?«

»Sehr witzig.«

Ich wartete auf einen Boxhieb auf den Arm. Er kam nicht.

»Der v-förmige subpubische Winkel, der kräftige Schambeinkörper und der breite Sitz-Schambein-Ast deuten auf männlich hin.«

Perry nickte.

»Das ist ein Stück des Darmbeinkamms.« Ich deutete auf einen Teil der geschwungenen Oberkante einer linken Beckenhälfte. »Es ist mit der Darmbeinschaufel nur zum Teil verschmolzen. Wenn wir von männlichem Geschlecht ausgehen, würde ich, ohne mich allzu sehr aus dem Fenster zu lehnen, sagen, wir haben es hier mit einem Alter zwischen sechzehn und vierundzwanzig zu tun.«

»O Mann.«

»Das ist ein Teil des Femoralschafts, direkt unterhalb des Gelenkkopfes und des Oberschenkelhalses. Links, wie Knie und Becken.« Ich deutete auf eine Aufnahme, die am Lichtkasten klemmte. Mein Finger bewegte sich zu dem Bild daneben. »Und das ist ein Teil des linken Fußes und Knöchels. Das sind Reste der distalen Schien- und Wadenbeine und einige kleiner Fußknochen, ich würde sagen, das Kahnbein und die zweiten und dritten Dreiecksbeine.«

»Können Sie daraus die Größe ableiten?«

Ich überlegte. »Nein. Ich könnte eine statistische Regression der Maße der Beinknochenfragmente vornehmen, aber die Ergebnisse hätten eine abenteuerliche Toleranzbreite.«

»Aber Sie könnten sagen, ob der Junge sehr groß oder sehr klein war?«

»Ja. Die Muskelansätze deuten auf einen robusten Körperbau hin.«

»Was ist mit Rasse?«

»Unmöglich. Die Haut wirkt blass, aber das könnte eine Folge von postmortalem Ausbleichen oder Hauterschlaffung durch das Eintauchen in Wasser sein.«

Menschliche Pigmente sind ausschließlich in der Epidermis enthalten, der äußeren Hautschicht. Ohne die Epidermis sehen wir alle wie Skandinavier aus, eine Tatsache, die oft falsch interpretiert wird von Leuten, die aus dem Wasser geborgene Leichen nicht gewohnt sind.

Perry wusste das. Ich wusste, dass sie das wusste. Die Antwort war ein reiner Reflex. Meine Aufmerksamkeit war ausschließlich auf die Überreste gerichtet.

Ich kehrte zum Tisch zurück und untersuchte die einzelnen Klumpen nun einen nach dem anderen. Dann:

»Wo wurde das gefunden?« Ich bewegte die Hand über die grausige Ansammlung.

»Kommen Sie, ich setze Sie ins Bild.«

Wir zogen Handschuhe und Schürze aus, und dann führte Perry mich den Korridor wieder hoch. Wie begegneten nur einer einzigen Person, einem älteren Hawaiianer mit Eimer und Wischmop. Der Mann senkte den Blick, als wir vorübergingen. Perry nahm ihn überhaupt nicht wahr.

Das Büro der Chief ME sah aus wie das von Danny Tandler – auf Speed. Akten und Papiere lagen auf jeder horizontalen Oberfläche – Schreibtisch, Couchtisch, Stühle, Fensterbrett, Aktenschränke, Boden. Bücher, Magazine und geheftete Buchkopien türmten sich zu wackeligen Stapeln. Die Rücken aufgeschlagener Journale brachen schier unter dem Gewicht darüberliegender Ausgaben.

Vor dem Fenster hing eine billige Metalljalousie. An den Wänden prangten Fotos eines beeindruckend großen, schwarzen Hunds, wahrscheinlich eines Labradors. Andere schmückende Elemente waren ein hängendes Skelett, zwei Muschelschalen, die als Behälter für Gummiringe und Büroklammern dienten, diverse Aschenbecher aus Las Vegas und eine Sammlung von Plastik-Actionhelden, deren Kostüme und Waffen mir nichts sagten.

Perry deutete auf den einzigen freien Stuhl.

Ich setzte mich.

Meine Gastgeberin ging um den Schreibtisch herum und setzte sich in eins dieser Dinger, die für NASA-Missionen zum Mars entwickelt zu sein schienen.

»Nettes Hündchen«, sagte ich. Tatsächlich sah der Hund schmuddelig und fies aus. Aber Damen aus dem Süden sind dazu erzogen, an Fremden Interesse zu zeigen. Am Mechaniker, der Empfangsdame, dem Mädchen von der Reinigung. Egal. Dixie-Töchter strahlen allen und jedem gegenüber Herzlichkeit aus.

Dr. Hadley Perry war keine Ausstrahlende.

»Vorgestern schnorchelte ein Highschoolpärchen in der Halona Cove, zwischen dem Blasloch und der Hanauma Bay. Kennen Sie die?«

Als Schauplatz des berühmten Kusses zwischen Lancaster und Kerr kennen die Einheimischen die Halona Cove als den Verdammt-in-alle-Ewigkeit-Strand. Der kleine Meeresarm hat hoch aufragende, steile Klippen, Mörderwellen und nur sehr wenige Touristen. Zugänglich ist er nur über einen steilen, felsigen Pfad und deshalb eine Lieblingsstelle für einheimische Jugendliche, die darauf hoffen, mehr Sand in ihre Shorts zu bekommen als Deborah und Burt.

Ich nickte.

»Die beiden entdeckten am Grund etwas, vielleicht vier Meter unter ihnen in einer der Felsspalten. Holten es hoch und riefen 911, als sie merkten, dass ihre Beute ein menschliches Knie war.

Die Polizei rief mich an. Ich forderte Taucher an und fuhr selber raus. Das Mädchen war immer noch am Spucken. Der Junge versuchte, den Macho zu spielen, schaffte es aber nicht ganz.«

Perry kratzte mit einem viel zu grellen Nagel an ihrer Schreibunterlage, wischte die Lederkrümel mit dem Handrücken weg.

»Die Taucher suchten über zwei Stunden lang. Was Sie eben gesehen haben, ist das, was sie bergen konnten.«

»Gibt es irgendwelche Vermissten, die dem Profil entsprechen?«

Perry nahm einen Ausdruck zur Hand und las.

»Anthony Simolini, geboren am 14. Dezember 1993. Haole.«

»Das heißt weiß.«

»Sorry. Ja. Braune Haare, braune Augen, eins achtundsiebzig, circa zweiundachtzig Kilo schwer. Am zweiten Februar dieses Jahres verließ Simolini etwa gegen zweiundzwanzig Uhr ein Restaurant auf dem Kamehameha Highway in Pearl City. Er wollte nach Hause, kam dort aber nie an. Der Junge besucht die Oberstufe der Highschool, ziemlich guter Sportler. Freunde und Familie sagen, dass er nie und nimmer durchbrennen würde.

Jason Black, geboren am 22. August 1994. Blonde Haare, blaue Augen, eins dreiundsiebzig, achtzig Kilo.«

»Haole«, sagte ich.

»Am siebenundzwanzigsten Januar dieses Jahres hatte Black einen Streit mit seinen Eltern, stürmte aus dem Haus und verschwand. Der Junge hat eine Vorgeschichte von Drogenmissbrauch und Problemen in der Schule. Freunde sagen, er redet oft darüber, aufs Festland zu verduften.

Ethan Motohiro, geboren am 10. Mai 1995. Asiate, schwarze Haare, braune Augen, eins sechzig, sechzig Kilo. Im letzten September machte Motohiro sich auf, um die Insel mit dem Fahrrad zu umrunden. Ein Autofahrer sah ihn auf dem Kalanianaole Highway in der Nähe der Einfahrt zu Makapu'u Point, wahrscheinlich am siebten. Das war das letzte Mal, dass er lebend gesehen wurde.«

»Makapu'u Point liegt nahe an der Halona Cove, nicht?«

»Ja. Motohiro hatte eine feste Freundin, war Einserschüler und wollte auf die Universität gehen.«

»Kein Muster für einen Ausreißer. Außerdem könnte er zu klein sein. Ich glaube, dieser Junge war ziemlich groß.«

Zurück zum Ausdruck.

»Isaac Kahunaaiole, geboren 22. Juli 1987. Eingeborener Hawaiianer, schwarze Haare, braune Augen, eins achtundachtzig, hundertsiebenunddreißig Kilo. Arbeitete als Nachtwächter im Ala Moana Shopping Center, wohnte zu Hause mit seinen Eltern und vier von sechs Geschwistern. Am 22. Dezember vor zwei Jahren bestieg Kahunaaiole einen Bus nach Ala Moana. Kam dort nie an. Mitarbeiter beschreiben ihn als fröhlich, allgemein beliebt und mit einer guten Arbeitsmoral.«

»Vielleicht. Die Größe scheint zu passen.«

»Vier Männer zwischen sechzehn und zweiundzwanzig Jahren. Schätze, ich könnte die Altersspanne erweitern. Oder den Zeitrahmen. Ich bin nur zwei Jahre zurückgegangen.«

»Bei der noch vorhandenen Gewebemenge bezweifle ich, dass der Junge so lange tot ist.«

Perry schnaubte. Das Geräusch war nicht sehr schön.

»Wenn eine Leiche tief genug sinkt, fliegen alle Regeln über Verwesung zum Fenster raus. Wenn dann noch Haie dazukommen, vergiss es. Ich hatte einmal einen Selbstmord, einen Dichter aus Perth. Leute sahen ihn von Makapu'u Point runterspringen. Innerhalb einer Stunde war ein Hubschrauber zur Stelle. Die Haie hatten bereits eine Suppenküche aufgemacht. Die Jungs im Hubschrauber mussten zusehen, wie die Mistkerle die Leiche bis auf die Knochen abnagten. Einen Monat später bekam ich einen Anruf. Ein Fischer fand den Teil eines Arms in einem Haibauch.«

»Der tote Dichter?«

»Ja. Hatte immer noch seine gravierte Uhr um. Neben ihm fand ich da drin sieben Maishülsen, einen Wecker, eine Flasche Cutty Sark und den Hinterlauf eines Hundes.«

Notiz: Haiverdauung recherchieren.

»Verdammt, wenn das ein Mord ist, hätte der Junge bereits eine Weile verbuddelt sein können. Oder in einer Kühltruhe versteckt, dann rausgeholt und versenkt.«

»Haben Sie auch vermisste Boote und Flugzeuge überprüft?«

»Nach der *Ehime-Maru*-Kollision ist eine Leiche verschwunden geblieben.«

2001 stieß ein Schnell-U-Boot, die *USS Greenville,* knapp südlich von Honolulu mit einem japanischen Fischerei-Schulschiff, der *Ehime Maru,* zusammen. Dank des Honolulu ME wurden alle Besatzungsmitglieder bis auf eins identifiziert.

»Unwahrscheinlich«, sagte ich.

»Ganz meine Meinung.«

Ich schaute Perry an. Sie schaute mich an. Im Gang hörten wir den Mopp des alten Mannes im Eimer scheppern und dann auf den Boden klatschen.

Ich schaute auf meine Uhr.

»Und jetzt?« Perry ignorierte die offensichtliche Botschaft oder hatte sie gar nicht gesehen.

»Wenn Sie alles getan haben, was Sie können, also Fotos machen und Proben nehmen, dann säubern Sie die Knochen. Wenn Sie fertig sind, rufen Sie mich an.«

Ich stand auf.

Perry stand auf.

Ostentativ nahm ich meine Aktentasche in die rechte Hand und hielt meine Schlüssel in der linken. Sorry, keine Finger zum Brechen verfügbar.

Kurz vor Kailua Beach macht die Kaneohe Road eine scharfe Kurve, führt als Lihiwai auf einer Brücke über den Kaelepulu Stream und verlässt sie als Kaelepulu wieder.

Ryan rief an, als ich eben auf die Brücke fuhr. Er verschwendete keine Zeit mit Geplauder.

»Plato Lowery ist ein halsstarriger Mistkerl.«

»So?«

»Der alte Bock weigert sich, eine DNS-Probe abzugeben.«

»Warum?«

»Keine Ahnung.«

»Er hat keinen Grund genannt?«

»Er sagt, er braucht keinen.«

Lowery hatte recht. Er brauchte wirklich keinen Grund.

Während ich mein Hirn nach Ideen durchforstete, ging mein Fuß leicht vom Gas. Hinter mir trötete eine Autohupe. So viel zur Aloha-Haltung.

»Gibt es sonst noch Verwandte?«, fragte ich. »Ich dachte, Plato hätte einen Cousin erwähnt.«

»Keine, die wir gefunden hätten.«

Die Hupe ertönte schon wieder. Ich schaute kurz in den Rückspiegel. Ein fetter SUV klebte mir direkt an der Stoßstange.

»Der Sheriff des Robeson County war bei der Exhumierung anwesend. Sein Name ist Beasley. Ruf ihn an, frag ihn, ob er irgendwelche Vorschläge hat.«

»Ist einen Versuch wert.«

Als ich zu Hause ankam, versank die Sonne eben im Meer.

Katys Stimmung hatte sich seit dem vergangenen Abend deutlich gebessert. Ihr Appetit ebenfalls. Um genau zu sein, sie war am Verhungern. Buzz's Steakhouse war ganz in der Nähe, deshalb fuhren wir dorthin.

Die hawaiianischen Götter waren uns wohlgesinnt. Wir bekamen einen Tisch auf der Terrasse und aßen mit Blick auf den Kailua Beach. Ich bestellte Mahi-Mahi. Katy nahm Huhn Teriyaki.

Beim Essen erzählte Katy mir von ihrem Tag. Sie hatte den Vormittag in einem Helikopter verbracht, den Nachmittag mit Sonnen am Lanikai Beach.

Genügend Sonnencreme?

Ja, Mom.

Hut?

Hm.

Hautkrebs. Falten. Bla-bla-bla.

Augenverdreher.

»Okay. Fang ganz vorne an. Wie bist du zu dem Hubschrauber gekommen?«

»Mit einem Bus. Mit *dem* Bus, heißt es hier. Gefällt mir. Direkt.«

»Was hast du gesehen?«

»Das Zentrum von Honolulu, den Hafen, irgendeinen Turm mit einem Marktplatz.«

»Den Aloha Tower am Pier 9. Eines der wichtigsten Wahrzeichen des Staates Hawaii.«

»Der Pilot hat so was erwähnt.«

»Seit den Zwanzigern weist der Leuchtturm Schiffen auf dem Meer den Weg und begrüßt Besucher und Immigranten, die nach Honolulu kommen.«

»Das hat er auch erwähnt. Hat es mit der Freiheitsstatue verglichen.«

»Angemessener Vergleich. Was die Lady Liberty für New York, ist der Aloha Tower für Honolulu. Vier Jahrzehnte lang war er das höchste Gebäude auf Hawaii.«

»Der Pilot hat außerdem von Geschäften und Restaurants gesprochen.«

»Der Aloha Tower Marketplace wurde 1994 eröffnet. Aber das ist nur eine der Sehenswürdigkeiten. Dort gibt es auch das

Hawaii Maritime Center und das historische Schiff *Falls of the Clyde*. Ich habe irgendwo gelesen, dass Honolulu Harbour der einzige Hafen der gesamten Staaten ist, der eine Besucherattraktion, Geschäfte und Restaurants und einen funktionierenden Handelshafen an einem einzigen Ort vereint.«

»Ich glaube, in Baltimore gibt es das auch. Meine Kopfhörer haben ziemlich gerauscht. Einen Großteil des Kommentars habe ich nicht verstanden. Wir haben auch was überflogen, was Punchbowl heißt.«

Der *National Memorial Cemetery of the Pacific.* Eine letzte Ruhestätte für amerikanische Soldaten. Das sagte ich nicht.

»Und wir haben noch einen anderen Leuchtturm gesehen.«

»Bei Makapu'u Point?«

»Glaub schon. Und den Mount Olamana. Cooler Name. Leicht zu merken.«

»Das ist dort drüben, auf der windwärtigen Seite der Insel.«

»Der Pilot meinte, es gibt da einen klasse Weg auf den Gipfel. Vielleicht versuche ich den mal. Und wir sind über ein Feld geflogen, auf dem ein hawaiianischer König eine Schlacht gewann, mit der er die Inseln vereinigte. Habe seinen Namen nicht verstanden und auch nicht, gegen wen er kämpfte. Aber ich schätze, er war der Sieger.«

»Nuuanu Pali. Bereit für ein bisschen Geschichte?«

»Habe ich eine andere Wahl?«

»1795 stach König Kamehameha I. mit einer Armee von etwa 10000 Soldaten von seiner Heimatinsel Hawaii in See. Nachdem er die Inseln Maui und Molokai eingenommen hatte, fuhr er weiter nach Oahu. Die Verteidiger von Oahu unter der Führung von Kalanikupule wurden bei Nuuanu Pali eingeschlossen. Kamehameha trieb mehr als 400 von ihnen über die Klippen in den Tod.«

»Brutal.«

»Aber effektiv.«

»Wird das auch im Quiz abgefragt?«

»Ja.«

Zum Dessert teilten wir uns eine Cocolatte, eine Kreation aus Vanilleschoteneis und Kokosnuss, die uns mit Ehrfurcht erfüllte. Fabio, unser Kellner, zeigte uns, wie man dieses Kunstwerk mit Saft aus frischen Limonen beträufelte.

Ganz recht: Fabio. Gebleichte Haare, weit offenes Hemd, Pukaperlen, das volle Programm.

Noch auf der Heimfahrt hielten wir uns vor Lachen die Seite.

15

Am Mittwoch war ich um neun wieder im CIL.

Danny saß im Büro über seinen Schreibtisch gebeugt. Er wirbelte mit seinem Stuhl herum, als ich eintrat.

»Aloha.« Strahlend.

»Du siehst aus wie einer dieser grässlichen Smiley-Aufkleber.«

Ich hatte schlecht geschlafen und war mit Trommeln im Kopf aufgewacht. Die Fahrt nach Honolulu hinein hatte die Sache nicht gerade besser gemacht.

»Ich bin glücklich.« Danny breitete Arme und Beine aus.

»Und hübsch und witzig und fröhlich?«

»Mit dem falschen Fuß aufgestanden?«

»Kopfschmerzen.«

»Hatten die Damen einen heftigen Abend?«

»Katy hat den Zehn-Gallonen-Mai-Tai getrunken, nicht

ich.« Ich rieb mir die Schläfen. »Was bringt solche Fröhlichkeit in deine Welt?«

»Hab endlich die Infos über den Huey-Absturz bekommen.«

»Der Hubschrauber, mit dem Spider Lowery von Long Binh wegflog?«

»Genau der.«

»Und?«

»Nach der REFNO wurde die fünfte Leiche nie geborgen.«

Danny benutzte die Abkürzung für den Begriff *reference number,* Bezugsnummer. REFNO-Akten enthalten Informationen über alle militärischen Unglücksfälle, darunter die Namen derjenigen, die umkamen, und derjenigen, die überlebten, Ort und Zeit des Unfalls, Flugzeugtyp und geborgene Artefakte – alle bekannten Informationen in Bezug auf den Vorfall.

»Das vermisste Besatzungsmitglied?«

»Der Wartungsspezialist.«

»Hast du einen Namen?«

Dannys Grinsen war so breit, dass ich schon meinte, ihm würde gleich die obere Kopfhälfte abfallen wie in einer dieser Animationen von Monty Python. Vielleicht projizierte ich auch.

Ungeduldig verlangte ich mit wedelnden Fingern nach mehr.

»Luis Alvarez.«

Ich brauchte einen Augenblick, bis ich die Tragweite begriff.

»Der Kerl war ein Latino?«

»Vermutlich.«

Ich schoss in die Höhe. »Lass mal sehen.«

Danny gab mir ein Fax. »Wie man mir sagte, wird die IDPF in Kürze folgen.«

Die Informationen waren mager, aber aussagekräftig.

»Spec 2 Luis Alvarez, Wartungsspezialist. Geboren 28. Februar 1948«, las ich.

»Alvarez ist einen Monat vor seinem zwanzigsten Geburtstag mit dem Hubschrauber abgestürzt.«

»Eins dreiundsiebzig, zweiundachtzig Kilo. Zuhause in Bakersfield, Kalifornien.«

Ich hob den Kopf.

»Alvarez ist hier als KIA/BNR aufgeführt.« *Killed in action, body not recovered.* Im Einsatz getötet, Leiche nicht geborgen.

Danny nickte. »Ich denke mir das so. Lowery kam gerade aus dem Gefängnis, das Personal der Leichenhalle in Tan Son Nhut nahm deshalb an, dass er das Opfer war, das kein Rangabzeichen trug. Das Profil passte, der Ort, alles fügte sich zu einem Bild zusammen. Aber sie bauten Mist. Die verbrannte Leiche war in Wahrheit Alvarez.«

»Wenn Alvarez noch als im Einsatz vermisst galt, warum wurde er dann ausgeschlossen?«

»Wir sind doch beide der Meinung, dass die rassische Architektur eine bunte Mischung ist. Bei dem Zustand der Leiche übersahen die Jungs in Tan Son Nhut wahrscheinlich, was wir entdeckt haben. Oder vielleicht bemerkte jemand, der wenig über Knochen wusste, nur die eher kaukasoiden Schädel- und Gesichtsmerkmale. Wie auch immer, sie kamen zu dem Schluss, dass der Kerl weiß war.«

»Deshalb Lowery.«

»Ich wette, in Alvarez' Akte steht, dass er Latino ist.«

»Ich halte nicht dagegen.«

»Dr. Brennan, ich glaube, wir haben es geschafft.«

»Dr. Tandler, ich glaube, so könnte es sein.«

»O Cisco.« Danny hob die geöffnete Hand.

»O Poncho.« Ich klatschte ihn ab.

Wir johlten. Mir tat es weh.

»Nur eins kapiere ich nicht.« Danny drehte sich mit seinem

Stuhl hin und her. »Alvarez endet in einem Grab in North Carolina. Lowery endet in einem Teich in Quebec, weil er an sich selber rumgemacht hat. Wie kam's zu dieser Verwechslung?«

Ich hatte keine Erklärung.

Sekunden vergingen. Dannys Hin-und-her-Wackeln machte mich seekrank.

Ich richtete den Blick auf den Tisch. Erinnerte mich an das goldene Ding in der versperrten Schublade.

»Hat Craig schon irgendwelche Ideen, was das Enten-Pilz-Ding sein könnte?«

»Verraten hat er mir noch keine.«

»Und jetzt?«, fragte ich.

»Jetzt warten wir auf die Alvarez-Akte.«

»Und?«

»Rekonstruieren, was von dem Schädel noch übrig ist?«

Genau das taten wir auch. Tat *ich* auch. Danny saß fast den ganzen Vormittag in einer Besprechung zu einer Fallbewertung.

Während ich Fragmente aneinanderfügte und verklebte, wirbelte in mir ein Mahlstrom der Gefühle. Wenn wir recht hatten mit der Verwechslung 68, würde die Familie Alvarez nun endlich einen Schlussstrich ziehen können. Und Plato wäre dann gezwungen, sich der Realität zu stellen.

So ist das Leben. Eine positive Veränderung hier, eine negative dort.

In meinem Kopf stritten Bilder um meine Aufmerksamkeit. Plato, der auf meinem Beifahrersitz in einem Album blätterte. Der auf dem Friedhof von Lumberton in die Sonne blinzelte.

Ich überlegte. Ich schien sein Vertrauen gewonnen zu haben. Aber wie sollte ich nun dem alten Mann sagen, dass das Grab, an dem er all diese Jahre getrauert hatte, nie seinen Sohn enthalten hatte?

Ich drückte eben Kleber auf ein Stirnfragment, als ein Gedanke mich blendete.

Meine Hände erstarrten.

Spider Lowery war aus Lumberton, North Carolina. Robeson County.

Unmöglich.

Ich stellte mir Plato vor.

Die Gesichter in seinem Album.

Der Junge in dem Schnappschuss auf Jean Lauriers Schreibtisch.

Vielleicht doch?

Ich ging in Dannys Büro und schlug Spiders Akte auf.

Sooft ein Formular nach der Rasse fragte, markierte ein Häkchen das Kästchen neben dem Wort »weiß«. Eine handschriftliche Notiz in den zahnärztlichen Unterlagen beschrieb Lowery als »Kauk«. Kaukasisch.

Und doch.

Ich schaute auf die Uhr. Zwölf vierzig.

Ich ging in die Küche und aß einen Joghurt und einen Müsliriegel. Riss ein Diet Coke auf. Überlegte.

Kehrte zum Kleben zurück.

Doch die eine simple Wahrheit ließ mich nicht mehr los.

Leute stellen sich falsch dar, wenn sie Formulare ausfüllen müssen. Männer machen sich größer. Frauen machen sich schlanker und jünger.

Leute lügen.

Eins dreißig.

Noch nicht zu spät.

Ich tippte eine Nummer in mein BlackBerry. Vorwahl 910.

Es klingelte zwölfmal, dann war die Leitung tot.

Ich legte auf und versuchte eine andere Ziffernfolge. Obwohl es kühl war im Labor, standen mir Schweißtropfen auf der Stirn.

»Sugarman's Funeral Home«, flötete eine klebrig süße Stimme.

»Silas Sugarman, bitte. Temperance Brennan hier.«

»Einen Augenblick, bitte.«

»Tanz der seligen Geister« aus *Orpheus und Eurydice*? Auch wenn die Musik beruhigend gemeint war, regte sie mich nur noch mehr auf.

»Dr. Brennan. Was für eine Freude. Sie sind zurück aus Hawaii?«

»Ich rufe aus Honolulu an.«

»Wie kann ich Ihnen helfen?«

»Ich brauche persönliche Informationen über Spider Lowery.«

»Vielleicht sollten Sie mit Spiders Daddy reden.«

»Plato geht nicht ans Telefon.«

»Ich werde tun, was ich kann.« Zurückhaltend. »Mit der gebotenen berufsethischen Rücksichtnahme natürlich.«

»Natürlich. Sind die Lowerys indigene Amerikaner?«

Sugarman antwortete so lange nicht, dass ich schon dachte, er hätte die Frage als Beleidigung empfunden. Oder als Eingriff in die Privatsphäre.

»Sie meinen indianisch?«

»Ja, Sir.«

»Ach wissen Sie, kleine Lady, die meisten Leute im Robeson County haben eine Adlernase oder zwei in ihrem Familienstammbaum. Meine eigene Großmutter war Indianerin, Gott sei ihrer Seele gnädig.«

»Die Lowerys, Sir?«

»Natürlich die auch. Plato ist ein halber Lumbee, seine Frau war's auch, kam aus Pembroke, gleich ums Eck.«

Sugarman meinte die Lumbee, eine Gruppe indigener Amerikaner, die ihren Namen vom Lumber River herleiteten.

Die Lumbee, Abkömmlinge von den Cheraw und anderen Siouan-Sprechern, bevölkern die Gegend, die jetzt Robeson County heißt, seit dem 18. Jahrhundert. Sie sind der größte Stamm in North Carolina, der größte östlich des Mississippi, und der neuntgrößte in den Vereinigten Staaten.

Und vielleicht der benachteiligtste.

Die Lumbee wurden 1885 von North Carolina formell als Stamm anerkannt. Drei Jahre später fingen sie an, von der Bundesregierung eine ähnliche Anerkennung einzufordern. Bis heute ist ihnen dabei nur beschränkter Erfolg beschieden.

1956 erließ der Kongress ein Gesetz, das die Lumbee als Indianer anerkannte, ihnen aber den vollen Status als Stamm verweigerte. Infolgedessen haben sie nichts von der finanziellen Unterstützung und den Programmen des Bureau of Indian Affairs, die offiziell anerkannten Gruppen offen stehen.

Alle siebenundvierzigtausend sind ziemlich sauer.

»– damit Sie mich nicht falsch verstehen.«

»Natürlich nicht.« Ich konnte es kaum abwarten, das Gespräch zu beenden. »Vielen herzlichen Dank.«

Danny war noch immer in seiner Sitzung.

Verdammt. Ich war total aus dem Häuschen.

Zurück zum Knochenkleben.

Als Danny dann endlich aus der Besprechung kam, schleppte ich ihn praktisch am Kragen in sein Büro.

Als ich ihm meine Zweifel erläuterte, schaute er sich Spiders Akte an, so wie ich es getan hatte.

»Mongolide Merkmale. Alvarez war unbestreitbar Latino. Lowery hatte indianisches Blut. Also sind wir keinen Schritt weiter. Dein Junge könnte sowohl Lowery wie Alvarez sein.«

»Die Fingerabdrücke sagen, dass Lowery in Quebec gestorben ist.«

»Vielleicht wurde die Sache beim FBI verbockt, nicht in Tan Son Nhut.«

»Vielleicht.«

Ich überlegte einen Augenblick.

»Was, wenn 2010-37 keiner von beiden ist?«

»Keiner von beiden?«

»Alvarez oder Lowery.«

Danny hob die Augenbrauen.

»Wurde in der Gegend, in der der Huey abstürzte, noch jemand anders im Kampf vermisst?«

»Ich könnte eine REFNO-Suche mit den geografischen Daten machen. Was meinst du?«

»Dass du verblüffend bist.«

»Wie du.«

»Ich?«

»Vergiss nicht.« Danny zwinkerte. »Ich habe dich nackt gesehen.«

Mir stieg die Hitze ins Gesicht.

»Wie wär's, wenn ich von dem Tag, an dem 2010-37 geborgen wurde, einen Monat zurückgehe?«

»Ich denke, das sollte reichen, bei dem von dem Leichenhallenoffizier beschriebenen Verwesungszustand.«

»Könnte eine Weile dauern.«

»Ich mach derweil mit dem Klebstoff weiter.«

Danny hatte das ernst gemeint. Es war Viertel vor fünf, als er wieder auftauchte. Ich brauchte ihn nur einmal anzuschauen, um zu wissen, dass etwas los war.

»Treffer?«

»Nein. Aber ich habe das hier gefunden.«

Danny wedelte mit einem Papier. Ich griff danach, aber er hielt es außerhalb meiner Reichweite.

»Am 17. August 1968 wurde weniger als eine Viertelmeile von der Absturzstelle des Huey eine verweste Leiche geborgen. Die Überreste wurden in Tan Son Nhut bearbeitet. Männlicher Weißer, Mitte zwanzig bis Mitte dreißig. Der Verstorbene kam als Fallnummer 1968-979 in die Staaten zurück.«

»Und?«

»Es gibt kein Und.«

»Wurde er identifiziert?«

»Nein.«

»Wo sind die Knochen?«

»Hier.«

Danny ging zu Rotem Sweatshirt, der an seinem Schreibtisch saß. Er verlangte den Fall. Rotes Sweatshirt verschwand zwischen den beweglichen Regalreihen.

Zeit verging. Viel Zeit.

Schließlich kam Rotes Sweatshirt mit einem Karton wieder, der sehr alt aussah. Die Farbe war anders, und die Pappkartonkanten sahen zerkratzt und abgenutzt aus.

Danny hielt seinen Ausweis ans Lesegerät und kam wieder zu mir. Gemeinsam gingen wir an den zugewiesenen Tisch.

Fragen flatterten mir durchs Hirn.

War Luis Alvarez das, was sein Name andeutete?

War 2010-37 Alvarez?

War 1968-979 Luis Alvarez? Falls ja, warum wurden Alvarez' Überreste nicht schon im August '68 identifiziert?

Wenn 1968-979 sich als Alvarez erwies, wer war dann 2010-37? Und wie konnte es passieren, dass dieser Mann als Spider Lowery bezeichnet und nach Lumberton, North Carolina, verschickt wurde?

Die Lowerys hatten indianisches Blut. Konnte 2010-37 vielleicht doch Spider Lowery sein?

Offensichtlich konnte sowohl die Leiche aus Long Binh wie die Leiche aus dem Teich in Hemmingford nicht Spider Lowery sein.

Danny nahm den Deckel des Kartons mit 1968-979 ab.

Wir beugten uns beide darüber.

Sekunden vergingen.

Unsere Blicke trafen sich.

Und registrierten den Schock in den Augen des anderen.

16

Der Schädel lag in einer Ecke, der Rest des Skeletts war darum herum und darüber gestopft. Jedes Element war gelb und braun gesprenkelt. Nichts Besonderes. Sonnenlicht bleicht Knochen. Kontakt mit Erde und Vegetation macht sie dunkler.

Es war nicht der Zustand der Überreste, der uns schockierte.

Es war ein Gegenstand, der in einer umgeschlagenen Kante im Inneren des Kartons steckte.

»Ist das eine Hundemarke?«, fragte ich.

»Ja.«

»Die sollte nicht da drin sein.«

»Meinst du?« Sarkasmus, mit dem nicht ich gemeint war.

Danny zog die Marke heraus, nahm seine Brille ab, kniff die Augen zusammen und hielt sich das kleine Metallrechteck dicht vor die Nase.

»Kannst du einen Namen erkennen?«, fragte ich.

»Nein.« Er kratzte mit dem Daumennagel an einer Seite, drehte die Marke um, kratzte an der anderen.

»Beide Seiten sind mit einem dicken Belag bedeckt. Versuchen wir es mal mit Wasser.«

Am Waschbecken schrubbte Danny die Marke mit einer harten Bürste und wiederholte dann, was er zuvor mit Brille, Augen und Nase gemacht hatte.

»Wenn die erhabene Beschriftung abgeschabt oder platt gedrückt ist, kann ich normalerweise die Vertiefungen auf der Rückseite lesen. Aber der Belag hier drauf ist wie Zement. Stecken wir das Ding doch mal in den Sonikator.«

Sonikatoren werden verwendet, um Schmuck, Münzen, Uhren, zahnärztliche, medizinische und elektronische Instrumente und Autoteile zu reinigen. Das Gerät funktioniert mit Ultraschall im Frequenzbereich zwischen 15 und 400 kHz. Kein Wunderwerk. Man gibt Flüssigreiniger dazu und lässt es so lange rütteln, bis der Dreck weg ist.

Danny legte die Münze in den Edelstahlkorb, fügte eine Essig-Wasser-Mischung dazu und schloss den Deckel. Dann stellte er den Timer.

Wir beiden starrten das Gerät ziemlich grundlos an, als mir ein Gedanke kam.

»Wer war eigentlich der Letzte, der diesen Fall untersuchte?«, fragte ich.

»Gute Frage.«

Danny ging zu Rotem Sweatshirt. Er erklärte ihm eben, was er wollte, als mein BlackBerry eine SMS meldete.

Katy.

Invasion.

Ameisen? Eine Armee?

Bin bald zu Hause, textete ich zurück.

Schnell.

Was?

Das ist das Letzte.

Klasse. Eine neue Krise.

Problem?

Unglaublich.

???? Ich hatte keine Ahnung, warum Katy sich so aufregte.

Urlaub vorbei, erwiderte sie.

????, wiederholte ich.

Eine Minute verging ohne Antwort.

Was war da los?

Ich rief Katys Handy an.

Die Voicemail sprang an.

Klasse. Sie hatte ihr Handy entweder abgeschaltet oder ging nicht dran.

Ich steckte mir eben mein BlackBerry wieder an den Gürtel, als Danny mit besorgter Miene zurückkam.

»Mulcahy«, sagte er. »1998.«

»Könnte Mulcahy die Hundemarke übersehen haben?«

»Vielleicht klemmte sie irgendwo versteckt unter einer Umschlagkante des Deckels. Als die Faltung sich dann mit dem Alter lockerte, könnte sie in den Karton gefallen sein.« Er klang nicht sehr überzeugt.

Danny holte die Marke aus dem Sonikator und ging wieder zum Waschbecken, um sie noch einmal mit der Bürste zu bearbeiten.

Sekunden vergingen. Eine volle Minute.

Bürsten.

Brille ab.

Marke an die Nase.

Brille auf.

Bürsten.

Wiederholen.

Aufgeregt über Katys SMS, hätte ich ihm die Marke fast aus der Hand gerissen.

Schließlich wurde die Brille wieder abgenommen und ein kurzsichtiges Auge zusammengekniffen.

»Heilige Scheiße.«

Danny fluchte nur selten.

»Was ist?«, fragte ich.

Danny las laut vor.

»Lass mal sehen.« Ich streckte die Hand aus.

Danny gab mir die Marke. Er hatte recht. Die aufgeprägte Schrift war als Vertiefung leichter zu entziffern.

Ich drehte die Reihenfolge der Buchstaben und Ziffern im Geiste um.

John Charles Lowery.

477 38 5923.

A pos Bapt.

Hatten Baptisten normalerweise die Blutgruppe A positiv?

Hirnrissig, aber das war die erste Frage, die mir in den Sinn kam.

»Das ist eine Sozialversicherungsnummer, nicht?«

Danny nickte. »Das Militär stellte irgendwann in den Sechzigern auf diese Nummern um.«

»Das kann nicht *unser* John Lowery sein.« Schon als ich es sagte, wusste ich, dass es falsch war. Aber wie hoch waren die Chancen?

»Lass es uns nachprüfen.«

Wir liefen in Dannys Büro.

Zogen Spiders Akte heraus.

Die SV-Nummer gehörte John Charles Lowery aus Lumberton, North Carolina. Spider.

Aber Spider Lowery war in Quebec gestorben.

Vierzig Jahre nach dem Absturz in Long Binh.

Heilige Mutter Gottes, konnte diese Situation noch verworrener werden?

»Sollen wir den Kerl zurechtlegen?«

Ich schaute auf die Uhr.

Zehn vor sechs.

Ich wollte unbedingt nach Hause zu Katy. Und ich wollte erfahren, ob Ryan eine alternative Quelle für Spiders DNS gefunden hatte.

»Machen wir's lieber gleich morgen in der Früh.«

»Ein Rendezvous.«

»Genau, mein Großer.« Ich ahmte Dannys Zwinkern von zuvor nach. »Aber wir behalten beide unsere Kleider an.«

Ich rief und schaute überall nach.

Katy war nicht im Haus.

Oder am Pool.

Oder auf der Veranda.

Ich fand nirgends einen Zettel mit einer Erklärung, wo sie sich aufhielt.

Ich ging zum Strand hinunter.

Keine Katy.

Ich zog eben Shorts an, als eine Tür knallte.

Das Auf und Ab einer Unterhaltung drang in mein Zimmer.

Hatte Katy Freunde gefunden?

»Katy?«

»Sie ist Radfahren«, rief eine Männerstimme.

Boing!

Jetzt ergaben Katys Mitteilungen einen Sinn.

Hatte ich sie nach ihrer Meinung gefragt?

Ich war im Halbschlaf gewesen, hatte rein impulsiv reagiert.

Eine hirnrissige Aktion, Brennan.

Hatte ich sie vorgewarnt?

Hatte mich ja auch keiner.

Lahm.

Ich schlüpfte in Sandalen und ging nach unten.

Auf Ryans Hemd prangten türkise Bananen und lavendelfarbene Palmen. Seine Shorts war apricot, quer über den Hintern stand *Billabong*. Dazu Flip-Flops, eine Maui-Jim-Sonnenbrille, eine Hang-Loose-Kappe und Zweitagestoppeln. Wie weiland Tom Selleck in *Magnum*.

Lily hatte eine Einkaufstasche mit Kordelhenkel in jeder Hand. Ihr Minirock und ihr Tube-Top schafften es mit vereinten Kräften, etwa fünfzig Zentimeter ihres Körpers zu bedecken. Sandalen mit Mörder-Keilabsatz, Lolita-Sonnenbrille, Maraschino-Lippen.

O Mann.

»Aloha, Madame.« Ryan erdrückte mich beinahe mit seiner Umarmung. *»Comment ça va?«*

»Mir geht's gut.« Ich befreite mich und fragte Lily: »Wie war der Flug?«

Lily hob eine sehr nackte Schulter.

»Ich hoffe, es ist okay, dass wir so einfach aufgetaucht sind«, sagte Ryan.

»Wie hast du uns gefunden?«

Ryan grinste und zog die Augenbrauen hoch.

Ich konnte mir denken, was das hieß. »Du bist Ermittler. Du ermittelst.«

»Katy schien sich nicht sehr zu freuen, uns zu sehen«, sagte Ryan.

»Ich glaube, ich habe vergessen, euch anzukündigen.«

Lily verdrehte mascaraschwere Augen und schob eine Hüfte vor.

»Ist alles erst in letzter Minute passiert; dass der Richter uns die Erlaubnis erteilt hat, dass wir die Plätze gebucht haben und dann nach Dorval gerast sind«, sagte Ryan. »In der Hektik habe ich ganz vergessen, mein Handy aufzuladen. Im Flughafen hat es den Geist aufgegeben.«

»Kommt schon mal vor«, sagte Lily.

»Hat Katy euch Zimmer gegeben?«, fragte ich.

»Hat sie. Ich bin unten, Lily oben im zweiten Schlafzimmer. Das Haus ist übrigens der Hammer.«

»Kann ich gehen?« Lily. Nicht quengelig, aber fast.

Ryan schaute mich entschuldigend an.

Ich schaute auf die Uhr. Halb sieben. »Katy sollte jeden Augenblick zurück sein.« Gott, bitte. »Wie wär's, wenn wir uns um halb acht wieder treffen und zum Abendessen fahren?«

»Ich lade euch ein«, sagte Ryan.

»Kommt gar nicht infrage«, sagte ich.

»Ich bestehe darauf«, sagte er.

»Katy kann dir gefährlich werden«, sagte ich. »Ich glaube, sie schaut erst rechts auf die Preise und bestellt dann das Teuerste auf der Karte.«

»Das ist der Grund, warum Gott uns Kreditkarten gab.« Ryan grinste und klopfte sich auf die hintere Hosentasche.

Die Auswahl des Restaurants entwickelte sich zu einem stimulierenden Dialog. Lily wollte Steak. Katy mied gerade rotes Fleisch. Katy wollte unbedingt Fisch. Lily hatte schon mehr als genug Quecksilber in sich. Katy schlug Thai vor. Zu scharf. Lily hielt mit Indianisch dagegen. Katy war dazu nicht in Stimmung.

Wir einigten uns auf Japanisch.

Beim Essen waren weder Katy noch Lily besonders unhöflich, allerdings hätten auf unserem Tisch Eiszapfen wachsen können. Zurück in Lanikai, gingen beide sofort auf ihre Zimmer.

Ryan und ich nahmen noch einen Drink auf der Veranda, Perrier für mich, Big Wave Golden Ale für ihn.

Ryan entschuldigte sich für Lilys Unverschämtheit. Anfangs hatte sie sich gegen die Reise gewehrt. Er hatte darauf bestanden, aber von Lutetia keine Unterstützung erhalten. Er vermutete ein amouröses Interesse, vielleicht einen Mann aus Lilys Rehagruppe. Oder, schlimmer noch, aus ihrer Vergangenheit als Süchtige.

Ich erzählte ihm, dass Katy noch immer niedergeschlagen war wegen Coops Tod, aber offensichtlich bereits auf dem Weg der Besserung sei.

Wir fanden beide, dass unsere Töchter Weltmeister der unterschwelligen Stichelei waren. Und dass mein Versuch einer Schwestern-im-Geiste-Therapie nicht sehr vielversprechend aussah.

Ich brachte Ryan in Bezug auf die Entwicklungen im CIL auf den neuesten Stand. Die mongoliden Gesichts- und Schädelmerkmale von 2010-37. Spider Lowerys indigen amerikanische Abstammung. Luis Alvarez, der Wartungsspezialist, der 68 mit Spider abgestürzt war. 1968-979, die verweste Leiche, die man acht Monate nach dem Absturz in der Nähe von Long Binh gefunden hatte. Spider Lowerys Hundemarke in dem Karton mit 1968-979.

Ryan berichtete von den Entwicklungen in Montreal. Und in Lumberton. Mein Vorschlag in Bezug auf Beasley war zwar gut gewesen, hatte sich aber als unproduktiv erwiesen. Der Sheriff zeigte sich zwar kooperativ, hatte aber bis jetzt noch nichts Verwertbares geliefert.

Während Ryan seine Unterhaltung mit dem Sheriff beschrieb, machte es bei mir *pling!* Eine Bemerkung Platos, als wir das Album durchblätterten.

»Ryan, hör mal. Spiders Mutter starb vor fünf Jahren an Nierenversagen. Das ist zwar ziemlich vage, aber vielleicht hat das Krankenhaus, in dem sie behandelt wurde, noch Proben von ihr im Archiv, du weißt schon, einen Objektträger oder sonst was. Und Spider hatte einen Bruder, der ein paar Jahre zuvor ums Leben kam.«

»Vage ist besser als gar nichts. Ich werde gleich morgen früh anrufen und Beasley bitten, dem nachzugehen.«

Ryan schlug vor, am nächsten Tag mit Katy und Lily nach Pearl Harbor zu fahren. Ich wünschte ihm viel Glück.

Um elf gingen auch wir getrennt auf unsere Zimmer.

Durch meine Wand hörte ich Lily mit ihrem Handy telefonieren.

17

Die sonnigen Schwestern schliefen noch, als ich um acht am nächsten Morgen in die Küche kam. Ryan band sich eben die Turnschuhe für einen Lauf am Strand. Geplant war, dass er mit unseren Töchtern den Tag in Pearl Harbor verbringen, das *USS-Arizona*-Denkmal, das Schlachtschiff *USS Missouri* und das U-Boot *USS Bowfish* besichtigen würde. Ich wünschte ihm viel Glück in den düsteren und dunstigen Gefilden weiblichen Grolls. Dann musste ich los zum CIL. Während der ganzen Fahrt dachte ich an die Hundemarke. Das Ganze ergab einfach keinen Sinn.

Mulcahy hing mir an der Stoßstange, als ich auf das JPAC-

Gelände fuhr. Wir überquerten gemeinsam den Parkplatz. Schweigend. Ich fragte mich, wie jemand, der nicht identifizierte Knochen untersucht, eine Hundemarke in einem Karton übersehen kann. Drei Meter vor dem Gebäude beschleunigte er seine Schritte, schoss hinein und ließ mir die Tür vor der Nase zufallen.

Gestern Abend Lilys kalte Schulter. Heute Morgen Mulcahy. Ich kam mir schon fast vor wie ein Paria.

Danny war in seinem Büro.

»Mulcahy benimmt sich, als hätte ich sein Schoßhündchen umgebracht.«

»Komm rein.« Dannys Lächeln verschwand. »Schließ die Tür.«

Verwundert tat ich es.

»Wir werfen Mulcahy raus.«

»O Gott. Der Kerl ist doch jetzt schon wie lange hier? Zwölf Jahre? Warum?«

»Eine ganze Reihe von Gründen. Der jüngste ist, dass er seine ABFA-Prüfung nicht bestanden hat.«

»Das passiert vielen Leuten.«

»Zum dritten Mal. Die Entscheidung fiel, bevor die Sache mit der Hundemarke ans Licht kam, das war also nicht der Grund.«

»Was wird er tun?«

Danny breitete die Hände aus. Wer weiß?

»Diese Information ist nur für deine Ohren bestimmt. Bis jetzt wissen nur Mulcahy, Merkel, du und ich Bescheid.«

Ich nickte.

Ein Augenblick verging.

»Die gute Nachricht ist, dass Alvarez' IDPF bei den Jungs vom J-2 aufgetaucht ist.«

J-2, die Joint Command Records Section, also die Archivabteilung, hat Informationen über tote Soldaten, die bis zum Ersten Weltkrieg zurückreichen.

»Ich wollte eben rübergehen und sie abholen. Jackson hat nach dir gefragt. Mach dem Mann eine Freude und komm mit.«

»Corporal Jackson? Der Corporal, der jedem einredete, die Telefonleitungen müssten mit einem Dampfstrahler gereinigt und alle Hörer eine Stunde lang in Plastiktüten gesteckt werden?«

»Inzwischen heißt es Sergeant Jackson.«

»Er ist schon lange hier.«

»Genau genommen wurde er erst vor Kurzem wieder hierher zurückversetzt.«

»Ich habe keine Zugangsberechtigung für J-2 mehr.«

»Folge mir, kleine Squaw.«

Kleine Squaw?

Danny und ich gingen den Gang entlang, der an den Büros des Generalstabs vorbei zu einer Tür im hinteren Teil des Gebäudes führte, und betraten einen großen Saal mit kleinen, abgeteilten Kabinen, an deren Schreibtischen meist Zivilisten saßen, von denen ich wusste, dass sie Analysten und Historiker waren. Am hinteren Ende führte eine zweite Tür in einen gesicherten Bereich mit beweglichen Regalreihen ähnlich denen, die im CIL für die Knochenaufbewahrung verwendet wurden. Doch anstelle von Knochen enthielten diese Regale Hunderte von kleinen grauen Aktenkartons, die alle mit einer Ziffernfolge versehen waren. Die REFNOs.

An der Theke plauderten wir einige Augenblicke mit Sergeant Dix Jackson, einem Schwarzen mit Maulbeerflecken im Gesicht und baumdicken Armen. Es versteht sich von selbst, dass kein Mensch je etwas über die Flecken sagte.

Jackson und ich schwelgten in Erinnerungen und versuchten, uns gegenseitig mit Geschichten über derbe Streiche in der Vergangenheit zu übertreffen. Er gewann mit einer Episode, in der es um Danny, eine Toilettenkabine, eine brennende Papiertüte und kübelweise Wasser von oben ging.

Ein wenig den Verärgerten spielend, füllte Danny ein Anforderungsformular für die Akte zu 1968-979 aus, den Unbekannten, der 68 in der Nähe von Long Binh geborgen worden war.

Jackson überflog das Formular. »Wann brauchen Sie das, Doc?«

»Gestern.«

»Kriegen Sie.«

Danny unterschrieb für Alvarez' IDPF und nahm den Karton in die Hand.

Wir wandten uns zum Gehen.

»Ach, Doc?«

Wir drehten uns beide um.

»Falls Sie mal austreten müssen, entspannen Sie sich. Wir haben für diesen Monat keine Feuerwehrübung geplant.«

Zurück in Dannys Büro, räumten wir Sofa und Couchtisch frei. Keine Späße mehr. Wir waren beide sehr darauf konzentriert, alles über Alvarez zu erfahren.

Nachdem wir unsere Arbeitsflächen vorbereitet hatten, setzten wir uns. Danny knotete die Schnur auf, öffnete den Karton und holte den Inhalt heraus.

Ich schluckte.

In meinen Jahren als Beraterin des CILHI haben gewisse Dinge mich immer mehr betrübt als andere. Alvarez lag gleich obenauf.

Das alte Schwarz-Weiß-Foto zeigte einen hispanisch aussehenden Mann in seiner Armeeuniform. Er hatte dunkle Haare, dunkle Augen und Wimpern, die bei einem Träger von Y-Chromosomen eine Verschwendung waren.

Ein zweites Foto zeigte neun Soldaten, die schweißnassen Haare an Stirn und Brauen geklebt. Alle trugen Armeedrillich mit aufgekrempelten Ärmeln. Einer hatte auch noch einen Tilly-Hut auf dem Kopf, mit einem Angelköder auf der keck aufgestellten Krempe.

Der Name Alvarez stand in ausgebleichter blauer Tinte quer über der Brust des dritten Mannes von rechts. Des dritten *Jungen* von rechts.

Alvarez war nicht groß, nicht klein. Als einziger der Gruppe schaute er nicht in die Kamera. Er hatte das Gesicht abgewandt, als würde ihn etwas ablenken.

Was?, fragte ich mich. Ein Vogel am Himmel? Ein vorbeilaufender Hund? Bewegung im Gebüsch?

War er neugierig gewesen? Erschrocken? Oder hatte er Todesangst gehabt?

»¡Ay caramba!« Danny überflog Alvarez' Einziehungsakte. »Der fragliche Herr war Mexikanisch-Amerikaner.«

»Das passt zu unserem Profil für 2010-37. Irgendwelche ärztlichen oder zahnärztlichen Unterlagen?«

Danny betrachtete den Stapel von der Seite. »Ja. Aber heben wir uns die für den Schluss auf.«

Danny hielt ein Blatt blau linierten Papiers in der Hand, wie es in der Mittelstufe für Schulaufsätze verwendet wird.

»Ein Brief von Fernando Alvarez, Luis' Vater«, sagte er. »Kannst du Spanisch lesen?«

Ich nickte.

Danny gab mir das Blatt.

Der Brief war mit einer ordentlichen, fast femininen Handschrift geschrieben. Keine Kopfzeile deutete auf den Namen des Empfängers hin. Das Datum lautete auf den 29. Juli 1969. Das Englische endete nach *»Dear Sir«*.

Die Botschaft war prägnant in ihrer Schlichtheit.

Ich habe viele solcher Briefe gelesen. Jeder einzelne hat mich tief berührt.

»Was schreibt er?«, fragte Danny. Obwohl er es ahnte.

»Mein Sohn war ein Held. Finden Sie ihn.«

Als Nächstes kamen Ausrisse aus einer Zeitschrift in spanischer Sprache. Einer verkündete Luis Alvarez' Abschluss an der Highschool. Das Foto zeigte eine jüngere Version des Mannes in Uniform. Barett. Quaste. Feierliches Lächeln.

Ein Artikel berichtete über Alvarez' Aufbruch nach Vietnam. Ein anderer über seinen Status als MIA.

Danny nahm ein Telegramm zur Hand. Ich brauchte es nicht zu lesen. *Mit großem Bedauern müssen wir Sie heute darüber informieren …* Maria und Fernando Alvarez wurden davon unterrichtet, dass ihr Sohn vermisst wurde.

Als Nächstes kamen Aussagen von Zeugen, die den Absturz des Huey gesehen hatten. Ein Wachmann auf dem Weg vom Long-Binh-Gefängnis zu seiner Kaserne. Ein Mechaniker auf dem Helikopterlandeplatz. Ein Soldat hatte eine handgezeichnete Karte angefertigt.

Die Akte enthielt außerdem das übliche Formular mit Angaben über den Verlustfall und unspezifische Dokumente von Analysten, die zu bestimmen versuchten, was mit Alvarez passiert war.

Eine Stunde nach Verlassen der J-2-Abteilung wandten Danny und ich uns Alvarez' ärztlichen und zahnärztlichen Unterlagen zu.

Doch wir wurden enttäuscht.

Nichts in den antemortalen Daten verband den vermissten

Techniker eindeutig mit den Knochen von 2010-37. Entweder war Alvarez der gesündeste Mensch auf dem Planeten gewesen, oder die Daten waren, wie bei Lowery, unvollständig.

»Maria Alvarez starb 1987«, las ich laut. »Kein anderer Verwandter mütterlicherseits lieferte eine DNS-Probe.«

»Von 2010-37 bekommen wir wahrscheinlich sowieso keine Sequenzierung«, sagte Danny.

»Wahrscheinlich nicht«, pflichtete ich ihm bei.

»Nichts schließt aus, dass Alvarez dein Lumberton-Kerl sein könnte.«

»Nein«, stimmte ich ihm noch einmal zu. »Er könnte aber auch 1968-979 sein.«

Ich überlegte einen Augenblick.

»Meinst du, es würde sich rentieren, die Zeugen ausfindig zu machen? Vielleicht hat einer was gesehen, das es nie in die Akten schaffte.«

Danny nahm sich noch einmal die Aussagen vor. Las.

»Der Mechaniker war ein Kerl namens Harlan Kramer aus Abilene, Texas. Kramer war normaler Armeeangehöriger. Falls er dabeiblieb, sollte er leicht zu finden sein.«

Danny machte sich eine Notiz.

»Bereit für die Knochen?«, fragte er.

Ich nickte.

Danny und ich gingen ins Labor.

Abgesehen von ein paar Knochen, die durch Erosion, Verletzungen oder Tierfraß beschädigt waren, befand sich 1968-979 in ziemlich gutem Zustand. Während Danny eine Anthropologie-Update-Datei öffnete, legte ich das Skelett anatomisch korrekt zurecht.

Schädel, Unterkiefer. Arme. Beine. Brustbein. Schlüsselbeine. Nur die Kniescheiben und einige Hand- und Fußteile fehlten.

Das machte nichts. Ich sah sofort, dass 1968-979 weder Spider Lowery noch Luis Alvarez war. Danny ebenfalls.

»Dieser Kerl war ein Baum.«

Ich nickte zustimmend. »Lowery und Alvarez waren beide eins dreiundsiebzig. Dieser Mann war viel größer.«

»Aber was macht er dann mit Spider Lowerys Hundemarke?«

Ich hatte keine Erklärung.

»Wir haben Zähne.« Danny untersuchte den Unterkiefer. »Zwei Backenzähne und ein kleiner Backenzahn rechts. Zwei Backenzähne links.« Er drehte den Schädel so, dass der Gaumen nach oben zeigte. »Zwei Backenzähne rechts, zwei links, und ein zweiter kleiner Backenzahn. Zehn Zähne. Ich lasse Röntgenaufnahmen machen.«

Da ich an meiner Hüfte eine Vibration spürte, schaute ich auf mein BlackBerry.

»Das ist Katy.«

»Geh dran. Ich mach das Inventar.«

»Hi, Kleine.«

»Ich bin dann mal so was von *weg.* Mit der ersten Maschine, die ich kriegen kann.«

Klasse.

»Lily ist völlig durchgeknallt.«

»Wo bist du?« Weil ich einen wenig erfreulichen Wortwechsel erwartete, entfernte ich mich ein Stück von Danny.

»Pearl Harbor.«

»Was ist das Problem?«

»Wo soll ich anfangen? Zuerst ist da die Fahrt in die Stadt. Miss Hirnriss muss vorne sitzen, damit ihr nicht schlecht wird. Kannst dir ja vorstellen, wer sich dann hinten rein quetschen durfte. Dann kommen wir zum Park, und da stehen ungefähr eine Million Leute Schlange. Rate mal, wer sich auf eine Bank setzen muss, damit ihr die Füße nicht wehtun? Überraschung, Inselmädchen! Du trägst Absätze, die jede Stripperin umbringen würden. Dann –«

»Katy.«

»– müssen wir in diesem absolut beschissenen Salmonellenladen essen, weil Lily es nicht ertragen kann –«

»Katy?«

»Was?« Geblafft.

»Sie macht gerade eine schwere Zeit durch.«

»Und ich nicht?«

»Ist Lily wirklich so schlimm?«

»Sie ist ein Monster. Das sollte doch eigentlich unsere gemeinsame Zeit sein.«

»Ich dachte mir, du genießt vielleicht Lilys Gesellschaft.«

»O ja. Diese Schlampe ist so cool, dass ich vor lauter Neid kotzen könnte.«

»Tut mir leid. Ich hätte dich um deine Meinung fragen sollen, bevor ich die beiden zu uns eingeladen habe.«

»Meinst du?«

Danny kam mit Schädel und Unterkiefer in den Händen an mir vorbei. Ich nahm an, er brachte sie zum Röntgen.

»Wo ist Ryan?«, fragte ich.

»Zahlt gerade die Rechnung.«

»Hol ihn her.«

Als Antwort erhielt ich das Schweigen unausgesprochener Wut.

Nach einem schnellen Mittagessen erstellten Danny und ich ein biologisches Profil für 1968-979.

Geschlecht: männlich.

Rasse: weiß.

Alter: siebenundzwanzig bis fünfunddreißig Jahre.

Größe: eins dreiundachtzig, plus minus fünf Zentimeter.

Eindeutige skelettale Identifikatoren: mögliche verheilte Brüche des rechten Unterkieferastes, des rechten Schlüsselbeins und des rechten Schulterblatts.

Eindeutige dentale Identifikatoren: Fragment einer Restauration des ersten, oberen, linken Backenzahns.

Um drei hatten wir Röntgenaufnahmen gemacht und die Zahnbehandlung und die alten Kiefer- und Schulterverletzungen bestätigt.

Danny telefonierte gerade mit J-2, als mein BlackBerry wieder summte.

Hadley Perry.

Die ME übersprang alle Höflichkeitsfloskeln.

»Taucher haben noch ein Stück Bein gefunden.«

»Wo?«

»Halona Cove. Lag in etwa sieben Meter Tiefe auf der Korallenkante.«

Ich schaute auf die Uhr. Halb sechs. *Und ewig grüßt das Murmeltier.* Neuer Tag, dieselbe Szene.

»Wurden die Überreste vom Dienstag bereits gesäubert?«

»Bis auf die glänzenden Knochen.«

»Haben Sie sich mit einem Haiexperten in Verbindung gesetzt?«

»Die National Marine Fisheries Services haben ein Büro auf Oahu. Ich habe einen Kerl angerufen, den ich von dort drüben kenne. Er ist nicht auf der Insel, aber ein Dr. Dorcas Gearhart kommt morgen um neun.«

»Ich werde da sein. Aber –«

»Ich weiß. Sie können nicht lange bleiben.«

18

An diesem Abend beschlossen wir, zu Hause zu bleiben. Zumindest Ryan und ich taten es. Lily und Katy trugen zum Entscheidungsprozess wenig bei außer Spannung.

Ryan kaufte Rinder- und Thunfischfilets, die er anschließend perfekt grillte. Erstaunlicherweise verschwanden alle diätetischen Hindernisse. Unsere beiden Töchter verdrückten Unmengen der Früchte des Meeres und des Landes, zusammen mit gegrillten jungen Kartoffeln und Spinatsalat.

Die Unterhaltung steif zu nennen wäre so, als würde man Ahmadinedschads Wiederwahl im Iran als ein wenig zweifelhaft bezeichnen. Lilys Lieblingsgruppe war Cake. Katy fand diese Musik kindisch. Katy liebte klassischen Blues, Etta James, Billie Holiday, T-Bone Walker. Lily meinte, dieser Müll würde sie einschläfern. Lily trug Alfred Sung. Katy fand das Parfüm zu süß. Katy bevorzugte Issey Myake. Das brachte Lily zum Niesen. iPhone, BlackBerry. PC, Mac.

Sie wissen, was ich meine.

Ryan und ich hörten uns das aus reiner Höflichkeit an. Aber eins war offensichtlich: Unsere Nachkommen hatten nicht nur unterschiedliche Geschmäcker und Ansichten, sie beherrschten es auch meisterhaft, ihre Ausdrücke der Verachtung für die andere immer weiter zu verfeinern.

Nach dem Hauptgang servierte ich frische Ananasstücke. Ryan schlug für den kommenden Nachmittag einen weiteren Ausflug vor. Die Punchbowl oder, vielleicht inspiriert von meinem Dessert, die Dole-Plantage.

Katy meinte, ihr wäre ein Tag am Waikiki Beach lieber. Lily wollte nach Ala Moana fahren. Katy sagte, es sei blöd, nur zum

Einkaufen den halben verdammten Pazifik zu durchqueren. Lily sagte, es sei hirnrissig, nur herumzuliegen und Sand in den Hintern zu kriegen. An diesem Punkt brach eine offene Schlacht aus.

Zum Glück hatte ich die zusätzliche Versicherung gezahlt und Katy als zweite Fahrerin meines Mietwagens eintragen lassen. Nach langer Diskussion wurde ein Kompromiss geschlossen. Katy würde Lily an der Shopping Mall absetzen, dann den Nachmittag am Waikiki verbringen und Lily zu einer vereinbarten Zeit und an einem vereinbarten Ort abholen.

Nachdem der Tisch abgeräumt war, zogen sich die Streithennen in ihre jeweiligen Zimmer zurück. Ryan und ich machten einen Spaziergang am Strand. Ich berichtete ihm das Neueste über meine beiden Fälle im CIL und den einen, den ich für die ME von Honolulu bearbeitete.

»Hadley Perry?«, fragte er.

»Kennst du sie?«

»Ja.«

Das überraschte mich. Doch ich fragte nicht nach.

»Perry hat einen Haiexperten, der morgen früh zu ihr kommt«, sagte ich.

»Das dürfte mal was anderes sein.«

»Als was?«

»Knochen. Käfer.«

»Quantenphysik.«

»Auch das.« Ryan hielt kurz inne. »Ich habe heute von Sheriff Beasley gehört.«

»Und?«

»Manchmal beeindruckst du mich.«

»Nur manchmal?«

»Manchmal mehr als sonst.«

»Was hatte Beasley zu sagen?«

»Du hast es gerade noch rechtzeitig geschafft.«

Ich wartete, dass Ryan mir das erklärte. Er tat es nicht.

»Bereitet es dir ein perverses Vergnügen, mit meinem Hirn herumzumachen?«

»Es bereitet mir auf jeden Fall Vergnügen, mit deinem –«

»Beasley?«

»Southeastern Medical Center. Normalerweise werden Objektträger mit Patientenproben fünf Jahre lang aufgehoben.«

»Das Krankenhaus hatte noch was?« Ich konnte es nicht glauben.

»Oui, Madame. Von Harriet Lowerys letztem Aufenthalt. Das Material ist jetzt im Augenblick unterwegs zu AFDIL. Oder vielleicht schon dort. Und ich glaube, eine Probe könnte auch an unsere DNS-Jungs in Montreal gegangen sein.«

»O Mann.«

»O Mann.«

Der Sand war kühl unter meinen Füßen. Wellen rollten an den Strand. Es war großartig, draußen zu sein. Salz auf den Lippen zu schmecken und den Wind in den Haaren zu spüren.

Mit Ryan zusammen zu sein?

Ja. Okay. Mit Ryan zusammen zu sein.

Er griff nicht nach meiner Hand. Ich nahm nicht seine. Wir spürten es beide. Ein riesiger Elefant, der neben uns den Strand hoch trottete.

»Ich würde gern hören, was er zu sagen hat.«

Da ich in Dickhäutergedanken versunken war, verstand ich nicht, was Ryan meinte.

»Was wer zu sagen hat?«

»Der Haityp.«

»Warum?«

»Wer weiß, was sich eines Tages als nützlich im Beruf erweisen wird.«

»Du arbeitest in Quebec.«

»Haie sind teuflisch schlaue Kreaturen.«

Interessierte Ryan sich wirklich für Haie? Oder für die eigenartige, aber entzückende Dr. Hadley Perry?

Was auch immer.

»Klar«, sagte ich. »Komm mit.«

Dorcas Gearhart war in der Lobby, als wir im Büro der ME eintrafen. Ryan hatte sich geirrt. Der Haityp gehörte zu meinem Geschlecht.

Gearhart hatte krause, graue Haare, die mit rosa Plastikspangen seitlich am Kopf festgesteckt waren, und eine Drahtgestellbrille, die ihr weit unten auf der Nase saß. Ich schätzte ihre Größe auf gut eins fünfzig, ihr Alter auf knapp unter sechzig.

Wir tauschten Alohas, Namen und Händedrücke aus. Ich fragte mich, was Katy und Lily zum Aufzug der guten Frau Doktor gesagt hätten: Schürzenkleid, Turnschuhe und Strickjacke. Ich fragte mich, worüber Katy und Lily auf ihrer Fahrt in die Stadt geredet hatten.

Während wir auf Perry warteten, fragte Ryan Gearhart, wie sie ins Fischgeschäft gekommen sei.

Ich hatte eine großmütterliche Sprache und ein ebensolches Auftreten erwartet. Weit gefehlt.

»Einfach nur beschissenes Pech.« Gearharts Lachen kam tief aus ihrer beachtlichen Brust. »Oder Glück? Wer weiß? Hatte mich für Medizin beworben, wurde abgelehnt. Ein Prof, mit dem ich schlief, schlug das Graduierungsprogramm in Meeresbiologie vor. Schien mir besser zu sein als zu heiraten und Kinder zu kriegen.«

»Warum Haie?« Ryan ließ keine Sekunde verstreichen.

»Irgendein Arsch hat mir das Delfin-Stipendium vor der Nase weggeschnappt.«

Ich wollte eben auch eine Frage stellen, als Perry auftauchte. Heute waren ihre Haarstacheln smaragdgrün, die Lider chartreuse.

Weitere Begrüßungen und Vorstellungen. Ich musterte Ryans Gesicht. Verstohlen. Perrys. Beide zeigten nicht den geringsten Hinweis auf eine gemeinsame Vergangenheit.

Perry sagte, sie habe die Überreste bereits aus der Kühlung holen lassen.

Im Gänsemarsch gingen wir in denselben Autopsiesaal, den ich am Dienstag besucht hatte.

Auf einem Edelstahlkarren lag ein schwarzer Plastiksack. Ein kleiner.

Perry, Gearhart und ich zogen Gummihandschuhe über. Ryan sah zu.

Perry öffnete den Sack und ließ einen Klumpen Knochen und Gewebe auf den Karren gleiten.

Der Geruch nach Salz und verfaulendem Fleisch füllte den Raum.

Ich hob die triefende Masse an und untersuchte sie.

Schon auf den ersten Blick sah ich, dass ich einen Teil einer menschlichen Wade in der Hand hatte. Ich erkannte ein Fragment der Fibula, des schlanken äußeren Knochens des Unterschenkels. Die Tibia, das Schienbein, war in einem besseren Zustand. Das Knöchelende war in einer wirren Masse aus Sehnen und verfaulendem Muskel erkennbar.

Beide Knochen waren bedeckt mit flachen Schnitten, tiefen Rillen und langen Furchen. Beide endeten in stacheligen Dornen.

Ich schaute hoch. In sechs erwartungsvolle Augen.

»Das ist ein Teil eines menschlichen Unterschenkels. Grad der Verwesung ist vereinbar mit den Überresten, die wir am Dienstag untersucht haben.«

»Die Haischäden ebenfalls.«

Perry.

Gearhart kam an den Karren und schob mich nicht sehr sanft beiseite. Ich trat zurück.

»O ja. Das war ein Hai.«

»Können Sie sagen, welche Art?«, fragte Perry.

»Haben Sie ein Vergrößerungsglas?«

Perry gab ihr eine Handlupe.

Wir alle drängten uns um Gearhart. Ihre geringe Größe war für uns von Vorteil.

»Schauen Sie hier in dieser Furche.« Gearhart hielt uns die Lupe entsprechend hin. »Sehen Sie, wie fein die Riefungen sind, wie gleichmäßig die Abstände dazwischen? Das heißt, die Zähne waren gezackt, wie ein Messer mit Sägeschliff. Ich würde sagen, wir reden von *Galeocerdo* oder *Carcharadon carcharias.*

Der kollektive Mangel an Reaktion war Frage genug.

»Tigerhai oder ein weißer.«

Ich konnte nicht anders. Einige Takte der Titelmelodie von *Der Weiße Hai* gingen mir durch den Kopf.

»Weiße Haie sind in hawaiianischen Gewässern ziemlich selten, deshalb würde ich eher auf einen Tiger wetten. Ausgehend vom Abstand zwischen den Riefungen, würde ich sagen, dieses Baby war vier bis vier Meter fünfzig lang.«

»O Gott.« Ryan.

»Ach, das ist doch gar nichts. Ich habe einmal einen Sieben-Meter-Hai persönlich und aus der Nähe kennengelernt. Muss mindestens neunhundert Kilo gewogen haben.«

Ich rechnete das schnell in amerikanische Pfund und hoffte, dass Gearhart übertrieb.

»Verdienen Tigerhaie wirklich das Hollywoodimage?«, fragte Ryan.

»O ja. Bei dokumentierten Angriffen auf Menschen nehmen die Tigerhaie den zweiten Platz nach den weißen ein. Und sie sind beim Fressen auch nicht sehr wählerisch. Diese Kerle fressen alles, Menschen, Vögel, Meeresschildkröten, Klempnerteile. Normalerweise sind Tiger ziemlich träge, aber wenn man ihre Geschmackspapillen reizt, können sie wirklich auf Touren kommen. Wenn man einen sieht, sollte man sich besser aus dem Staub machen.«

»Wo könnte ich einen sehen?«, fragte ich.

»Sie sind vorwiegend nachtaktiv.«

Ja. Die Eingangsszene von *Der Weiße Hai*.

»– und der Grund, warum Tigerhaie so oft mit Menschen zusammentreffen, ist der, dass sie sich gerne in flachen Riffen, Lagunen, Häfen und so weiter aufhalten. Um zu fressen. Meistens nach Einbruch der Dunkelheit.«

Perry unterbrach die Naturstunde.

»Können Sie mir sagen, ob das Opfer noch am Leben war, als der Hai angriff?«

Gearhart ließ die Lupe über die Überreste wandern.

»Die Beliebigkeit der Zahnspuren lässt darauf schließen, dass das Fleisch im Augenblick des Fressens von den Knochen gerissen wurde. Das Muster des Tigers besteht aus Zubeißen und Schütteln, sodass die gezackten Zähne das Fleisch durchreißen können. Die Kiefermuskeln sind erstaunlich. Stark genug, um einen Knochen oder einen Schildkrötenpanzer zu durchtrennen.«

Ich wünschte mir jetzt wirklich, Katy wäre mit Lily zum Einkaufen gegangen.

»Sie können also nicht feststellen, ob der Hai den Jungen tötete oder nur an seiner Leiche fraß?«, fragte Perry.

»Nein.«

Während Perry und Gearhart redeten, untersuchte ich das Bein.

»Können Sie sagen, ob er in der Halona Cove getötet wurde oder woanders, und erst danach dort auftauchte?«

»Nein.«

Ich drehte den kleinen Fleischbrocken.

»Hören Sie, Doc.« Perrys Stimme klang ziemlich scharf. »Ich muss mir überlegen, ob dies eine Gefahr für die öffentliche Sicherheit darstellt. Muss ich diesen Strand schließen lassen?«

»Meiner Meinung nach, nein. Nicht aufgrund eines einzelnen, isolierten Vorfalls.«

Mit einem Finger zog ich das Fleisch vom distalen Schienbeinende weg.

Mein Herz beschleunigte zu einem Tempo, das dem des Refrains in meinem Kopf entsprach.

»Soll heißen?«, fragte Perry.

»Wenn Sie mehr als einen Todesfall haben, dann haben Sie vielleicht einen Schurken.«

»Einen Schurken?«

»Einen Opportunisten. Einen Hai, der Geschmack für Menschenfleisch entwickelt hat.«

Ich hob den Kopf und kreuzte Ryans Blick. Seine Brauen zogen sich zusammen, als er meine Miene sah.

»Schlechte Nachrichten«, sagte ich.

19

»Das ist nicht derselbe Junge.«

»Was meinen Sie damit?« Perry kam zum Karren.

»Schauen Sie.« Ich deutete auf einen dreieckigen Vorsprung am unteren Ende des Schienbeins. »Das ist der Malleolus, der Knochenhöcker, den man innen am Knöchel ertasten kann. Der Malleolus ist mit dem Sprungbein verbunden und macht das Gelenk stabiler.«

»Und?«

Ich drehte den Unterschenkel. »Das ist die korrekte anatomische Position.«

Perry betrachtete das kurze Wadenstück. Dann: »Verdammte Scheiße.«

»Was?«, fragten Ryan und Gearhart wie aus einem Mund.

»Das da stammt von einem linken Bein«, sagte ich. »Am Dienstag wurden ebenfalls Teile eines linken Beins geborgen, darunter auch ein Teil des Malleolus.«

»Eine verdammte Doppelung.« Perry schüttelte ungläubig den Kopf.

Gearhart verstand sofort. »Ein Mensch hat keine zwei linken Füße. Das da muss also von einer anderen Person kommen.«

Ich wartete darauf, dass Ryan einen Witz über schlechte Tänzer machte. Zum Glück tat er es nicht.

»Zwei Haiopfer aus derselben Bucht.« Perrys Stimme klang höher als normal.

»Das könnte die Lage verändern.«

»Glauben Sie?« Perry wirbelte zu Gearhart herum. »Und? Sperre ich diesen Strand jetzt?«

»Das ist Ihre Entscheidung, Doc.«

»Wird dieser verdammte Fisch wieder zuschlagen?«

Gearhart hob Augenbrauen und Schultern.

»Na kommen Sie. Was ist Ihre Vermutung?«

Gearhart bewegte eine Hüfte. Biss sich auf die Unterlippe. Seufzte. »Wenn der Hai dort aktiv auf Beutejagd geht und nicht einfach nur Aas frisst, dann könnte der Mistkerl es verdammt noch mal wieder tun.«

Perry verschränkte die Arme vor der Brust. Fand dieses Manöver unbefriedigend. Ließ die Hände sinken. Wandte sich an mich.

»Was können Sie mir über dieses zweite Opfer sagen?« Sie deutete dabei mit dem Kinn auf den Karren.

»Dieses Individuum ist kleiner als das erste. Darüber hinaus, nichts. Es ist nicht genug da, womit ich arbeiten könnte.«

Perry ging zu einem Wandtelefon. Tippte Ziffern ein.

Sekunden vergingen.

»Ich hoffe, ich störe nicht beim Pokern.« Scharf.

Ich hörte das Rauschen einer gedämpften Antwort. Perry schnitt sie ab.

»Bringen Sie mir die Knochen aus der Halona Cove. Und zwar schnellstens.«

Der Hörer knallte mit lautem Krachen auf die Gabel.

Weniger als eine Minute später schob ein kahl geschorener junger Mann einen Rollkarren durch die Tür.

»Sonst noch was, Dr. Perry?« Kahlkopf mied den Blick seiner Chefin.

»Halten Sie sich bereit.«

Kahlkopf eilte davon.

Auf dem Karren lag Folgendes: die proximalen und distalen Teile eines linken Oberschenkelknochens, ein Teilstück des proximalen, linken Wadenbeins, zwei Fragmente des linken

Schienbeins, das eine proximal, das andere distal, dazu der verstümmelte Malleolus, ein Teil des linken Beckens vom Schambein bis in die Beckenschaufel, das Sprungbein, das Kahnbein und die dritten und zweiten Keilbeine eines linken Fußes.

Zwei große, braune Umschläge lagen auf der unteren Ablage des Karrens.

»Nachprüfung«, ordnete Perry an. »Stellen Sie ganz sicher, dass es sich wirklich bei beiden um linke Beine handelt.«

Ich tat es. Sie waren es.

Unter ihrer Stachelfrisur und dem grellen Make-up wirkte das Gesicht der ME bleich.

Ich konnte mir den Kampf vorstellen, der in Perrys Gedanken tobte. Die Rezession hatte die hawaiianische Wirtschaft mit Wucht getroffen. Der Flugverkehr war am Boden, der Tourismus ging den Bach hinunter. Schloss man einen Strand wegen Haiangriffen, würden Hotelbuchungen sich auflösen wie Morgennebel. Entschied man sich dagegen und verlor deswegen einen Schwimmer, würden die Gäste vom Festland sich für Shenandoah oder Disney World entscheiden. Die Folgen wären schlimmer als das Sperren eines Strands.

Vermutet man richtig, verliert man viele Dollar. Vermutet man falsch, verliert man Menschenleben und viele Dollar.

Und Perry musste sich schnell entscheiden.

Meine Vermutung? Honolulus extravagante ME würde wieder einmal Leute verärgern.

Ich drehte eben das neue Beinfragment, als mir in der Mitte des Schafts etwa fünf Zentimeter über dem unruhestiftenden Malleolus eine Besonderheit auffiel. Indem ich Gewebe zurückschabte, konnte ich erkennen, dass das Loch einen erhöhten äußeren Rand hatte und zu perfekt rund war, um eine natürliche Ursache zu haben.

»Das könnte uns weiterhelfen«, sagte ich.

Perry schnappte sich die Lupe und hielt sie über die Stelle, die ich ihr zeigte.

»Verdammt. Sie denken an einen chirurgischen Nagel?«

Ich nickte.

»Die Platzierung wäre korrekt. Schade, dass wir kein Fersenbein haben.«

»Ja«, pflichtete ich ihr bei.

»Kann irgendwer uns nichtmedizinische Trottel aufklären?«, fragte Ryan.

Ich behielt meinen Finger, wo er war, und Perry gab ihm die Lupe.

»Dieses winzige Loch?«, fragte er.

»Dieses winzige Loch.«

Ryan gab Gearhart die Lupe.

»Weiß jeder, was Streckung ist?«

Gearhart nickte.

Ryan zuckte die Achseln. Nicht wirklich.

»In der Orthopädie wird Streckung bei der Behandlung gebrochener Knochen und zur Korrektur orthopädischer Anomalien benutzt«, erklärte ich Ryan zuliebe. »Die Streckung fügt die gebrochenen Enden aneinander, indem sie das Glied in eine gerade Position bringt. Außerdem vermindert sie den Druck auf die Knochenenden, indem sie die Muskeln entspannt.«

Ryan schnippte mit dem Finger. »Der alte Trick mit dem Bein in der Luft. Könnt ihr euch noch an die Szene in *Catch-22* erinnern? Der Kerl hat so eine Streckung, ist über und über eingegipst, bewegt sich nie, redet nie –«

Ich schaute ihn mit zusammengekniffenen Augen warnend an.

Ryan legte sofort seine Unschuldsmiene auf. Was denn?

»Mein Neffe bekam so einen Streckverband, als er sich ein Bein brach.« Gearhart spähte wieder durch die Lupe. »Sie haben ihm einen Nagel direkt durch den Oberschenkelknochen gejagt.«

»Ist der Nagel erst einmal an Ort und Stelle, werden Rollen und Gewichte mit Drähten daran gehängt, um die erforderliche Zugkraft zu erreichen. Skelettale Streckung benutzt Kräfte zwischen fünfundzwanzig und vierzig Pfund.«

»Wie lange bleibt dieser Nagel im Knochen?« Ryan klang jetzt übertrieben ernsthaft.

»Wochen, vielleicht Monate. Der da wurde schon vor Jahren entfernt.«

Gearhart schob sich die Brille hoch, die ihr auf die Nasenspitze gerutscht war. »Was vermuten Sie, Doc?«

»Ich würde sagen, ein instabiler Bruch des Schienbeinschafts. Das distale Schienbeinende wurde wohl mit dem Fersenbein verbunden.«

»Das wir nicht haben.« Perry.

»Wie gebrochen?«, fragte Gearhart.

»Beim Skifahren? Radfahren? Autounfall? Ohne mehr von dem Bein kann man das unmöglich sagen.«

»Spaceshuttle-Explosion.« Perry fing an, auf und ab zu gehen.

»Hören Sie«, sagte ich. »Wir haben immer noch eine potenziell wertvolle Information. Das Opfer unterzog sich einer Behandlung, wurde wahrscheinlich in irgendeinem Krankenhaus stationär aufgenommen. Die Polizei oder einer Ihrer Ermittler kann Krankenhausunterlagen nach chirurgischen Implantaten am distalen Schienbeinende durchsuchen.«

Perry blieb stehen. »Zeitrahmen?«

»Was wir hier sehen, ist lediglich eine Narbe, das Resultat von Knochenneuwachstum an der Nagelposition. Die Verletzung war nicht neu. Ich würde mindestens fünf Jahre zurückgehen und mich von dort weiter in die Vergangenheit vorarbeiten. Oder Sie versuchen eine Abkürzung und gleichen die Namen Ihrer Vermisstenliste mit den örtlichen Krankenhäusern ab oder fragen Familienangehörige nach früheren Beinbrüchen. Vielleicht haben Sie Glück.«

Perry nickte knapp.

»Haben Sie irgendwelche neuen Hinweise in Bezug auf das erste Opfer?«, fragte ich.

»Nein, aber wir haben einige neue Vermisste. Im letzten Januar wurde ein Collegejunge von einem dieser großen Schiffe über Bord gespült. Wir gehen dem nach. Ein Seifenvertreter verschwand letzten Sommer aus einem Hotel am Waikiki Beach. Ließ all seine Habseligkeiten im Zimmer zurück. Könnte Selbstmord sein, Ertrinken, oder der Kerl wollte sich einfach aus dem Staub machen.«

»Wie alt?«

»Zweiunddreißig.«

Ich schüttelte den Kopf. »Unwahrscheinlich.«

Perry wedelte frustriert mit den Händen. »Bei den Abertausenden von Touristen, die jedes Jahr durch die Inseln strömen, ist es schwer, die Polizei für so was zu interessieren. Kann sein, dass der medizinische Aspekt ihren Enthusiasmus ein bisschen beflügelt. Oder ich könnte dafür beten, dass ein gnädiger Gott uns die ganze Mühe mit einem DNS-Treffer erspart.«

Perry nahm sich ein Skalpell von der Arbeitsfläche und drehte das Bein so, dass das Fleisch über dem Außenknöchel nach oben lag. Wir sahen alle zu, wie die Klinge in das Fleisch eindrang.

Und plötzlich stoppte.

Perry legte das Instrument beiseite und streckte die Hand aus.

»Geben Sie mir die Lupe.«

Gearhart hielt ihr das Vergrößerungsglas hin. Perry riss es ihr förmlich aus der Hand.

Nach ein paar Sekunden Untersuchung ging Perry zum Waschbecken und befeuchtete einen Schwamm. Dann kehrte sie zum Karren zurück, betupfte sanft das Gewebe und wischte die Reste der Epidermis weg.

»Kann sein, dass wir ein Tat haben.«

Gearhart und ich wechselten Blicke.

Eine Tätowierung, formte ich mit den Lippen.

Gearharts Lippen formten ein O.

Noch ein wenig Säubern, dann winkte Perry uns mit dem Arm zu sich.

Wir traten alle gemeinsam vor, Lehrlinge, die sich um den Zauberer scharen.

Perry vergrößerte eine Verfärbung, die in dem Fleischklumpen, den ich vom Malleolus zurückgeschoben hatte, kaum zu erkennen war. Mir war der kleine Fleck zuvor schon aufgefallen, ich hatte aber, abgelenkt von der Tatsache, dass wir ein zweites Opfer hatten, nicht weiter darauf geachtet.

»Verdammt«, sagte Ryan.

Perry schoss Fotos des Tattoos und löste es dann mit einander kreuzenden Skalpellschnitten aus der Umgebung heraus. Mit beiden Handflächen drückte sie das Hautstück auf dem Edelstahl platt und glättete es.

»Licht aus.«

Ryan drückte auf den Schalter an der Wand.

Der Raum wurde schwarz.

Ich hörte, wie eine Schublade geöffnet und geschlossen wurde. Ein Klicken.

Ein blauer Strahl traf das Hautstück.

Unter UV-Licht wurde das Tattoo schärfer. Ich erkannte schwarze und rote Wirbel in einer Halbsichelform. Ein Streifen mit filigranen Querstrichen verlief quer zu dem Ende der Sichel, das man als Griffansatz deuten konnte.

»Das ist ein traditionelles Haizahnmuster.« Gearharts Stimme kam von irgendwo links von mir.

»Sind Sie sicher?«, fragte Perry. »Wir haben hier nicht viel.«

»Absolut. Ich sammle Haibilder. Gemälde. Drucke. Tattoos. Ich habe Dutzende Variationen dieses Motivs gesehen.«

Aus Perrys Kehle war ein Grunzen zu hören.

»Muss Teil eines *tapu vae* sein«, sagte Gearhart. »Eines Knöchelbands. Die einzigen ungewöhnlichen Elemente sind diese komischen Bögen da.«

Gearhart deutete auf zwei umgedrehte C mit einem U in der Mitte, die von dem Streifen mit Filigranmuster abstanden.

Eine ganze Minute verging, dann sprang das Licht wieder an.

Ohne zu fragen, ob wir genug gesehen hatten, hob Perry die Probe vom Edelstahl ab und steckte sie in ein Glas mit Formalin. In der klaren Flüssigkeit wirkte das Gewebe gespenstisch bleich.

»Da haben wir's, Leute.« Perry schrieb die Fallnummer mit einem Filzstift auf den Glasdeckel. »Sieht aus, als hätte Herr Hai einen Tätowierten mit einem verdrahteten linken Bein gefressen.«

Auf den Punkt, dachte ich.

»Die Polizei kann die Krankenhäuser und Tätowierstudios abarbeiten, während ich die Familien der Vermissten befrage.«

»Sie könnten es mit einem Computerprogramm zur Bildverbesserung versuchen«, sagte ich. »Um die Details besser herauszuarbeiten.«

»Oder Hochkontrast- oder Infrarotfotografie«, fügte Ryan hinzu.

»Machen wir.« Perry zog die Gummihandschuhe aus. »So. Kein schlechter Vormittag. Wenn man bedenkt, dass unser Opfer nur so groß ist wie ein Schweinebraten.«

Perry drückte mit der Schuhspitze auf den Fußhebel eines Mülleimers und warf die Handschuhe hinein.

»Mahalo, Dr. Gearhart. Wenn ich Ihnen einen Satz Fotos gebe, schreiben Sie mir dann Ihre Gedanken auf?«

»Kein Problem.«

Perry wandte sich an mich.

»Sie verbringen jetzt noch ein bisschen Zeit mit diesem ersten Jungen?«

»Ja, ich –«

Zu Ryan: »Kommen Sie mit mir, Sportsfreund. Ich spendier Ihnen was Süßes, während ich drüber nachdenke, ob ich diesen Strand sperren soll.«

Während die drei hinausgingen, wanderten Ryans Wikingerblaue in meine Richtung. Mir sprangen die Wörter von den Lippen, bevor ich etwas dagegen tun konnte.

»Nicht vergessen, Haiangriff. Sportsfreund.«

Meine Gereiztheit überraschte mich selbst. Fühlte ich mich von Hadley Perry wirklich bedroht?

Ryan fand es amüsant. Das Grinsen in seinen Augen verärgerte mich nur noch mehr.

Eine Nachuntersuchung der gesäuberten Knochen erbrachte nichts Neues.

Dreißig Minuten später verabschiedeten Ryan und ich uns. Ich machte mir gar nicht die Mühe, sein oder Perrys Gesicht nach versteckten Hinweisen abzusuchen.

Wir waren auf der Iwilei Road, als mein BlackBerry summte.

Danny.

»Kommst du heute noch rein?«

»War bis jetzt bei der ME.«

»War Perry so charmant wie immer?«

Da ich das Gefühl hatte, dass eine Antwort sinnlos wäre, gab ich ihm auch keine.

»Habe neue Infos über 1968-979.«

»Gute oder schlechte?«

»Ja.«

Ich spürte, dass Ryan zuhörte.

»Katy hat mein Auto. Detective Ryan war so freundlich, mich in seinem mitzunehmen.«

Ich hatte mit Danny bereits geklärt, ob es in Ordnung sei, dass Ryan in dem Haus in Lanikai übernachtete. Da Danny unsere Vorgeschichte kannte, hatte er mit ein paar Takten aus *Let's get it on* reagiert. Marvin Gaye ist er auf jeden Fall nicht.

»Haben die Mädchen ihre Zickenphase überwunden?«, fragte Danny.

Ich hatte Danny auch von den Reibereien zwischen Lily und Katy erzählt. Im Augenblick wollte ich jedoch nicht darüber sprechen.

»Wird Ryan am Tor Probleme kriegen?«, fragte ich.

»Hat *monsieur le détective* schon Pläne für heute?«

»Warum?«

»Ich bürge für ihn. Er kann hierbleiben, wenn er will. Vielleicht kriegen wir von ihm ja ein paar neue Ideen. Neuer Blickwinkel, du weißt schon.«

»Moment.«

Ich drückte mir das Handy an die Brust und fragte Ryan, ob er an einem Besuch im CIL interessiert sei. Zu meiner Überraschung zeigte er mir einen enthusiastisch hochgereckten Daumen.

Gut.

Die Sache mit dem neuen Blickwinkel sollte sich als sehr nutzbringend erweisen.

20

Über Nacht war Danny eine Idee gekommen. Am Vormittag hatte er sich in der J-2-Abteilung beschäftigt.

»Kreissuche.« Er lächelte und lehnte sich, die Hände vor der Brust verschränkt, zurück.

Ryan und ich sahen ihn verständnislos an.

»Zivilisten.« Danny schüttelte spöttisch herablassend den Kopf.

»Du bist auch Zivilist«, gab ich zu bedenken.

»Okay.« Er hob entschuldigend die Hände. »Langsam und einfach. Als Erstes habe ich mir eine topografische Karte besorgt und die Gitterkoordinaten für Lowerys Huey-Absturz herausgefunden. Bis hierher alles klar?«

Ryan und ich nickten.

»Dann ließ ich einen J-2-Analysten recherchieren, wie viele Soldaten innerhalb eines Fünfzehn-Kilometer-Radius um die Koordinaten herum als vermisst gemeldet wurden – ob auf dem Boden, in der Luft, über Wasser, was auch immer. Als Nächstes ließ ich ihn das Ergebnis einschränken auf Verluste zwischen dem 23. Januar 1967 und dem 17. August 1968.«

»Von einem Jahr vor dem Huey-Absturz bis zu dem Datum, als 1968-979 gefunden wurde«, sagte ich, um Ryan die Zeitspanne zu erklären.

»Okay.« Danny griff nach einem Stapel Akten auf dem Sofa. »Das sind diejenigen, die immer noch KIA/BNR sind.«

Ryan schaute mich fragend an.

»Killed in action, body not recovered«, sagte ich. Im Einsatz getötet. Leiche nicht gefunden.

Dann fragte ich Danny: »Wie viele?«

»Achtzehn«, sagte Danny. »Ich habe mir die Akten eben aushändigen lassen.«

»Am Telefon hast du gesagt, du hättest neue Infos über 1968-979.«

»Als die verwesten Überreste, die jetzt die Bezeichnung 1968-979 tragen, 68 nach Tan Son Nhut kamen, fand das Leichenhallenpersonal John Lowerys Hundemarke in dem Leichensack. Aber Lowery war bereits Monate zuvor identifiziert und in die Staaten geschickt worden.«

»Die verbrannte Leiche, die in dem Grab in North Carolina landete«, sagte Ryan.

»Ja«, sagte ich. »Jetzt exhumiert und mit der neuen Fallnummer 2010-37 versehen.«

»Da die verwesten Überreste, also 1968-979, nach Meinung des militärischen Personals nicht Lowery sein konnten und sie zu niemandem passten, der in diesem Sektor als MIA gemeldet wurde, blieben sie als Unbekannter bis 1973 in Tan Son Nhut. Dann kamen sie zum CIL. 1976 kamen sie nach Hawaii. Seitdem liegen sie auf unseren Regalen.«

Ein Grinsen kroch über Dannys Lippen.

»Was?«, fragte ich ungeduldig.

»Bis auf eine kurze Auszeit. Noch in Tan Son Nhut wurden Haar- und Gewebeproben genommen und in Gläsern versiegelt. 2001 wurden, wegen Ähnlichkeiten mit anderen Fällen, die zu der Zeit offen waren, diese Proben einem DNS-Test unterzogen.«

»Nuklear oder mitochondrisch?«, fragte ich.

»Die gute alte nukleare.« Dannys Grinsen wurde noch breiter. »Das Profil von 1968-979 ist in den Akten. Jetzt brauchen wir nur noch einen Verwandten für einen Vergleich.«

Ich schaute die Ordner an. Vier Jahrzehnte. Gab es irgendwo da draußen eine Familie, die noch immer hoffte? Oder hatten alle längst aufgegeben und ihr eigenes Leben weitergeführt?

»Gehen wir's an«, sagte ich.

Nach einer kurzen Einführung wurde Ryan sehr schnell zum Aktenexperten. Zwei Stunden nach dem Mittagessen fand er den perfekten Kandidaten.

Alexander Emanuel Lapasa. Xander für Familie und Freunde.

Lapasas Akte war die dünnste des ganzen Stapels.

Warum? Lapasa hatte nicht einen Tag in der Armee gedient.

Aber alles passte.

Alexander Emanuel Lapasa war ein neunundzwanzigjähriger Weißer mit einer Größe von eins dreiundachtzig und einem Gewicht von knapp hundert Kilo. Lapasas Mutter meldete ihn im März 68 als vermisst, zwei Monate nach seinem letzten Brief aus Vietnam, die sonst allwöchentlich gekommen waren.

Ryan gab Danny ein Foto. Er gab es an mich weiter.

Der Schnappschuss zeigte einen großen jungen Mann von der Taille aufwärts. Die lockigen, dunklen Haare hatte er hinter seine abstehenden Ohren gesteckt. Ein breites Lächeln zeigte gerade, weiße Zähne.

Lapasa trug ein gestreiftes Hemd, die obersten Knöpfe offen, einen Rucksack über der einen Schulter. Die Ellbogen waren abgestreckt, die Hände in die Taille gestemmt.

»Sieht aus, als liege ihm die Welt zu Füßen«, sagte Ryan.

»Oder als glaubte er, dass sie es bald tun wird«, sagte Danny.

Ich gab das Foto zurück, und Danny betrachtete es noch einen Augenblick.

»Sieht aus wie Joseph Perrino«, sagte er.

»Wer?«, fragten Ryan und ich.

»Der Schauspieler? Ist ab und zu bei den *Sopranos* aufgetreten? Egal.«

»Ich dachte, in den Sechzigern kamen keine Zivilisten nach Vietnam«, sagte Ryan.

»Doch«, sagte Danny. »Zivile Angestellte des Postdienstes der Armee, Sanitätshelfer, Missionare, Journalisten. Schauen Sie auf die Wand. Dort ist ein Haufen Nichtmilitärs aufgeführt.«

»Gibt es irgendeinen Hinweis darauf, warum Lapasa in Vietnam war?«, fragte ich.

Ryan blätterte ein paar Seiten um.

»Nach Angaben der Mutter, Theresa-Sophia Lapasa, verfolgte Xander, Zitat Anfang, Geschäftsinteressen, Zitat Ende. Klingt das koscher?«

»O ja«, sagte Danny. »Damals waren Unmengen von Opportunisten dort unten. Da sie wussten, dass die Kämpfe irgendwann zu Ende sein würden, gingen einige besonders wagemutige Unternehmer rüber, um sich für den Nachkriegsboom in Stellung zu bringen. Einige betrieben in Saigon Bars und Restaurants.«

»Woher stammte Lapasa?« Ich wusste gar nicht so recht, warum ich das fragte. Der Wohnort war nicht wirklich wichtig. Ich schätze, das war meine Art, dem Menschen hinter der Akte eine Persönlichkeit zu geben.

Ryan stöberte in den Seiten. Las. Stöberte noch ein wenig. Dann:

»Ke aloha nô!«

Danny grinste. Ich verkniff es mir, die Augen zu verdrehen.

»Lapasa kam praktisch aus dem Viertel.« Ryan redete wieder Englisch. »Honolulu, Hawaii.«

»Hast du eine Adresse?«, fragte ich.

Ryan las eine Hausnummer an der Kahala Avenue vom Blatt.

»Tscha-tsching!« Ich machte das Geräusch einer Registrierkasse nach. Oder etwas in der Richtung.

Ryan schaute mich an.

»An der Kahala liegen einige der teuersten Immobilien in ganz Honolulu.«

Dannys Lächeln wurde schwächer und verschwand dann ganz. Er schaute nach unten, dann nach links, als würde er tief in seiner Erinnerung nach einer Antwort suchen. Wortlos notierte er sich etwas.

»Gibt es antemortale Unterlagen?«, fragte ich.

»Dafür bist du zuständig.« Ryan gab mir die ganze Akte.

Die Männer sahen zu, wie ich in Papieren blätterte.

Es gab eine ganze Reihe von Briefen von Lapasas Mutter an die Armee. Noch einige Fotos. Aussagen von Zeugen, die Lapasa vor seinem Verschwinden gesehen hatten oder mit ihm zusammen gewesen waren. Die letzte trug das Datum vom 2. Januar 1968. Lapasa hatte das neue Jahr im Rex Hotel in Saigon mit einem gewissen Joseph Prudhomme eingeläutet, einem Angehörigen der *Agency of Civil Operations and Revolutionary Development Support,* einer zivil-militärischen Koordinierungsgruppe für Befriedungs- und Entwicklungsprojekte in Vietnam.

Nach Prudhommes Angaben hatte Lapasa vor, im Verlauf des Januars nach Bien Hoa und Long Binh zu reisen. Ich nahm an, das war der Grund, warum Lapasa in Dannys Kreissuche auftauchte.

Ganz hinten in der Akte war ein brauner Umschlag. Ich schaute mir den Inhalt an. Diagramme. Text. Ein kleiner, brauner Umschlag. Ich spähte hinein und sah die kleinen, braunen Quadrate, auf die ich gehofft hatte.

»Der Zahnstatus ist hier, einschließlich Röntgenaufnahmen.« Ich las die letzte Seite der Akte. »Lapasas letzter Termin beim Zahnarzt war am 12. April 1965.«

Ich blätterte wieder ein Stück vor. Las.

»Theresa-Sophia Lapasa gibt in einem Brief vom 16. November 1972 an, dass medizinische Unterlagen geliefert werden können.« Ich schaute hoch. »Warum hat sie es nicht einfach getan?«

»Macht alles zu real.«

Ich hob fragend die Augenbrauen.

»Es ist eine Form der Verdrängung. Manchmal halten Familien die Möglichkeit, dass ihr geliebter Sohn tatsächlich tot ist, einfach nicht aus.«

Ich las noch einige der Briefe, die Theresa-Sophia im Lauf der Jahre geschrieben hatte.

»Letztendlich muss sich das alte Mädchen der Wirklichkeit gestellt haben. 2000 erklärte Mrs. Lapasa ihre Bereitschaft, eine DNS-Probe zur Verfügung zu stellen.«

»Hat sie es getan?«

Ich schaute nach. Fand keinen Laborbericht. Schüttelte den Kopf.

Wir alle verstummten und hingen demselben traurigen Gedanken nach. War Theresa-Sophia gestorben, ohne je erfahren zu haben, was mit ihrem Sohn passiert war?

Ryan sprach als Erster wieder.

»Lapasa war nicht beim Militär. Wie konnte er dann in diesem Hubschrauber gewesen sein?«

»Zivilisten haben sich die ganze Zeit irgendwohin mitnehmen lassen«, sagte Danny.

»Und euer CIL-1968 –« Ryan beschrieb mit der Hand eine Kreisbewegung in der Luft.

»1968-979.«

Ryan nickte. »1968-979 wurde eine Viertelmeile von der Absturzstelle entfernt gefunden, sieben Monate später, zu verwest für eine visuelle Identifikation oder Fingerabdrücke, zwar mit Hundemarke, aber ohne Rangabzeichen?«

»Die Leute von der Leichenhalle in Tan Son Nhut nahmen an, dass die Leiche geplündert worden war.«

»Wie 2010-37«, sagte ich.

Danny nickte. »Anscheinend war das in dieser Gegend ein Problem.«

»Warum wurde die Hundemarke zurückgelassen?«, fragte Ryan. »Man sollte doch meinen, dass Plünderer es vor allem darauf abgesehen hätten.«

Gute Frage, dachte ich.

»Wer weiß«, sagte Danny.

»Ich bin verwirrt«, sagte Ryan. »Spider Lowery gehörte zur Army. War Tan Son Nhut denn nicht ein Stützpunkt der Air Force?«

Danny verschränkt die Arme. »Die lange oder die kurze Version?«

»Die kurze.«

»Zunächst einmal, Armypersonal benutzte die ganze Zeit Einrichtungen der Air Force. Darüber hinaus aber waren in den ersten Jahren des amerikanischen Engagements in Vietnam die Todesraten niedrig, und die Leichenhallen wurden von der Air Force betrieben. Auf der Clark Air Force Base auf den Philippinen wurde ein ziviler Bestatter mit Zeitvertrag eingestellt, und in Vietnam selber wurden die Überreste nur sehr vorläufig bearbeitet. Zu der Zeit bestand die Leichenhalle der Tan Son Nhut Air Base aus nur zwei Räumen.« Danny hatte diesen Kurzvortrag offensichtlich schon öfter gehalten.

»1963 beschäftigte die TSN-Leichenhalle einen zivilen Bestatter in Diensten der Air Force, einen für die Registrierung von Gräbern zuständigen Unteroffizier der US Army und ein paar Einheimische. Mit zunehmenden Opferzahlen wurde die Einrichtung vergrößert, ein Einbalsamierer und zusätzliches Gräberregistrierungspersonal wurden eingestellt.

1966 übergab die Air Force die operative Kontrolle der Leichenhalle an die Army, und die Prozeduren änderten sich. In früheren Kriegen wurden provisorische Friedhöfe angelegt, um die Leichen zu begraben, bis die Feindseligkeiten beendet waren. Die Überreste wurden später exhumiert und an die nächsten Angehörigen zurückgegeben oder, auf Bitten der Angehörigen, auf US-Friedhöfen in Übersee bestattet. Die Einbalsamierung fand auf dem Friedhof statt.

Als die Armee in Vietnam die Kontrolle übernahm, führte sie ein parallel laufendes Rückführungsprogramm ein. Überreste wurden in Sammelstellen registriert und nach Tan Son Nhut geschickt beziehungsweise nach Da Nang, nachdem dort die Leichenhalle errichtet war. Dort wurden sie identifiziert, einbalsamiert und nach Hause verschickt. Die Bearbeitung war eine Frage von Tagen, nicht von Monaten oder Jahren, wie es bei dem alten System der provisorischen Bestattung der Fall war.«

»Das ist schnell.«

»In den meisten Fällen wurde ein KIA innerhalb weniger Stunden per Hubschrauber vom Schlachtfeld zur nächsten Sammelstelle gebracht. Binnen eines Tages waren die Überreste in einer der zwei Leichenhallen im Land.«

»Ich schätze, in diesem Klima musste alles schnell gehen.«

»Völlig richtig. Bei so viel Hitze und Feuchtigkeit löste die Haut sich sehr schnell ab, und die Leichen schwollen bis zu doppelter Größe an. Vor allem während des Monsuns. Und aasfressende Insekten und Tiere machten sich schon über die Leiche her, bevor der Mann überhaupt auf dem Boden auftraf. Zum Glück standen in den Sammelstellen und den Leichenhallen Kühlmöglichkeiten zur Verfügung.«

»Aber das half 1968-979 nicht.«

»Sobald man von der Küste ins Inland kommt, ist ein Großteil Vietnams reiner Dschungel«, sagte ich. »Die Toten wurden nicht immer sofort gefunden.«

»Und denken Sie an das Timing«, fügte Danny hinzu. »Die aufgemöbelte Leichenhalle in Tan Son Nhut ging erst im August 68 in Betrieb, in dem Monat, in dem 1968-979 gefunden wurde.«

»Hast du von 1968-979 dentale Röntgenaufnahmen gemacht?«, fragte ich Danny.

Er nahm einen kleinen, braunen Umschlag von seiner Schreibunterlage. »Sollen wir?«

Wir standen eben auf, als mein BlackBerry summte.

Während ich antwortete, klimperte auf Ryans Handy die Titelmelodie der *Sesamstraße*.

21

»Hallo, Süße.« Ich folgte Danny zu einem Lichtkasten an der linken Seite des Labors.

»Nenn mich bloß nicht Süße. Ich kann einfach nicht glauben, dass du mir so was antun konntest.«

Nackte Entrüstung sprach aus Katys Tonfall.

»Dieser Urlaub sollte doch eigentlich Spaß machen. Surfen? Tauchen? Aloha? Weißt du noch? Alo-*Ha!* Ich bin ein verdammter Taxidienst.«

Im Hintergrund hörte ich Verkehrsgeräusche. Irgendwas Bluesiges plärrte aus dem Radio.

»Wo bist du?«

»Auf der Heimfahrt, wenn du es genau wissen willst. Nachdem ich mir so lange die Beine in den Bauch gestanden habe, dass ich jetzt reif bin für die Rente.«

Ich schaute auf die Uhr. Zwanzig vor fünf. Offensichtlich hatte die Vereinbarung der beiden nicht funktioniert.

»Wo ist Lily?«

»Keine Ahnung. Ist mir auch scheißegal.«

»Ihr habt euch nicht getroffen?«

Hinter mir hörte ich, dass Ryan im Wesentlichen dieselbe Unterhaltung führte.

»Ach, gefunden habe ich sie schon. Nachdem ich fast eine Stunde lang im Auto verschmachtet bin.«

Wie kann man sich gleichzeitig die Beine in den Bauch stehen und im Auto verschmachten? Ich fragte sie nicht.

»Ist die Klimaanlage ausgefallen?«

»Darum geht es nicht«, sagte Katy.

Ich bekam ein Schnipsel von Ryans Gespräch mit.

»Katy, mach die Musik leiser.«

Der Pegel sank um ein Mikrodezibel.

»Hast du Lily in der Shopping Mall zurückgelassen?«

»Kannst du dir vorstellen, wie lange ich gewartet habe? Ich war pünktlich dort, sogar ein bisschen zu früh. Ich kreiste, weil ich mir dachte, vielleicht habe ich sie missverstanden. Keine Lily. Ich habe dann gewartet. Eine Stunde nach der ausgemachten Zeit kommt die kleine Schlampe daher geschlendert. Lacht, als könnte sie nichts aus der Ruhe bringen. Und jetzt stell dir mal das vor. Sie kommt daher mit so einem Penner von Mall-Streuner, der sich für 50 Cent hält.«

»Du bist losgefahren und hast sie dort gelassen?«

Mein Blick traf Ryans. Ich hörte schrille Entrüstung aus seinem Handy plärren.

»Was mich angeht, kann Miss Insel-Diva für den Rest ihres Lebens ihren schwarzen, kleinen Arsch durch die Läden schleifen.«

»Katy!«

»Ex-cuus-ay-moi! Lily ist eine Junkie-Primadonna, und jeder verhätschelt sie. Wenn du mich fragst, der gehört einmal der Arsch versohlt.«

»Bist du fertig?«

Schweigen.

»Du machst jetzt Folgendes.«

Wieder Schweigen.

»Hörst du mir zu?«

»Als hätte ich eine andere Wahl.«

Auf theatralisches Getue reagiere ich nicht sehr gut. Für mich ist Affektiertheit eine Verschwendung von Zeit und Energie. Mein Ton verschärfte nur, was meine Tochter bereits wusste.

»Kehr um. Fahr nach Ala Moana zurück. Sofort.«

»Der Verkehr ist beschissen. Das dauert ewig.«

»Daran hättest du vorher denken sollen.«

»Du bist doch dort unten, oder?«

»Ja, bin ich.«

»Du könntest sie abholen.«

»Ja, könnte ich.« Bedeutungsschwere Pause. »Kehr um. Hol Lily. Fahr sie nach Lanikai.«

Ryan gab seiner Tochter parallele Anweisungen.

»Sie wird nicht –«

»Sie wird dort sein.« Scharf. »Ryan und ich sind um halb sechs zu Hause. Und dann werden wir uns alle zu einer kleinen Unterhaltung zusammensetzen.«

Ich schaltete ab und schaute Ryan an. Er schüttelte nur den Kopf.

Danny hatte die Röntgenaufnahmen von 1968-979 neben die Aufnahmen, die wir eben aus Xander Lapasas Akte gezogen hatten, an den Lichtkasten gehängt.

Schon ein Blick erzählte die ganze Geschichte.

In beiden leuchtete ein kleiner, weißer Klumpen im ersten, oberen, linken Backenzahn. Obwohl in der postmortalen Aufnahme etwas gestutzt, war der Füllungsrest im Backenzahn so gut wie identisch mit der oberen Hälfte der Füllung der antemortalen Aufnahme.

»Sieht aus wie Illinois«, sagte ich.

»Wobei alles südlich von Springfield abgebrochen ist.« Danny deutete mit seinem Kuli auf eine der Bissflügelaufnahmen. »Und schau hier.«

Ich tat es.

Eine opake Linie kreuzte den rechten Unterkieferast in der Nähe der Verbindung zwischen den vertikalen und den horizontalen Teilen.

Danny streckte eine Hüfte aus. Ich stieß mit meiner dagegen.

Dämlich, ich weiß. Aber wir machen das gerne.

»Was?«, fragte Ryan.

»Als wir 1968-979 untersuchten, haben wir alte Brüche gefunden. Einen in der Schulter und einen im Unterkiefer.« Ich tippte auf die gezackte Linie. »Das ist ein verheilter Bruch.«

»Nett«, sagte Ryan. »Was ist mit dem Zahnbefund?«

»Übereinstimmung«, sagte ich. »Einer der Zahnärzte wird das natürlich noch bestätigen müssen, aber 1968-979 ist unzweifelhaft Alexander Lapasa.«

O Mann. Einer aus dem Rennen.

Aber andere Fragen blieben.

War Lapasa in dem Huey gewesen, der in der Nähe von Long Binh abstürzte? Falls ja, warum?

War Spider Lowery ebenfalls an Bord dieses Hubschraubers gewesen?

Warum hatte Lapasa Lowerys Hundemarke getragen?

Warum wurde die Marke in den Karton mit den Knochen von 1968-979 gesteckt und nicht den Vorschriften entsprechend bearbeitet?

Wenn Lowery in dem Huey gewesen war, wie konnte er dann tot in Quebec landen?

Wenn Lowery in Quebec gestorben war, worauf die Fingerabdrücke hindeuteten, wer war 2010-37, der Mann, den wir in North Carolina ausgegraben hatten? Luis Alvarez? Falls ja, wer hatte da Mist gebaut?

Ryan und ich haben unterschiedliche Ansichten in Bezug auf, na ja, fast alles, was nicht mit der Arbeit zu tun hat. Trotzdem sind wir wie Atome, die im Raum interagieren, unsere jeweiligen positiven und negativen Felder ziehen sich gegenseitig an. Bis zu Lutetias Wiederauftauchen natürlich.

Rauschte der alte Strom noch immer unter der Oberfläche? War das der Grund für meine Bissigkeit im Büro der ME?

Vielleicht. Aber solange unsere Töchter bei uns waren, würde ich mich keinesfalls auf dieses Eis wagen.

An diesem Abend herrschte zwischen Ryan und mir völlige Übereinstimmung. Katy und Lily dagegen waren superscharfe Nervensägen.

Auf der Fahrt nach Lanikai kauften Ryan und ich Sushi, ein Essen, das merkwürdigerweise beide Seiten unserer kriegführenden Heimatfront mochten. Nach viel Diskussion einigten wir uns auf einen Politikwechsel. Da sanktionierte Separation sich als Katastrophe erwiesen hatte, würden wir es jetzt mit zwingender Zweisamkeit versuchen.

Die Entscheidung war höchst unpopulär.

Gegessen wurde in arktischem Schweigen. Danach wurde *Hawaii* aus entgegengesetzten Ecken des Wohnzimmers heraus angeschaut. Fast wie bei einer Hochzeit. Bräutigam auf der linken, Braut auf der rechten Seite.

Katy mochte Julie Andrews. Lily meinte, Julie sei lahm, mochte aber Max von Sydow. Katy hielt Max für schwul.

Ryan schwor, er hätte Bette Midler bei einem Kurzauftritt als Schiffspassagierin gesehen.

Ich war skeptisch. 1966? Das wäre dann eine sehr junge Bette gewesen.

Um elf waren wir alle in unseren Zimmern.

Vielleicht war es zu viel Ahi in Panko-Kruste. Oder die Mango-Krabbensalat-Röllchen. In dieser Nacht hatte ich einen der merkwürdigsten Träume meines Lebens.

Als Katy zehn war, besuchte sie ein Reitercamp. Ihr Pferd war ein kleines haselnussbraunes mit einer Blesse und weißen Beinen und dem Namen Cherry Star.

Im Traum ritt ich ohne Sattel auf Cherry Star einen langen, weißen Strand entlang. Ich spürte die Muskeln der Stute unter mir, spürte die heiße Sonne auf meinem Rücken.

Neben uns erstreckte sich Wasser klar und still, soweit ich sehen konnte. Mitternachtsgrüner Riementang wogte knapp unter der Oberfläche.

Cherry Stars Hufe wirbelten Gischt hoch, als wir galoppierten. Fette Spritzer brannten auf meinem Gesicht wie Schneeflocken im Winter.

Am Horizont tauchte ein winziger, schwarzer Fleck auf. Wuchs. Nahm Gestalt an.

Katy, auf einem Pferd. Auf Cherry Star.

Ich winkte. Katy winkte nicht zurück.

Aber ich saß doch auf Cherry Star.

Verwirrt schaute ich nach unten.

Ich ging zu Fuß.

Ich schaute hoch.

Cherry Star donnerte auf mich zu. Ich sah ihre Blesse größer und größer werden. Sich gelb verfärben. Golden. Sonnenlicht blitzte auf der glänzenden Metalloberfläche.

Umgeben von einem Strahlenkranz aus zersplittertem Licht, veränderte Cherry Stars schimmernde Blesse ihre Form. Eine Raute. Ein Halbmond. Ein umgedrehter Pilz mit geteiltem Stiel.

Plötzlich war Cherry Star über mir. Auf ihrem Rücken saß kein Reiter. Ihre Zügel schleiften im Sand.

Sie wird darauf treten und sich einen Zahn brechen!

Ich machte einen Satz, bekam aber die schleifenden Lederriemen nicht zu fassen.

Ich roch den Schweiß des Pferds, hörte die Luft in seinen Nüstern rasseln.

Cherry Star warf den Kopf zurück. Öffnete das Maul zu einem stummen Schrei.

Ich sah bernsteinfarbene Zähne. Gefletschte Lippen. Schaumigen Speichel in glitzernden Rinnsalen.

Mit hämmerndem Herzen versuchte ich zu rennen.

Mit jedem Schritt versank ich tiefer im Sand.

Der Traum veränderte sich.

Ich stapfte durch Wasser.

Mit beiden Armen rudernd, watete ich aufs Ufer zu.

Das Land war sehr weit weg.

Riementang umgab mich.

Ich sah, wie die grün-schwarzen Klumpen langsam miteinander verschmolzen. Der dunkle Kreis schloss sich um mich.

Irgendetwas strich mir über den Fuß.

Ich schaute nach unten.

Sah eine Schnauze. Von Membranen überzogene Augen. Kalt. Urzeitlich.

Der Hai öffnete das Maul und zeigte rasiermesserscharfe Zähne.

Schweißnass wachte ich auf, meine Nägel gruben kleine Halbmonde in die Handflächen.

Der Himmel war grau. Eine feuchtigkeitsschwere Brise wehte vom Fenster her.

Ich schaute auf die Uhr. Viertel vor sieben.

Das Haus war still.

Ich drehte mich auf die Seite. Zog die Decke bis zum Kinn hoch.

Sosehr ich versuchte, wieder einzuschlafen, ich konnte es nicht.

Ich probierte jeden Entspannungstrick, den ich kannte, aber meine Gedanken kamen von dem Traum nicht los.

Meine nächtlichen Fantasien sind normalerweise keine freudschen Rätsel.

Ohne Sattel auf einem Pferd. Okay, den Traum kennen die meisten von uns.

Katy? Okay. Ich machte mir Sorgen um sie.

Die goldene Blesse? Der Riementang? Der Hai?

Um acht gab ich es auf und ging nach unten in die Küche.

Ryan hatte die Espressomaschine bereits angeworfen. Gut. Das Ding jagte mir eine Heidenangst ein.

»Perry hat diesen Strand gesperrt.« Ryan deutete auf den Lokalteil des *Honolulu Advertiser.* »Eins muss man der Dame lassen. Sie ist schon was Besonderes. Und sieht ziemlich gut aus.«

Nur wenn man sie über einen Penis hinweg anvisiert. Diesmal sagte ich es nicht.

Ich überflog den Artikel. Er berichtete, dass Halona Cove bis auf Weiteres für Schwimmer gesperrt war, nannte aber keinen Grund dafür.

Bei Kaffee und Toast arbeiteten Ryan und ich einen Plan aus.

Zuerst würden wir die Punchbowl besuchen. Auch wenn die Mädchen vielleicht nicht begeistert sein würden. Pech. Es war Ryans Idee. Und eine gute. Ich war schon mal dort.

Die Punchbowl ist der Tuffkegel eines erloschenen Vulkans mitten in der Stadt Honolulu. Der Krater entstand, als heiße Lava durch Risse in den Korallenriffen drang, die bis zum Fuß der Koolau-Bergkette reichen.

Heiße Lava?

Ganz ruhig. Die Eruption geschah vor 100 000 Jahren.

Es gibt verschiedene Erklärungen für den hawaiianischen Namen der Punchbowl, Puowaina. Die meisten übersetzen ihn in etwa mit »Hügel des Opfers«. Angeblich benutzten die hawaiianischen Eingeborenen den Ort für Menschenopfer an ihre Götter. Der Legende nach wurden hier auch Tabubrecher hingerichtet. Später ließ Kamehameha Kanonen am Kraterrand aufstellen, um berühmte Ankömmlinge mit Salutschüssen zu begrüßen und wichtige Feierlichkeiten zu eröffnen.

In den 1930er Jahren benutzte die Hawaii National Guard die Punchbowl als Schießstand. Gegen Ende des Zweiten Weltkriegs wurden Tunnel durch den Kraterrand gegraben, um dort Geschützbatterien zum Schutz der Häfen der Insel, Honolulu und Pearl, aufzustellen.

Da man Ende der Vierziger eine letzte Ruhestätte für Opfer des Kriegs brauchte, die in provisorischen Gräbern in Guam lagen, genehmigte der US-Kongress Gelder, um dort einen nationalen Friedhof zu erreichten. Achthundert Unbekannte aus dem Koreakrieg folgten. Mitte der Siebziger kamen auch noch Vietnamopfer dazu.

Ernie Pyle ist in der Punchbowl beerdigt. Und auch der erste hawaiianische Astronaut, Ellison Onizuka, der in der Challenger ums Leben kam.

Nach der Punchbowl wollten wir an die Nordküste fahren, uns in den Sand legen und das berühmte geschabte Eis Hawaiis probieren.

Nach so vielen Stunden der Kameradschaft würden Lily und Katy zu Hause bleiben, und die Erwachsenen würden einen Abend in der Stadt genießen. Wir hatten ihn dringend nötig.

Obwohl man unsere kleine Truppe wohl kaum für die Waltons gehalten hätte, verlief der Tag einigermaßen gut.

Der Ausgehabend der Erwachsenen sollte sich als ein Wendepunkt erweisen.

22

Ryan suchte das Restaurant aus. Seine Kriterien? Die Nähe zum Waikiki Beach war der einzige Grund, den ich mir vorstellen konnte.

Wir aßen im Ha'aha'a Seafood and Steakhouse, dem hawaiianischen Wal-Mart der Speise-Etablissements. Meine Zweifel begannen schon mit dem Tisch.

Wir bekamen einen Platz in einer dunklen Ecke, nur Zentimeter von einer Band entfernt, deren Repertoire vermutlich noch in der Moanalua Highschool beschlossen worden war. Ich schätzte das Abschlussjahr auf etwa 1965.

Die Zweifel wuchsen mit der Karte. Sechs der neun Seiten

waren Drinks gewidmet, die meisten mit Namen, die unglaublich schlechten Wortspielen entstammten. Son of a Beach Daiquiri. I Lava Party Bacardi. O'Lei Margaritas.

Ryan bestellte ein Kona-Bier und gegrillten Mahi-Mahi-Fisch. Ich entschied mich für eine Virgin Colada und Cilantro Shrimp.

Der Drink war nicht schlecht. Beim Mischen von Ananassaft und Kokosmilch kann man kaum etwas falsch machen.

Ryan und ich unterhielten uns, während wir auf das Essen warteten. Schrien uns an, um genau zu sein. Über Unvergesslichkeiten wie *My Waikiki Mermaid* und *Pearly Shells* hinweg.

Ryan entschuldigte sich für Lily. Ich entschuldigte mich für Katy. Er bot an, vom Haus in ein Hotel umzuziehen. Ich sagte ihm, das sei nicht nötig.

Eine Discokugel über unseren Köpfen schickte Lichtsplitter durch den Raum. Groovy.

»Nicht unbedingt der Weg ins Herz eines Mädchens.« Ryans Gesicht wurde saphirblau, als ein farbiger Spot, der auf die Bühne gerichtet war, unseren Tisch beleuchtete.

»Hängt vom Mädchen ab. Warum hast du gerade dieses Lokal ausgesucht?«

»*Stolzes Seafood and Steakhouse.* Was kann da schiefgehen?«

»Ich bin mir ziemlich sicher, dass *ha'ahea* stolz heißt.« Ich hatte den Begriff auf Englisch und Hawaiianisch auf einem Grabstein in der Punchbowl gesehen. »Ich glaube, *ha'aha'a* heißt bescheiden.«

»Oh.«

Die Band beschleunigte das Tempo. Der Sänger säuselte: *»Oh, how she could yacki hacki wicki woo«.*

Ryans Brauen wanderten seine Neonstirn hoch.

Vierzig Minuten nach dem Bestellen servierte uns ein anderer Kellner als der, der uns die Drinks gebracht hatte, das Essen. Dieser Mann hatte einen springenden Tiger auf den Bizeps tätowiert und in einem Schneidezahn ein Inlay, das aussah wie ein goldenes Martiniglas. Auf seinem Namensschildchen stand Rico.

»Vorsicht.« Rico stellte die mit Tüchern gehaltenen Teller auf den Tisch. »Diese Dinger sind heiß.«

Was zu bezweifeln war. Mein Shrimp lag in einem Tümpel geronnenen Fetts.

»Ist das alles?«, fragte Rico.

Ryan bestellte sich noch ein Bier.

»Genießen Sie die Show.«

Ryan und ich nickten höflich.

»Das ist *hapa-haole*-Musik.«

»Ich hab's nicht für 'ne Gospelstunde gehalten.«

Rico und ich schauten Ryan stirnrunzelnd an.

»Ach wirklich?« Ich zeigte Rico mein entwaffnendstes Lächeln. »Was ist *hapa-haole*-Musik?«

Rico zog die katzengeschmückte Schulter hoch.

»Manchmal wird der Song traditionell gespielt, Sie wissen schon, im Vierviertelaktakt, aber der Text ist auf Englisch, also ist es dann halb hawaiianisch, halb englisch. Manchmal ist der Text auf Hawaiianisch, aber der Rhythmus ist aufgepeppt, also ist es dann *hapa haole.«* Er überlegte einen Augenblick. »Nicht alle hawaiianischen Songs mit *haole*-Text sind *hapa haole.* Manchmal ist der Text hawaiianisch, und die Musik ist es nicht.«

Aha.

Die Küche entsprach meinen Erwartungen.

Während ich einen Shrimp mit der Konsistenz eines Allwetter-Gürtelreifens kaute, spielte die Band das unvermeidliche *Tiny Bubbles.*

»Hast du gewusst, dass Dan Ho in der Air Force diente?«, fragte Ryan.

»Ja«, sagte ich.

»Hast du gewusst, dass er zehn Kinder hatte?« Ryan sprach zwischen Bissen verkohlten Fischs.

»Beeindruckend«, sagte ich.

»Wie ich es bin.«

»In der Tat.«

Ryan streckte die Hand aus und strich mir übers Kinn. Mein Puls machte einen Satz, als ich die Wärme seiner Berührung auf meiner Haut registrierte.

»Hast du dir schon überlegt, es noch einmal zu versuchen?«

»Es?« Ich schluckte.

»Uns?«

Und Lutetia? Hadley Perry? Ich konnte mich gerade noch beherrschen.

»Mm. Erzähl mir mehr von Dan Ho«, sagte ich, weil ich auf sicheres Gelände wollte.

Ryan lehnte sich in seinem Stuhl zurück. »Ho fing in einer Bar namens Honey in Kaneohe zu singen an. Der Laden gehörte seiner Mutter.«

»Honey«, vermutete ich.

»Ja, mein Kandiswürfelchen.«

Der Kosename stach mich wie heißer Stahl ins Herz. Butterblümchen. Zuckerschnäuzchen. Obwohl ich Ryan wegen seiner Verniedlichungen immer getadelt hatte, hatte ich sie doch geliebt. Ich fragte mich, wer sonst noch damit bedacht wurde.

»Honey war eine Kneipe für die Marines vom Stützpunkt dort draußen«, fuhr Ryan fort, anscheinend ohne zu wissen, welche Gefühle er losgetreten hatte. »In den Sechzigern verlegte Ho das Geschäft zurück nach Waikiki.«

»Ich dachte, er wäre in einem Laden namens Duke's aufgetreten.« Meine gelassene Stimme verriet nichts.

»Das war später. Und dann kam die große Karriere.«

»Und der Rest ist Geschichte.«

»Hi Ho.«

Ich ließ das Krustentier sein und legte die Gabel weg.

»Lebt Ho eigentlich noch?«

Ryan schüttelte den Kopf. »Starb vor ein paar Jahren.«

In diesem Augenblick ereignete sich eine Folge unverbundener Ereignisse in dem großen Raum-Zeit-Kontinuum, das die Wirklichkeit, wie wir sie wahrnehmen, darstellt.

Als Rico einen Glasuntersatz auf unseren Tisch legte, traf ein wirbelnder Lichtpartikel seinen Zahn. Als ich nach unten schaute, bemerkte ich das einzige Designelement des Untersatzes, ein blödes Machologo aus einer anderen Zeit.

Peng!

Der Traum der letzten Nacht blitzte mir durchs Hirn. Die weiße Blesse eines Pferds, die zu Gold wird. Pferdezähne.

Weitere Bilder blitzen auf.

Ein Oberkieferfragment.

Adipocire-Brocken, die in einem Abfluss kreisen.

Ein schräger Goldsplitter mit zwei zulaufenden Spitzen.

Eine Ente mit offenem Schnabel.

Ein Pilz mit geteiltem Stiel.

Rico.

Meine Hand schnellte zu Ryans Handgelenk. »O mein Gott. Ich weiß, was es ist!«

»Mein Arm?«

Ich ließ ihn wieder los.

»Das goldene Ding, das Danny und ich gefunden hatten.« Ich war total aus dem Häuschen. »Das Fragment, das wir ursprünglich für den Teil einer Zahnkrone hielten. Na ja, ich zumindest. Danny war sich nicht sicher. Aber der Zahnarzt sagte Nein. Craig Brooks. Er hatte recht. Na ja, er hat recht und unrecht. Es gehörte zu einem Zahn, aber es war keine Kro–«

Ryan legte seine Gabel auf den Teller und hob beruhigend die Hände. »Jetzt hol erst mal Luft.«

Das tat ich auch.

»Jetzt. Langsam. Auf Englisch. Oder Französisch. Aber verständlich.«

Die Band blendete zu einer viel zu klimperigen Version von *Hawaii Calls* über.

Ich suhlte mich in meinen Gedanken.

»Ich wette ein Vermögen, dass das Ding, das wir bei 2010-37 gefunden haben, ein zerbrochenes Zahninlay ist.«

»Wessen Vermögen?«

»Schau her.« Ich drehte den Untersetzer um und deutete auf das Logo. »Was ist das?«

»Ein *Playboy*-Häschen.«

»Der ganze *Playboy*-Quark ist ja inzwischen passé, aber in den Sechzigern war das eine Riesensache. Sind dir Ricos Zähne aufgefallen?«

»Geschüttelt, nicht gerührt.«

Ich verdrehte die Augen, eine Geste, die in der Dunkelheit vergebens war.

»Ich hatte mal einen Fall in North Carolina, in dem das Opfer eine Zahnkrone mit einem goldenen Symbol in Form eines Playboy-Häschens hatte. Daran konnten wir ihn letztendlich identifizieren.«

»Hatte er auch ein *Eat at Joe's*-Tattoo auf seinem –«

»Die Krone war rein dekorativ. Ich habe recherchiert. Und herausgefunden, dass man sie als volle Goldkronen mit Ausschnitten in Form von Kreuzen, Martinigläsern, Sternen, Halbmonden –«

»Dem immer beliebten Häschen.«

»Ja. Man kann aber auch einen sogenannten Sparkle bekommen. Das ist eine Acrylkrone, die aussieht wie ein natürlicher Zahn, auf die vorne eine goldene Form aufgeklebt ist.«

»Sind diese Juwelchen permanent?«

»Man kann es so oder so machen. Sparkles mit rauem Rücken werden permanent mit dem Zahn verbunden. Sparkles mit glattem Rücken können beliebig aufgesteckt und wieder abgezogen werden.«

»Für den ganz besonderen Abend.« Mit Verachtung in der Stimme.

»Andere Leute, andere Geschmäcker.«

»J. Edgar liebte Schuhe mit Marabubesatz. Das heißt nicht, dass ich Plüschpumps in meinem Schuhschrank habe.«

Ich ignorierte das.

»Der Kerl aus North Carolina war ein Wanderarbeiter, der seit 1969 vermisst wurde. Er war Latino. Meine Recherchen ergaben, dass das Tragen von goldenen Schmuckkronen bei Latinos sehr beliebt ist. Einige Artikel sprachen von den präkolumbianischen Wurzeln dieses Brauchs.«

»Die Maya haben auch Menschen das Herz herausgeschnitten. Heißt nicht, dass wir das auch mal versuchen sollten.«

»Das waren die Azteken.«

Ryan wollte etwas erwidern. Ich schnitt ihm das Wort ab.

»Spider Lowerys Huey stürzte mit vier Besatzungsmitgliedern an Bord ab. Drei wurden geborgen und sofort identifiziert. Der vierte, der Wartungsspezialist, wurde nie gefunden.«

»Ich nehme mal an, er war Latino.«

»Luis Alvarez. Er war Mexikanisch-Amerikaner.«

»Wäre Goldschmuck denn nicht in Alvarez' antemortalem Zahnstatus vermerkt?«

»Seine Akte enthält keine ärztlichen oder zahnärztlichen Unterlagen. Außerdem, wenn Alvarez sich den Schmuck erst nach seiner letzten zahnärztlichen Untersuchung machen ließ, dann wäre er nicht in seinen Unterlagen.«

»Oder er könnte das Ding entfernt haben, als er sich zum Dienst meldete.«

»Genau.«

Rico kam an unseren Tisch.

Ryan bat um die Rechnung.

Rico zückte seinen Block. Während er rechnete, versuchte ich, seinen Zahn noch einmal zu sehen. Unmöglich. Er hatte die Lippen fest zusammengepresst, weil die komplizierte Rechnung ihn beanspruchte.

Schließlich lag ein Zettel auf dem Tisch.

Ryan und ich griffen gleichzeitig danach. Stritten darum. Unser übliches Ritual.

Ich gewann. Gab Rico meine Visa.

Ryan anlächelnd, ging Rico davon.

»Was ist mit Spider Lowery?«, fragte Ryan.

»Was ist mit ihm?«

»Könnte er sich was Goldiges zugelegt haben? Er hätte sich das Ding in Vietnam machen lassen können.«

»Hätte er.«

»Oder er hätte sich das Klunkerchen vor dem Abtransport besorgen und es immer herausnehmen können, wenn er bei Mommy und Daddy war.«

»Auch das ist möglich.«

»Gibt es irgendjemand, dem er es vielleicht erzählt haben könnte?«, fragte Ryan. »Ein Kumpel? Ein Verwandter?«

Ich dachte an die Fotoschau in meinem Auto.

»Der Bruder ist tot, aber Plato sagte, Spider wäre mit einem Cousin eng befreundet gewesen. Reggie irgendwas. Sie spielten im selben Highschool-Baseballteam.«

»Wohnt Reggie noch in Lumberton?«

»Ich weiß es nicht.«

»Könnte einen Anruf wert sein. Du weißt schon, alle Blickwinkel abdecken.«

Richtig.

Die Band intonierte nun *If I Had a Hammer,* der Sänger versuchte, Trini Lopez nachzueifern, versagte aber kläglich.

»Aber Spider Lowery starb in Quebec«, sagte ich.

»Oder das FBI hat bei den Fingerabdrücken Mist gebaut. Ich würde sagen, der erste Schritt ist, herauszufinden, ob dein Enten-Pilz-Ding tatsächlich ein goldenes Inlay ist. Von da aus kann man dann weitermachen.«

Schon wieder richtig.

Rico kam mit meiner Karte zurück. Ich unterschrieb und setzte ein Trinkgeld hinzu. Ein großes, weil ich auf ein Grinsen hoffte.

Nichts. Mit einem gemurmelten »Mahalo« war Rico verschwunden.

»Enthält Alvarez' Akte auch Fotos?«, fragte Ryan.

»Mehrere.«

»Irgendwelche grinsenden Schnappschüsse?«

Ich stellte mir die drei Schwarz-Weiß-Fotos vor.

Ein Kopf-und-Schulter-Porträt eines uniformierten jungen Mannes.

Die körnige Reproduktion eines Highschool-Abschlussfotos.

Neun verschwitzte Soldaten, einer schaute nicht in die Kamera.

Ich sah Ryan an.

Plötzlich hatte ich es sehr eilig, diesen Schnappschuss noch einmal zu untersuchen.

23

Der Sonntag dämmerte kühl und regnerisch. Ich wachte auf, sah die Wetterbedingungen und ging wieder ins Bett. Anscheinend reagierten meine Mitbewohner ähnlich. Oder sie öffneten nicht einmal die Augen.

Um halb zehn weckte mich gedämpftes Scheppern ein zweites Mal. Ich zog Shorts und ein T-Shirt an und ging nach unten.

Ryan machte eben French Toast und Speck. Der Geruch war orgasmisch.

Ich weckte die Damen, und wir teilten uns noch eine angespannte Mahlzeit. Während wir aßen, ließ der Regen nach, und die Sonne fing an, Löcher in die Wolken zu nagen.

Nach dem Frühstück gingen wir getrennter Wege. Ryan und Lily wollten Fische von einem Glasbodenboot aus beobachten, Katy und ich schnorcheln und am Strand lesen.

Ich nahm mein BlackBerry mit, weil ich mir dachte, ich könnte im Sand Telefonate erledigen. Da ich wusste, dass Danny kein Frühaufsteher war, schob ich diesen Anruf auf. Aber ich wollte unbedingt mit Plato Lowery reden.

Wie gehabt, ging Plato nicht ans Telefon. Und auch Silas Sugarman nicht.

Frustriert starrte ich meinen aktuellen Bildschirmschoner an, eine Aufnahme von Birdie, der auf Charlies Käfig saß. Bei dem Foto musste ich normalerweise lächeln. Diesmal nicht.

Die winzigen Ziffern sagten mir, dass es an der Ostküste jetzt halb sieben Uhr abends war. Ich zermarterte mir das Hirn nach einer Inspiration. Wer könnte an einem Sonntagabend in Lumberton, North Carolina, erreichbar sein?

Idee. Warum nicht? Er hatte sich schon zuvor als nützlich erwiesen.

Die Nummer beschaffte ich mir über Google. Tippte sie ein.

»Robeson County Sheriff's Department.« Die Stimme klang forsch, eher nach New York als nach Dixie.

»Sheriff Beasley, bitte.«

»Nicht im Haus.«

»Könnten Sie mich zu ihm durchstellen?«

»Nicht möglich.«

»Hier spricht Dr. Temperance Brennan. Könnten Sie dem Sheriff meine Nummer geben und ihn bitten, mich zurückzurufen? Es ist ziemlich dringend.«

»Worum geht es bei Ihrer Anzeige?«

»Es ist keine Anzeige. Am elften Mai habe ich in Lumberton eine Exhumierung durchgeführt. Der Sheriff war anwesend. Ich brauche Informationen über die exhumierten Überreste.«

»Der Sheriff ist außerordentlich beschäftigt.«

»Ich ebenfalls.« Die Frau ging mir langsam auf die Nerven.

»Ihre Nummer?«

Ich gab sie ihr.

In der Pause, die nun folgte, schrie eine Möwe. Ich hoffte, dass man das Geräusch am anderen Ende der Leitung nicht hörte.

»Ich werde Ihre Anfrage weiterleiten.«

Klick.

»Tun Sie das«, blaffte ich in die tote Leitung.

Katy hob den Kopf. Ich winkte ab. Sie wandte sich wieder ihrem Buch zu.

Zehn Minuten später klingelte das Telefon.

»Sheriff Beasley.« Hoch und ein bisschen gedehnt.

»Vielen Dank für Ihren Rückruf. Bitte verzeihen Sie, dass ich Sie an Ihrem Sonntagabend störe.«

»Ich schaue mir gerade an, wie die Braves ihren kümmerlichen Hintern versohlt kriegen.«

»Ich rufe an wegen der Person, die im Gardens of Faith Cemetery unter dem Namen John Charles Lowery begraben lag.«

»Erst dieser Detective, jetzt Sie. Spider scheint ja mächtiges Interesse zu wecken.«

»Ja, Sir. Kannten Sie ihn?«, fragte ich. »Persönlich.«

»Wir sind hin und wieder aneinandergeraten.«

»Was können Sie mir über ihn sagen?«

»Spider war in der Schule drei Klassen unter mir. Nach dem Abschluss ging ich zur Polizei. In meinen Anfängerjahren musste ich mich mit ein paar seiner Launen auseinandersetzen.«

»Launen?«

»Eigentlich war Spider gar nicht so schlecht. Aber dieser Cousin von ihm. Das war vielleicht ein übermütiger Bursche.«

»Meinen Sie Reggie?«

»Reggie Cumbo. Der Junge hatte ein Vorstrafenregister länger als mein Arm.«

»Warum das, Sir?«

»Der Junge war einfach ein Trottel.«

Ich sagte nichts. Wie viele fühlte Beasley sich verpflichtet, die Lücke zu füllen.

»Meistens ein betrunkenes öffentliches Ärgernis.«

»Was ist mit ihm passiert?«

»Verschwand am Tag seiner Highschool-Abschlussfeier. Reggie wäre natürlich nicht mit Barett und Quaste rausgekommen.«

»Er hatte seinen Abschluss nicht geschafft?«

»So wurde gemunkelt, ja.«

»Wo ist Reggie jetzt?«

»Könnte der Bürgermeister von Milwaukee sein, soweit ich weiß. Wahrscheinlicher ist, dass er tot ist. Hab nie wieder ein Wort von ihm gehört.«

So viel zu der Hoffnung, Reggie nach Spiders Neigung zu Zahnschmuck fragen zu können.

»Ist Ihnen je Goldschmuck an Spider Lowerys Zähnen aufgefallen?«

»Sie meinen Kronen oder so was?«

Ich erklärte ihm, was Sparkles auf Zähnen sind. »Vielleicht später, nachdem Spider zur Armee ging? Vielleicht auf Schnappschüssen, die er aus Vietnam schickte? Vielleicht haben Plato oder Harriet Ihnen welche gezeigt? Oder eins an die Zeitung geschickt? Oder online gestellt?« Ich wusste, dass ich im Trüben fischte.

»Nee. Was ist so wichtig an Spiders Zähnen? Ich dachte, Sie hätten jetzt Harriets DNS.«

»Der Sparkle könnte uns weiterhelfen bei der Leiche, die ich exhumiert habe. Außerdem sind Harriets Objektträger aus dem Krankenhaus fünf Jahre alt. Ich suche nach Alternativen für den Fall, dass Harriets Proben für eine Sequenzierung zu degradiert sind.«

»Ich weiß nicht, was ich Ihnen sagen soll, Miss. Spider war –« Beasley zögerte. »– anders. Aber ich bezweifle, dass er so was Blödes gemacht hätte, wie seine Zähne mit Gold zu schmücken.«

»Was wissen Sie denn noch konkret über Spider?«

Beasley blies Luft durch die Lippen. »Ich weiß noch, dass er damals in der Highschool anbot, seiner Mutter eine Niere zu spenden. Harriet wurde mit schlechten geboren, und ich schätze, das brachte sie letztendlich auch um. Ich muss zugeben, ich hielt das für mächtig großzügig. Aber Spider passte nicht, falsche Blutgruppe oder so was. Sein Bruder Tom bot ebenfalls eine an. Aber das war erst viele Jahre später. Das funktionierte auch nicht. Bin mir nicht sicher, ob ich das getan hätte.«

»Spider?«

Beasley antwortete nicht sofort. Dann:

»Ich weiß noch, er hatte ein Wissenschaftsprojekt über Spinnen. Füllte fünfzehn oder zwanzig von diesen großen, weißen Tafeln mit Fotos und Diagrammen und kleinen Notizkarten. Hatte alle möglichen Gläser mit Etiketten drauf und Spinnen drin herumstehen. Das Ding gewann den ersten Preis. Die Poster holen sie immer noch hin und wieder hervor. Die Spinnen sind natürlich längst verschwunden.«

»Sonst noch was?«

»Ich erinnere mich, dass er in den Krieg zog. Ich erinnere mich, dass er tot nach Hause kam. Tut mir leid.«

Weitere Fragen fielen mir nicht mehr ein. Ich dankte Beasley und legte auf.

Dannys Anruf kam, als wir gerade unter Wasser Korallenfische, Chirurgenfische und einen besonders traurig aussehenden Trompetenfisch beobachteten.

Während ich ein Handtuch aus meiner Tasche fischte, sah ich, dass das Signallicht meines BlackBerry blinkte.

Dannys Nachricht war kurz. Ruf mich an.

Ich tat es.

»Was gibt's?«

»Dachte, du wolltest das wissen. Ich habe Xander Lapasas Familie recherchiert. Seine Eltern Alexander senior und Theresa-Sophia sind beide tot.«

Ich hörte Papier rascheln.

»Alexander Emanuel, Xander, war das erstgeborene von sechs Kindern, vier Jungen und zwei Mädchen. Eine Schwester, Mamie Waite, lebt auf Maui, ist geschieden und hat eine Tochter. Die andere Schwester, Hesta Grogan, lebt in Nevada, ist verwitwet und hat zwei Söhne.

Einer der Brüder, Marvin, war geistig behindert und starb jung, in den Siebzigern. Die anderen beiden, Nicholas und Kenneth, leben immer noch in der Gegend um Honolulu. Beide sind verheiratet, Kenneth mit seiner ersten Frau, Nicholas mit seiner vierten. Miteinander haben sie elf Kinder und achtzehn Enkel.«

Ich rechnete schnell nach. Wenn Xander Lapasa neunundzwanzig war, als er 1968 verschwand, dann bedeutete das, dass er 1939 geboren wurde.

Offensichtlich hatte Danny meine Gedanken gelesen.

»Die überlebenden Geschwister sind alle in den Sechzigern.«

»Erzähl mir von Daddy.« Ich war mir nicht sicher, warum diese ganze Familiengeschichte von Bedeutung war, aber Danny schien mir unbedingt mitteilen zu wollen, was er herausgefunden hatte.

»Alex Lapasa kam 1956 nach Oahu und bekam einen Job in einer Tankstelle in Osthonolulu. Zwei Jahre später starb der Tankstellenbesitzer. Unfall mit Fahrerflucht. Ein handgeschriebenes Testament vermachte Lapasa die Tankstelle.«

»Klingt merkwürdig.«

»Die Polizei konnte nichts finden, was Lapasa mit dem Unfall in Verbindung brachte. Das Opfer hatte keine Familie, die nach Gerechtigkeit schrie, also wer weiß, wie gründlich die Ermittlungen waren.«

Ich sagte nichts darauf.

»Ein Hurrikan fegte die Tankstelle neun Monate, nachdem Lapasa sie übernommen hatte, von der Landkarte. Da Lapasa nun keine Einkommensquelle mehr und offensichtlich auch keine dauerhafte Liebe zum Benzin hatte, verlegte er sich auf den Verkauf von Immobilien. Und sah Potenzial darin. Er erkannte, dass viele Baby-Boomer-Eltern viele billige Häuser brauchen würden, und gründete eine Firma, die preisgünstige Häuser baute. Er errichtete einen Bungalow, verkauft ihn, baute zwei weitere.

Als Hawaii 1959 Bundesstaat wurde, explodierte die Bauindustrie. Lapasa beschaffte sich Kredite, expandierte, verdiente Millionen. Von den Sechzigern bis zu den Neunzigern diversifizierte er. Heute hat das Lapasa-Imperium mehr Tentakel als eine Seeanemone.«

»Klingt, als wäre der alte Alex ein ziemlich helles Kerlchen gewesen.«

»Ja.«

Ich hörte ein Stocken in Dannys Atmung.

»Was ist«, fragte ich.

»Lapasa war immer, sagen wir mal, kontrovers. Einige sagten, er wäre ein moderner Midas. Andere meinten, er hätte einfach nur Glück gehabt. Aber alle waren der Meinung, dass er verdammt skrupellos war.«

»Wann starb er?«

»2002.«

»Wer führt heute die Geschäfte?«

»Der zweite Sohn, Nicholas.«

In meinem Kopf machte es *gong.* Ich hatte den Namen schon viele Male im *Honolulu Advertiser* gesehen, manchmal versehen mit den Adjektiven aalglatt oder tricky. Ja, wie Nixon.

»*Der* Nickie Lapasa?«

»Der Nickie Lapasa.«

Ich konnte mich noch an Berichte über Alex Lapasas Tod während einer meiner Besuche beim CIL erinnern. Das Begräbnis war ein riesiges Medienereignis gewesen.

»Wurde gegen Lapasa zum Zeitpunkt seines Todes nicht wegen RICO-Vergehen ermittelt?« Ich meinte damit den vom Kongress 1970 erlassenen *Racketeer Influenced and Corrupt Organisations Act,* das Gesetz gegen Korruption und organisiertes Verbrechen.

»Ja. Und das war nicht das erste Mal. Gerüchten nach hatte Alex Verbindungen zur Mafia. Man konnte ihm nie etwas nachweisen.«

Ich überlegte einen Augenblick.

»Ist Kenny Lapasa nicht Mitglied des Stadtrats von Honolulu?«

»Ist er.«

Xander war verschwunden. Marvin war gestorben. Nickie und Kenny lebten und ließen es sich gut gehen. Ich dachte über die Schwestern nach.

»Haben Mamie und Hesta auch mit dem Familienimperium zu tun?«

Danny schnaubte. »Das ist eindeutig nicht der Lapasa-Stil.«

»Soll heißen?«

»Keine Mädchen gestattet.«

»Und doch war es Theresa-Sophia, die wegen Xanders Verschwinden mit der Army korrespondierte.«

»Der alte Mann betrachtete Briefschreiben wahrscheinlich als unter seiner Würde.«

»Was denkst du, warum ging Xander nach Vietnam?«

»Es gab Gerüchte über Lapasas Verwicklung in den Drogenhandel. Vielleicht schickte er seinen Jungen nach Südostasien, um die Nachkriegsmöglichkeiten zu erkunden. Du weißt schon, Drogenquellen, Transportalternativen.«

»Mit wem hast du gesprochen?«

»Tricky Nickie. Es war, als wollte ich mich zu Obama durchstellen lassen.«

»Wie reagierte er?«

»Anfangs war er skeptisch. Ich sagte ihm, die Zahnidentifikation sei zwar noch inoffiziell, aber ziemlich solide, und fragte, ob Xander sich je irgendwelche Knochen gebrochen hätte. Er sagte, Xander hätte sich bei einem Autounfall im Sommer nach seinem ersten Jahr in der Highschool Kiefer und Schlüsselbein gebrochen. Ich beschrieb ihm die verheilten Brüche, die wir auf den Knochen und den Röntgenaufnahmen entdeckt hatten.«

»Überzeugte ihn das?«

»Nicht völlig. Ich sagte, um der Familie Gewissheit zu verschaffen, könnte ein DNS-Vergleich angestellt werden, wenn er oder ein anderes Geschwister eine Probe abgeben würde. Der Kerl ging an die Decke, meinte, keine Regierung werde je eine Sonde in irgendjemanden aus seiner Familie stecken. Ich erklärte ihm, dass die Prozedur schmerzlos sei, nur ein Wattestäbchen in den Mund. Er regte sich noch mehr auf, ich erspare dir seine Ausdrücke, und schließlich legte er auf.«

»Wenn einige von Alex Lapasas Geschäftsaktivitäten so zwielichtig waren, wie die Gerüchte sagen, dann machte Nickie sich vielleicht Sorgen wegen der Privatsphäre. Verbrecher neigen dazu, ihre DNS für sich zu behalten.«

»Vielleicht. Aber Nickie wurde noch nie mit irgendwas Illegalem in Verbindung gebracht. Wie auch immer, eine Stunde später rief er zurück, sehr zornig, und schimpfte über Inkompetenz, Dummheit und professionelles Fehlverhalten. Er drohte, seinen Kongressabgeordneten, seinen Senator, die Amerikanische Bürgerrechtsunion, die Vereinigten Stabschefs, den Präsidenten, CNN, Jesse Jackson, Rush Limbaugh und vielleicht sogar Nelson Mandela anzurufen.«

»Das hat er nicht gesagt.«

»Mandela vielleicht nicht.«

»Warum so wütend?«

»Wir hatten seinen Bruder vier Jahrzehnte lang in unseren Regalen.«

Gutes Argument, dachte ich.

»Wieder bot ich ihm den Vergleich an, sagte, aus den Überresten sei 2001 erfolgreich DNS extrahiert worden. Er verlangte, dass diese Information vernichtet wird, meinte, er wolle nicht, dass seine Familie …« Danny Stimme wurde rau »… in irgendeiner verdammten Regierungsdatenbank ist.«

»Sonst noch was?«

»Er sagte, Köpfe würden rollen.«

»Zuerst Plato Lowery, jetzt Nickie Lapasa. Merkwürdig.«

»Ich habe schon Merkwürdigeres erlebt.«

Ich wechselte das Thema, erklärte ihm meine Theorie zu dem goldenen Enten-Pilz-Ding, das in Lumberton mit 2010-37 begraben worden war, und berichtete ihm von meinem Gespräch mit Sheriff Beasley.

»Er hatte von Sparkles an Zähnen noch nie was gehört?«

»Nein.«

»Man sollte meinen, Beasley würde wissen, wie die Dinger aussehen, falls sie in seinem Zuständigkeitsbereich häufiger vorkommen sollten.«

»Vielleicht ist die Sparkle-Mode an Robeson County vorbeigegangen.« Ich überlegte einen Augenblick. »Das führt vielleicht nirgendwohin, aber wir könnten versuchen, Reggie Cumbo aufzuspüren.«

»Den Cousin«, sagte Danny.

»Ja.«

»Der Kerl, den du in Lumberton exhumiert hast, muss Luis Alvarez sein«, sagte Danny. »Alvarez wird immer noch vermisst. Sein Bioprofil ist mit Lowerys identisch und passt zu den Überresten. Alvarez ist Mexikanisch-Amerikaner. Sparkles sind bei Mexikanisch-Amerikanern sehr beliebt.«

»Heute«, sagte ich. »Aber war das in den Sechzigern auch schon so?«

»Ich bin mir nicht sicher, aber ich glaube, schon.« Danny schwieg einen Augenblick. »Wir sollten uns die Fotos in Alvarez' Akte noch einmal anschauen.«

»Sollten wir«, pflichtete ich ihm bei.

»Gleich morgen früh.«

»Gleich morgen früh.«

Wieder hatten wir ein Rendezvous.

24

Am Sonntagabend genossen, oder ertrugen, wir einen Kampf der Klingeltöne. Unsere musikalischen Vorlieben wären Stoff für Psychologiedissertationen gewesen.

Lilys augenblicklicher Favorit war *Superfreak* von Rick Jones. Katy benutzte Cab Calloways *Minnie The Moocher.* Ich, die ewige Optimistin, hatte mir die Titelmelodie von *Happy Days* aufgespielt. Aus Ryans Handy erklangen noch immer Big Bird und seine Kumpels.

Das Abendessen wurde wieder einmal am Grill zubereitet. Während wir das Geschirr abräumten, meldete Cab einen Anruf. Katy entschuldigte sich und kam Minuten später zurück, zwar etwas nachdenklich, aber mit einem Grinsen im Gesicht.

Ich musste nur eine Frage stellen und erfuhr die ganze Geschichte.

Katys Anrufer war Coops älterer Bruder Jed gewesen. Jed hatte sich vielmals für die Art entschuldigt, wie Katy behandelt worden war. Da Coops Tod so viel Publicity erregt hatte, war das Haus der Coopertons überschwemmt worden mit Anrufen von Journalisten, kondolierenden Fremden und Spinnern, die gegen den Krieg waren. Als selbst ernannter Beschützer der Privatsphäre der Familie hatte Jeds Onkel Abner die Verantwortung für das Telefon übernommen. Seine Strategie: Abweisung jedes Anrufers, den er nicht persönlich kannte.

Jed hatte Katy gesagt, er habe etwas, von dem er glaubte, dass Coop es ihr hätte zukommen lassen wollen. Katy war überrascht, und erfreut. Und so entspannt, wie ich sie seit Coops Tod nicht gesehen hatte.

Ryan war der Nächste. Trotz des fröhlichen Klingeltons kamen seine Nachrichten vom anderen Ende des Stimmungsspektrums. Ernst berichtete er mir später, als wir alleine in der Küche waren.

Lutetia verließ Montreal und kehrte in ihr Haus in Nova Scotia zurück. Bis auf Weiteres würde Ryan für Lily verantwortlich sein. Bye-bye. *Adiós*.

Meine Reaktion war gemischt. Ich wusste zwar, dass Lutetias Abreise Lily verletzen und Ryan unglaubliche Scherereien machen würde, konnte aber nicht behaupten, dass es mich traurig machte, Ryans Ex Adieu zu sagen. Natürlich nur bildlich gemeint. Wir beide hatten noch nie miteinander gesprochen.

Meine erste Anruferin war Hadley Perry. Sie sagte mir drei Dinge.

Erstens, bei den Familien der Vermissten hatte sie keinen Erfolg gehabt. Zweitens, die Detectives des Honolulu Police Department Lang und Ding würden gleich morgen früh die Krankenhäuser abklappern. Drittens, wegen ihrer Sperrung der Halona Cove machten Bürgermeister und Stadtrat ihr die Hölle heiß.

Wieder mit gedämpfter Stimme berichtete ich Ryan von Perrys Anruf, diesmal auf der Terrasse.

Ryans Mundwinkel zuckten, als ihm dieselben Gedanken durch den Kopf gingen wie mir zuvor.

»Lang ist aus Vietnam. Ding ist Chinese. Die beiden sind seit neun Jahren Partner und reagieren deshalb nicht mehr auf Witzchen, die man mit ihrem Namen machen könnte.«

Da Perry die übliche Reaktion erwartet hatte, hatte sie jedem Wortspiel, das ich hätte bringen können, den Wind aus den Segeln genommen. Dasselbe machte ich jetzt mit Ryan.

»Ich dachte, du bist wegen eines Kerls hier, der in den Sechzigern starb«, sagte Katy.

Ryan und ich drehten uns überrascht um. Wir hatten beide Katy nicht durch die Schiebetür kommen hören.

»Bin ich. Wegen mehreren Kerlen, um genau zu sein«, sagte ich. »Und die hiesige ME hat mich in einem aktuellen Fall um Rat gebeten. Ich habe angenommen, dass du davon nichts hören willst.« Nach Coops Tod. Das sagte ich nicht.

Katy schaute von mir zu Ryan und wieder zurück. »Natürlich will ich das.«

Ryan stand auf. »Wenn ihr mich entschuldigt, meine Damen, ich habe seit Tagen meine E-Mails nicht angeschaut.« Lahm, aber Ryan spürte, dass Katy sich ausgeschlossen fühlte.

Katy setzte sich in den Clubsessel, den Ryan frei gemacht hatte. Ich erzählte ihr von Hadley Perry, den Leichenteilen, den Bissspuren, dem chirurgischen Nagel und dem Tattoofragment.

»In der Hai Society lebt sich's gefährlich.«

»Wie bitte?«

»Vergiss es. Egal. Meine Bemerkung war blöd. Über Opfer soll man keine Witze machen.«

Ich tätschelte ihr die Hand.

»Schon gut.«

Einige Augenblicke lauschten wir dem Rascheln der Palmwedel und dem Rauschen sanft brechender Wellen. Katy sagte als Erste wieder etwas.

»Ich habe viel Zeit mit meinem Blog verbracht.«

»Worüber hast du geschrieben?«

»Die Sinnlosigkeit des Kriegs.«

»Klingt, als wär's die Mühe wert.«

»Und ich werde über die Gefühllosigkeit dessen schreiben, was ich eben gesagt habe.« Sie überlegte einen Augenblick. »Darüber, wie wir manchmal aus den Augen verlieren, dass jeder Tod tragisch ist.«

»Ich würde deine Gedanken sehr gerne lesen.«

»Du musst so was sagen.« Sie sprang auf und küsste mich schnell auf die Wange. »Du bist meine Mutter.«

Bevor ich protestieren konnte, lief sie nach drinnen.

Mein zweiter Anrufer war Tim Larabee, der Medical Examiner in Charlotte. In einer Sandgrube neben einer Landstraße im Avery County war eine verweste Leiche gefunden worden. Er war seit Mitternacht am Fundort, vermutete, dass es sich um die Überreste einer Hausfrau handelte, die seit dem vergangenen Herbst vermisst wurde. Ein anthropologisches Gutachten sei erforderlich. Er fragte sich, wann ich zurückkehre, wollte mir allerdings keinen Druck machen.

Happy Days.

Lilys Handy klingelte um halb elf. Ich hatte Stephen King ausgelesen und nahm mir jetzt einen Grisham-Roman vor. Ryan schaute CNN, Katy war in ihrem Zimmer und bloggte oder twitterte oder was immer es war, was sie gesagt hatte.

Lily schaute auf die Anruferkennung, hob ab und ging nach oben.

Ich schaute zu Ryan hinüber, bemerkte die veränderte Kinnpartie, die angespannten Schultern. Wusste Bescheid. Er vermutete, dass Lilys Anruferin Lutetia war, und machte sich auf die Tränen seiner Tochter gefasst.

Eine halbe Stunde später kehrte Lily zurück. Sie war gelassen, lächelte beinahe. Sie rollte sich auf dem Sofa zusammen und sagte keinen Ton.

Ich schaute zu Ryan hinüber. Er hob fragend die Augenbrauen.

Ich nickte in Lilys Richtung.

Ryan schnitt beinahe eine Grimasse.

Ich nickte noch einmal, nachdrücklicher.

»War das deine Mom?«, fragte Ryan seine Tochter so beiläufig wie möglich.

»Nein.«

Ich tat so, als sei ich völlig in mein Buch versunken.

Sekunden vergingen. Eine ganze Minute.

»Anderson Cooper hat wirklich tolle Haare.« Lilys Blick blieb starr auf den Fernseher gerichtet. »Aber ich habe gehört, er ist ziemlich klein.«

Am Montag versprach Ryan Lily, mit ihr zur Nordküste zu fahren. Sie wollte das Turtle Bay Resort besuchen, wo Szenen aus *Nie wieder Sex mit der Ex* gedreht worden waren. Er wollte einige Zeit alleine mit seiner Tochter verbringen.

Katy blieb zu Hause, um an ihrem Blog zu arbeiten.

Der Verkehr in der Stadt war ein einziges Gewühl. Es war schon fast acht, als ich Hickam erreichte.

Kein Problem. Danny fuhr zwei Autos vor mir auf den JPAC-Parkplatz. Er wartete, während ich einparkte und aus meinem Cobalt stieg.

»Aloha.«

»Aloha.«

»Klasse Karre«, stichelte er.

»Sehr lustig.«

»Du könntest Avis anrufen, versuchen, was Größeres zu kriegen.«

»Rentiert sich nicht. Ich habe in North Carolina einen Fall, also bin ich in ein oder zwei Tagen schon wieder hier weg.«

»Du bist doch eben erst angekommen.«

»Ich bin seit zehn Tagen hier.«

»Was ist mit dem Fall, den du mit Perry bearbeitest?«

»Fälle.«

Im Gehen erzählte ich ihm von dem zweiten Haiopfer, dem Loch von dem Streckverbandsnagel und dem Fragment des Knöcheltattoos.

»Bei dem einen oder dem anderen sollte Perry einen Treffer landen«, sagte Danny.

»Das glaube ich auch. Und da es nicht mehr Überreste gibt, kann ich auch nicht mehr tun.«

»Deine Arbeit hier ist getan.«

»Meine Arbeit hier ist getan. Nachdem wir uns die Fotos von Luis Alvarez angeschaut haben.«

Mir fiel auf, dass Danny sich einen dieser bleistiftdünnen Backenbärte wachsen ließ, die unergründlicherweise bei Männern zurzeit so beliebt sind.

»Lässt du dir einen Bart wachsen?«, fragte ich.

»Ich versuch's mal.« Er hob das Kinn und drehte es von einer Seite zur anderen. »Was hältst du davon?«

»Ein Mann muss tun, was ein Mann tun muss.«

Das Kinn senkte sich wieder.

Wir waren im Korridor, der zum CIL-Flügel führte, als Lyndon Mulcahy mit einem Pappkarton vor der Brust in der Lobby auf der anderen Seite des Glases auftauchte. Eine Topfpalme ragte auf der einen Seite heraus, irgendeine Trophäe auf der anderen.

Mulcahy runzelte die Stirn. Was für ein Schock.

Danny öffnete die Tür und hielt sie weit auf.

Mulcahy hob den Kopf. Aus dem Stirnrunzeln wurde eine richtig böse Miene.

»Brauchen Sie Hilfe?«, fragte Danny.

»Sie haben schon genug getan.«

»Hören Sie, das muss doch nicht persönlich –«

»Wirklich? Muss es nicht?«

Was für ein Arschloch, dachte ich, hatte aber sofort ein schlechtes Gewissen. Schließlich hatte der Kerl eben etwas verloren, das er bis jetzt als Karrierejob betrachtet hatte.

»Wenn Sie noch mehr Kartons haben, helfen wir Ihnen sehr ge–«

»Das kann ich mir vorstellen.« Mulcahy schnitt mir das Wort ab.

Ich schaute ihm in die Augen.

Und sah darin nackten Hass in meine Richtung blitzen.

Wortlos traten Danny und ich beiseite.

Als Mulcahy durch die Tür trat, streckte er einen Ellbogen aus und stieß mich in die Brust.

Überrumpelt taumelte ich zurück.

»Arschloch«, sagte Danny zu Mulcahys Rücken. Zu mir: »Alles okay?«

»Mir geht's gut.«

»Der Wichser hat das absichtlich getan.«

»Er macht nur seinem Ärger Luft«, sagte ich. »Ich bin ein leichtes Ziel.«

»Das ist keine Entschuldigung.«

»Der Mann hat eben seinen Job verloren.«

»Er verliert seine Eier, wenn er so was noch mal probiert.« Sir Danny, Rächer der busengeboxten Dame.

Während Danny Kaffee holen ging, machte ich es mir in seinem Büro mit der Alvarez-Akte bequem.

Die alten Schwarz-Weiß-Bilder waren genau so wie in meiner Erinnerung.

Ich schaute nur kurz auf das Kopf-und-Schulter-Porträt des Soldaten Alvarez in Uniform. Kein Lächeln. Das brachte uns nichts.

Ich nahm das Foto der neun verschwitzten Soldaten in Armeedrillich mit aufgekrempelten Ärmeln zur Hand und betrachtete den Mann, auf dessen Brust mit Tinte Alvarez geschrieben war.

Aufregung durchzuckte mich.

Alvarez' Gesicht war von der Kamera abgewandt, als wäre er in dem Augenblick abgelenkt worden, als der Verschluss klickte. Er lächelte nicht, aber überrascht, wie er war, hatte er, vielleicht aus Neugier oder Angst, unbewusst die Lippen zurückgezogen.

Und zeigte damit einen Großteil seiner oberen Zähne.

Ich suchte eben nach dem Vergrößerungsglas, als Danny auftauchte.

»Schon Glück gehabt?« Er stellte zwei dampfende Tassen auf seinen Schreibtisch.

»Vielleicht. Wo ist deine Handlupe?«

»Nehmen wir doch lieber eine der Luxos.«

Wir gingen ins Labor.

Danny schaltete die Neonröhre eines runden, auf den Tisch montierten Vergrößerungsglases ein. Ich legte das Foto darunter und bewegte dann den Arm des Geräts so lange, bis Alvarez' Mund unter der Lupe deutlich zu erkennen war. Wir beugten uns beide darüber, Dannys Gesicht so dicht an meinem, dass ich sein Ohr an meinem spüren konnte.

»Volltreffer.«

»Volltreffer.«

Wir stießen wieder einmal die Hüften aneinander.

»Unsere Computerprofis werden das Bild so vergrößern, dass der Zahn denselben Maßstab hat wie das Sparkle-Fragment, das du gefunden hast. Sie können die Bilder übereinanderlegen. Unter den Umständen des Huey-Absturzes, der Tatsache, dass das biologische Profil perfekt auf Alvarez passt, und den dentalen Indizien sollte die Identifikation in trockenen Tüchern sein.«

»Und du kannst versuchen, mitochondrische DNS zu sequenzieren, vorausgesetzt es ist noch ein Verwandter mütterlicherseits zu finden.«

»Das können wir in der Tat.«

Hinter der Glaswand, die das Labor abtrennte, sah ich in der Lobby Mulcahy mit einem weiteren Karton. Dieser schien schwer zu sein, wahrscheinlich Bücher. Als er verschwunden war, kehrten Danny und ich ins Labor zurück.

Der Kaffee war inzwischen lauwarm. Wir tranken ihn trotzdem.

»Also wurde Alvarez kurz nach dem Absturz gefunden und in North Carolina als Spider Lowery beerdigt«, sagte ich. »Lapasa wurde acht Monate später gefunden, in derselben Gegend und mit Spider Lowerys Hundemarke. Da Lowery bereits identifiziert war, kam Lapasa als Unbekannter nach Tan Son Nhut, dann ins CIL-Thai und schließlich hierher.«

»Und dank uns kommen Luis und Xander jetzt beide nach Hause.«

»Und Spider ebenfalls.«

»Gut gemacht«, sagte Danny strahlend.

Wir stießen mit den Tassen an.

Tranken.

Aber was war da sonst noch? Die offenen Fragen nagten an mir.

»Diese Verwechslung von Alvarez und Lowery kann ich verstehen. Aber warum trug Lapasa Spiders Hundemarke?«

»Gute Frage.«

»Und war Lapasa in diesem Hubschrauber? Und wenn ja, warum?«

»Technisch gesehen sind das zwei gute Fragen.«

»Und wie landete Spider in Quebec?«

»Wir haben einen Vierer. Aber die interessanteste Frage vergisst du wohl.«

Ich schaute Danny fragend an.

»Wie konnten wir beide einander gehen lassen?«

»Komm, Danny, das hier ist eine ernste Sache.«

»Vielleicht waren wir das auch.«

O Mann.

»Du liebst deine Frau.«

»Wie verrückt«, sagte er. »Das ist ein Problem.«

Ein kurzes, verlegenes Schweigen entstand. Dann:

»War nur ein Witz.« Breites, dümmliches Grinsen. »Ich muss immer noch an mein Gespräch mit Nickie Lapasa denken.«

Danny ließ einen Kuli durch die Finger gleiten und klopfte erst mit der Spitze, dann mit dem Druckknopf auf die Schreibunterlage. »Warum war Nickie so sehr gegen einen DNS-Test, der die Überreste seines Bruders eindeutig identifizieren könnte?«

»Wenn die Gerüchte über das organisierte Verbrechen stimmen, traf meine ursprüngliche Vermutung wahrscheinlich genau ins Schwarze.«

»Wahrscheinlich.«

Klopf. Klopf. Klopf.

»Weißt du, was?« Er deutete mit dem Stift auf mich. »Ich mach's trotzdem.«

»Was?«

»Einen DNS-Vergleich.«

»Woher bekommst du eine Familienprobe für den Vergleich?«

»Ich denke mir was aus.« Er tippte sich mit dem Zeigefinger an die Schläfe, so wie er es bei unserer Ankunft im Haus in Lanikai gemacht hatte. »Heute Nachmittag habe ich noch eine Ankunftszeremonie, aber danach bin ich dran wie Fett an Speck.«

Sunday, Monday, happy days.

Ich schaute auf mein BlackBerry.

Hadley Perry.

Da ich Danny die gute Laune nicht verderben wollte, nahm ich den Anruf der ME draußen in der Lobby entgegen.

Während ich mich durch Stapel von Büchern und Papieren schlängelte, bemerkte ich einen Schatten, der über die Fliesen vor der offenen Bürotür wanderte.

Im Korridor schaute ich nach links und nach rechts. Leer.

Hatte da irgendjemand gelauscht? Mulcahy? Wenn nicht er, wer dann? Warum?

Perrys Neuigkeit verjagte die Frage sofort aus meinen Gedanken.

25

»Lang hat eben angerufen. Er hat einen fünfzehnjährigen Jungen gefunden, der sich 2003 Schien- und Wadenbein am linken Fuß gebrochen hat. Der Junge ist einige Zeit stationär im Queen's Medical Center gewesen.«

»Mit Streckverband?«

»Ja, Ma'am. Die Nägel wurden im Jahr darauf entfernt.«

»Der Junge ist flink.«

»Das Queen's ist Hawaiis einziges ausgewiesenes Unfallkrankenhaus, deshalb hat Lang dort angefangen und einer Tussi die Daumenschrauben angelegt, damit sie mit den von uns vorgeschlagenen Parametern die Datenbank durchsucht. Kealohas Name ist sofort aufgetaucht.«

»Hat Lang sich mit der Familie in Verbindung gesetzt?«

»Die Mutter ist 2007 gestorben, der Vater seit Jahren verschwunden. Aber er hat eine Schwester ausfindig gemacht. Gloria. Eine echte Marke. Gloria meinte, sie hätte ihren Bruder zum letzten Mal vor drei Jahren gesehen oder mit ihm gesprochen. Glaubt sie.«

»Hat Lang etwas von irgendwelchen Bekannten erfahren, irgendjemandem, der Kealohas Verschwinden bemerkt haben könnte?«

»Gloria schwört, sie kennt keinen von den Freunden ihres Bruders, hat keine Ahnung, wo er in den letzten Jahren gelebt hat. Oder was er getan hat. Lang arbeitet daran. Ich fahre jetzt ins Queen's, dachte mir, Sie wollen mich vielleicht begleiten.«

»Warum kann Lang die medizinische Akte nicht abholen und sie in Ihr Büro bringen?«

»Der behandelnde Arzt ist ein Arschloch. Meint, ohne Einwilligung der Eltern oder eines Vormunds kann er die Akte nicht rausgeben. Oder ohne Todesnachweis.«

»Zäumt wohl gerne Pferde von hinten auf.«

»Ja.«

»Wie alt ist Gloria?«

»Zweiunddreißig.«

»Wo ist dann das Problem? Lang kann von ihr die Erlaubnis bekommen.«

»Gloria ist eine Professionelle mit gewissen Vorbehalten gegenüber der Polizei. Langs Anruf hat ihr offensichtlich Angst gemacht, denn sie geht nicht mehr ans Telefon. Er ist vorbeigefahren, aber niemand hat reagiert, und er hat auch keine Geräusche im Haus gehört.«

»Hatte Ding schon Glück bei den Tätowierstudios?«

»Offensichtlich ist dieses Haimotiv ziemlich häufig. Das einzige ungewöhnliche Element ist dieses kleine Kringelmuster über dem oberen Rand. Ein Tätowierer meinte, das sei wahrscheinlich später hinzugefügt worden. Kann sein, dass uns das Tattoo nicht weiterbringt.«

»Wer ist Kealohas Arzt?«

»Sydney Utagawa, ein orthopädischer Chirurg.«

»Wo treffen Sie sich mit ihm?«

»In seinem Büro im Queen's. Wir können uns die Akte anschauen, aber er gibt sie nicht raus.«

»Wie komme ich da hin?«

Sie beschrieb es mir.

»In zwanzig Minuten bin ich da.«

Als Captain James Cook 1778 über die hawaiianischen Inseln stolperte, lebten dort ungefähr 350 000 Menschen. Als Alexander Liholiho 1854 als König Kamehameha IV. den Thron bestieg, war die Zahl auf etwa 70 000 gefallen. So heftig waren die Auswirkungen westlicher Mikroben.

Seit dem Augenblick seiner Krönung kämpfte König K zusammen mit seiner Königin Emma Naea Rooke für die Einrichtung eines Gesundheitssystems für die einheimischen Polynesier. 1859 erfüllte sich der Traum des königlichen Paares in Form einer winzigen, provisorischen Krankenstation mit achtzehn Betten. Im folgenden Jahr wurde eine dauerhafte Einrichtung, das Queen's Hospital, auf einer Parzelle Land namens Manamana am Fuß der Punchbowl errichtet.

Im Lauf der Jahre wuchsen um das ursprüngliche, von Seiner und Ihrer Hoheit favorisierte Haus aus Korallenstein und Holz herum mehrere Gebäude. Inzwischen trägt das Krankenhaus den Namen Queen's Medical Center und ist ein Megakomplex aus Hochhäusern und Parkdecks mit mehreren Ebenen, spezialisierten Forschungs- und Behandlungszentren, Ärztehäusern, medizinischen Bibliotheken und Konferenzzentren.

Ich verirrte mich beim Verlassen der Hickam, fand mich dann aber doch auf dem Vineyard Boulevard wieder. Perrys Beschreibung folgend, bog ich auf die Lusitania Street ein und fand den Parkbereich für das Ärztehaus, das Physician's Office Building 1. Anscheinend sind die Ärzte bei der Benennung ihres Habitats nicht viel kreativer als das Militär.

Vielleicht wollte aber auch jemand ein Zeichen setzen. Das Physician's Office Building 1 war ein unauffälliger Steinquader ohne jegliches erlösende architektonische Detail. Auf einer Seite allerdings ein hübscher Baum. Baobab? Nawa? Botanikerin bin ich nun keine.

Als ich auf den Eingang zuging, sah ich das Hauptgebäude des Krankenhauses dahinter aufragen, ein kalkweißer Bau vor der großstädtischen Skyline aus Glas und Stahl.

Im Aufzug stand ich zusammen mit zwei Männern und einer Frau, alle in Ärztemänteln mit Stethoskopen in den Taschen. Die Frau blätterte in einem Krankenblatt. Die Männer starrten auf die Etagenanzeige, die aufsteigend blinkte. Verstohlen las ich ihre Namensschilder.

Nussbaum. Wong. Björnsen.

Kulturelle Vielfalt. Honolulu pulsiert.

Utagawas Büro befand sich im dritten Stock. Perry war bereits dort, sie saß mit dem Rücken zur Tür. Ihre Haarstacheln zeigten an diesem Tag ein geschmackvolles Magenta.

Hinter dem Schreibtisch saß ein Mann mit Schildplattbrille und einem Haaransatz, der im Augenblick mitten auf dem Schädeldach begann. Ich nahm an, dass es sich um den eigensinnigen Dr. Utagawa handelte.

Utagawas Gesicht war fleckig, was auf Erregung hindeutete. Oder auf Acne rosacea. Da ich Perry kannte, vermutete ich Ersteres.

Utagawa stand auf, als ich eintrat. Zu schnell, als sei er froh über die Rettung. Seine linke Hand ruhte auf einer Akte, die Handfläche gewölbt und die manikürten Fingerspitzen gespreizt wie Spinnenbeine. Bis auf die Akte war der Schreibtisch leer.

Wir gaben uns die Hand, stellten uns vor. Utagawa deutete auf einen Stuhl neben der ME. Ich setzte mich. Er setzte sich.

Utagawa richtete die Akte an der Tischkante aus. Verschränkte darauf die Finger.

»Ich habe es eben Dr. Perry erklärt, wie ich es auch schon dem Detective erklärte, mit dem ich als Erstes sprach. In diesem

Fall geht es um einen Minderjährigen. Solange ich nicht die Erlaubnis eines Elternteils oder eines Vormunds oder aber einen Gerichtsbeschluss habe, kann ich über diese Akte nur insoweit sprechen, als mein Berufsethos es erlaubt.«

Utagawa straffte die Schultern, wie um sich für einen Kampf zu wappnen.

»Es ist doch Jahre her, dass Sie diesen Jungen behandelt –«

»Natürlich«, unterbrach ich Perry. »Wir verstehen das völlig und verlangen nichts von Ihnen, wodurch Sie die Vertraulichkeit zwischen Arzt und Patient verletzen könnten.«

Utagawas Miene entspannte sich leicht. Er nickte mehr mit den Lidern als mit dem Kopf.

»Bitte.« Ich schenkte ihm mein bezauberndstes Lächeln. »Sagen Sie uns, was Sie können.«

Utagawas Blick zuckte kurz zu Perry, zurück zu mir und senkte sich dann. Er schlug die Akte auf und fing an, gewissensverträgliche Fakten zu referieren.

»Am 13. August 2003 wurde der fünfzehnjährige Francis Kealoha von einem Krankenwagen in die Notaufnahme des Queen's Medical Center gebracht. Kealoha hatte sich beim Surfen das linke Bein verletzt …« Utagawa schob sich seine Brille zurecht. »… der aufnehmende Arzt machte eine Röntgenaufnahme und kam zu dem Schluss, dass eine orthopädische Konsultation erforderlich war. Ich war der diensthabende Chirurg.«

Er blätterte in den Seiten.

»Nach einer Untersuchung nahm ich den Patienten für einen wiederherstellenden chirurgischen Eingriff auf.« Utagawa presste die Lippen zusammen. Er war fertig.

»Kealoha hatte eine distale metaphyseale Fraktur der Tibia erlitten?«, fragte ich nach.

»Neben anderen Verletzungen.«

»Der Tibiaschaft war instabil, deshalb behandelten Sie die Fraktur durch Streckung mittels eines Calcaneusnagels?«

»Und anschließender Anlegung eines Gipsverbands. Die Streckung verlief ohne Komplikationen, und die Bruchenden wuchsen wieder völlig zusammen.«

»Wie lange behandelten Sie Mr. Kealoha nach seiner Entlassung?«

»Bis zur Entfernung des Gipsverbands. Trotz meines Rats, die Therapie fortzuführen, nahm der Patient danach keinen Termin mehr wahr. Bei seinem letzten Besuch klagte er über eine leichte verbliebene Steifheit im Sprunggelenk.«

»Haben Sie Mr. Kealohas Röntgenaufnahmen?«

Ein knappes Nicken.

»Können wir die Aufnahmen von Mr. Kealohas linkem Unterschenkel mit denjenigen von unserem Unbekannten vergleichen?«

Utagawa stand auf und ging zu einem Lichtkasten an der Wand. Perry und ich folgten. Ein großes, schwarzes Quadrat klemmte bereits auf der Scheibe.

Während Utagawa den Kasten einschaltete, zog Perry ihre Aufnahme aus dem Umschlag und klemmte sie neben die, die Utagawa 2003 in Auftrag gegeben hatte. Utagawa schob beide zurecht.

Wir schauten zwischen antemortalem und postmortalem Bild hin und her und verglichen Details der Knochenarchitektur und der Mikrostruktur.

Alles passte zusammen. Form und Robustheit des Malleolus. Durchmesser und Kontur der Markhöhle. Dichte und Orientierung der Trabekel. Anzahl und Positionierung der Foramina.

Größe, Tiefe, Lage und Winkel des Nagellochs.

»Oje.« Utagawa sprach für uns alle.

Minuten später marschierten Perry und ich über das Parkdeck. Sie trug jetzt zwei große, braune Umschläge.

»Haben Lang und Ding vor, Gloria Kealohas Nachbarn zu befragen?«, wollte ich wissen. »Um herauszufinden, ob Francis in der Nachbarschaft bekannt war?«

»Sie sind gerade eben dabei. Falls sich jemand daran erinnert, dass Kealoha plötzlich verschwunden ist, erinnert derjenige sich vielleicht auch an das Verschwinden eines Kumpels zur selben Zeit. Das würde mir die Arbeit sehr erleichtern. Und ein bisschen Glück könnte ich weiß Gott gut gebrauchen. Seit der Sperrung der Halona Cove hab ich nur Ärger am Hals.«

»Wer ist denn unglücklich?«

»Jeder.«

Ich wünschte Perry Glück und ging zu meinem Auto.

Ins CIL zurückzufahren erschien mir wenig sinnvoll. Ryan und Lily waren in Turtle Bay.

Ich rief das Handy meiner Tochter an.

Katy war voller Enthusiasmus. Ihre neuen Blogs waren sehr gut angekommen. Sie wollte noch ein paar Stunden dabei bleiben und dann an den Strand gehen.

Oahus windwärtige Küste erstreckt sich über hundert Meilen vom Kahuku Point im Norden bis zu Makapu'u Head im Süden. Lanikai liegt auf ungefähr zwei Dritteln des Wegs nach unten zwischen Kaneohe Bay und Waimanolo Bay.

Ich überlegte einen Augenblick. Und traf dann eine Entscheidung.

Anstatt auf der Pali nach Westen und dann nach unten zu fahren, wollte ich die längere Route nach Hause nehmen, die Südspitze der Insel umrunden und dann wieder zurück nach Norden fahren. Die Aussicht wäre spektakulär, und mit ein wenig Glück gehörten auch einige Wale dazu. Oder einige Surferjungs, die viel braune Haut zeigten.

Aber *kohala* und nackte *kane* waren nicht die einzigen Attraktionen. Die Route würde mich auch an der Halona Cove vorbeiführen, der schmalen Bucht, in der man Francis Kealohas Knöchel gefunden hatte. Ich war schon einmal dort gewesen, hatte aber wenig auf die Landschaft geachtet. Jetzt wollte ich mir die Stelle genauer ansehen.

Nachdem ich mich angeschnallt hatte, verließ ich das Parkdeck und reihte mich in den Verkehr ein.

Waikiki umfahrend, steuerte ich den Cobalt auf Diamondhead zu und rollte durch eine Gegend luxuriöser Häuser. Kahana. Das Revier der Familie Lapasa.

Hinter Kahana verengte sich der H-1 zu einer schmalen, zweispurigen Straße namens Kalanianaole Highway. Highway 72. Es war ein perfekter tropisch hawaiianischer Tag. Ich öffnete das Fenster und ließ den Wind mit meinen Haaren spielen.

Ich folgte dem Kalanianaole vorbei an Hawaii Kai, Hanauma Bay und Koko Head und hielt unterwegs an jedem Aussichtspunkt an. Nach vierzig Minuten fuhr ich auf einen Parkplatz in der Nähe des Makapu'u Beach Park und stieg aus. Auf der kleinen Fläche drängten sich ungefähr zwei Dutzend Fahrzeuge.

Rechter Hand erhoben sich in der Entfernung die zerklüfteten Klippen des Makapu'u Point. Links von mir drängten sich Touristen um das Halona Blowhole und warteten mit gezückten Kameras auf das Erscheinen der kapriziösen Fontäne.

Jenseits der südlichen Absperrung lag tief unter mir Halona Cove, eine goldene Sichel, umgeben von hoch aufragenden schwarzen Klippen. Der Verdammt-in-alle-Ewigkeit-Strand.

Kein einziger ölglänzender Körper lag auf dem Sand. Kein einziger gebräunter Surfer ritt Halonas Wellen. Frisch aufgestellte Schilder blockierten den Pfad, der sich die Klippe hinabschlängelte. *Kapu! Verboten!*

Einen Augenblick lang stand ich nur da und fragte mich, wie Francis Kealoha und sein namenloser Begleiter wohl in dieser schmalen Bucht gelandet waren. Waren sie den holperigen Pfad hinabgestiegen, um zu schwimmen? Zu fischen? Waren sie woanders gestorben, waren ihre Leichen hier hereingespült worden und hatten sich zwischen den Felsen verfangen? Hatten die Haie die beiden angegriffen, als sie noch am Leben waren? Oder hatten sie sich nach einem todbringenden Ereignis über die Leichen hergemacht?

Ich hatte keine Antworten. Doch komischerweise fühlte ich mich besser, nachdem ich diesen Ort besucht hatte.

Hinter Makapu'u Point fuhr ich eine Weile an der Waimanolo Bay entlang, Oahus längstem, ununterbrochenem Sandstrand. *Makai,* vom Ozean her, donnerten Wellen an eine felsige Küstenlinie. *Makau,* im Inland, erhoben sich die Berge kühl und grün, als posierten sie, um einen Monet oder einen Gauguin zu inspirieren.

Ich riskierte eben Blicke auf eine Reihe Surfer, als ich einen Stoß spürte und der Cobalt einen Satz machte.

Mein Fuß schnellte zur Bremse. Meine Augen zuckten zum Rückspiegel.

Ein schwarzer Geländewagen saß mir im Nacken. Die Scheiben waren getönt, die Nachmittagssonne spiegelte sich im Glas.

Ich kniff die Augen zusammen, versuchte, die Insassen des Fahrzeugs zu erkennen. Zwei stämmige Silhouetten deuteten auf einen männlichen Fahrer und einen ebensolchen Beifahrer hin.

»Aloha und danke auch!«

Wütend in den Rückspiegel starrend, verringerte ich die Geschwindigkeit.

Der Geländewagen ließ sich zurückfallen.

Mein Blick kehrte auf die Straße zurück.

Sekunden später spürte ich einen weiteren Stoß, noch heftiger als der erste.

Durch mein offenes Fenster hörte ich einen Motor aufheulen.

Wieder suchten meine Augen den Rückspiegel, mein Fuß die Bremse.

Entsetzt sah ich, wie der Geländewagen ausscherte, dann wieder einlenkte und auf der Fahrerseite gegen meinen hinteren Kotflügel krachte.

Das Rücklicht zersplitterte.

Das Heck des Cobalt schoss nach rechts.

Wut durchzuckte mich, doch daraus wurde sehr schnell Angst, als mein rechter Hinterreifen vom Asphalt rutschte.

Das Lenkrad fest in beiden Händen, kämpfte ich um die Kontrolle über den Wagen.

Es half nichts. Der linke Reifen rutschte ebenfalls weg.

Die Welt schlitterte zur Seite, als ich mich um die eigene Achse drehte.

Rechts von mir rauschte der Geländewagen auf der Straße davon. Ein kräftiger Arm winkte aus dem Fenster der Beifahrerseite.

Der Küstenstreifen war an dieser Stelle zwar kein Abhang, aber doch geneigt und felsig. Leitplanke gab es keine.

Hinter mir donnerte die Brandung.

Ich ging von der Bremse und trat aufs Gaspedal.

Der Motor heulte auf, aber das Auto rührte sich nicht.

Ich gab noch mehr Gas. Die Reifen spuckten Kies in die Luft.

Der Cobalt fing an, langsam rückwärtszurutschen.

26

Mit hämmerndem Herzen fummelte ich am Sicherheitsgurt herum.

Die Schnalle glitt mir aus den Fingern.

Das Auto rutschte weiter und stellte sich dabei immer schräger.

Verzweifelt versuchte ich es noch einmal.

Das Metallding kam hoch, schnappte wieder zurück.

Scheiße!

Die zitternden Finger beruhigend, hob ich die Verschlussplatte des Gurts vorsichtig an.

Die Verriegelung löste sich, die Haltezapfen sprangen heraus.

Mit einem Ruck sackte die Hinterachse durch. Das Auto wurde schneller.

Ich schleuderte den Gurt beiseite und riss am Türgriff.

Zu spät!

Metall knirschte. Das Auto fiel.

Adrenalin raste durch meine Adern.

Eine Sekunde? Zwei? Tausend?

Der Kofferraum des Cobalt krachte gegen Fels, ich knallte mit dem Hinterkopf auf die Nackenstütze, dann mit der Stirn gegen das Lenkrad.

Das Auto wippte einen Augenblick, der Kühlergrill deutete zum Himmel.

Im Rückblick erinnere ich mich an Fahrzeuge, die auf dem Bankett standen. Gaffer mit aufgerissenen Augen, die Münder kleine runde O. In diesem Augenblick bekam ich von alldem nichts mit.

Eine Ewigkeit verging, dann kippte der Cobalt seitlich ins Meer.

Die Schwerkraft, oder der Aufprall, saugten mich nach unten. Mein Rückgrat knallte gegen den Ganghebel, dann gegen die Beifahrertür. Irgendwie blieb ich bei Bewusstsein.

Wasser durchnässte meine Kleidung am Rücken, die Haare. Über mir konnte ich durch das Seitenfenster auf der Fahrerseite Himmel und Wolken sehen.

Ich packte das Lenkrad mit der rechten Hand und die Rückenlehne mit der linken und zog mich über die Mittelkonsole auf die Fahrertür zu. Das Auto wackelte.

In meinem Kopf schrie eine Stimme.

Raus!

Aber wie? Das halb offene Fenster ganz herunterlassen?

Kein Strom!

Versuchen, mich durch die Lücke zu zwängen?

Wenn du stecken bleibst, ertrinkst du.

Schon jetzt stand das Wasser im Cobalt fünfzehn Zentimeter hoch.

Die Tür öffnen?

Versuch es!

Verzweifelt zog ich am Griff und drückte mit beiden Handflächen nach oben.

Mein Winkel zur Tür stimmte nicht. Oder meine Arme waren zu schwach. Die Tür rührte sich nicht.

Gurgeln drang mir in die Ohren. Ich schaute nach unten.

Zwanzig Zentimeter.

Denk nach!

Ich schaute mich in der kleinen Kabine um, in der ich gefangen war. Schwimmende Sonnenbrille. Eine Karte. Keine Handtasche.

Ja!

Ich riss die Schlüssel aus der Zündung und verklemmte damit den Türgriff in der Offen-Position. Dann schlang ich, keuchend vor Anstrengung und Angst, den rechten Arm ums Lenkrad und den linken um die Rückenlehne, zog die Knie an und trat mit beiden Füßen aus.

Die Tür schwang nach oben und wieder zurück. In einer blitzschnellen Reaktion stoppte ich sie, bevor sie wieder ins Schloss fallen konnte.

Der Beifahrersitz war inzwischen halb unter Wasser.

Ich drückte die Tür ganz auf, kroch durch die Öffnung und stemmte mich nach oben und nach draußen.

Freier Fall, dann ein Aufprall. Salzwasser drang mir in Mund und Ohren. Schloss sich über meinem Kopf.

Ich tauchte auf, schnappte nach Luft. Eine Welle brach, warf mich zuerst nach vorne und saugte mich dann zurück.

Blinzelnd und mit den Füßen strampelnd, schätzte ich den Abstand bis zum Ufer. Nur wenige Meter, aber die Brandung war enorm.

Verzweifelt machte ich ein paar Schwimmzüge. Doch der Abstand vergrößerte sich.

Nicht gegen die Strömung ankämpfen! Nutze sie.

Ich zwang mich, nicht wie wild Richtung Ufer zu schwimmen, und drehte mich auf den Rücken. Da ich wusste, dass die Wellen in Gruppen kamen, wartete ich auf eine Flaute. Tastete mit den Füßen.

Zu tief.

Zu tief.

Zu tief.

Endlich berührten meine Füße Grund.

Ich versuchte zu stehen, glitt aber auf den mit Algen bedeckten Steinen aus. Ein Brecher warf mich um. Schmerz schoss mir durch eine Wange und ein Knie.

Ich versuchte es noch einmal.

Wieder wurde ich umgeworfen und gegen einen Felsen gedrückt. Wellen prasselten auf meinen Körper. Ich konnte mich nicht von dem Felsen lösen. Konnte nicht atmen.

Aus dem Nichts packte eine Hand meinen Arm. Fest.

Eine andere.

Mit Armen und Beinen wie Gummi stieß ich mich von dem Felsen ab. Stand bis zur Taille im Wasser.

Zwei fremde Gesichter. Jung.

»Sind Sie okay?«

Ich nickte keuchend.

»Können Sie gehen?«

Ich nickte noch einmal.

»O Mann, Lady. Das war vielleicht ’ne Show.«

»*Mahalo*«, krächzte ich.

Wir stapften ans Ufer.

Als wir an Land waren, bestanden meine Retter darauf, einen Krankenwagen zu rufen. Ich lehnte ab, bat sie aber, die Polizei anzurufen und einen Unfall mit nur einem Auto und keinen Verletzten zu melden.

Als die jungen Männer davongegangen waren, saß ich da und versuchte, meine zitternden Glieder wieder unter Kontrolle zu bringen. Mein hämmerndes Herz. Meine gehetzten Nebennieren.

Wieder und wieder fragte ich mich, was zum Teufel da eigentlich passiert war. Hatte eine Ereigniskette, die mit einem autoerotischen Tod in Montreal begonnen hatte, mich auf einer Straße auf Hawaii beinahe das Leben gekostet? Hatte der Unfall etwas mit dem Opfer aus dem Teich in Hemmingford zu tun? Mit Plato Lowery in Lumberton, North Carolina? Mit einem Fall am CIL? Falls ja, mit welchem? Lowery? Alvarez? Lapasa? Mit dem gefeuerten Anthropologen Lyndon Mulcahy? Mit der Arbeit, die ich für Hadley Perry tat? Mit dem Opfer aus der Halona Cove mit dem Strecknagel, Francis Kealoha? Mit seinem unbekannten Kumpel? Oder war die Kollision mit dem Geländewagen wirklich nur ein Unfall? War ich einfach zur falschen Zeit am falschen Ort gewesen?

Als ich die Fassung einigermaßen wiedergefunden hatte, ging ich auf die Gaffer zu. Eine junge Frau lieh mir ihr Handy. Susie. Hübsche Frisur. Sehr schlechte Zähne.

Katy hatte kein Auto. Danny steckte in seiner Ankunftszeremonie fest. Perry wurde von den höheren Mächten durch den Wolf gedreht.

Auch wenn ich es hasste, rief ich Ryan an.

Er drehte völlig durch. Wie erwartet.

»Glaubst du, diese Handlanger haben dich mit Absicht von der Straße gedrängt?«

»Wahrscheinlich. Ich habe drei gezielte Stöße abbekommen.«

»Konntest du sie erkennen?«

»Nein.«

»Das Fahrzeug?«

»Nein.«

»Das Kennzeichen?«

»Nein.«

»Waren sie betrunken?«

»Ich hatte keine Zeit, sie blasen zu lassen.«

»Bist du sicher, dass du nicht verletzt bist?«

»Mir geht's gut.« Zum vierten Mal. »Aber der Cobalt ist Schrott.«

»Scheiße. Lily ist gerade für eine AP-Stunde draußen.«

»AP?«

»Aufrecht Paddeln. Man steht auf einem Ding, das aussieht wie ein Surfbrett, und bewegt sich mit einem Paddel vorwärts. Frag mich nicht, warum. Wie auch immer, in den nächsten zwanzig Minuten kann ich sie nicht erreichen.« Erregtes Atmen. »Hör zu, ich kann da runterrasen, dich nach Lanikai bringen und dann wieder zurück hierher –«

»Wo bist du?«

»Wailea.«

»Das ist mindestens eine Stunde von hier.«

»Vielleicht könnte ich –«

»Ryan, das ist keine große Sache.«

Tatsächlich aber ging mir die Sache ganz gehörig auf die Nerven. Ich war triefnass, mein Knie tat höllisch weh, mein Gesicht war Hackfleisch vom Kontakt mit dem Lavagestein, und, das versteht sich wohl von selbst, ich hatte weder Fahrzeug noch Brieftasche.

»Wie kommst du dann nach Hause?«

»Der Polizist hat wahrscheinlich ganze Stapel von Formularen, die ich ausfüllen muss. Vielleicht hat er Mitleid mit mir. Oder bestellt mir ein Taxi.« Falls Susie die Samariterin mit ihrem Handy schon abgedampft ist.

»Würde nicht auch die Mietwagenfirma jemand schicken, um dich abzuholen?«

»Richtig. Bei Avis werde ich *très* beliebt sein.« Mir graute schon jetzt vor dem Anruf.

»Der Unfall war nicht deine Schuld.«

»Das wird sie aber freuen.«

»Hallo?«

Ich drehte mich um.

Der Polizist stand an seinem Streifenwagen und rief mir zu. Schon etwas älter, um die fünfzig. Palenik. Auch bei Officer Palenik war ich *très* beliebt. Kein Ausweis. Kein Führerschein. Das Auto in drei Meter tiefem Wasser.

»Ihre Geschichte klingt einleuchtend«, bellte Palenik den Schaulustigen zuliebe. »Können wir jetzt zur Sache kommen?«

»Bin gleich bei Ihnen«, schrie ich zurück. Zu Ryan: »Hör zu, ich muss Schluss machen. Wir sehen uns im Haus.«

Ich hatte recht gehabt. Tolstoi hatte für *Krieg und Frieden* weniger Papier gebraucht als die Polizei von Honolulu für einen Autounfall.

Ich füllte eben das letzte Formular aus, als ein weißer Ford Crown Victoria auf der Straße wendete und neben uns hielt. Das Bankett war jetzt wieder leer bis auf den Streifenwagen, in dem ich mit Palenik saß.

Der Fahrer des Crown Vic stieg aus, zog seine Hose hoch und kam in unsere Richtung. Die Hose war weiß. Das lose flatternde Hemd war Aloha-blau und -rot. In der linken Hand hatte er eine Sporttasche.

Ausgehend von der Größe, wusste ich nicht so genau, ob der Kerl schon richtig erwachsen war.

Palenik beobachtete ihn, ohne sich in seinem Sitz zu rühren.

Aus der Nähe betrachtet, erledigte sich die Altersfrage. Auch wenn er nur knapp eins sechzig groß war und vielleicht sechzig Kilo wog, sah man unserem Besucher am Gesicht an, dass er Mitte vierzig war. Hohe Wangenknochen und versteckte Oberlider deuteten auf asiatische Abstammung hin. Türkise Augen und rötlich blonde Haare deuteten auf einen Beitrag von andernorts hin.

Der Mann legte den Unterarm an der Fahrerseite aufs Autodach, stützte sich darauf und sprach mit Palenik.

»Aloha, Ralph.«

»Aloha, Detective.«

Detective?

»Wie läuft's?«

»Kann nicht klagen.«

Die Türkisaugen wanderten zu mir. »Dr. Brennan, nehme ich an?«

Palenik grinste. Zum ersten Mal. »Wie lange wartest du schon drauf, diesen Spruch anzubringen?«

»Ist doch nett, wenn man einem alten Klassiker einen eigenen Dreh geben kann.« Detective Namenlos grinste ebenfalls.

Meine Kleider klebten mir am Körper. Mein Make-up war nur noch Pampe auf meinem Gesicht. Meine Haare hingen in salzigen, nassen Strähnen herunter. Mein Auto war im Meer. Ich war nicht sehr amüsiert.

»Also, Ralph. Wir wissen, wer ich bin. Wir wissen, wer Sie sind.« Stirnrunzelnd schaute ich von Palenik zu dem Gesicht vor seinem Fenster. »Wie wäre es denn mit einer Vorstellung?«

Die Männer wechselten einen dieser feixenden, testosteronsatten Blicke, dann richtete Detective Namenlos sich auf, kam um den Streifenwagen herum und öffnete mir die Tür.

»Ivar Lang.« Eine winzige Hand schoss in meine Richtung.

Vor Überraschung verplapperte ich mich. »Lang und Di–«

Die Hand wurde zurückgezogen. »Mein Partner kümmert sich gerade um einen häuslichen Streit.«

»Woher wussten Sie –«

»Detective Ryan dachte, Sie brauchen vielleicht trockene Kleidung.« Lang warf mir die Sporttasche auf den Schoß. »Sorry, keine Unterwäsche.«

Ich hätte dankbar sein sollen. Stattdessen war ich verärgert. Und verlegen.

Lang ging wieder zu Palenik. »Bekam einen Anruf von einem Kollegen, vom Morddezernat in Montreal. Er hängt an der Nordküste fest. Bat mich, die kleine Lady an einem Treffpunkt abzuliefern.«

Kleine Lady abliefern?

»Ihr Glückstag. Sie darf bei mir reinhüpfen.«

Lang lächelte in meine Richtung.

Reinhüpfen? Nicht nur, dass Ryan mal wieder den weißen Ritter gespielt hatte, Lang behandelte mich auch noch wie ein Bullenklischee aus dem Fernsehen. In meinem Hirn legte sich der Wutschalter um.

Doch ich beherrschte mich. Es war nicht nötig, den kleinen Trottel zu verärgern.

»Ich bin durchaus in der Lage, mir ein Taxi zu rufen.«

»Und mit was zu bezahlen?«

»Ich bin mir sicher –«

»Sie sind mit diesem Formular fertig?«

Ich gab Palenik das Klemmbrett.

»Ryan sagt, Sie kommen mit mir.« Lang beugte sich ins Auto und starrte mich an.

»Tut er das?« Tundrakalt. »Ich bin nicht auf Reinhüpfen angewiesen, Detective Lang. Ich war schon bei vielen polizeilichen Ermittlungen da –«

»Sie können sich in meinem Auto umziehen.«

»Ich habe nicht die Absicht –«

»Abschleppwagen ist unterwegs.« Palenik schnitt mir das Wort ab. Warum nicht? Lang tat es ja auch. »Ich kümmere mich um die Karre.«

»Hast was gut bei mir, Kumpel.«

Palenik ließ seinen Motor an. Ein sehr feinfühliges Kerlchen, dieser Ralph.

Ich packte Langs Sporttasche, stieg aus und knallte die Tür zu.

Lang deutete zum Crown Victoria. »Ich warte hier.«

»Und wohin geht es, wenn ich reingehüpft bin?« Kaum noch höflich.

»Ihr Partner erwartet uns in Kalihi Valley.«

Oh?

»Ich habe die vertrauliche Information erhalten, dass Francis Kealoha ermordet wurde.«

27

Der Innenraum des Crown Victoria roch nach Sojasauce und Knoblauch.

Lang fuhr wie Ryan. Bleifuß. Bremse. Bleifuß. Bremse.

Vielleicht war es aber auch das viele Meerwasser, das in meinem Magen schwappte.

Nach zehn Meilen wurde mir schlecht.

Ich vermutete, dass ich Sachen von Lang trug. Das Papageienhemd und der Bund der Hose passten einigermaßen, aber die Hosenbeine hörten zehn Zentimeter über meinen nassen Sandalen auf.

Meine Wange war wund, und auf der Stirn hatte ich eine Beule von der Größe eines Pfirsichkerns. Die Haare hatte ich oben auf dem Kopf mit einem Gummiband zusammengefasst. Mehr schlecht als recht. Ich hatte keinen Kamm gehabt. Und keinen Tücher, um das verschmierte Make-up zu entfernen.

Bezaubernd.

Aus dem Funkgerät knisterte die gewohnte Polizeikommunikation.

Lang hatte eine John-Lennon-Sonnenbrille aufgesetzt. Hin und wieder schaute ich verstohlen in seine Richtung.

Offensichtlich war meine Neugier doch nicht so unauffällig.

»Norwegische Mutter, vietnamesischer Vater.«

Meine Augen schnellten in Richtung Windschutzscheibe.

»Nur gut, dass ich die Größe von meinem Alten habe.«

Jetzt schaute ich Lang wieder an.

»Jagt den Leuten eine Heidenangst ein.« Knochentrocken.

»Ich hätte gedacht, das ist das Hemd.«

»Das ist nur das Sahnehäubchen.«

Die nächste Meile herrschte Schweigen im Auto. Dann:

»Ryan scheint ein anständiger Kerl zu sein.«

»Er ist ein Prinz.«

»Er hat mir gesagt, wie das mit Ihnen beiden läuft.«

Darauf sagte ich nichts.

»Er meint, Sie sind okay.«

Allerdings unfähig, meinen eigenen Transport nach Hause zu organisieren. Ich verkniff mir eine spitze Bemerkung.

Um ehrlich zu sein, ich ärgerte mich mehr über mich, weil ich Ryan angerufen hatte, als über Ryan, weil er die Sache in die Hand genommen hatte. Ich hatte gewusst, wie der Mann tickte. Trotzdem hatte ich angerufen. Mein Fehler. Na und? Obwohl ich es zu verbergen versuchte, war ich tatsächlich ziemlich mitgenommen.

»Sie haben mich enttäuscht«, sagte Lang.

»Sie enttäuscht?«

»Ryan meinte, wenn ich Sie ›kleine Lady‹ nenne, kippen Sie einen Kahn voller Fäkalien über mich aus.«

»Meinte er.«

»Das mit dem Reinhüpfen war von mir.«

»Als Sahnehäubchen.«

»Sozusagen.«

»Sie sollten Comedian werden, Detective Lang. Vielleicht als Texter für Tina Fey.«

»Ja, das könnte funktionieren.« Lang nickte bedächtig, als würde er ernsthaft über den Vorschlag nachdenken. »Zuerst schnappe ich mir allerdings das Sackgesicht, das Ihr Auto abgeschossen hat.«

»Sie glauben, das war Absicht?«

»Ich habe vor, das rauszufinden.« Lang schaute kurz in meine Richtung. »Wenn Sie wollen, kann ich Sie zuerst nach Lanikai bringen.«

»Ich fühle mich viel besser, als ich aussehe.« Das stimmte zwar nicht, aber ich hätte lieber Taubendreck gefressen als eine Schwäche zugegeben.

Lang zuckte die Achseln. »Ihre Entscheidung.«

»Erzählen Sie mir von Francis Kealoha.«

»Die Schwester des Jungen wohnt drüben bei Kalihi Valley. KPT. Eine ganz reizende Anlage.«

Kuhio Park Terrace ist Hawaiis größtes Sozialwohnungsprojekt. Kalihi Valley Homes, noch so ein Riesending, ist nicht weit weg. Es wundert kaum, dass die meisten neuen Immigranten des Staates in der Nähe des Kalihi Valley anfangen. Ich habe gelesen, dass mehr als achtzig Prozent der dortigen Bevölkerung aus Asien oder von den pazifischen Inseln stammen, und dass wahrscheinlich die Hälfte jünger als zwanzig Jahre alt ist.

»Gloria. Famose junge Dame.« Lang schaltete das Funkgerät mit seinem Daumen aus. »Wir schauen bei der Schwester vorbei und unterhalten uns dann mit meinem vertraulichen Informanten. Ryan trifft sich dort mit uns.«

»Ihr vertraulicher Informant wird reden, wenn Fremde dabei sind?«

»Er wird tun, was ich ihm sage.«

»Was, wenn Gloria nicht zu Hause ist?«

»Sie ist zu Hause. Ach, und übrigens, wenn ich mit diesen Trotteln rede, sind Sie stumm wie eine Topfpflanze.«

Dreißig Minuten später parkte Lang neben einem Hochhauskomplex, der aussah wie ein Albtraum direkt aus den Siebzigern. Errichtet in einer Gegend, wo es das Ziel des sozialen Wohnungsbaus war, zu isolieren und zusammenzupferchen, hat KPT all die Wärme und den Charme von Baracken in einem Gulag.

Nach einer zehnminütigen Wartezeit, in der Lang seelenruhig und mit verschränkten Armen dastand und ich auf und ab lief und den Verlust meines BlackBerry bedauerte, fuhren wir in einem überfüllten Frachtaufzug in den fünfzehnten Stock. Ein Betonbalkon führte vorbei an Müllschluckern, die mit aufgerissenen Supermarkttüten und Apothekenbeuteln verstopft waren. Insekten schwirrten über dem herausgequollenen Rest – Aluminiumdosen, Flaschen, dreckige Windeln, Hühnerknochen, verfaultes Gemüse, zusammengeknüllte Papiertaschentücher.

Lang blieb vor Einheit 1522 stehen und hämmerte mit dem Handballen gegen die Tür.

Kein Geräusch außer dem Summen der Fliegen.

Er klopfte noch einmal, lauter. »Hier ist die Polizei. Wir wissen, dass Sie da sind, Gloria.«

»Haut ab.« Die gedämpfte Stimme war weiblich und hatte einen leichten Akzent.

»Das werden wir nicht.«

»Ich bin nicht angezogen.«

»Wir warten.«

Sekunden vergingen, dann klickten Schlösser, und die Tür ging auf.

Gloria Kealoha war dick. Sehr dick. Sie hatte muskatbraune Haut und chemisch blonde Haare und trug genug Schminke für ein ganzes Dorf.

Lang steckte seine Sonnenbrille ein und zeigte ihr seine Marke. »Detective Lang. Wir haben zuvor über Ihren Bruder gesprochen.«

»Und ich habe Ihnen gesagt, was ich weiß.«

»Francis ist tot, Ms. Kealoha. Ihr Verlust tut mir sehr leid.«

»Das Leben ist kein Ponyhof.« Gloria zog tief an einer halb gerauchten Camel zwischen ihren Fingern.

»Es sind noch Fragen offen.«

»Na und? Komme ich in *Jeopardy?«* Das zigarettenheisere Lachen war völlig freudlos.

»Ich brauche die Namen von Francis' Freunden.«

»Tut mir leid, Leute. Ich kann jetzt nicht.«

»Das ist kein Freundschaftsbesuch, Gloria. Entweder wir reden hier oder auf dem Revier.«

»O Mann, wer ist gestorben und hat Sie zu Gott gemacht?«

»Mein Onkel.«

»Leck mich.«

»Nein, danke.«

Glorias Blick wanderte zu mir.

»Wer ist die *haole?«*

»Dr. Brennan hat Ihren Bruder identifiziert.«

»Scheiße, Mädchen. Haste mit dem Gesicht 'nen Zug aufgehalten?«

»Auch mir tut Ihr Verlust sehr leid.«

»Biste 'ne Art Leichenbeschauer?« Gloria zog an ihrem Bustier. Ein Rosenknospen-Tattoo, das früher aus tiefen Dekolletees herausgelugt hatte, zeigte sich jetzt über dem Lurex als gedehnte und verwelkte Blüte.

»Ich brauche die Namen der Freunde Ihres Bruders.« Lang kehrte zum Thema dieses Gesprächs zurück.

»Ich hab's Ihnen schon gesagt. Ich weiß nichts.«

»Wo wohnte Francis?«

Gloria zog an der Camel und wedelte den Rauch mit einer früher einmal manikürten Hand vom Gesicht weg.

»Ich hab gehört, dass er vor ein paar Jahren nach Kalifornien gegangen ist. Dachte, er ist immer noch da.«

»Sie wussten also nicht, dass Francis nach Honolulu zurückgekehrt war?«

»Wir haben uns nicht gerade regelmäßig geschrieben.«

»Was *können* Sie uns denn sagen?« Langs Ton klang nach: Leg dich nicht mit mir an.

»Hören Sie.« Gloria nahm noch einen Zug und drückte die Zigarette dann mit dem Ballen ihres Flip-Flops aus. »Ich weiß gar nichts. Der Junge war zehn Jahre jünger als ich. Wir sind in völlig verschiedenen Welten aufgewachsen. Als Frankie sechs war, bin ich schon allein klargekommen. Ehrlich, ich hab ihn nie so richtig kennengelernt.«

»Graben Sie tief. Sagen Sie mir irgendwas.«

Gloria zupfte sich einen Tabakkrümel von der Lippe, inspizierte ihn und schnippte ihn davon. »Okay. Die Geschichte meines Lebens. Als ich vierzehn und Frankie vier war, hat meine Ma meinen Pa wegen eines Kerls verlassen, den sie bei der Arbeit als Zimmermädchen in einem Hotel kennengelernt hatte. Zwei Monate später hat unser Alter bei einem Bootsunfall den Löffel abgegeben.«

Gloria hielt inne. Lang wartete schweigend, um sie zum Weiterreden zu bringen. Das tat sie auch.

»Ma hat diesen Wichser geheiratet. Wir sind adoptiert worden. Achtzehn Monate später hat sich das Arschloch in Luft aufgelöst. Schätze, eine komplett gelieferte Familie war doch nicht so sein Ding.«

»Wer war der Kerl?«

»Sammy Kealoha.«

Lang beobachtete Gloria beim Reden. Ich beobachtete Lang.

»Wo ist er jetzt?«

»Sie sind der Detective, sagen Sie's mir.«

»Was hielt Ihr Bruder von ihm?«

»Hat ihn wie die Pest gehasst.«

»Warum?«

»Frankie hat Sammy die Schuld für sein verpfuschtes Leben gegeben.«

»Warum?«

»Scheiße, wegen allem. Dass er die Familie zerstört hat, dass wir hier wohnen mussten, dass Pa ertrunken ist, dass Ma völlig durchgedreht ist, für den Pickel auf seinem Arsch.«

Gloria hob sich die Hand vor den Mund und schien überrascht zu sein, dass keine Camel darin steckte.

»Nachdem Sammy verschwunden ist, hat Ma gearbeitet, wenn sie konnte, und getrunken, wenn sie nicht konnte. Kaum dass ich sechzehn war, bin ich nach Kona abgehauen, um mein eigenes Ding zu machen.«

»Ihr eigenes Ding?«

Gloria verschränkte die Arme. »Massagetherapie.«

»Aha. Können Sie sich noch erinnern, ob Ihr Bruder irgendwelche Tattoos hatte?«

»Klar. Einen flauschigen Königspudel direkt auf seinem Schwanz. Er nannte ihn –«

»Sagen Sie, Gloria. Diese Massagetherapie. Haben Sie dafür eine Zulassung?«

Lang zog ein Foto aus der Tasche. Als er es Gloria gab, erkannte ich eine Großaufnahme des Haimotivs auf dem Knöchel aus der Halona Cove.

Gloria schaute das Foto nur flüchtig an und gab es ihm zurück.

»Ein echtes Kunstwerk.«

»Hatte Francis sich ein Bein gebrochen?«

»Ja. Richtig.« Glorias Überraschung klang echt. »Das hatte ich ganz vergessen.«

Lang drehte die Hand, eine Geste, die »Erzählen Sie mehr« bedeuten sollte.

»Er war in der Highschool.«

Wieder die Hand.

»Da gibt's nicht viel zu sagen. Frankie hat sich besoffen, ist surfen gegangen und vom Brett geflogen. Er ist im Queen's gelandet. Meine Mutter hat in ein paar Briefen darüber gejammert. Sie war so sauer, dass mir der Junge leidgetan hat. Hab ihm eine Karte geschickt.«

Für einen kurzen Augenblick blitzte Aufruhr in Glorias Augen auf. Und war dann wieder verschwunden.

»Das war, als Ma mir noch geschrieben hat.« Ein Schulterzucken. »Dann ist sie gestorben.«

»Tut mir leid«, sagte Lang.

»Was soll's. Letztendlich muss ich dem alten Mädchen dankbar sein.« Mit fleischigem Arm beschrieb sie einen Bogen, um auf die verwahrloste Umgebung hinzuweisen. »Dank Ma lebe ich den amerikanischen Traum.«

Lang zog eine Visitenkarte aus der Tasche und gab sie Gloria. »Wenn Ihnen noch irgendetwas einfällt, rufen Sie mich an.«

Gloria ignorierte die Karte und trat einen Schritt zurück.

»Und bis wir diese Geschichte geklärt haben, verreisen Sie nicht, ohne uns Bescheid zu sagen.«

»Na, so eine Scheiße. Also nichts mit Segeln in Monte Carlo.«

Gloria schloss die Tür.

Wieder klickten die Schlösser.

Als wir losfuhren, schaute ich noch einmal zurück.

Die Türme der Kuhio Park Terrace ragten trostlos in den makellos blauen Himmel.

Wie die Bewohner, die in ihnen gefangen waren.

28

Während wir von Kuhio Park Terrace zu einem McDonald's gegenüber dem Kapalama Shopping Center fuhren, erzählte Lang mir das Wichtigste über den Mann, den wir gleich treffen würden. Ich fragte nicht nach, wusste aber nicht so recht, warum er sich verpflichtet fühlte, mir diese Informationen mitzuteilen.

Der Informant, Fitch, war ein kleiner Streuner, den Lang einmal vor dem Gefängnis bewahrt hatte. Als Junkie, der für niemanden eine Gefahr war, bewegte Fitch sich unsichtbar unter den Heroin- und Cracksüchtigen, Zuhältern, Dealern, Nutten und Kiffern, die Honolulus Unterbauch bevölkerten. Im Austausch gegen Geld und Essen belieferte er Lang hin und wieder mit einem Tipp oder einer Insiderperspektive.

Um vier Uhr nachmittags stand nur eine Handvoll Autos auf dem Parkplatz des McDonald's.

Als wir über den Asphalt gingen, lief uns eine Gestalt in einem ausgewaschenen gelben T-Shirt und hochgekrempelten Sweatpants von LL Cool J über den Weg und schob sich vor uns durch die Tür. Der Schirm einer viel zu großen Kappe verdeckte das Gesicht der Person, aber behaarte Waden deuteten auf einen Mann hin.

Mein Instinkt sagte mir, dass wir Fitch getroffen hatten.

Nach flüchtigen Blicken nach links und nach rechts verschwand der Informant in einer Sitznische im hinteren Teil des Restaurants. Wie Lang war er kurz und drahtig. Ich schätzte sein Alter auf Mitte zwanzig.

Lang ging zur Verkaufstheke. Ich folgte.

Lang bestellte einen Big Mac, Fritten und zwei Cokes.

Ich bestellte ein Diet Coke. Das Mädchen schaute mich komisch an, sagte aber nichts.

Lang bezahlte. Während wir warteten, schraubte der Geruch von Frittierfett meine Übelkeit noch ein bisschen höher.

Als unser Essen fertig war, trug Lang das Tablett zu der hinteren Nische. Ich setzte mich und rutschte an die Wand. Lang setzte sich neben mich.

Der Blick des Informanten kam unter dem Kappenschirm hoch, musterte das Restaurant, mich und blieb dann an Lang hängen. Die Iriden waren braun-schwarz, das Weiße stumpfgelb wie das T-Shirt.

»Wer ist die Tusse?«

»Myrna Loy.«

»Was tut sie hier?«

»Zerbrich dir darüber nicht den Kopf, Fitch.«

»Was ist mir ihr passiert?«

»Ninjas.«

Lang nahm zwei Drinks vom Tablett, gab mir einen und schob das Tablett dann von sich weg. Mit beiden Händen zog Fitch es sich an die Brust.

»Das gefällt mir nicht.« Die Tischkante fing an, an der Wand zu schaben. Darunter wippte Fitchs linkes Knie auf und ab wie ein Kolben.

»Pech«, sagte Lang.

»Das war so nicht abgemacht.« Fitchs Blick wanderte wieder durch den Raum. Mit einer Hand strich er sich übers Kinn.

»Meine Party.« Lang deutete zur Wand. »Rutsch rüber. Ich erwarte noch mehr Gäste.«

Fitch öffnete den Mund, überlegte es sich dann anders und rutschte nach links. Alle Bewegungen des Mannes waren schnell und ruckartig wie die eines Krebses in einem Netz.

Lang und ich tranken einen Schluck.

Fitch biss in seinen Burger.

Lang zog einen kleinen Spiralnotizbock aus seiner Tasche und klappte ihn auf. Klickte die Mine aus einem Kugelschreiber.

Während Fitch aß, fielen verwelkte Salatstreifen in den nun leeren Karton. Eine Scheibe Tomate. Ein Klecks Käse.

»Es ist meine Gesundheit, die wir hier riskieren.« Beim Reden fielen ihm gekaute Fleischbrocken aus dem Mund.

»Du bist doch derjenige, der diesen Müll isst«, sagte Lang.

»Sie wissen, was ich meine.« Fett glänzte auf Lippen und Kinn des Informanten.

»Wie wär's, wenn du endlich fertig isst? Dir zuzusehen ist für meinen Magen kein Vergnügen.«

Fitch drückte eben eine dritte Tüte Ketchup auf seine Fritten, als etwas hinter unserem Rücken seine Aufmerksamkeit erregte.

Lang und ich drehten uns um.

Ryan kam in unsere Richtung.

»Wer zum Teufel ist denn das?«, zischte Fitch.

»William Powell.«

»Ist er ein Bulle?« Entweder verstand Fitch Langs zweite *Walk of Stars*-Anspielung nicht, oder er ignorierte sie.

»Ja, Fitch, er ist ein Bulle.«

»Drogenfahndung?« Das linke Knie wippte wie wahnsinnig.

»Aloha«, sagte Ryan.

»Aloha«, antworteten Lang und ich.

Ryan zuckte leicht zusammen, als er mich sah. Aber er sagte nichts.

Mit mürrischem Gesicht rutschte Fitch noch weiter nach links.

Ryan setzte sich in die Nische.

Mit gesenktem Kopf zog Fitch das Tablett noch näher zu sich und schob sich weiter Fritten in den Mund.

Lang testete den Kugelschreiber mit scharfen, schnellen Strichen.

»Und, was hast du?«, fragte er.

Fitch schluckte, saugte an seinem Coke, nahm sich eine Papierserviette und zerknüllte sie. Sein Blick kroch zu Ryan, zu mir, zu Lang.

»Das ist totale Scheiße, Mann.«

Lang antwortete nicht.

»Wenn das rauskommt –«

»Wird es nicht.«

Fitch tippte sich mit dem Daumen an die Brust. »Es ist mein Arsch –«

»Falls das zu viel für dich ist, ich habe noch anderes zu tun.«

»Ich weiß, wie die Bullen arbeiten.« Fitchs Stimme war hoch und weinerlich geworden. »Leute ausnutzen und dann auf die Straße werfen wie Müll.«

Die zusammengeknüllte Serviette traf das Tablett und sprang auf Lang zu.

»Mann, beruhig dich, Fitch.«

Der Informant ließ sich zurücksinken und verschränkte die Arme. »Scheiße.«

Eine Frau schob einen Kinderwagen zum Tisch neben unserer Nische. Sie sah aus wie etwa sechzig. Ich konnte das Baby nicht sehen, fragte mich aber, ob es ihres war. Komisch, aber ich tat es wirklich.

Fitchs Blick zuckte zu der Frau. Und wanderte wieder durchs Restaurant.

»Ich will hier keinen Geburtstag feiern.« Lang versuchte erst gar nicht, seine Ungeduld zu verbergen. »Hast du was für mich oder nicht?«

»Kohle?«, fragte Fitch.

Lang nickte.

Der Informant beugte sich vor, stützte beide Unterarme auf die Tischplatte und rieb mit beiden Daumen an den Rändern des Tabletts.

»Okay. Vor ungefähr sechs Monaten kommt Ihr Junge daher –«

»Francis Kealoha?«

»Ja, ja.«

»Kommt daher von wo?«

»Kalifornien. San Francisco, glaube ich. Vielleicht LA. Da bin ich mir nicht ganz sicher.«

»Das sollte jetzt aber besser solide sein.«

»Ja, ja. Kealoha kommt mit diesem Kerl namens Logo daher.«

»Kennst du Logos wirklichen Namen?«

Fitch schüttelte den Kopf.

Lang schrieb sich den Namen auf seinen Block. Dann: »Bist du sicher, dass es Francis Kealoha war?«

»Ja, ja. Wir sind zusammen in der KPT aufgewachsen. Das war er.«

»Weiter.«

Fitchs Daumen schnellten hoch, senkten sich wieder. »Das ist alles. Frankie und Logo sind zusammen aufgetaucht. Ein paar Monate später sind sie plötzlich wieder verschwunden.«

»Gib mir ein paar Daten.«

»Seh ich aus wie ein Reisebüro?«

Langs Blick hätte die globale Erwärmung umkehren können.

»Okay. Ich glaube, ich habe sie seit drei, vier Wochen nicht mehr gesehen.«

Lang schaute mich an. Der Zeitrahmen passte, ausgehend vom Zustand der Überreste aus der Halona Cove. Ich nickte.

»Wo wohnte Kealoha?«

»Soweit ich gehört habe, oben in Waipahu.«

Auch das schrieb Lang sich auf. »Weiter.«

»Das ist alles.«

»Dann bezahlt dein knochiger Arsch diesen Burger.«

Sekunden vergingen. Eine ganze Minute.

Fitchs Daumen machten leise, schabende Geräusche am Tablettrand.

»Was ich habe, ist mehr wert als einen Fünfziger.«

»Liest du keine Zeitung? Ist ein schlechtes Jahr für Boni.«

Fitch deutete mit dem Kinn auf mich, dann auf Ryan.

»Ich gehe hier Risiken ein.«

Lang überlegte einen Augenblick. »Wenn es gut ist, dann schauen wir mal.«

Neben uns fing das Baby an zu weinen.

Wieder wanderte Fitchs Blick durch seine Umgebung.

»Es heißt, Kealoha hätte Geschäfte gemacht, wo er das nicht hätte tun sollen.«

»Was verkaufte er?«

»Koks, Gras. Das Übliche.«

»Wem ist er auf die Füße getreten?«

»L'il Bud.«

Langs Nicken deutete darauf hin, dass er den Namen kannte. »Weiter.«

Fitch atmete ein. Aus. Zog sich an der Nase. Beugte sich noch näher zu Lang.

»Auf der Straße heißt's, darum hätte L'il Bud jemanden losgeschickt.«

»Kennt die Straße auch die Namen der Täter?«

»Pinky Atoa. Ted Pukui.«

Lang notierte sich die Namen. Wieder deutete sein Verhalten darauf hin, dass er die Namen kannte.

»Wie lief das ab?«

»Ich hab gehört, sie wurden oben am Makapu'u Point erschossen.«

Ich sah den zerklüfteten Felsrücken vor mir. Das von Haien verwüstete Fleisch, das man aus der Halona Cove geborgen hatte.

Ich erinnerte mich an Perrys Geschichte über den dichtenden Selbstmörder aus Perth.

Kalte Finger kitzelten mein Rückgrat.

»Haben Sie Fragen, Doc?«

Ich merkte erst mit Verzögerung, dass Langs Frage an mich gerichtet war. Zum ersten Mal sprach ich nun seinen Informanten an.

»Wie alt war Logo?«

Fitch schaute mich nur verständnislos an.

»Ungefähr. Zwanzig? Vierzig? Sechzig?«

»Scheiße, ich weiß es nicht. Vielleicht ein bisschen älter als Kealoha.«

»Beschreiben Sie ihn.«

»Dunkle Haare, dunkle Augen. Körper wie ein Beluga.«

»Soll heißen?«

»Der Kerl war fett.«

»Wie fett?«

»Eins achtzig, vielleicht hundertfünfzig Kilo. Typischer Hamo. Deshalb steckten die beiden ja zusammen. Diese Kerle sind dick.«

Ich brauchte eine Minute, bis ich verstand, was er meinte.

»Kealoha ist ein hawaiianischer Name«, sagte ich.

»Der wurde geändert.«

»Geändert?« In meinem Kopf entstand eine Idee.

»Als Kealohas Alte Dame hierherkam.«

»Von woher?«

»Tafuna.«

Glorias Witz über den amerikanischen Traum fiel mir wieder ein. Ich dachte, sie hätte Honolulu gemeint. Aber sie hatte die Vereinigten Staaten gemeint.

»Davor hieß er anders«, sagte Fitch.

Ich schaute von einem Detective zum anderen.

Langs Gesichtsausdruck deutete darauf hin, dass er dieselben Punkte zu einem Bild verband wie ich.

Ein leichtes Zusammenziehen der Brauen sagte mir, dass Ryan es nicht tat. Man musste ihm zugutehalten, dass er keine Fragen stellte.

»Kann ich Perrys Autopsiefoto sehen?« Ich schaffte es, meine Stimme ruhig zu halten.

Lang zog den Abzug aus seiner Tasche und legte ihn auf den Tisch.

Ich betrachtete das Bild.

Da waren die schwarzen und roten Wirbel mit der Halbsichelform. Da war der Streifen mit filigranen Querstrichen, der quer zu einem Ende der Halbsichel verlief und das Ganze zu einem *tapu vae,* einem Knöchelband-Tattoo machte.

Da waren diese drei komischen Bögen am oberen Ende des Knöchelbands. Die wahrscheinlich später hinzugefügten Elemente. Die beiden umgedrehten Cs mit einem U dazwischen.

Ich wusste, was das war.

»Papier und Stift?« Ich war völlig aufgeregt.

Lang gab mir seinen Kuli und eine Seite aus seinem Block.

Ich legte die Unterkante des Papiers an den abgeschnittenen oberen Rand der kleinen Bögen und verlängerte den Verlauf der C nach oben und nach links und schwang dann nach rechts, sodass sich die umgedrehten C in zwei S verwandelten.

Lang schaute mir kommentarlos zu.

Ich schloss an den oberen Rand des U einen Bogen an, sodass daraus ein O wurde. SOS.

Einen Augenblick lang betrachtete Lang mein Kunstwerk, dann griff er nach seinem Handy.

Ich drehte Foto und Zeichnung so, dass Ryan beides sehen konnte.

»Tabernac«, sagte er.

29

Mit dem Handy am Ohr eilte Lang nach draußen. Fitch folgte ihm mit den Augen wie ein Hündchen, das sich einen Leckerbissen erhofft.

Wir warteten.

Ich spürte, dass Ryan meine Verletzungen musterte.

Drei Mädchen aus der Mittelschule bewegten sich kichernd und ellbogenrempelnd zu den Toiletten, jedes mit einem Rucksack über der Schulter.

Die Frau neben uns hatte zu Ende gegessen und schob ihren Kinderwagen davon.

Fitch schaute in nervösem Schweigen zu.

Schließlich nickte Ryan jemandem hinter mir zu.

»Da kommt er wieder.«

Wir standen auf und gingen zu Lang auf den Parkplatz.

»Mein Partner wird in Kalifornien anrufen, um zu sehen, was die über Kealoha haben, und sie zu bitten, den Spitznamen Logo durch ihre Gang-Datenbanken laufen zu lassen.«

»Nicht vergessen, haltet mich da raus.«

Lang ignorierte seinen Informanten.

»Später werden Ding und ich Atoa und Pukui in den Knast schaffen.«

»Also ich muss jetzt los.« Fitch verlagerte sein Gewicht von einem Fuß auf den anderen. Viel zu verlagern gab es nicht.

Lang zog seine Brieftasche aus der Hosentasche und zählte fünf Zwanziger ab.

Fitch griff nach den Scheinen.

Lang zog sie zurück. »Wir bleiben in Verbindung.«

»Ja, ja.«

Lang streckte die Hand wieder aus.

Fitch schnappte sich das Geld und wieselte davon.

»Komischer Kerl«, sagte Ryan.

»Ein Junkie.«

»Wir leben im Informationszeitalter.«

»Ja.« Lang warf mir einen Blick zu. »SOS. *Sons of Samoa.*« Die Söhne Samoas. Ein sehr schwaches Lächeln umspielte seinen Mund. »Du hast recht. Die kleine Lady ist nicht schlecht.«

»Sie hat so ihre Momente«, sagte Ryan.

Die kleine Lady würde sich davon auf keinen Fall provozieren lassen. Ich sagte nichts.

»Ein Gangtattoo.« Lang schüttelte langsam den Kopf. »Ich hab's nicht erkannt.«

»Hat Honolulu Probleme?«

»Bis vor Kurzem hätte ich Nein gesagt. Natürlich haben wir Gangs. Natürlich stecken die Samoaner zusammen. Natürlich spielt jeder den bösen Buben. Aber die Gewalt beschränkt sich auf die Scheiße, wie die Jets und Sharks sie abziehen.« Lang setzte sich die John-Lennon-Brille auf die Nase. »In letzter Zeit ist allerdings einiges eskaliert ...«

»Inwiefern?«, fragte ich.

»Vor Kurzem wurde in Chinatown ein Straßenrowdy namens Lingo erschossen. Eine Woche später gibt's eine Messerstecherei.«

»Rache?«

Lang nickte. »Beide Opfer waren Samoaner. Ein Zeuge der Messerstecherei behauptete, einer der Täter hätte ›KPT SOS‹ gerufen.«

»Kalihi Park Terrace. Sons of Samoa«, übersetzte ich für Ryan.

»Könnte ein Revierkampf sein«, sagte Ryan.

»Zwei Homies aus Oakland kommen für die Schießerei in den Knast«, sagte Lang. »Wir befürchten, dass Dealer von der Westküste zu uns rüberkommen.«

»Und die Einheimischen befürworten das nicht«, sagte Ryan.

»Und wollen nicht Platz machen.«

»Wenn das der Fall ist, klingt Fitchs Info ziemlich gut.«

»Ja«, sagte Lang. »Stimmt.«

Um sechs schlängelten Ryan und ich uns immer noch durch den Verkehr. Eigentlich schlichen wir nur.

Ich hatte Ryans Handy benutzt, um Katy von dem Unfall zu erzählen und ihr zu sagen, dass wir auf dem Heimweg waren.

Sie wollte Details wissen. Ich wich den meisten Fragen aus, versicherte ihr aber, dass es mir gut gehe. Sie bot an, irgendwas fürs Abendessen herzurichten.

Dann hatte ich Ryan das Wichtigste von Langs Unterhaltung mit Gloria Kealoha berichtet.

»Aber vor Fitch ist dir diese Verbindung nie gekommen?«

»Nein.«

»Was war der Auslöser?«

»Hamo. Tafuna. Waipahu«, sagte ich.

»Klaatu. Barada. Nikto«, sagte er.

»Was?«

»Der Tag, an dem die Erde stillstand?«

Ich hatte keine Ahnung, was er meinte.

»Butterblümchen.« Gespielte Enttäuschung. »1951? Michael Rennie und Patricia Neal? Neal sagte diese drei Wörter zu Gort, und die Erde war gerettet. Egal. Du warst wahrscheinlich abgelenkt von meinem Charme und dem guten Aussehen. Wie bist du von dem, was Fitch sagte, auf die Sons of Samoa gekommen?«

»Drei Dinge. Erstens benutzte er den Begriff Hamo. Das ist Slang für Samoanisch.«

»Ich dachte, das hat was mit Kerlen zu tun, die zusammenstecken.«

Ich ignorierte das.

»Samoanisch ist ein Teil der polynesischen Sprachfamilie. Einige der anderen Dialekte ersetzen das samoanische ›S‹ durch ›H‹. So wird aus Samoa Hamoa.«

»Daher Hamo. Das wusste ich nicht.«

»Zweitens, Tafuna ist eine Stadt in Amerikanisch-Samoa. Fitch sagte, dass die Kealohas von dort stammten.«

»Außer dass sie zu Hause nicht die Kealohas waren.« Ryan

schwieg einen Augenblick. »Warum wurde einer Frau mit zwei minderjährigen Kindern und ohne Arbeit die Einwanderung in die USA erlaubt?«

»Sie sind zwar keine Vollbürger der Vereinigten Staaten, aber Leute, die in Amerikanisch Samoa geboren wurden, sind doch amerikanische Staatsangehörige und dürfen sich in den Vereinigten Staaten und ihren Territorien frei bewegen.«

»Okay. Drittens?«

»Waipahu. Es gibt zwei relativ große samoanische Gemeinden auf Oahu, eine in der Nähe des Kalihi Valley, die andere bei Waipahu.«

»Kealoha wohnte in Waipahu.«

»Voi-là.«

»Aber wie hast du den Sprung zu den Sons of Samoa gemacht?«

»Kannst du dich noch an den Jungen erinnern, den ich vor ungefähr eineinhalb Jahren identifizierte? Der mit den Ganzkörpertattoos?«

»Der Latin King, der vor einer Bar in *Ste-Anne-de-Bellevue* erstochen wurde?«

»Ja. Ich hatte für diesen Fall stundenlang Gangtattoos recherchiert.«

»Hast einen Orden verdient, Brennan.«

Bevor ich ihm danken konnte, vollführte Ryan einen seiner schwindelerregenden Themenwechsel.

»Erzähl mir von dem Unfall.«

»Habe ich doch schon.«

»Tu's noch einmal.«

»Ein Auto fuhr dicht an meine Stoßstange, schubste mich einmal, schubste mich zweimal, setzte zum Überholen an und rammte meine linke, hintere Seite. Ich riss das Steuer herum –«

»Was für ein Auto?«

»Ein schwarzer Geländewagen.«

»Baujahr? Marke?«

»Das ging alles zu schnell.«

»Wie viele Insassen?«

»Zwei. Glaube ich. Die Scheiben waren getönt. Ich konnte nicht wirklich hineinsehen.«

»Männlich oder weiblich?«

»Ja.«

Ryan warf mir einen Blick zu, der mir sagte, dass ihn das nicht amüsierte.

»Der Beifahrer war eindeutig männlich«, sagte ich.

»Woher weißt du das?«

»Er winkte.«

Ryan schwieg einige Augenblicke. Dann: »Lang glaubt, dass das kein Unfall war.«

Ich auch nicht. Aber bis jetzt hatte ich über die Implikationen noch nicht nachdenken wollen.

»Was glaubt er noch?«

»Dass es Absicht war.« Sarkastisch.

»Okay«, sagte ich. »Advocatus Diaboli. Wer würde mir was tun oder zumindest einen Schrecken einjagen wollen?«

»Lass uns mit dem Unwahrscheinlichen anfangen und dann den Kreis immer enger ziehen.«

Ryan trommelte erregt mit den Fingern aufs Lenkrad.

»Eine Möglichkeit. Du hast einen örtlichen Mafioso verärgert, weil du darauf bestanden hast, dass er eine DNS-Probe abgibt.«

»Nickie Lapasa? Das ist lächerlich.«

»Wirklich? Wie fing Lapasas Vater denn seine Karriere an?«

»Keiner konnte je beweisen, dass die Fahrerflucht –«

»Okay. Wie wär's damit? Ein wahnsinniger Anthropologe denkt, dass du ihn aus seinem Job geworfen hast.«

»Mulcahy mag verrückt sein, aber ich bezweifle, dass er gewalttätig ist.«

»Er hat dich mit dem Ellbogen gerammt.«

Als ich mir die Szene im JPAC wieder vor Augen rief, musste ich zugeben, dass Mulcahy wirklich sehr erregt war.

»Und, nenn mich verrückt, aber du bist dabei, zwei Kerle zu identifizieren, die in einem Drogenkrieg ermordet wurden.«

»Angeblich ermordet.«

Wieder war Ryans Blick vernichtend.

»Außerdem weiß das kein Mensch.«

»Richtig. Straßengangs sind berüchtigt für ihre lausigen Kommunikationsnetzwerke.«

»Eine andere Möglichkeit.« Es kam schnippischer heraus, als ich beabsichtigt hatte. »Ich bin zwei Besoffenen in die Quere gekommen.«

»Schon klar«, sagte Ryan.

Von unseren beiden Töchtern erwartete ich die übliche Keiferei. Zu meiner Überraschung standen Katy und Lily gemeinsam in der Küche. *Tool* dröhnte aus den Lautsprechern, und beide sangen *Vacaroius* in Holzlöffel-Mikrofone.

Als Katy uns sah, kam sie auf mich zugestürzt.

»Omeingott!«

Lily starrte mich mit offenem Mund hinter dem Holzlöffel nur an.

»Ihr solltet den anderen sehen«, sagte ich und löste mich aus der Umarmung meiner Tochter.

Niemand lachte.

»Was gibt's zum Abendessen?«

»Du hast gesagt, das wäre nur ein kleiner Stoßstangenkuss gewesen.« Katys Ton war streng. »Reiner Zufall, dass das Auto jetzt Schrott ist.«

»Mir geht's gut«, sagte ich. Zum x-ten Mal an diesem Tag.

»Wenn es dir gut gehen würde, würdest du dieses Hemd nicht tragen.«

»Ich mag Vögel.«

»Deine Haare sind feucht.«

»Was riecht denn hier so fabelhaft?«

»Wir haben Marinara-Sauce gemacht«, sagte Lily. »Und Shrimps.«

»Erlaubt mir, dass ich mich umziehe, dann gebt mir Pasta, und ich erzähle euch alles.« Ich hob beide Hände wie ein Spion, der auszupacken bereit ist.

Katy sah mir argwöhnisch zu, wie ich die Treppe hochging.

Minuten später war ich in sauberem T-Shirt und Shorts wieder da.

Ich erzählte nur das Wichtigste. Ohne Langs Theorie zu erwähnen. Ausbrechen. Rutschen. Fallen. Rettung. In dieser Version war das Wasser nur einen guten halben Meter hoch.

Danach setzte Katy zu einem ihrer typischen Kreuzverhöre an.

»Ich dachte, du wolltest ins JPAC?«

»War ich auch. Zum Glück konnten wir dort alles abschließen. Was hast du heute gemacht?«

»Was wolltest du an der Südspitze der Insel?«

»Nach dem JPAC habe ich mich mit der ME getroffen.«

»Wegen der Jungs, die von Haien gefressen wurden?«

»Haie?« Lily riss die Augen auf.

Ich warf Ryan einen fragenden Blick zu.

»O ja«, sagte er. »Das musst du ihr unbedingt erzählen.«

»Vor ein paar Tagen wurden in einer schmalen Bucht an der Südspitze der Insel Leichenteile gefunden. Die ME hat mich um Hilfe gebeten. Ich glaube, wir haben jetzt herausgefunden, wer die beiden Männer waren.«

»Du kannst ruhig ein bisschen mehr ins Detail gehen.« Ryans Blick ruhte streng auf seiner Tochter.

»Die Opfer waren vermutlich Mitglieder einer Gang mit dem Namen Sons of Samoa. Kann sein, dass sie ermordet und von einer Klippe geworfen wurden.«

»Wegen Drogenhandels«, fügte Ryan hinzu.

»Wer waren die?«, fragte Katy mit etwas sanfterer Stimme.

»Tut mir leid, Kleine. Das kann ich dir nicht sagen.«

»Wie alt waren diese Männer?« Hin und wieder klingt Lilys Inselkindheit noch in ihrem Tonfall mit. Bei dieser Frage war das so.

»Dein Alter.« Wieder sprach Ryan seine Tochter direkt an.

»Es ist an der Südspitze der Insel passiert?«, vermutete Katy.

»Am Makapu'u Point. Da ich bei der ME früh fertig war, wollte ich den landschaftlich reizvollen Weg nach Hause fahren.« Ein reumütiges Lächeln. Es tat weh. »Keine gute Entscheidung.«

Katys und Lilys Blicke kreuzten sich. Ich hatte keine Ahnung, welche Botschaft sie damit austauschten.

»Hey, diese Sauce ist toll«, sagte ich. »Wessen Rezept?«

»Kommt aus der Dose«, sagte Lily.

»Dann Hut ab vor den Einkäufern.« Ich hob mein Glas.

Nur Ryan stieß mit mir an.

»Hört mal«, sagte ich. »Ihr müsst auch das Positive dran sehen. Wir kriegen jetzt ein besseres Auto.«

Katy meinte, der Cobalt sei wirklich eine Scheißkarre gewesen. Lily stimmte ihr zu.

Lily meinte, ich sollte mich in die Badewanne legen. Katy befürwortete ihren Vorschlag.

Katy meldete sich freiwillig fürs Geschirrwaschen. Lily sagte, sie werde ihr helfen.

Lily bot an, Katy am nächsten Morgen zu ihrer Surfstunde zu fahren. Katy nahm an.

Ryan und ich wechselten Blicke. Hä?

Ich legte mich wirklich in die Badewanne.

Während ich bis zum Kinn in nach Glyzinien duftenden Schaumblasen lag, überlegte ich mir, was ich seit meiner Ankunft in Honolulu getan hatte.

Ich hatte ein Auto zu Schrott gefahren. Punkt gegen mich.

Ich hatte eindeutig festgestellt, dass Spider Lowery nicht in Vietnam getötet worden war. Die Nachricht würde zwar Plato Lowerys Welt in Scherben legen, aber man würde einen Fehler korrigieren können.

Ich hatte den Mann identifiziert, der in Lumberton, North Carolina, begraben worden war. Vierzig Jahre nach seinem Tod bei einem Hubschrauberabsturz würde Luis Alvarez nun endlich nach Hause kommen.

Ich hatte die Überreste von Xander Lapasa entdeckt. Auch wenn die Familie Lapasa nicht gerade überfloss vor Dankbarkeit, würde sie nun doch Gewissheit haben.

Ich hatte Hadley Perry geholfen, die Fälle aus der Halona Cove abzuschließen. Und einen Strand wieder zu öffnen. Vielleicht würden auch die Mörder von Logo und Kealoha vor Gericht kommen.

Und Lily und Katy kamen besser miteinander aus.

Lily hatte recht. Die Hydro-Aroma-Therapie entspannte meine Muskeln und beruhigte meine Nerven. Als ich aus der Wanne stieg, fühlte ich mich verdammt gut.

30

Ich wachte mit dem Gefühl auf, beobachtet zu werden.

Öffnete die Augen.

Das Zimmer war schattig grau. Durch die Balkontür sah ich zinnfarbene Wolken über den Ozean ziehen.

Der Wecker zeigte 8:40.

»Das wird ein übler Schorf werden.«

Ich drehte mich auf den Rücken.

Katy stand neben meinem Bett.

Ich setzte mich auf, steckte mir ein Kissen hinter den Kopf und klopfte auf die Matratze.

Katy setzte sich neben mich. Ich sah, dass sie ein Blatt Papier in der Hand hielt.

»Du bist früh auf«, sagte ich.

»Kann sein, dass ich Mist gebaut habe.«

»Oh?«

»Du weißt doch, dass ich letzten Winter diesen Blog angefangen habe, nicht?«

»Ja.«

»Irgendwie wurde der mit ein paar Großen verlinkt, wie Buzzfeed und Blogblast, sogar mit dem der Hufflington Post. Ich kann gar nicht glauben, wie viele Zugriffe ich kriege und wie viele Leute Kommentare posten.«

»Das ist doch toll.«

Katy seufzte.

»Nicht?«

»In letzter Zeit habe ich für Coop gebloggt. Ich wollte über die Dummheit des Krieges reden, dass Leute weit weg von zu Hause sterben, in fremden Ländern, du weißt schon.«

»Okay.« Ich hatte keine Ahnung, worauf sie hinauswollte.

»Es wurde total ansteckend. Aber die Antworten kamen quer aus dem Gemüsegarten, die Leute redeten über Kinder, die von betrunkenen Autofahrern getötet, aus fahrenden Autos heraus abgeknallt, von Polizisten erschossen werden.« Katy verzwirbelte beim Reden eine Haarsträhne. »Dann nahm die Diskussion vor zwei Tagen eine ganz neue Richtung. Es ging um Gangs.«

Katy strich sich mit der Haarsträhne über die Oberlippe. Widerholte die Bewegung in der Gegenrichtung. Und dann das Ganze noch einmal.

»Weißt du, wie viele Gangs es allein in Los Angeles gibt?« In ihrem Ton spiegelten sich Schock und Bestürzung.

»Sag mir, dass du nicht über den Fall geschrieben hast, von dem wir gestern Abend sprachen.«

Nichts.

»Hast du es getan?«

»Du hast nicht gesagt, dass ich es nicht tun soll.« Rechtfertigend. »Und ich habe keine Namen genannt. Konnte ich nicht. Ich kannte ja keine.«

»Ach, Katy.«

»Sie waren jung, jemand hat sie umgebracht. Das ist traurig, Mom. Auch wenn sie Drogendealer waren.«

»Hast du mich erwähnt?«

»Nein.« Schnell. »Aber ich habe geschrieben, dass die Morde hier passiert sind.«

»Hast du den Namen der Gang genannt?«

Katy nickte.

»Scheiße.«

»Heute Morgen fand ich das hier auf meiner Site.«

Sie gab mir das Blatt, den Ausdruck des Eintrags.

DU SAGST VERÜKTER DOC-LADY, SIE FIKT MÄCHTIGE GANG MÄCHTIGE GANG FIKT SIE. UND ALLE FEINDE. WER MÄCHTIGE GANG SOS. SONS OF SAMOA CRIP FIKT IS TOT!!!

Mein Herz machte ein paar Schläge außer der Reihe. Katy zuliebe zwang ich mich, zu lächeln und ruhig zu bleiben.

»Doc-Lady. Könntest das du sein?«, fragte Katy.

Ich legte ihr den Arm um die Schultern. »Das Internet ist voller Verrückter.«

Von denen einige morden, dachte ich.

»Könnte es eine Drohung sein?«

»Eher Gefasel.«

»Woher wissen die das nur? Über dich, meine ich.«

»Entspann dich.« Ich beschloss, die Sache für den Augenblick herunterzuspielen. Der Eintrag stammte von einem obskuren und fast analphabetischen Absender. Wie wahrscheinlich war es, dass er mit der gestrigen Kollision zu tun hatte?

»Ich fühle mich schrecklich. Ich hätte nie gedacht –«

»Hey.«

Wir schauten beide hoch. Lily stand in der Tür, sie trug ein Bikinioberteil und Shorts. Außerordentlich kurze.

»So.« Ich klopfte Katy aufs Knie. »Du hast eine Surfstunde. »Und was haben die Damen für heute sonst noch geplant?«

»Prinzesschen ist mit einem Tag am Strand einverstanden. Geht das Risiko ein, sich ihren dürren schwarzen Hintern zu verbrennen.«

»Wenigstens wird meiner nicht so fleckig rot.«

Katy zeigte ihr den hochgereckten Daumen. Lily erwiderte die Geste. Beide grinsten.

Wow.

»Wo ist dein Dad?«, fragte ich Lily.

»In der Küche.«

»Macht Frühstück?«

Sie nickte.

»Dann lasst uns was essen.«

Wir aßen eben die letzten Reste von Ryans Kokosnuss-Mango-Pfannkuchen, als das Festnetz klingelte.

»Ich geh hin.« Lily sprang von ihrem Stuhl auf.

»Was ist denn in Lily gefahren?«, fragte ich.

»Was? Sie ist zu der Einsicht gekommen, dass es ihr hier gefällt«, antwortete Katy.

Ich schaute Ryan an. Sein Blick war auf seine Tochter gerichtet. Ich sah Liebe darin. Und noch etwas. Hoffnung? Argwohn? Angst?

»Ist irgendein LaManche.« Lily drückte sich den Hörer an die Brust.

»Ich übernehme«, sagte ich überrascht.

Ryan hob fragend die Augenbrauen. Warum ruft dein Chef aus Montreal an? Ich hob meine ebenfalls. Keine Ahnung.

»Danke fürs Frühstück. Bevor du losfährst, möchte ich dich noch etwas fragen.«

»Ich fahre nicht los«, sagte Ryan.

Lily gab mir das Telefon.

»Bonjour.« Ich stand auf und ging nach draußen auf die Terrasse. *»Comment ça va?«*

»Sacrifice, sie lebt noch. Temperance, warum rufen Sie mich nicht mehr zurück?«

»Ich habe mein BlackBerry verloren.«

Ich erzählte LaManche von dem Unfall.

»Sind Sie unverletzt?«

»Es geht mir gut.«

»*Bon*. Dann haben Sie eine wertvolle Lektion gelernt.«

»Fahre nicht auf Küstenstraßen, die zu dicht am Wasser liegen?«

»Ein Geländewagen ist immer stärker als ein Cobalt.«

»Notiert. Was gibt's?«

»Schlechte Nachrichten.«

»Ich hasse es, wenn Leute ein Gespräch so anfangen.«

»Das habe ich doch gar nicht. Ich habe mich darüber beschwert, dass Sie nicht mehr erreichbar sind.«

»Was ist die schlechte Nachricht?«

»Ich habe aus der DNS-Abteilung die Ergebnisse zu dem Herren, der in dem Teich in Hemmingford gefunden wurde.«

»John Lowery. Spider.«

»Offensichtlich nicht.«

»Was?«

»Nach diesem Bericht handelt es sich nicht um Monsieur Lowery.«

»Was?« Ich hörte, was LaManche sagte, begriff aber nicht, was es zu bedeuten hatte.

»Die Sequenzen zeigten keine Übereinstimmung.«

»War die Probe zu degradiert?«

»Die Probe war degradiert, aber die Techniker konnten sie vervielfältigen. Die Ergebnisse ergaben eine eindeutige Nichtübereinstimmung.«

»Wie kam das LSJML an eine Vergleichsprobe? Plato Lowery weigerte sich doch, einen Abstrich machen zu lassen.«

»Die örtliche Strafverfolgungsbehörde in North Carolina war sehr kooperativ. Ein Sheriff, dessen Namen mir im Augenblick entfallen ist, war besonders hilfsbereit.«

»Beasley?« Natürlich. Ich wusste das doch. Ich hatte es nur verdrängt.

»*Oui. C'est ça.* Sheriff Beasley erinnerte sich, dass John Lowerys Mutter vor ihrem Tod für kurze Zeit im Krankenhaus war. Er fand heraus, dass das Krankenhaus noch Pathologieproben im Archiv hatte. Eine davon wurde zu AFDIL geschickt. Auf unsere Bitte hin wurde eine zweite an die DNS-Abteilung des LSJML geschickt. Die Extraktion war erfolgreich, und unsere Ergebnisse zeigen, dass das Opfer aus Hemmingford nicht Harriet Lowerys Sohn war.«

»Aber die Probe war degradiert.«

»Temperance, die Abteilung verlässt sich auf diese Ergebnisse. Die Sequenzen stimmen nicht überein.«

Die autoerotische Wasserleiche war nicht Spider Lowery? Wie war das möglich? Wer war der Mann dann?

Bedeutete dieser Ausschluss, dass ich mich in Bezug auf den Mann, der im Gardens of Faith Cemetery in Lumberton 1968 begraben worden war, irrte? War dieser Mann doch Spider Lowery und nicht Luis Alvarez?

Und was war mit Xander Lapasa? Wir wussten noch immer nicht, warum man Spider Lowerys Hundemarke bei Lapasa gefunden hatte.

»– mir leid. Ich weiß, das ist nicht das, was Sie hören wollten.«

Ich stand mit dem Telefon in der Hand da, als Ryan hinter mich trat.

»Schlechte Nachrichten?«

Ich berichtete ihm von LaManches Neuigkeiten über den DNS-Ausschluss.

»Was ist mit der Übereinstimmung mit den FBI-Fingerabdrücken?«

»Jaha.«

»*Tabernac.*«

»Jaha.«

Ich wollte Ryan eben von Katys Blog erzählen, als sein Handy klingelte.

Aus der Küche drang Katys und Lilys Kichern.

Sunny Day.

Keeping the clouds away.

»Ryan hier.« Er winkte den Mädchen, sie sollten leiser sein.

»Aha.«

Ryan klopfte sich auf die Brust seines Golfhemds. Fand keine Tasche. Machte Schreibgesten.

Ich holte ihm Stift und Block von der Anrichte.

»Okay. Schießen Sie los.«

Er schrieb etwas, das aussah wie zwei Namen. Eine lange Pause folgte.

»Wann?«

Pause.

»Wie ist die Adresse?«

Ryan schrieb noch etwas.

»Wir kommen.«

»Das war Lang.« Ryan klemmte sich das Handy an den Gürtel. »In den letzten drei Jahren war Francis Kealoha in einer SOS-Gang, die von Oakland aus operierte. Unter dem Namen Francis Olopoto.«

»Wahrscheinlich sein ursprünglicher samoanischer Name.«

»Logo ist ein Kerl namens George Faalogo.«

»Auch ein samoanischer Name.«

»Ted Pukui ist verschwunden, aber sie haben Pinky Atoa geschnappt. Sie lassen ihn eine Weile schmoren und nehmen ihn dann in die Mangel. Hadley Perry ist anderweitig beschäftigt. Da du ihre Vertreterin in dem Fall bist, hat Lang uns als Beobachter eingeladen.«

»Ist das hier so üblich?«

»Woher soll ich das wissen?« Ryan senkte die Stimme. »Vielleicht hat sich der kleine Kerl ja in deinen scharfen, kleinen Hintern verguckt.«

Ich kniff die Augen zusammen und deutete mit dem Kopf in die Richtung unserer Töchter.

»Warum lädt er dich dann auch ein?«, flüsterte ich.

»Er weiß, dass ich ältere Ansprüche habe.«

Mein Augenverdreher hatte olympische Qualität.

»Weiß Atoa, dass er wegen dieser Morde verhört wird?«

»Nein. Der Kerl hat einen Pitbull, der angeblich so fies ist wie eine Schlange. Gata.«

»Ich glaube, *gata* heißt Schlange.«

»Offenbar tötete Gata den Chihuahua irgendeiner Nachbarin. Atoa glaubt, dass man ihn deswegen verhaftet hat. Lang und Ding werden sich eine Weile auf den Hund konzentrieren und erst dann Kealoha und Faalogo zur Sprache bringen.«

»Bin in zehn Minuten fertig.«

Wir nahmen Ryans Mietwagen, einen Pontiac G6. Während er fuhr, benutzte ich sein Handy, um Danny anzurufen. Als Erstes erzählte ich ihm von dem Unfall.

»Warum hast du mich nicht sofort angerufen?«

»Du warst in einer Fallbesprechung.«

Als Nächstes erzählte ich ihm von LaManches Bericht. Er war so schockiert wie ich.

»Das kann doch nur ein Witz sein.«

»Schön wär's. Hast du von AFDIL schon was über die Überreste gehört, die ich in Lumberton exhumiert habe?«

»In Bezug auf nukleare DNS sagen sie, geht nicht, und sie bezweifeln sogar, ob sie mitochondrische kriegen. Außerdem gibt es keine Verwandten mütterlicherseits von Alvarez, die eine

Vergleichsprobe liefern könnten. Sieht so aus, als müssten wir uns von dieser Möglichkeit verabschieden.«

»LaManche sagte, Harriet Lowerys Proben waren ziemlich degradiert. Ich glaube, es würde sich rentieren, nach einer anderen Quelle zu forschen.«

»Wird dein Labor die Kosten für eine zweite Testrunde übernehmen?«

»Überlass das mir.«

»Sollte ich Plato noch mal fragen?«

»Hast du eine andere Idee?«

»Ich rufe ihn an«, sagte Danny.

»Was für ein Schlamassel«, sagte ich.

»Das reinste Chaos.«

In einer Stunde würde alles noch sehr viel schlimmer aussehen.

31

Dunst legte sich auf die Windschutzscheibe, als Ryan und ich in die Stadt fuhren. Immer wieder schaltete er die Scheibenwischer an und wieder aus. An. Aus.

Das Honolulu Police Department hat seine Zentrale in einem weißen Steingebäude, das wie ein großes, kantiges Schiff direkt an der Beretania Street vor Anker liegt. Auch wenn es nur wenige Blocks vom Botox, den Designerlabels und den farbenfroh gestreiften Sonnenschirmen des Waikiki Beach entfernt liegt, bewegen sich seine Benutzer in einer ganz anderen Welt.

Langs Beschreibung führte uns in den dritten Stock. Im Aufzug fuhren wir mit der üblichen Mischung aus Verwaltungsangestellten, Detectives und Uniformierten, einige mit Beweismitteltüten in den Händen, andere unterwegs in ihre Raucherecken.

Das Morddezernat war ein großer Saal mit vielen Schreibtischen, die zu Zweier-, Dreier- und Vierergruppen zusammengestellt waren. Lang und sein Partner hatten eine Zweiergruppe an der hinteren Wand für sich allein.

Wie Lang war auch Ding eine Überraschung. Groß und muskulös ja, aber eine Sie mit knochenweißer Haut und glänzenden, schwarzen Haaren, die ihr bis zu den Ohrläppchen reichten. Ihre kastanienbraunen Augen hatten farbige Flecken, die funkelten wie Glassplitter aus dem Meer. Eine leicht gebogene Nase war der einzige Makel einer sonst vollkommenen Erscheinung. Es gefiel mir, dass sie sie nicht hatte korrigieren lassen.

Lang stellte uns vor. Ihr Vorname war Leila.

Wir alle gaben uns die Hände. Lang zog Stühle an den Tisch, und wir setzten uns.

Ding kam direkt zur Sache. Auch das gefiel mir.

»Damals in den Achtzigern waren die Sons of Samoa eine vorwiegend soziale Gruppierung. Erst später wurden sie auf Hawaii zu einer richtigen Gang. Eine Weile herrschte ziemliche Flaute bei den SOS, aber 1998 wurde sie als Gefängnisgang wiederbelebt unter dem Namen USO Family oder USO, United Samoan Organization. Es ist kompliziert, aber *uso* kann auf Samoanisch auch Bruder bedeuten.«

»Wenn man ein Mann ist und über den Bruder spricht«, sagte ich. »Es kann auch Schwester heißen, wenn man eine Frau ist und über die Schwester spricht.«

Ding schaute mich an. Hinter uns klingelte ein Telefon. Irgendjemand ging dran.

»Sie ist Anthropologin«, sagte Ryan.

»Natürlich.« Ding fuhr fort. »Eine Weile war die USO rein samoanisch, aber wir haben Informationen, dass die Gruppe inzwischen gemischtrassisch ist und auf Hawaii ungefähr zweihundert Mitglieder hat.«

»Die USO ist sehr stark auf unsere Gefängnisse beschränkt«, fügte Lang hinzu.

»Kealoha und Faalogo waren bei den SOS«, sagte Ryan.

»Richtig. Die SOS breiteten sich von Hawaii nach Kalifornien, Utah und Washington State aus. Auf dem Festland sind SOS normalerweise Crips.«

Ich unterbrach nicht, hatte aber offensichtlich einen verwirrten Eindruck gemacht.

»Die Crips sind keine einheitliche Gang, sondern eher eine Identität, die andere Gangs übernehmen. Crip-Gangs in anderen Städten können sich sogar mit regionalen, kulturellen Eigenheiten schmücken, die mit Los Angeles nichts zu tun haben.«

»Das wusste ich nicht«, sagte ich, quasi als Wiedergutmachung für meine naseweise Bemerkung von zuvor.

Ding schaute auf einen Notizblock.

»Nach Statistiken des LA County Probation Department gab es 1972 ungefähr acht Crip-Gangs. Bis 1978 war die Zahl auf fünfundvierzig gestiegen. 1982 gab es 109, und in den späten Neunzigern gab es, nach StreetGangs.com, 199 individuelle Crip-Gangs, die im LA County aktiv waren.«

»O Gott«, sagte ich.

»In Los Angeles scheint sich das Crip-Wachstum stabilisiert zu haben, in gewissen Gegenden, die einen demografischen Wandel durchmachen, scheint es sogar leicht zurückzugehen. Aber Crips-Nachahmer entstehen in anderen Teilen Kaliforniens, den gesamten Staaten und sogar außerhalb des Festlands.«

»*Tabernac.*« Ryan schüttelte den Kopf.

Ding schaute mich an, diesmal jedoch fragend.

»Das heißt ›O Mann‹«, sagte ich.

»Auf dem Festland sind die SOS als böse Jungs bekannt«, sagte Lang. »Einschüchterung, Erpressung, Drogenbetrügereien, sogar Mord.«

Ich hörte eine Tür aufgehen und hinter uns Stimmen.

Ding schaute sich schnell im Saal um. Dann kehrten die Meerglas-Augen zu uns zurück.

»Neuerdings versuchen Samoaner vom Festland, die Verteilung auf Hawaii zu übernehmen.«

»Wovon?«

»Vorwiegend Koks und Gras. Ein bisschen Meth.«

»Wer hat vor Ort das Sagen?«

»Ein Kerl namens Gilbert T'eo.«

»Straßenname L'il Bud«, ergänzte Lang.

Dings Schreibtischtelefon klingelte. Sie nahm ab und drehte die Schulter von uns weg, um mit dem Anrufer zu sprechen.

»Wo ist T'eos Hauptquartier?«, fragte Ryan Lang.

»Im Augenblick in Halawa. Das ist ein Hochsicherheitsgefängnis hier auf Oahu.«

»Atoa und Pukui arbeiten für T'eo?«, fragte ich.

Lang wedelte mit der Hand. »Dicht dran.«

Ding legte wieder auf. »Alles vorbereitet. Sollen wir schauen, was Mr. Atoa zu sagen hat?«

Das Verhörzimmer war so, wie ich es erwartet hatte, ein düsterer, kleiner Kasten ohne jede Atmosphäre. Die Wände waren giftgrün, die Bodenfliesen von Generationen nervöser Füße abgenutzt und zerkratzt.

Ein grauer Metalltisch schimmerte genau in der Mitte des kleinen Raums. Ein Stuhl mit gerader Lehne stand auf der einen Seite der lädierten Platte, zwei auf der anderen. Ein Telefon an der Wand und eine Kamera waren die einzigen Verzierungen des Raums.

Ryan und ich beobachteten mittels eines Videomonitors und eines Lautsprechers in einem angrenzenden Raum, was im Verhörzimmer ablief. Das Bild war schwarz-weiß und grobkörnig, der Ton blechern, das Gesprochene wurde hin und wieder von Hintergrundgeräuschen überlagert.

Pinky Atoa sah aus wie ein großer, dürrer Zwölfjähriger. Er trug die übliche Gangsta-Kostümierung aus tief hängender Schlabberjeans, übergroßem Muskelshirt und Kappe. Seine roten Basketballschuhe klopften einen stetigen Rhythmus auf den Boden.

Offensichtlich hatten Ding und Lang sich vor unserer Ankunft über die Rollenverteilung abgesprochen. Lang spielte den bösen Bullen, Ding die Gute.

Ding stellte sich und ihren Partner vor. Atoa hielt den Blick auf seine Hände gerichtet.

»Dieses Verhör wird zu Ihrem wie zu unserem Schutz aufgezeichnet.«

Ding sagte nun, was die Vorschriften verlangten, nannte Datum, Zeit und Ort, ihren Namen und den ihres Partners sowie den des Verhörten. Atoa kaute in dieser Zeit auf seinem Daumennagel oder trommelte auf die Tischplatte.

»Wegen irgendwas nervös, Pinky?«, fragte Lang.

»Ich will meinen Hund.«

»Dieser Pit ist ein wirklich fieser Köter.«

»Das war Notwehr.«

»Der Chihuahua wog eineinhalb Kilo.«

»Das Ding hat ihn angegriffen.«

»Muss beängstigend gewesen sein.«

»Scheiße.« Übertriebenes Kopfschütteln. »Lasst ihr's denn nie gut sein?«

»Ihre Nachbarin hat Anzeige erstattet.«

»Die Hure muss mal durchgevögelt werden.«

»Wir wollen nur die Fakten, Mr. Atoa.« Ding, die Stimme der Vernunft.

Mehrere Minuten lang stellte Ding nur Fragen nach dem Hundeangriff. Atoa schien sich leicht zu entspannen.

»Na und? Muss ich eine Strafe bezahlen? Keine große Sache. Ich hab Kohle.«

»So einfach ist das nicht. Für Gata sieht es nicht gut aus.«

»Was zum Teufel soll das heißen?«

Beide Detectives schauten ihn betrübt an.

»Schert euch zum Teufel.«

Die knochigen Finger fingen wieder an zu trommeln.

»Honolulu hat Gesetze, die die Bürger vor gefährlichen Haustieren schützen sollen«, sagte Lang.

»Dieser kleine Scheißköter ist doch schon einen Monat tot. Warum geht die Schlampe mich erst jetzt an?«

»Vielleicht musste sie erst die verschiedenen Stadien der Trauer durchmachen.«

Noch ein Kopfschütteln. »Das ist gut. Sind echt lustig, Mr. Polizist.«

»Ich gebe mir Mühe.«

»Und? Will die Schlampe eine neue Töle?«

Lang zuckte die Achseln.

»Was soll die Scheiße?« Atoa breitete die Hände aus. Lächelte. »Ich kauf ihr ein neues Hündchen.«

»Das löst das Problem mit Gata nicht wirklich, oder?« Lang.

»Soll heißen?«

»Such dir schon mal 'ne Urne aus.«

Atoa sprang vom Tisch auf. Sein Stuhl kippte krachend zu Boden.

Lang schoss ebenfalls in die Höhe.

»Meinen Hund bringst du nicht um, du Scheißkerl.« Atoa hatte die Hände zu Fäusten geballt.

Ding sprach auf eine Art, die besänftigend wirken sollte. »Beruhigen wir uns alle wieder. Mr. Atoa, wollen Sie etwas zu trinken?«

Atoa kniff die Augen zusammen. »Was? Damit ihr meine DNS abnehmen könnt? Ich bin doch nicht blöd.«

»Wozu sollten wir deine DNS brauchen, Pinky?« Langs Stimme war vernichtend sachlich.

»Leck mich.«

»Bitte, Mr. Atoa.« Ding ging um den Tisch herum und richtete den Stuhl wieder auf. »Setzen Sie sich.«

Atoa schwieg einen Augenblick und sagte dann: »Das ist doch alles so eine Scheiße.«

Atoa setzte sich wieder und streckte beide Beine aus. Die roten Turnschuhe schwangen hin und her.

Über Atoas Kopf hinweg wechselten Lang und Ding einen Blick.

»Jetzt geht's los«, sagte ich zu Ryan.

Ding setzte zum Sprechen an, während sie zu ihrem Stuhl zurückkehrte.

»Vielleicht können wir in Bezug auf Gata ja zu einer Einigung kommen.«

Lang warf seiner Partnerin einen finsteren Blick zu.

Ding bremste ihn mit einer knappen Geste ihrer Hand.

Lang verschränkte verärgert die Arme.

»*Quid pro quo.* Das heißt, Sie helfen uns, wir helfen Ihnen.«

»Ich weiß, was das heißt«, blaffte Atoa.

»Gut. Sie können Gata helfen. Wer weiß? Vielleicht auch Ihnen selbst.«

»Ich höre.« Atoa bearbeitete seinen Daumennagel und vermied den Augenkontakt.

Wieder ein Blickwechsel zwischen Lang und Ding.

»George Faalogo.« Lang hielt einen Augenblick inne. »Frankie Kealoha.«

Keine Reaktion.

»Kennst du diese Jungs, Pinky?«

Atoa schüttelte den Kopf.

»Was ist mit Ted Pukui?«

»Wer?« Gemurmelt.

»Schau mich an.« Lang klang scharf.

Atoa zuckte mit keiner Wimper.

»Schau mich an!«

Atoa riss den Kopf hoch. Zum ersten Mal sah ich Angst in seinen Augen.

»Was ist mit Gilbert T'eo?«

»L'il Bud kennt doch jeder.«

»Es heißt, du und Pukui, ihr hättet T'eo bei einem geschäftlichen Problem geholfen.«

Atoas Blick zuckte zu Ding. Fand dort keine Unterstützung.

»Faalogo und Kealoha.« Lang verringerte den Druck nicht. »Makapu'u Point.«

»Scheiße, von was redet ihr eigentlich?«

»War nicht mehr viel übrig, als die Haie mit ihnen fertig waren, aber wir haben genug gefunden.«

»Das ist Blödsinn.«

»Tatsächlich?«

Atoa leckte sich die Lippen.

»Wie sehr liebst du diesen Hund, Pinky?«

Atoa betrachtete Lang mit einem Blick nackten Hasses.

»Du sagst doch, du bist so schlau. Weißt alles über DNS. Ich bin mir sicher, du schaust *CSI* und *Law and Order.* Vielleicht auch *Bones,* aber das ist möglicherweise zu hoch für dich. Überrascht mich, dass dein Kumpel und du bei Sachen wie Fingerabdrücken und Kugeln so nachlässig wart. Du weißt schon, Spuren?«

Ein typischer Polizistenbluff. Lang hatte nicht behauptet, dass die Polizei tatsächlich Fingerabdrücke und ballistische Indizien hatte.

»Wir geben dir hier eine Chance, Pinky. Arbeite mit uns zusammen, und wir versuchen, dir zu helfen.«

»Ich lege mich nicht mit L'il Bud an. Glauben Sie, ich bin verrückt?«

»Wie alt bist du, Junge?«

Atoa antwortete nicht.

»Wie alt bist du?«, bellte Lang.

»Achtzehn.«

»Ich glaube, dein Kumpel ist ein kleines bisschen älter.«

»Pukui ist neunundzwanzig«, sagte Ding. »War schon viermal im Knast.«

»Ich werde dir jetzt eine Hypothese beschreiben und dich dann was fragen«, sagte Lang. »Weißt du, was eine Hypothese ist?«

»Bin doch nicht blöd.«

»Das werden wir sehen.« Lang hielt inne, wie um seine Gedanken zu ordnen. »Wir haben einen Jungen, der keine Ahnung hat, und wir haben einen Kerl, der weiß, was Knast ist. Wir bieten beiden dieselbe Gelegenheit. Der Haken ist der, nur der erste Interessent kommt zum Zug.«

Noch ein Bluff: nahelegen, Pukui wäre ebenfalls in Haft.

»Hier ist die Frage. Eine zweiteilige. Schaffst du das?«

Atoa sagte nichts.

»Wer kommt frei? Wer muss die Sache ausbaden?«

Atoa kniff die Lider fest zusammen und schüttelte den Kopf.

Lang wartete.

Atoa öffnete die Augen wieder und beugte sich vor. »Was Sie von mir wissen wollen, kann mich das Leben kosten.«

»Sieht schlecht aus für den Hund«, sagte Lang.

Atoa fuhr sich mit der Hand übers Gesicht und warf dann den Kopf in den Nacken. Seine Luftröhre zeichnete sich wie ein gewellter Schlauch unter der Haut ab.

Lang und Ding schauten sich mit angespannten Mienen an. Die nächste Äußerung des Jungen würde zeigen, ob sie gewonnen oder verloren hatten.

Schließlich setzte Atoa sich wieder auf. Er schaute Ding lange an. Dann: »Ich rede nur mit Ihnen, nicht mit ihm.«

»Kein Problem.«

»Ich bin nur gefahren.«

»Wenn das stimmt, wird sich das zu Ihren Gunsten auswirken.« Ding bemühte sich um eine neutrale Stimme.

»Sie kümmern sich um meinen Hund?«

»Ich werde Ihnen jetzt Ihre Rechte vorlesen, Pinky.«

»Scheiße. Scheiße. Scheiße.«

Ding las von einem Kärtchen ab. Danach fragte sie: »Haben Sie verstanden, was ich Ihnen eben erklärt habe?«

»Ja«, sagte Atoa. »Ich bin im Arsch.«

»Wollen Sie immer noch mit uns reden?«

»Hab ich eine andere Wahl?«

»Ja, Pinky, haben Sie. Und Sie haben das Recht auf einen Anwalt.«

»Was soll's. Fangen wir an.«

»Erzählen Sie mir von Kealoha und Faalogo«, sagte Ding.

»Die Jungs hatten Ärmel.« Atoa benutzte einen Gefängnisausdruck für tätowierte Arme.

»Warum das Attentat?«

»Ich weiß nur die Scheiße, die ich mitgehört habe.«

Ding bedeutete ihm mit einer Handbewegung, er solle weiterreden.

»L'il Bud hat Ted gesagt, er will, dass die Sache derbe rüberkommt.«

»Ted Pukui.«

Atoa nickte.

»Soll das heißen, dass T'eo eine Botschaft aussenden wollte?«

»Taub oder was? Ja, das ist das, was ich gehört habe.«

»Was für eine Botschaft?«

»Dass es nicht gesund ist, wenn man sich in die Geschäfte eines anderen einmischt.«

»Für wen war diese Botschaft bestimmt?«

»Für den Kerl, der Kealoha und Logo hierhergeschickt hatte.«

»Und wer wäre das?«

Atoa sah aus, als würde er, was die Kooperation anging, gerade einen Sinneswandel durchmachen. Ding wiederholte ihre Frage.

»Ein Typ in Kalifornien.«

»Haben Sie einen Namen?«

Ich war mir sicher, dass statisches Rauschen Atoas Antwort verzerrte.

Aber der Schock in Dings und Langs Gesichtern war offensichtlich.

»Buchstabieren Sie das bitte«, sagte Ding.

Atoa tat es.

Mein Gesicht wurde heiß, während der Raum um mich herum zusammenschrumpfte.

32

Ich spürte eine Hand auf meiner Schulter.

Hob den Kopf.

Zwei blaue Augen spiegelten die Verwirrung in meinen.

»Hat er wirklich Al Lapasa gesagt?«, fragte Ryan.

»Das hab ich zumindest gehört.«

Aus dem Lautsprecher drang weiterhin Stimmengemurmel.

»Hieß denn nicht der Kerl in dem JPAC-Karton Alexander Lapasa?«

Ich nickte bedrückt.

»Der Kerl mit Spider Lowerys Hundemarke.«

»Das muss ein Zufall sein.«

»Ein Zufall so groß wie Sierra Leone.«

»Es muss Dutzende von Al Lapasas geben«, sagte ich. »Außerdem spricht Atoa von einem Samoaner aus Kalifornien. Lapasa war Italiener, und aus Honolulu.«

Ryan und ich konzentrierten uns wieder auf das Verhör. Ding fragte nun nach L'il Bud T'eo.

»L'il ist ein ganz harter Hund.« Atoa rutschte auf seinem Stuhl hin und her. »Leute, die ihm an den Karren fahren, bezahlen dafür.«

»Leute, die *mir* an den Karren fahren, bezahlen dafür.« Trotz der schlechten Übertragung klang Langs Stimme eisig. »Aber ich lasse sie nicht erschießen.«

»Das ist Blödsinn.« Wieder wischte Atoa sich übers Gesicht.

»Erzählen Sie uns von Al Lapasa«, sagte Ding.

»Ich weiß nur, was ich gehört habe.«

»Was haben Sie gehört?«

»Lapasa ist ein OG. Hat in Oakland eine Bar.«

Ich spürte, wie sich mir der Magen zusammenzog. OG. Original Gangsta. Vom alten Schlag. Hieß das, dass Lapasa älter war als das durchschnittliche Gangmitglied?

»SOS?«, fragte Ding.

Atoa nickte. Von der Nasenwurzel aus verliefen zwei vertikale Linien über seine Stirn.

»Weiter«, sagte Ding.

»Kealoha und Faalogo waren in Lapasas Gang.«

»Und?«

»Das ist alles, was ich gehört habe.«

»Das würde ich ein selektives Gehör nennen.«

Atoas Blick wanderte zu Lang. Blieb dort. Der Detective starrte zurück, Gesicht und Körper völlig unbeweglich.

Atoas Mund verzog sich seitlich zu einem halben Grinsen, das mit Humor absolut nichts zu tun hatte. »Ich dachte, bei Polizisten gibt es gewisse Größenanforderungen.«

»Ich bin eine Ausnahme.«

»Echt? Und warum?«

»Weil ich so ein fieser Mistkerl bin.«

Atoa ließ sich zurücksinken und verschränkte die Arme. »Ich hab nichts mehr zu sagen.«

»Ich geb dir noch was zum Nachdenken.« Lang beugte sich vor und verschränkte auf der Tischplatte die Finger. »Schon mal was von Nickie Lapasa gehört?«

Atoa spitzte die Lippen und schaute zur Decke.

»Nickie Lapasa hat Verbindungen, Pinky. Ich rede jetzt nicht von Facebook oder scheiß MySpace. Ich rede über wirklich fiese Männer mit einer echt üblen Haltung. Und du weißt, was du getan hast, du Blödmann. Du hast dich mit Nickie angelegt.«

Atoas Augen klebten weiter an der Decke, aber die wackelnden Füße verrieten seine Angst.

Lang warf seiner Partnerin einen kurzen Blick zu und nickte dann in Richtung Tür.

Ding streckte die Hand aus und drückte auf einen Schalter.

Der Monitor wurde schwarz.

Ryan und ich trafen Ding und Lang im Gang.

»Gut gespielt«, sagte Ryan.

Lang und Ding lächelten simultan.

»Glaubt ihr, es gibt eine Verbindung zwischen Al Lapasa in Oakland und Nickie Lapasa in Honolulu?«, fragte Ryan.

Lang zuckte die Achseln. »Vielleicht, vielleicht auch nicht. Kann nicht schaden, Pinky drüber nachdenken zu lassen.«

»Ist er sich bewusst, wer Nickie ist?«

»Wer weiß?«

»Und jetzt?«, fragte Ryan.

»Jetzt lassen wir den kleinen Scheißer eine Weile schwitzen«, sagte Lang.

»Wird es lang dauern, Al Lapasa zu durchleuchten?«

Ding schaute auf die Uhr.

»Ihr besorgt Kaffee. Ich rufe in Oakland an.«

Als wir an ihren Schreibtisch kamen, saß Ding da, den Hörer zwischen Schulter und Ohr geklemmt, und malte Strichmännchen. Offensichtlich wartete sie. Lang stellte einen Styroporbecher auf ihre Schreibunterlage. Sie wollte gerade Danke sagen, sprach aber stattdessen in den Hörer.

»Ja, ich bin noch da.« Sie hielt ihren Stift bereit. »Schießen Sie los.«

Lang, Ryan und ich zogen die Deckel von unseren Behältern.

Ich trank einen Schluck. Die Brühe schmeckte wie eine Schlammpfütze. Oder zumindest wie ich mir vorstellte, dass eine Schlammpfütze schmeckte.

Ding sagte »Aha« und »Okay« und stellte ein paar Fragen. Schließlich: »Das ist alles?«

Pause.

Ding dankte ihrem Gesprächspartner am anderen Ende und legte auf.

»Folgendes habe ich herausgefunden.« Sie klickte mit ihrem Kugelschreiber. »Sein vollständiger Name ist Alexander Emanuel Lapasa.«

Wieder wich die Welt zurück. Das konnte doch einfach nicht sein. Zuerst Spider. Dann Lapasa.

»– US-Bürger, geboren vierzehnter zwölfter einundvierzig hier in der wunderbaren Weltstadt Honolulu.«

Ich riss die Augen auf.

»Lapasa hat kein Register, aber die Polizei in Oakland hat ihn schon seit einigen Jahren im Visier. Er hat einen Laden namens Savaii. Eine Stammkneipe der SOS. Sie glauben, er dealt von der Bar aus mit Drogen.«

»Die Jungs dort können ihn nicht festnageln?« Lang klang empört.

»Lapasa hält sich bedeckt, achtet sehr auf Distanz zur Straße.«

»Wie lange ist er schon in Oakland?« Meine Stimme klang falsch, hoch und gepresst.

»Lapasas Name tauchte Mitte der Neunziger zum ersten Mal auf, als er sich die Bar kaufte. Aber sie glauben, dass er zuvor schon eine ganze Weile in der Gegend war.«

»Haben Sie eine Sozialversicherungsnummer bekommen?«

Ding schaute mich merkwürdig an, las aber von ihren Notizen ab. Ich notierte mir die Ziffernfolge.

»Ist er bei den SOS?«, fragte Ryan.

»Ja, aber der Kerl ist inzwischen Mitte sechzig.«

Lang schnaubte. »Ein Musterbürger mit Dackel und Garten.«

»Von dem Hund weiß ich nichts«, sagte Ding. »Aber Lapasa bezahlte bar sowohl für die Bar wie für seine Eigentumswohnung.«

»Und jetzt?«, fragte Ryan.

»Jetzt lassen wir Al über den Ozean schaffen und sperren ihn in einen Käfig.«

»Aufgrund der Aussage eines achtzehnjährigen Junkies, der nur seinen Hals retten will?« Lang kippte auf seinem Stuhl nach hinten und legte einen Fuß auf eine offene Schreibtischschublade. »Wir kriegen keinen Haftbefehl, und Lapasa wird sich nicht von der Stelle bewegen.«

»Ich habe vielleicht eine Idee«, sagte ich.

Alle Augen wandten sich mir zu.

»Kann ich dein Handy haben?«, fragte ich Ryan.

Vom Gang aus rief ich Danny an. Mit gedämpfter Stimme erklärte ich ihm, wo ich war und was passiert war.

»Heilige Scheiße! Hast du Geburtsdatum und Sozialversicherungsnummer?«

Ich las die Daten ab, während Danny in Xander Lapasas Akte nachsah. Es dauerte nicht lange.

»Das ist er.«

Wer war dann 1968-979, die Leiche, bei der wir Spider Lowerys Hundemarke gefunden hatten? Weder Danny noch ich stellten die Frage laut.

Eins machte mir Kopfzerbrechen. Ich hatte es zwar Ryan entgegengehalten, aber wie war ich auf den Gedanken gekommen?

»War Xander Lapasa denn nicht Italiener?«, fragte ich.

»Du hast gesagt, es gäbe Gerüchte, Alex senior hätte Verbindungen zur Mafia gehabt.«

»Du hast gesagt, er hätte ausgesehen wie einer aus den *Sopranos.*«

»In diesem Schnappschuss, den wir von ihm haben.«

Ich hatte den Fehler gemacht, ihn in eine ethnische Schublade zu stecken. Ausgehend allein von Xanders Aussehen, dem Klang seines Namens und den Gerüchten über eine Mafiaverbindung, hatte ich eine Vermutung angestellt.

»Kannst du dich noch an die Geschichte erinnern, wie Alex nach Hawaii kam, die Tankstelle erbte und dann ins Immobiliengeschäft ging?«

»Ja.«

»Er kam aus Samoa nach Honolulu.«

Ich brauchte einen Augenblick, bis mir die neue Lage klar wurde.

»Darf ich der Polizei erzählen, was wir über Xander Lapasa und die Überreste im JPAC wissen?«

»Kannst du dich darauf verlassen, dass sie es vertraulich behandeln?«

»Ja.«

»Dann sehe ich kein Problem. Warum? Was denkst du?«

Ich skizzierte ihm meinen Plan.

»Könnte funktionieren«, sagte Danny.

»Kann sein, dass wir deine Hilfe brauchen, um uns Nickies Kooperation zu sichern.«

»O ja. Ich bin Mister Überzeugend. Wurde eben mal wieder von Plato Lowery zur Sau gemacht.«

»Weiß er von den Objektträgern, die Beasley aufgetrieben und uns geschickt hat?«

»Nein.«

»Wie auch immer, rufst du Nickie an?«

»Ja. Warum nicht.«

»Jetzt ist alles wieder futsch, was, Danny?«

»Ja.«

»Weiß es Merkel schon?«

»Noch nicht.«

Nach einer kurzen Pause: »Ich halte dich auf dem Laufenden. Und, Tempe?«

»Ja?«

»Sei vorsichtig.«

Die anderen standen noch genau so da, wie ich sie verlassen hatte. Die Becher ebenfalls. Ich bin überzeugt, dass kein Mensch je Polizeirevierkaffee trinkt. Man gießt sich das Zeug ein, lässt es kalt werden und schüttet es dann weg.

Ich erläuterte die Situation im JPAC. Die nicht identifizierten Knochen in dem Karton. Die Identifikation von 1968-979 als Xander Lapasa. Nickie Lapasas Weigerung, seinen Familienmitgliedern zu gestatten, eine DNS-Probe abzugeben. Die Detectives hörten zu, ohne mich ein einziges Mal zu unterbrechen.

Als ich fertig war, meldete Lang sich als Erster zu Wort.

»Sie glauben also, Al Lapasa könnte der Kerl sein, der vor vierzig Jahren in Vietnam verschwand?«

»Sein Geburtsdatum und die Sozialversicherungsnummer entsprechen den Daten in der Akte über Xander Lapasa.«

»Wie kam er aus Vietnam nach Kalifornien?«

»Ich weiß es nicht. Aber für gewöhnlich landeten die Flugzeuge dort.«

»Was schlagen Sie vor?«, fragte Ding.

»Wir wollen doch alle Al Lapasa in Honolulu haben, oder?«

Alle nickten.

»Allein ausgehend von Atoas Aussage, bekommen Sie nie einen Auslieferungsbefehl, und es ist unwahrscheinlich, dass er freiwillig ins Flugzeug steigt.«

Wieder Nicken.

»Also tricksen wir ihn aus.«

»Der Kerl ist gerissen.« Ding klang skeptisch. »Wenn er seinen Vertrieb auf Hawaii ausdehnen will, warum sollte er dann hierherkommen und sich einem Risiko aussetzen?«

»Vor allem, wo er seit vierzig Jahren quasi undercover lebt.« Lang klang so skeptisch wie seine Partnerin.

»Könnte Lapasa wissen, dass Kealoha und Faalogo tot sind?«, fragte Ryan.

»Unwahrscheinlich«, sagte ich. »Die Medien haben nichts über die Überreste gebracht. Und Perry hat die Identifikation noch nicht bestätigt.«

»Aber wenn Langs Informant es wusste, würden es dann nicht auch die SOS wissen?«, fragte Ryan nach.

»L'il Bud T'eo und seine Kumpels sind von der USO«, sagte Lang. »Lapasa und seine Truppe sind SOS-Crips. Über Ganggrenzen hinweg verbreiten Neuigkeiten sich nicht so schnell.«

»Wie sieht Ihr Plan aus?«, fragte Ding.

»Wir lassen Nickie Lapasas Anwalt Al Lapasa anrufen und ihm sagen, dass er einen Mandanten hat, der ihn seit Jahren sucht. Er soll sagen, dass Al in Theresa-Sophias Testament erwähnt ist.«

»Warum sollte Nickie bei so etwas mitspielen?«

»Wir sagen ihm, Al könnte sein lange verschwundener Bruder sein.«

»Sie haben ihm doch eben gesagt, dass sein lange verschwundener Bruder in einem Regal im CIL liegt.«

»Wir sagen, seit Dannys Gespräch mit ihm hätten Rechercheure am CIL herausgefunden, dass sie sich geirrt haben könnten, dass Xander dieser Mann sein könnte, der in Oakland lebt. Wir kitzeln Nickies Ego. Sagen ihm, dass er wahrscheinlich die ganze Zeit recht gehabt hatte.«

»Wie kommen Sie auf den Gedanken, dass Nickie nicht schon Bescheid weiß? Wenn er Drogenverbindungen hat und Al Lapasa mit im Spiel ist, warum sollte Nickie dann nicht wissen, wer Al tatsächlich ist?«

»Weil Xander nicht wollte, dass Nickie es erfuhr. Aus irgendeinem Grund hält er sich seit vierzig Jahren bedeckt. JPAC-Nachforschungen, die diesen gesamten Zeitraum abdecken, haben keinen einzigen Hinweis darauf gefunden, dass irgendein Familienmitglied vermutete, Xander sei noch am Leben. Und ich bezweifle, dass Nickie die Lebensgeschichte jedes Drogendealers an der Westküste kennt.«

»Wie würde in dieser kleinen Fantasiegeschichte Nickie Al letztendlich zum Herkommen bewegen?«

»Der Verwalter von Theresa-Sophias Nachlass lässt seit Jahren Ermittler nach verschwundenen Erben suchen. Und jetzt endlich haben sie *ihn* gefunden. Ich denke, es ist einen Versuch wert. Al glaubt dann vielleicht, dass er nach Honolulu kommen, sich mit dem Testamentsvollstrecker treffen und seine Identität persönlich nachweisen muss. Ich bin sicher, dem Anwalt fällt irgendein juristisches Kauderwelsch ein, das überzeugend klingt.«

Einige Augenblicke lang dachten alle über meine Idee nach.

»Al wurde in Honolulu geboren«, sagte Ding. »Auch wenn er nicht Ihr lange verschwundener Xander ist, denkt er vielleicht, dass er Verwandte hat, von denen er nichts weiß.«

»Er wird ins Internet gehen, erfahren, dass die Lapasas in Honolulu schwerreich sind, er wird gierig und dadurch unvorsichtig werden.« Lang hatte sich mit meiner Idee offensichtlich angefreundet.

»Und wenn er Xander Lapasa ist, dann kauft er uns die Geschichte umso eher ab«, sagte ich.

Lang und Ding wechselten Blicke. Ich wusste, was sie dachten.

»Wenn Sie dem Kerl diese Geschichte auftischen wollen, haben wir nichts dagegen«, sagte Lang. »Aber wir dürfen die Kealoha-Faalogo-Ermittlung nicht kompromittieren. Wenn die Sache in die Hose geht, ohne dass Al Oakland je verlässt, war das eine reine CIL-Ermittlung. Meine Partnerin und ich haben von dieser ganzen Geschichte nie etwas gehört.«

»Wovon denn?«, fragte ich.

»Also«, sagte Ryan. »Wer ruft Nickie an?«

»Bin gleich wieder da.«

Ich ging noch einmal in den Gang.

33

Danny bestand auf Gegenseitigkeit. Obwohl er bezweifelte, dass der Plan funktionierte, wollte er Nickie anrufen, wenn ich es noch einmal bei Plato Lowery versuchte.

Ich war einverstanden.

Ich ging in den Saal zurück und zeigte Ding und Lang den hochgereckten Daumen.

Wir unterhielten uns noch eine Weile, dann brachen Ryan und ich auf. Wir alle sagten, wir würden in Verbindung bleiben.

Doch keiner wusste, wie schnell wir uns wiedersehen würden.

Ryan und ich hielten am Chinatown Cultural Plaza Shopping Center, um uns Dim Sum zu genehmigen. Während Ryan die gigantische Speisekarte studierte, rief ich Plato Lowery an.

»Gebt ihr Leute denn nie Ruhe? Ich habe es diesem französischen Kerl gesagt, und ich habe es dem Kerl von der Army gesagt. Nein. N.E.I.N. Das ist Belästigung.«

»Es tut mir leid, dass Sie das so sehen, Sir.«

»Aber das tue ich.«

»Wir wollen Sie nicht beleidigen. Wir sind nur verwirrt über Ihre Weigerung, bei einer so kleinen Sache zu kooperieren.«

»Sie sind auf dem falschen Dampfer.«

»Meine Kollegen und ich wollen nur alles richtig machen.«

»Dann schicken Sie meinen Jungen nach Hause und lassen Sie uns in Frieden.«

Um mich herum summten Gespräche. Gläser klimperten.

»Mr. Lowery, darf ich Sie fragen, warum Sie keine Probe für einen DNS-Test abgeben wollen?«

»Nein. Dürfen Sie nicht.«

Durch ein Fenster sah ich auf der anderen Straßenseite eine Statue von Sun Yat-sen. Er sah so unbeugsam aus, wie Plato klang.

»Die Prozedur ist nicht schmerzhaft«, sagte ich.

»Schmerzhaft? Ich sage Ihnen, was schmerzhaft ist. Dass einem jemand sagt, dass der eigene Junge nicht der eigene Junge ist. Das ist schmerzhaft. Das ist verdammt schmerzhaft.«

»Sir, das ist nicht –«

»Sie alle haben doch keine Vorstellung, welches Leid Sie verursachen können.«

Lowery wurde mit jedem Wort schärfer.

»Die ganzen Jahre lang habe ich mir gesagt, dass die Vergangenheit vergangen ist. Diese Ärzte und Schwestern mit ihren Nadeln und Sonden und Fantasiewörtern. Es war verrückt. *Sie* waren verrückt. Diese Trottel und ihre Tests haben mich beinahe meine Familie gekostet.«

Die Stimme des alten Mannes zischte aus dem Handy an meinem Ohr.

»Und das Beschissenste daran? Sie sind trotzdem alle gestorben. Spider. Tom. Harriet. Letztendlich haben die Ärzte und diese ganze Wissenschaft rein gar nichts gebracht.«

Als ich mich umdrehte, sah ich, dass Ryan mein Gesicht betrachtete.

»Und jetzt kommt die Army daher und will dieses ganze Kuddelmuddel noch mal aufwühlen. Ich glaubte damals schon nichts, und ich glaube auch jetzt nichts. Es ist vorbei. Spider war mein Junge. Er starb im Krieg. Das ist alles. Verstanden?«

Ich lauschte einer toten Leitung.

»Er klang ein *bisschen* überreizt.« Ryan legte mir einen Kloß auf den Teller.

»Ein bisschen. Das war die größte Anzahl von Wörtern, die ich ihn je verbinden gehört habe.«

»Warum ist er so beunruhigt?«

»Ich bin mir nicht ganz sicher.« Ich legte Ryans Handy auf den Tisch. »Die Hälfte von dem, was er sagte, ergab keinen Sinn.«

»Zum Beispiel?«

Ich versuchte, Platos Ausbruch in Gedanken zu rekonstruieren.

»Im Wesentlichen geht es darum, dass er Ärzten und der Wissenschaft nicht traut.«

»Soweit ich verstanden habe, lässt er keinen Abstrich machen.«

»Eindeutig nicht.«

»Und jetzt?«

Ich hob frustriert die Hände. »Wir arbeiten mit dem, was wir haben.«

Danny rief an, als Ryan die Rechnung bezahlte.

Er hatte viel mehr Erfolg gehabt als ich.

Nickie Lapasa wollte Antworten in Bezug auf seinen Bruder. Er und sein Anwalt würden ein überzeugendes Szenario ausarbeiten. Der Anwalt würde sich mit Al Lapasa in Verbindung setzten. Nickie würde anrufen, wenn er Neuigkeiten hatte.

Ich freute mich. War aber auch verblüfft.

Ryan ebenfalls. Hatte Nickie andere Gründe als den Wunsch nach Klarheit über Xander?

An diesem Abend ging der Nebel, und der Regen kam. Rinnsale liefen die Glastür zum Balkon hinab. Hin und wieder ließ eine Windbö den Rahmen klappern.

Um neun rief Danny an.

»Al Lapasa hat angebissen.«

»Im Ernst?«

»Er kommt morgen Nachmittag in Honolulu an.«

»Wahnsinn.«

»Habgier ist was Wunderbares.«

»Denkst du, es geht nur darum?«

»Wer weiß«, sagte Danny.

Ich sagte es Ryan und rief dann Lang an.

Er reagierte so wie ich, wenn auch in einer etwas farbenfroheren Prosa. Er würde mit Ding reden und mir Bescheid sagen, sobald sie einen Plan hatten.

Schließlich brachte ich auch Hadley Perry auf den neuesten Stand.

Sie drückte ihre Überraschung so facettenreich aus wie Lang. Während wir redeten, entdeckte ich bei ihr auch eine gewisse

Verärgerung. Weil ich an *ihrem* Fall mit von der Partie war und sie nicht an meinem? Weil ich mit Ryan zusammen war und sie nicht? Weil die Zeugenvernehmung, an der sie teilnehmen musste, noch nicht abgeschlossen war und sie an der Seitenlinie warten musste? Als ich Perrys Fragen beantwortete, empfand ich eine gewisse überhebliche Befriedigung. Jämmerlich, aber so ist es eben.

In dieser Nacht wollte der Schlaf einfach nicht kommen. Meine Gedanken waren noch immer mit den beiden Schockern der letzten Stunden beschäftigt.

Harriet Lowerys DNS entsprach nicht der der Wasserleiche aus Hemmingford.

Xander Lapasa könnte noch am Leben sein.

Hatten Danny und ich einen zu großen Sprung gemacht, als wir die antemortalen und die postmortalen Röntgenaufnahmen der Zähne verglichen? Das Füllungsfragment? Die Unterkieferbrüche?

Warum spielte Nickie Lapasa bei meinem Plan mit? Was hoffte er durch Al Lapasas Anwesenheit in Honolulu zu gewinnen? Glaubte er tatsächlich, dass der Mann sein Bruder war?

Xander Lapasa verschwand 1968 in Vietnam. Hatte er überlebt? Diese ganzen Jahre als Al Lapasa gelebt? Falls ja, warum hatte er sich nie mit seiner Familie in Verbindung gesetzt?

Oder hatte er es getan?

Was hatte Xander in Vietnam getrieben?

Wann tauchte Al Lapasa in Oakland auf? Wo war er davor?

Was wusste Nickie?

Was wollte Nickie?

Warum weigerte sich Nickie, einen DNS-Abgleich zwischen einem Angehörigen der Lapasa-Familie und JPACs 1968-979, der möglicherweise sein Bruder Xander war, zu gestatten?

Dasselbe galt für Plato Lowery. Warum weigerte er sich, eine Probe abzugeben?

Platos Schimpfkanonade deutete darauf hin, dass der Tod seiner Frau ihn sehr mitgenommen hatte. Hatte Harriets Krankheit den alten Mann so tief verletzt, dass dies seinen Glauben an die Medizin und Krankenhäuser zerstörte?

Was hatte Plato gesagt? *Letztendlich haben die Ärzte und diese ganze Wissenschaft rein gar nichts gebracht.*

Ich machte mir Platos Worte noch einmal bewusst, um besser zu verstehen, wie er dachte.

Eine Bemerkung stach irgendwie aus dem Rest heraus. *Diese Trottel und ihre Tests haben mich beinahe meine Familie gekostet.*

Welche Trottel? Welche Tests?

Ihn die Familie gekostet? Wie?

Jetzt kommt die Army daher und will dieses ganze Kuddelmuddel noch mal aufwühlen.

Ich nahm an, das war auf Spiders Tod bezogen. Wenn nicht, welches Kuddelmuddel dann?

Ich sortierte das wenige, was ich über die Lowerys wusste.

Harriet war vor fünf Jahren gestorben. Sie hatte ihr ganzes Leben lang an einer Nierenkrankheit gelitten, hatte schließlich sogar eine Transplantation bekommen. Sheriff Beasley hatte gesagt, dass keiner der beiden Söhne der Spender war.

Ich sah Plato vor mir, wie er in meinem Auto das Fotoalbum umklammert hielt. Sich so heftig an die Brust schlug, dass ich zusammenzuckte. *Mein Junge!*

Und heute am Telefon wieder. *Mein Junge!*

Beide Söhne hatten ihrer Mutter eine Niere angeboten. Spider in den Sechzigern, Tom zehn Jahre später.

Warum konnte keiner von beiden ein Organ spenden?

Die Organe der Zwillinge hatten offensichtlich nicht zu Harriet gepasst. War das der Grund für Platos Aufregung? Hatten die Tests etwas ans Tageslicht gebracht, das dem alten Mann nicht gefiel?

Der Gedanke traf mich wie eine Kugel.

Vaterschaft.

Hatte Plato entdeckt, dass er nicht der Vater von Harriets Zwillingen war? Wollte er diese Tatsache unbedingt geheim halten?

Die Ziffern auf meinem Wecker zeigten 2:18.

Noch immer rauschte leise der Regen durch die Rinne über meinem Balkon.

Ich beleuchtete diesen Einfall von allen Seiten, als plötzlich ein Schrei die Stille zerriss.

Mit pochendem Herzen warf ich die Decke zurück und schoss aus dem Bett.

Ryan kam, zwei Stufen auf einmal nehmend, die Treppe hochgerannt.

Katy stürzte durch ihre Tür.

Wir drei trafen uns im Gang.

»Ich hab jemanden gesehen!« Katys Gesicht war adrenalinweiß. »Es hat reingeregnet. Ich bin aufgestanden, um die Tür zu schließen, und da war er.«

»Wo?«, fragten Ryan und ich simultan.

»Draußen auf dem Rasen.«

»Ein Mann? Eine Frau?«, fragte Ryan.

»Ein Mann. Glaube ich. Sah ziemlich groß aus.«

»Was hat er getan?«

»Ist einfach nur dagestanden. Unter einem Baum. Als ich geschrien habe, ist er weggerannt.«

»Lily!« Ryan stürzte auf das Zimmer seiner Tochter zu.

Der Fernseher tauchte Wände und Fenster in ein gespenstisches Blau. Farben tanzten auf dem Glas der offenen Balkontür, verschwommene Reflexionen der Bewegungen auf dem Bildschirm.

Lily stand im Schatten zwischen dem Bett und einer Aufsatzkommode. In der Dunkelheit wirkten ihre Augen viel zu groß.

Ryan stürzte auf sie zu. Blieb unsicher auf Armeslänge von ihr entfernt stehen.

»Bist du okay?« Ryans Stimme klang zugleich angespannt und sanft.

Lily nickte.

Ryan suchte das Zimmer mit Blicken ab. Das Bettzeug war zwar zerdrückt, aber Lily war angezogen.

Katy und ich sahen von der Tür aus zu.

Lily lehnte mit dem Rücken an der Wand.

Ryan ging auf den Balkon hinaus und schaute in den Garten hinunter.

»Wer hat geschrien?«, fragte Lily.

»Ich habe unten am Pool jemanden gesehen«, sagte Katy.

Ryan kam wieder ins Zimmer und schob die Tür zu. Wasser spritzte aus der Führungsschiene.

»Omeingott!« Katy klang verängstigt. »Dieser Blog. Könnte der was damit zu tun haben?«

Ryan ließ das Schloss zuschnappen, drehte sich um und schaute mich stirnrunzelnd an.

Scheiße!

Ich hatte ihm von der Drohbotschaft auf Katys Blog noch nichts erzählt.

»Was für ein Blog?«, fragte er.

Ich gab ihm eine Zusammenfassung.

»Und du hast diesen kleinen Vorfall nicht erwähnt, weil …?«

»Ich wurde abgelenkt.«

»Abgelenkt?«

»Zuerst rief LaManche mit seiner Bombe über Harriet Lowerys DNS an.« Schon als ich es sagte, merkte ich, wie lahm das klang. »Und dann die Neuigkeiten über Al Lapasa.«

Ryan wandte sich direkt an Katy.

»War der Mann allein?«

»Ich glaube, schon.«

»In welche Richtung ist er gelaufen?«

»Konnte ich nicht sehen. Ich – es tut mir leid. Ich habe mich aufgeführt wie die Heldin in einem Billighorrorfilm.«

»Kannst du ihn beschreiben?« Ich hörte den veränderten Ton. Ryan war jetzt ganz Polizist.

Katy schüttelte den Kopf. »Es war dunkel.«

Ryan ging zu seiner Tochter und legte ihr die Hände auf die Schultern.

»Schau mich an.«

Lily hob den Blick.

»Warum bist du um zwei Uhr früh angezogen?«

»Ich bin beim Fernsehen eingeschlafen.«

»Was hast du dir angeschaut?«

Lily zuckte die Achseln. »Nichts Spezielles. Irgendwas eben.«

»Kannst du dir vorstellen, wer dieser Eindringling sein könnte?«

»Ich hab den Typen nicht gesehen.«

Ein paar Augenblicke vergingen.

»Ich kontrolliere jetzt noch einmal die Tore und das Haus.« Ryan warf einen Blick in meine Richtung. Wütend? Besorgt? Enttäuscht? »Und dann sollten wir alle noch etwas schlafen.«

34

Als ich aufwachte, war am Horizont nur eine blasse Andeutung der Morgendämmerung zu erkennen.

Sofort kehrten meine Gedanken zu dem zurück, womit sie sich unmittelbar vor Katys Schrei beschäftigt hatten.

War ich über Platos unausgesprochenes Motiv gestolpert, warum er die Untersuchung seiner DNS verweigerte? Befürchtete er, dass ein anderer Mann der Vater seiner Söhne war?

Ich warf die Decke zurück, ging zur Balkontür und öffnete sie. Atmete tief ein.

Während der Nacht hatte es aufgehört zu regnen. Die Luft roch nach Salz, feuchtem Laub und nassem Sand.

Die Uhr zeigte Viertel vor sieben.

Später Vormittag an der Ostküste.

Da ich unbedingt Antworten wollte, hielt ich mich nicht lange mit Kaffee auf, sondern schnappte mir nur ein Diet Coke und ging in mein Zimmer zurück.

Schlug eine Nummer nach. Wählte.

Sheriff Beasley war in seinem Büro und nahm den Anruf entgegen.

Ich redete nicht lange um den heißen Brei herum.

»Plato weigert sich immer noch, seine DNS abzugeben. Ich finde das verwunderlich.«

»Mit welcher Begründung?«

»Er nennt keine.«

»Plato ist ein komischer Vogel.«

»Hin und wieder habe ich mit Leuten zu tun, die keine Körperflüssigkeiten für Tests abgeben wollen. Manchmal aus religiösen Gründen. Manchmal aus Unwissenheit. Manchmal, weil sie schuldig sind wie der Teufel. Bei Plato habe ich das Gefühl, dass es keiner von diesen Gründen ist.«

Keine Antwort.

»Sheriff Beasley, gibt es da noch etwas, das Sie mir verschweigen?«

»Wovon reden Sie?« Argwöhnisch.

»Sagen *Sie* es mir.«

»Da müssen Sie schon genauer werden, Miss.«

Beasley verschwendete nur meine Zeit. Diejenigen, die das tun, kommen nicht in den Genuss der sonnigen Seite meines Gemüts.

»Wie wär's damit? Falls ich mich genauer mit Harriet Lowerys Nierentransplantation beschäftigen würde, würde ich dann einige merkwürdige Tatsachen ausgraben?«

Beasley schwieg einen langen Augenblick, bevor er antwortete.

»Falls Sie medizinische Informationen wollen, müssen Sie mit Harriets Arzt sprechen.«

»Wissen Sie vielleicht, wer das ist?« Eisig.

Wieder Zögern und dann: »Patricia Macken.«

»Haben Sie vielleicht Dr. Mackens Kontaktdaten?«

Beasley atmete laut aus.

»Moment.«

Der Sheriff ließ mich beinahe fünf Minuten warten.

»Okay.« Er las mir eine Telefonnummer vor.

»Vielen Dank.« Trottel. Ich sagte es zwar nicht, aber der werte Herr Sheriff hörte es an meinem Ton.

Ich wollte eben auflegen, als Beasley noch einmal zum Sprechen ansetzte.

»Plato ist vielleicht stur und ungebildet, aber er ist ehrlich und arbeitet hart, wenn er die Chance dazu erhält.«

»Das glaube ich gerne.«

»Wir sind hier in Lumberton.« Für den Fall, dass ich das vergessen hatte. »Am besten ist, Sie gehen so unauffällig wie möglich vor.«

Aufregung vibrierte in meiner Brust. Beasleys Bemerkung war ein Hinweis darauf, dass ich auf der richtigen Spur war.

»Natürlich.«

Ich legte auf und wählte Mackens Nummer.

Eine Frau meldete sich, meinte, Frau Doktor sei in einem Untersuchungszimmer und könne nicht gestört werden.

Ich erklärte, dass ich wegen einer früheren Patienten anrufe. Gab an, dass es sich um eine dringende Angelegenheit handle.

Die Frau versprach, der Ärztin das auszurichten.

Ich lehnte mich zufrieden zurück, nun würde ich bald eine Antwort erhalten.

Zwanzig Minuten später marschierte ich im Zimmer auf und ab. Mussten Ärzte heutzutage denn nicht alles rasch machen? Acht Minuten pro Patient? Zwei? Einen Herzschlag lang? Wie lange konnte Macken mit einer einzigen Person zubringen?

Ich zog mich an. Putzte mir die Zähne. Band mir die Haare zurück. Kontrollierte das Telefon, ob die Verbindung auch wirklich funktionierte. Las einige E-Mails. Kontrollierte den Apparat noch einmal.

Um halb neun klingelte das verdammte Ding endlich.

Ich schnappte mir den Hörer.

»Hier Patricia Macken.« Die Stimme war fest, deutlich die einer älteren Person. Einer in Dixie geborenen. »Ich habe die Nachricht erhalten, diese Nummer anzurufen. Meine Sprechstundenhilfe meinte, es könne sich um einen medizinischen Notfall handeln.«

»Nicht unbedingt. Aber danke, dass Sie mich zurückgerufen

haben. Ich bin Dr. Temperance Brennan. Ich arbeite für den Medical Examiner in Charlotte.« Das KUSS-Prinzip. Kein unnötiger Schnickschnack. Falls nötig, würde ich es ausführlicher machen, Details hinzufügen. »Ich rufe wegen einer Frau namens Harriet Lowery an.«

»Ja.« Argwöhnisch.

»Soweit ich weiß, behandelten Sie Mrs. Lowery wegen einer Nierenkrankheit bis zu ihrem Tod vor fünf Jahren.«

»Wer, sagten Sie, sind Sie gleich wieder?«

Ich wiederholte Name und Funktion.

»Warum interessiert sich der ME von Charlotte für eine Patientin, die unter ärztlicher Aufsicht in einem Krankenhaus in Lumberton starb?«

»Um genau zu sein, ist es der Coroner in Montreal, der sich dafür interessiert. Ich fungiere als Beraterin für sein Büro.«

»Ich bin verwirrt. Was hat das alles mit Harriet Lowery zu tun?«

»Tatsächlich bezieht sich das Interesse auf ihren Sohn John.«

»Spider?«

»Ja.«

»Spider starb in Vietnam.«

»Vielleicht nicht.«

Ein hörbares Einatmen deutete darauf hin, dass Macken dies nicht erwartet hatte.

»Bitte erklären Sie das.«

Ich nannte ihr die wesentlichen Fakten. Die Wasserleiche in Hemmingford, Jean Laurier, anhand der Fingerabdrücke als John Lowery identifiziert. JPAC. Der Huey-Absturz 68 in Vietnam. Die Exhumierung in Lumberton. Die vermutete Verwechslung zwischen John Lowery und Luis Alvarez.

»Meine Kollegen und ich dachten, wir hätten die Verwirrung

gelöst, dann aber schloss eine DNS-Sequenzierung Harriet Lowery als Mutter des Quebecer Opfers aus.«

Macken sagte nichts, deshalb fuhr ich fort.

»Harriets DNS erhielten wir von Pathologieproben, die im Southeastern Regional Medical Center im Archiv lagen. Wie Sie sich vorstellen können, war das Material in gewisser Weise degradiert. Wir würden gerne noch einen zweiten Vergleich unter Verwendung einer Probe von Spider Lowerys Vater anstellen. Aber Plato verweigert einen Abstrich.«

Ich hielt inne, um Macken Gelegenheit zu einer Erwiderung zu geben. Sie sagte nichts.

»Wir fragen uns, wieso, Dr. Macken.«

»Vielleicht weiß Mr. Lowery, dass Sie sich irren.«

»Alles sonst deutet darauf hin, dass der Mann, der in Quebec starb, Spider Lowery ist. Falls wir uns irren, könnte DNS von Mr. Lowery das bestätigen.«

»Warum rufen Sie mich an?«

Warum tat ich es?

»Wenn ich Platos ablehnende Haltung verstehen könnte, dann könnte ich ihn vielleicht umstimmen.«

»Das bezweifle ich.«

»Es ist eine Frage der Vaterschaft, nicht?«

»Was meinen Sie damit?«

»Weder Spider noch Tom waren geeignete Spender für Harriet. Wir wissen beide, dass so etwas in Familien die ganze Zeit passiert. Das hat nichts zu bedeuten. Aber ich vermute, dass sich im Verlauf der Untersuchungen auf Gewebeverträglichkeit etwas ergeben hat. Etwas Niederschmetterndes für Plato.«

»Soll heißen?«

»Ich vermute, Tests zeigten, dass Plato nicht der Vater von Harriets Kindern war.«

Macken nahm sich für die Antwort sehr lange Zeit.

»Sie haben recht, Dr. Brennan. Und unrecht. Diese Erfahrung zerstörte Mr. Lowery beinahe. Aber es ging dabei nicht um Vaterschaft.«

»Falls die –«

»Es ging um Mutterschaft.«

»Was? Moment mal. Ich verstehe nicht. Harriet war nicht die Mutter?«

»Können Sie einen Augenblick warten, bitte?«

Ich hörte ein Klacken, Schritte, dann das Geräusch einer ins Schloss fallenden Tür. Am anderen Ende der Leitung wurde die Luft dicker.

Ein Scharren, dann war Macken wieder zurück.

»Ich werde weiter mit Ihnen sprechen, obwohl ich das ohne Einwilligung von Harriets Familie eigentlich nicht tun sollte. Ich werde es tun, weil Harriet schon eine ganze Weile tot ist und weil Sie viele Fakten offensichtlich bereits wissen. Vor allem werde ich weiter mit Ihnen sprechen, damit Sie nicht in eine Richtung weiterermitteln, die von den Fakten nicht gestützt wird.

Die Testmethoden waren in den Sechzigern, als Spider sich als Nierenspender anbot, noch nicht so ausgereift. Dreißig Jahre später hatten wir eine völlig andere Welt. Nicht nur wurde Tom als Spender ausgeschlossen, die DNS-Sequenzierung zeigte auch, dass er nicht Harriets Sohn sein konnte.«

Mir fehlten die Worte.

»Plato und Harriet schworen, das sei Unsinn. Aber die Schlussfolgerung war nicht zu widerlegen. Ich hatte keine andere Wahl als mit dem Sheriff zu sprechen.«

»Beasley?«

»Ja. Er versuchte herauszufinden, was er konnte. Aber Harriet und Plato machten völlig zu. Und es waren fast fünfzig Jahre vergangen. Unterlagen zeigten, dass die Zwillinge zu Hause auf die Welt gekommen waren. Eine Hebamme war dabei, aber der Sheriff konnte sie nie ausfindig machen.

Obwohl beide Jungs inzwischen erwachsen waren und Spider längst tot war, musste Sheriff Beasley die Möglichkeiten überdenken. Nach der Geburt der Jungen lebten die Lowerys lange Zeit von staatlicher Hilfe. Hatten sie irgendeinen Sozialhilfebetrug begangen? Hatten sie einen Sohn gekidnappt? Beide? Hatten sie mit illegalen Leihmutter- oder Adoptionsgeschichten zu tun?

Letztendlich kam Sheriff Beasley zu dem Schluss, dass Spider und Tom geliebt und gut versorgt worden waren. Sie hatten eine anständige Kindheit gehabt. Was vergangen war, war vergangen. Er ließ die Angelegenheit auf sich beruhen.«

Macken schwieg so lange, dass ich schon dachte, die Verbindung sei unterbrochen worden.

»Hallo?«

»Ich bin noch dran. Fünf Jahre später war Tom tot. Drei Jahre später Harriet. Plato erholte sich nie davon. Ich finde die ganze Sache sehr, sehr traurig, Sie nicht auch, Dr. Brennan?«

Ich nickte, merkte aber sofort, dass sie es nicht sehen konnte.

»Ja«, sagte ich. Und meinte es wirklich so.

Während ich telefoniert hatte und auf und ab marschiert war und immer noch telefoniert hatte, war Ryan ebenfalls beschäftigt gewesen. Als ich ihn in der Küche traf, hatte er bereits mit Lang gesprochen.

»Lang will den Text der Reaktion auf Katys Blogeintrag.«

»Ich hole ihn.«

Ich lief nach oben, ging in Katys Zimmer und holte den Ausdruck.

»Angesichts dieses feindseligen Tons …«, Ryan wedelte mit dem Blatt, das ich ihm gegeben hatte, »… des Kerls im Garten und deines kleinen Vorfalls unten an der Waimanolo Bay meint Lang, wir sollten die Mädchen eine Weile dicht bei uns halten.«

»Glaubt er, dass Katy und Lily in Gefahr sind?«

»Wahrscheinlich nicht, aber er geht lieber auf Nummer sicher. Er lässt jede Stunde einen Streifenwagen hier vorbei fahren.«

»Gefahr von wem?«

»Offensichtlich weiß er das nicht. Beruhige dich. Es ist eine Gefälligkeit. Ich würde dasselbe für Polizisten tun, die in Montreal zu Besuch sind. Aber das da hättest du mir zeigen sollen.« Wieder wedelte Ryan mit dem Ausdruck.

»Du hast recht.«

Ryan atmete ein. Aus. Rieb sich mit beiden Händen das Gesicht.

»Ich hoffe, meine törichte Tochter hatte gestern Nacht nicht vor, sich davonzuschleichen.«

»Mit dem Typen im Garten?«

Ryan nickte. Es war offensichtlich, dass seine väterliche Geduld bis zum Zerreißen strapaziert war.

»Glaubst du, Lily wird wieder rückfällig?«

»Ich weiß es nicht.«

»Hast du ihr Zimmer durchsucht? Sie ausgefragt?«

»Wenn ich das tue und ich mich irre, könnte ich das wenige an Vertrauen zerstören, das ich aufgebaut habe.«

»Wenn du es tust und recht hast, könntest du ihr das Leben retten.«

»Ja«, sagte er. »Ich weiß.«

»Kann ich irgendwas tun, um dir zu helfen?«

Ryan schüttelte den Kopf.

Ein Augenblick verging.

»Heroin ist eine fiese Sache«, sagte er.

Ich streckte die Hand aus und strich Ryan über die Wange, sein offensichtlicher Kummer machte mich traurig.

Danny rief um zehn an.

»Lapasas Maschine landet um Viertel nach zwei. Nickies Fahrer wird Al am Flughafen abholen und ihn in das Büro seines Anwalts bringen.«

»Warum nicht in die Polizeizentrale?«

»Darauf lässt Nickie sich nicht ein. Lang ist mit dem Arrangement einverstanden. Er glaubt, wenn wir Lapasa auf ein Revier schleppen, macht er zu. Oder sich aus dem Staub. Außerdem hat Lang ungenügende Gründe für eine Verhaftung.«

»Okay.«

»Du sollst anwesend sein, um den Kerl abzuchecken.«

»Warum ich?«

»Du hast Xander Lapasas Akte und seine Fotos gesehen.«

»Du ebenfalls.«

»Du bist Anthropologin. Und du lebst mehr als fünfzig Meilen entfernt.«

Über unsere alte Definition eines Experten musste ich lachen. Jemand, der von weit weg kommt und eine Aktentasche trägt.

»Du wirst im Empfangsbereich sein, sodass du Al aus der Nähe mustern kannst, wenn er ankommt«, fuhr Danny fort. »Kannst du juristisch aussehen?«

»Ich lass mir ein paar Stunden geben.«

»Man wird Al in ein Konferenzzimmer bringen und ihm sagen, dass Nickie die Besprechung aufgezeichnet haben will. Du und Lang werdet die Beobachter sein.«

»Wird Nickie die Befragung beobachten?«

»Nein. Er will damit nichts zu tun haben. Glaubst du, du kannst die Rolle übernehmen?«

»Man wird mir einen Emmy dafür verleihen.«

Kurz darauf rief Lang an, wiederholte die Anweisungen und lud Ryan zum Mitkommen ein.

Der Anwalt, Simon Schoon, war Partner einer Kanzlei, deren Büros sich im dritten Stock eines modernen Backsteingebäudes an der Bishop Street befanden, auf halbem Weg zwischen dem Aloha Tower und der Hawaii Pacific University.

Ryan und ich kamen um zwei dort an. Eine Empfangsdame begrüßte uns in einem Foyer mit Marmorboden, deutete auf zwei Sessel und nickte verschwörerisch. Sie hatte graue Augen, zu stark gezupfte Brauen und die straffste Einschlagfrisur, die ich je gesehen hatte. Auf einem Namensschild auf ihrem Schreibtisch stand Tina Frieboldt.

Ich nahm eine Ausgabe der *National Geographic* zur Hand und tat so, als würde ich sie lesen. Ryan entschied sich für eine *Sports Illustrated*.

Lang kam zwanzig Minuten nach uns an. Er setzte sich ans andere Ende des Foyers, faltete die Hände und starrte ins Leere.

Um fünf nach drei gab der Aufzug einen Ton von sich. Sekunden später öffnete sich die Tür. Ein Mann trat ein und ging direkt auf Tina zu. Er war kurz und stämmig und hatte schüttere, rote Haare. Aufgrund seines schwarzen Sakkos und der Krawatte nahm ich an, dass es der Fahrer war.

»Mr. Lapasa ist hier.«

»Bitte führen Sie ihn herein.«

Völlig desinteressiert blätterte ich eine Seite in meinem Magazin um.

»Der Gentleman zieht es vor, im Gang zu bleiben. Infektionsrisiko. Er will unnötigen Kontakt mit Menschen möglichst meiden.«

Verdammt!

Ungeduld vortäuschend schaute ich auf meine Uhr. Blätterte noch eine Seite um. Veränderte meine Sitzhaltung.

Durch die offene Tür konnte ich im Korridor einen Mann sehen.

Mir blieb das Herz stehen.

Der Mann hatte dichte, schwarze Haare und war mindestens eins achtzig groß.

35

Der Mann hatte mir den Rücken zugedreht. Er trug einen marineblauen Anzug. Der ausgefranste Rand eines weißen Kragens schmiegte sich um seinen Hals.

Sehr groß. Dunkle Haare.

Wie Xander Lapasa.

Nickies Fahrer ging wieder über den Marmor und hinaus auf den Gang und sprach mit seinem Passagier.

»Ich werde Sie direkt ins Konferenzzimmer bringen, Mr. Lapasa.«

Marineblau drehte sich um und machte einen Schritt zur Seite. Ein zweiter Mann kam in Sicht.

Der zweite Mann war durchschnittlich groß, hatte flaumige, weiße Haare und blasse Haut. Vor Mund und Nase hatte er eine Gesichtsmaske, wie man sie in Apotheken zum Schutz gegen Bazillen kaufen kann.

Marineblau fasste seinen Begleiter am Arm, dann wandte sich das Trio nach links und ging den Gang hinunter.

»Was soll denn das?« Lang war aufgesprungen. »Welcher ist Lapasa?«

Tina blieb gelassen, ihre Frisur makellos.

»Das weiß ich nicht, Sir. Soll ich Sie zu Ihrem Beobachtungsposten bringen?«

»Ja«, knurrte Lang. »Tun Sie das.« Dann zu mir: »Wissen Sie, welcher von diesen Arschlöchern Lapasa ist?«

Ich schüttelte den Kopf.

»Sie bleiben bei mir«, sagte Lang. »Gehen wir.«

»Beobachtungsposten?«, flüsterte Ryan aus dem Mundwinkel heraus.

»Psch«, warnte ich.

»Die Tussi hält sich für Moneypenny.«

Tina führte uns in einen Raum mit einer Glasfront sowie einem langen, glänzenden Tisch und zwölf Drehstühlen. Als wir uns setzten, nahm sie eine Fernbedienung zur Hand und drückte mehrere Knöpfe.

Ein Bild erschien auf einem großen Flachbildschirm an der Stirnwand des Zimmers. Aus den Lautsprechern drangen Stimmen, deutlich und ohne jedes Rauschen.

Tina gab Lang die Fernbedienung und zog sich zurück.

»Das Baby hier schlägt das eure um Längen«, sagte Ryan.

»Wir können nicht dreihundertfünfzig pro Stunde verlangen«, erwiderte Lang.

»Stimmt allerdings.«

Ich ignorierte den Wortwechsel und schaute zu, wie Marineblau Gesichtsmaske auf einen Stuhl setzte. Der Mann bewegte sich behutsam, als wäre er krank oder fürchtete sich vor einem Unfall. Sobald er saß, hielt er den Blick auf die Hände gerichtet.

Der Tisch auf dem Monitor war rund und kleiner als der unsere. Daran saß ein Mann mit Fliege und Schildpattbrille. Vor ihm lagen ein gelber Notizblock und ein silberner Cross-Kuli.

Ich nahm an, dass das Nickies Anwalt Simon Schoon war. Schoons Augen wirkten hinter den Gläsern dunkel und scharf.

Marineblau nahm neben seinem Begleiter Platz.

Ich musterte die beiden Männer aus Kalifornien. Wer war Al Lapasa?

Schoon sprach als Erster.

»Mein Mandant dankt Ihnen dafür, dass Sie bereit waren, persönlich zu erscheinen.«

»Mein Mandant hat seine Gründe für seine Bereitschaft.« Marineblau.

Ja! Der Große war der Anwalt.

Ich konzentrierte mich auf Lapasa, den Mann in der Maske.

»Und Sie sind?«, fragte Schoon.

»Jordan Epstein.« Epstein schob eine Karte über den Tisch. »Ich vertrete Mr. Lapasa.«

Schoon schaute Epsteins Karte kurz an, berührte sie aber nicht.

»Bevor wir fortfahren, möchten wir Sie um die Freundlichkeit bitten, uns zu sagen, wen *Sie* vertreten«, sagte Epstein.

»Mein Mandant zieht es vor, anonym zu bleiben«, sagte Schoon.

»Ich fürchte, wir müssen darauf bestehen.«

»Ich fürchte, ich muss es ablehnen.«

Epstein schob seinen Stuhl zurück. »Dann ist dieses Gespräch beendet.«

Während des ganzen Wortwechsels hatte Lapasa den Kopf nicht gehoben. Er tat es jetzt.

»Es ist Nickie Lapasa, oder?« Gedämpft hinter der Maske hervor.

Schoons Gesicht verriet nichts.

Lapasa hob die Stimme und sprach in den Raum. »Bist du da draußen, Nickie? Bekommst du das mit?«

Epstein legte seinem Mandanten die Hand auf den Arm. Lapasa schüttelte sie ab.

»Ich hab Leute, die sich mit dem Internet genauso gut auskennen wie deine, Nickie. Wenn du mich findest, finde ich dich.« Die Worte waren übermäßig präzise und gemessen, wie die eines Betrunkenen, der nüchtern klingen will.

»Mr. Lapasa, ich rate Ihnen zu schweigen.«

Lapasa ignorierte seinen Anwalt.

»Suchst du nach deinem Bruder, Nickie? Vielleicht könnte ich dir dabei helfen. Aber zuerst sagst du diesem Trottel, er soll aufhören, uns auf der Nase rumzutanzen.«

»Nun gut.« Schoon leckte sich die Lippen. »Gehen wir von der Annahme aus, dass Nickie Lapasa Informationen über den Tod seines Bruders sucht.«

»Wie kommen Sie drauf, dass er tot ist?«

»Lassen Sie mich es umformulieren. Wissen Sie irgendetwas über den Aufenthaltsort von Xander Lapasa?«

Epstein drehte sich seinem Mandanten zu. »Beantworten Sie das nicht.«

»Warum nicht?«

»Denken Sie an unser Gespräch.«

»Das ist doch der Grund, warum ich meinen kranken Arsch in dieses verdammte Flugzeug geschleift habe.«

Epsteins Brauen zogen sich zu einem V zusammen. Er verlor die Kontrolle über seinen Mandanten.

Meine Aufmerksamkeit blieb stur auf Lapasas Gesicht gerichtet. Über der Maske wirkten seine Augen gelblich und stumpf.

Und noch etwas.

In meinem Hirn klingelte es leise.

Epstein wandte seine Aufmerksamkeit wieder Schoon zu. »Bitte berichten Sie uns von Theresa-Sophias Testament.«

»Das kann ich nicht tun ohne einen Beweis der Identität Ihres Mandanten.«

»Ich bin der verdammte Zauberer von Oz.« Aus Lapasas Lachen wurde ein Husten.

Epstein zog ein Taschentuch aus der Sakkotasche und gab es seinem Klienten.

Schoons Lippen bildeten einen dünnen, harten Strich, während er das Ende des Hustenanfalls abwartete.

Nachdem Lapasa sich wieder erholt hatte, verschränkte er die Finger und trommelte die Daumen aneinander. Die Bewegungen kamen als eine Serie von Klacklauten aus den Lautsprechern.

Ich betrachtete Lapasas Augen.

Wieder dieses Klingeln.

Was sah mein Unterbewusstsein, das ich nicht sah?

Lapasa brach das Schweigen. »Das ist doch nur ein Trick, oder?«

»Wie bitte?«, fragte Schoon.

»Ich kann einen Trick auf fünfzig Meter riechen. Es gibt kein verdammtes Testament.«

»Sir?«

»Genug von dieser Scheiße.« Ein Daumen deutete auf Epstein. »Sagen Sie ihm, was ich habe.«

»Mr. Lapasa, ich kann Ihnen nicht helfen, wenn Sie meinen Rat nicht befolgen.«

»Ist doch alles egal. Ich sterbe.«

»Sind Sie sich dessen sicher?«

Lapasa nickte.

Epstein hielte einen Augenblick inne, es war offensichtlich, dass er diesen Verlauf missbilligte. Dann begann er.

»Mr. Lapasa hat Krebs. Seine Prognose ist nicht gut. Er ist bereit, Informationen zu liefern als Gegenleistung für eine Amnestie bezüglich seiner Beteiligung an gewissen Ereignissen.«

»Ich habe nicht die Berechtigung, über strafrechtliche Vorwürfe zu verhandeln.«

Epstein schaute seinen Mandanten an.

Lapasa bedeutete ihm, fortzufahren.

»Diese Ereignisse fanden vor über vierzig Jahren statt.«

Schoon war gut. Er wusste mit Sicherheit, dass ein solcher Hinweis nicht nötig war bei einer Befragung, die weder zu einem Freiheitsentzug führen konnte noch von Strafverfolgungsbehörden durchgeführt wurde, doch da er wusste, dass Lang zuhörte, wollte er alles hyperkorrekt machen.

Ich hielt den Atem an.

Epsteins Mandant war im richtigen Alter, aber für Xander Lapasa viel zu klein. Wer war er? Wohin führte das alles?

Schoon sprach Epstein nun direkt an. »Wenn Ihr Mandant vorhat, kriminelle Aktivitäten zu gestehen, muss ich auf einer Verlesung seiner verfassungsmäßigen Rechte bestehen.«

»Ich bin als Mr. Lapasas Anwalt anwesend. Mein Mandant kennt seine Rechte und die Implikationen seiner Handlungen.«

»Ist das korrekt, Mr. Lapasa? Sie haben Ihre Aussage mit Ihrem Anwalt durchgesprochen und machen sie freiwillig und ohne Druck oder Vorteilszusage?«

»Ja, ja. Was auch immer. In drei Monaten bin ich tot.«

»Darf ich Sie daran erinnern, dass diese Befragung aufgenommen wird?« Schoon nahm seinen Stift zur Hand. »Fahren Sie fort, Mr. Lapasa. Ich würde das gern direkt von Ihnen hören.«

»Ich hab ihn getötet.«

»Wen getötet?«

»Einen Kerl namens Alexander Lapasa.«

Mein Blick schnellte zu Ryan. Zu Lang.

Bei beiden wanderten die Brauen die Stirn hoch.

»Wann war das?« Schoons Stimme verriet nichts, keine Überraschung, keinen Tadel, keinen Triumph. Sie war völlig neutral.

»1968.«

»Wo?«

»Vietnam.«

»Fahren Sie fort.«

»Das ist alles. Ich hab den Kerl umgebracht, seine Brieftasche und seinen Pass gestohlen und bin ins Landesinnere verduftet.«

»Ihr Motiv?«

»Ich wollte raus.«

»Raus aus was?«

»Aus der Army, Vietnam, aus dem ganzen verdammten Krieg.«

»Und warum das?«

»Meinen Sie das ernst?«

»Bitte beantworten Sie die Frage.«

»Ich war achtzehn, wollte am Leben bleiben.«

»Warum Xander Lapasa?«

»Er war nicht beim Militär. Ich hab mir gedacht, ein Zivilistenausweis ist das Ticket in die Freiheit.« Lapasa wandte sich an Epstein. »Diese verdammten Medikamente machen mich fix und fertig. Ich muss schon wieder aufs Klo.«

Auf seinen Anwalt gestützt, schlurfte Lapasa nach draußen.

Mir wirbelten Fragen durch den Kopf.

Keiner der beiden Männer war Xander Lapasa. Epstein war Anwalt. Gesichtsmaske war viel zu klein. Wer war er? Wo in Vietnam war er mit Xander zusammengetroffen?

Gesichtsmaske lebte seit den Sechzigern als Xander Lapasa. Wo war er vor seiner Ankunft in Oakland gewesen? Was hatte er getan?

Ich kaute an einem Nagelbett, zum Reden war ich viel zu aufgeregt. Ryan und Lang hinter mir schwiegen ebenfalls.

Eine Ewigkeit verging. Und noch eine.

Das Nagelbett wurde wund.

Schließlich kehrten Epstein und sein Mandant zurück.

Schoon machte an der Stelle weiter, wo sie unterbrochen hatten.

»Wie töteten Sie Mr. Lapasa?«

»Hab ihn mit meinem M-16 erschossen.«

»Dann stahlen Sie seine Papiere, entfernten sich unerlaubt von der Truppe und lebten weiter als Al Lapasa.«

»Genau das sage ich doch.«

»Warum Al?«

»Was?«

»Warum nicht Xander?«

Lapasa zuckte die Achseln. »Im Pass des Kerls stand Alexander. Ich dachte mir, Al.«

»Wie lautet Ihr wirklicher Namen?«

»Das ist nicht wichtig.«

»Wir werden noch einmal darauf zurückkommen.« Schoon machte sich eine Notiz auf seinen Block. »Wo lernten Sie Mr. Lapasa kennen?«

»Ich würde nicht unbedingt sagen, dass wir uns kennengelernt haben.«

»Nun gut.« Formell. »Wo töteten Sie Mr. Lapasa?«

Den Blick starr auf Schoon gerichtet, schüttelte Gesichtsmaske langsam den Kopf.

»Sir?«

»Wenn ich Ihnen das sage, zerquetschen Sie mich wie eine Weintraube.«

»Wie bitte?«

»Jetzt sind wir an dem Punkt, wo Sie mir etwas geben müssen, Mr. Anwalt.«

Schoons Augen blickten unverwandt hinter seinen Brillengläsern hervor.

»Sie halten mich für Abschaum.«

Schoon wollte widersprechen. Gesichtsmaske stoppte ihn mit erhobener Hand.

»Ich arbeite an meiner Löffelliste, oder wie man das heute nennt. Schon mal was davon gehört?«

»Nein.«

»Das ist Zeug, das man noch machen will, bevor sie einen eingraben. Sie wissen schon, bevor man den Löffel abgibt.«

Schoon sagte nichts.

»Als ich jung war, habe ich ein paar Dinge getan, auf die ich nicht gerade stolz bin. Fast mein ganzes Leben lang musste ich mir immer wieder über die Schulter schauen. Jetzt sagt man mir, dass meine Eingeweide nur noch Mus sind. Meine Liste sagt, dass ich ein paar Dinge klären muss.«

Gesichtsmaske atmete einmal lange und tief ein.

»Hier ist mein Angebot. Nehmen Sie es an, oder lassen Sie es sein. Sie bekommen, was Sie über Lapasa brauchen. Ich darf wieder nach Hause, um dort friedlich in meinem Bett zu sterben.«

Schoon dachte darüber nach.

»Ich muss das mit dem Bezirksstaatsanwalt absprechen.«

»Tun Sie, was Sie nicht lassen können.«

Gesichtsmaske ließ sich in seinen Stuhl zurücksinken.

36

Sekunden später war Schoon bei uns.

»Wie soll ich vorgehen?«, fragte er Lang.

»Ich habe nichts dagegen, dass Sie über Xander Lapasa verhandeln. Wir reden hier von vierzig Jahren. Über einen Mord in Vietnam. Strafverfolgung wäre ein Albtraum. Außerdem hat der Kerl vielleicht gar nichts. Vielleicht will er nur Profit aus einem Gerücht schlagen, das er gehört hat.«

Der Gedanke war mir auch schon gekommen.

»Aber kein Wort über Kealoha und Faalogo«, sagte Lang. »Wenn der Mistkerl Drogen in meine Stadt schafft, ist er dran. Krebs hin oder her.«

»Das kann eine Weile dauern«, sagte Schoon.

Das tat es nicht. Zehn Minuten später war er wieder da.

»Der Bezirksstaatsanwalt ist einverstanden. Wir geben Lapasa Leine und hoffen, dass er sich mit was anderem aufhängt. Ein Staatsanwalt wird in Kürze zu uns stoßen, aber der Bezirksstaatsanwalt sagt, wir können fortfahren, da das Gespräch aufgezeichnet wird und Lapasas Anwalt anwesend ist. Außerdem glaubt er nicht, dass wir in dem Fall zuständig sind, da das angebliche Verbrechen in Vietnam stattfand und der Täter zu der Zeit Soldat im Dienst war.«

Schoon ging. Eine Minute später tauchte er auf dem Bildschirm wieder auf und nahm seinen Platz ein.

»Nun gut«, sagte er. »Sie haben Immunität auf alles, was Sie in Bezug auf Xander Lapasa sagen.«

Gesichtsmaske schaute seinen Anwalt an.

»Wir hätten das gerne schriftlich«, sagte Epstein.

»Bekommen Sie«, erwiderte Schoon.

Epstein nickte.

Schoon nahm wieder seinen Stift zur Hand. »Erzählen Sie mir von Alexander Lapasas Tod.«

Die Maske wurde nach innen gesogen, blähte sich wieder auf. Dann: »Lapasa und ich haben auf einen Hubschrauber gewartet, der uns ins Landesinnere bringen sollte.«

»Wo war das?«

»Long Binh.«

Mein Herz fing so laut an zu klopfen, dass ich schon dachte, die anderen würden es hören.

»Um uns die Zeit zu vertreiben, haben wir angefangen zu quatschen. Ich frage ihn, warum er keine Uniform trägt. Er sagt, er ist Zivilist, sondiert im Land Geschäftsmöglichkeiten für die Zeit nach dem Krieg.

Dann hebt der Hubschrauber endlich ab. Er ist noch kaum in der Luft, als wir einen Treffer abbekommen und runtergehen. Pilot, Kopilot und Mannschaftsführer gehen drauf. Und ein Junge, der hinten gesessen ist. Ich hab keinen Kratzer. Lapasa auch nicht.« Gesichtsmaske zuckte die Achseln. »Schien für mich eine perfekte Geschäftsmöglichkeit zu sein.«

Heilige Mutter Gottes.

Ich streckte eine Hand zu Ryan aus. »Gib mir dein Handy.«

»Was?«

»Gib mir einfach dein Handy.«

Ryan tat es.

Ich drückte auf Tasten, während mein Blick zwischen dem Apparat und dem Mann auf dem Bildschirm hin und her huschte. Schoon fragte jetzt nach Daten.

»Januar 1968.«

»Welcher Tag?«

»Weiß ich nicht.«

Danny meldete sich nach dem ersten Läuten.

»Der Wartungstechniker, der Zeuge des Huey-Absturzes bei Long Binh war? Hast du ihn je aufgespürt?«

»Harlan Kramer?«

»Wie auch immer.«

»Ich habe mit ihm gesprochen. Er ist inzwischen in Pension und lebt in Killeen, Texas –«

»Hast du ihn gefragt, wie viele Männer an Bord des Huey gingen?«

»Auf der Passagierliste standen fünf. Vier Mannschaftsmitglieder und Spider Lowery.«

»Aber hast du ihn gefragt, wie viele an Bord gingen?«

»Nein.«

»Ruf ihn noch einmal an. Frag ihn.«

»Jetzt?«

»Ja.«

»Was ist denn da los –«

»Tu's einfach. Und lass mich wissen, was er sagt.«

Ich stand auf. Nagte Haut von meinem Nagelbett.

Ryan und Lang schauten mich an, als wäre ich verrückt geworden.

Auf dem Monitor bat Schoon eben Gesichtsmaske, Xander Lapasa zu beschreiben. Und die Waffe.

Schließlich klingelte das Handy.

»Kramer hatte an Bord sechs Männer gesehen, vier Mannschaftsmitglieder, einen kürzlich entlassenen Gefangenen und einen Zivilisten.« Danny klang verlegen. »Er sagte, diese Frage hätte ihm noch niemand gestellt. Sie wollten alle nur wissen, wie der Hubschrauber abstürzte.«

»Und er erwähnte es nie, weil er dachte, sie hätten die Passagierliste.«

»Ja.«

»Danke, Danny. Ich erklär's dir später.«

Ich konzentrierte mich wieder auf den Mann auf dem Bildschirm.

»Wie weit entfernten Sie und Mr. Lapasa sich von der Absturzstelle?«

Gesichtsmaske zuckte die Achseln. »Mann, das weiß ich nicht. Eine Viertelmeile vielleicht.«

»Zu Fuß?«

»Nein. Wir haben uns ein verdammtes Taxi gerufen.«

»Und Sie erschossen ihn.«

»Wie oft muss ich das noch sagen?«

Die dunklen Pupillen. Die Al-Pacino-Augenbrauen.

Natürlich.

Das war die Nachricht, die mein Unterbewusstsein mir schicken wollte.

»Und dann?«

»Dann hab ich seiner Leiche meine Hundemarke umgehängt und bin abgehauen.«

»Was war der Grund, warum Sie zu dieser Zeit in Long Binh waren?«

»Ich kam gerade aus dem Gefängnis.«

»Es ist Spider«, flüsterte ich.

»Was?«, fragte Ryan.

»Wer?«, fragte Lang.

»John Lowery. Die Leute nannten ihn Spider.«

»Tabernac.«

»Wer?«, wiederholte Lang.

»Pst.« Ich brachte sie beide zum Schweigen, weil ich den Rest von Spiders Bericht hören wollte.

»– gingen Sie, nachdem Sie Mr. Lapasa erschossen?«

»Für ein paar Jahre nach Saigon. Dann Thailand. Bangkok. Chiang Mai. Chumphon. Zurück nach Bangkok. Bin da bis sechsundachtzig geblieben.«

»Dann?«

»Hab ich Heimweh bekommen.«

»Sie kehrten in die Vereinigten Staaten zurück?«

Spider nickte.

»Unter Benutzung eines achtzehn Jahre alten Passes.« Schoon klang skeptisch.

»Ich hab mir einen neuen besorgt.«

»Wie war das möglich?«

»Ist dieser Trottel unter einem Stein hervorgekrochen?«, fragte Spider Epstein mit hohntriefender Stimme.

»Fahren Sie fort«, sagte Schoon.

»Das ist alles.« Spider zuckte die Achseln. »Seitdem bin ich hier.«

»Als Al Lapasa.«

»Und die ganze Zeit sauber. Bezahle meine Steuern. Hab sogar einen Hund.«

»Ihre wahre Identität, Sir?«

Gesichtsmaske schaute Epstein an.

Epstein nickte.

»John Charles Lowery. Geboren am 15. August 1950 in Lumberton, North Carolina. Vater Plato. Mutter Harriet.«

Ich hatte es gewusst. Trotzdem durchzuckte es mich wie ein Blitz, als er es laut aussprach.

»Hören Sie, ich muss was essen«, sagte Spider. »Wie wär's, wenn Sie Sandwiches auftreiben und vielleicht ein paar Limos?«

Schoon wirkte kurz unentschlossen. Dann: »Vielleicht brauchen wir wirklich noch eine Pause.«

Nickies Anwalt stand auf und verließ den Kamerabereich. Ich

vermutete, er fand es an der Zeit, seinen Mandanten anzurufen.

Ich drehte mich zu Ryan und Lang um.

Volle dreißig Sekunden lang sagte keiner etwas. Lang war schließlich der Erste.

»Mein Bauch sagt mir, dass dieses Arschloch einen Haufen Mist erzählt.«

»Es muss Spider sein«, sagte ich. »Wer sonst würde über Long Binh Bescheid wissen? Über den Huey-Absturz? Über Xanders Grund, warum er in Vietnam war?«

»Was hatte Xander in einem Kampfhubschrauber zu suchen?«, fragte Lang.

»Zivilisten suchten sich die ganze Zeit Mitflug- und -fahrgelegenheiten.«

»Sieht er aus wie der Typ?«

Ich zog zwei Fotos aus meiner Handtasche. Den Schnappschuss, den ich in Jean Lauriers Schreibtischschublade gefunden hatte. Das Mannschaftsfoto, das Plato aus seinem Album gezogen hatte.

Zu dritt betrachteten wir das Gesicht des jungen Spider. Und das des Mannes auf dem Bildschirm.

Beide hatten dieselben dunklen Augen und die schweren, geschwungenen Brauen.

»Schwer zu sagen mit der Maske«, sagte Lang. »Außerdem ist dieser Kerl kurz vorm Abnippeln.«

»Die Augen scheinen zu passen«, sagte Ryan.

»Falls der Mann lügt, was ist dann sein Motiv?«

Dazu hatte keiner eine Theorie.

»Eine Sache macht mir Kopfzerbrechen«, sagte Lang. »Wie kommt Spider, wenn er kein Samoaner ist, zu den SOS?«

Oder eine Theorie dazu.

»Wenn er die Wahrheit sagt, dann würde das erklären, warum Spiders Hundemarke bei Xander Lapasas Leiche auftaucht«, sagte ich.

»Es würde aber *nicht* erklären, warum wir dem Opfer in Hemmingford Spiders Fingerabdrücke abgenommen haben.«

»Nein«, pflichtete ich ihm bei. »Aber es würde erklären, warum die DNS zeigte, dass dieser Mann nicht Harriets Sohn sein konnte.«

»Hat irgendjemand Durst?« Lang stand auf.

»Diet Coke«, sagte ich.

»Kaffee.«

»Fangt nicht ohne mich an.« Lang verschwand durch die Tür.

Zum Zeitvertreib schaute ich mir noch einmal die Fotos an. Hier war Spider, wie er an dem Chevy lehnte. Dort war Spider mit der Nummer zwölf auf der Brust.

Ich fragte mich, auf welcher Position Spider gespielt hatte. Ob ihm Baseball gefallen hatte. Wie oft der Trainer ihn aufs Spielfeld geschickt hatte.

Plato sagte, ein Cousin hätte Spider in die Mannschaft gebracht, dass sein Sohn aber meisten auf der Bank gesessen hätte.

Wie war der Name dieses Cousins?

Reggie. Reggie Cumbo.

Ich schaute Reggie an, auf ein Knie gestützt, ohne Lächeln. Die Ähnlichkeit mit Spider war unheimlich.

Plato sagte, die Jungs wären über Harriet verwandt gewesen.

Ich führte mir den alten Mann noch einmal vor Augen, wie er über seine Frau sprach. Spürte noch einmal seinen Kummer.

Was hatte Plato gesagt? Harriet hat hübsche Augen, eins braun, eins grün wie eine Tanne.

In meinem Hirn entstand ein winziges Partikel.

Den Fingerabdrücken zufolge war der Mann, der in Hemmingford gestorben war, Spider Lowery.

Der DNS zufolge war er es nicht.

Den militärischen Unterlagen zufolge war Spider Lowery in Vietnam gestorben.

Der Mann, der mit Schoon sprach, sagte, das sei er nicht.

Ich erinnerte mich an den Schnappschuss von Harriet Lowery auf einem Pier. Ihre sonnenverbrannte Brust. Die nicht zusammenpassenden Augen.

Zu dem einzelnen Partikel gesellten sich andere.

Ich erinnerte mich an das Gespräch mit Harriets Transplantationsärztin. Macken hatte eingeräumt, dass bei den Untersuchungen auf Gewebeverträglichkeit Unregelmäßigkeiten aufgetaucht waren. Die DNS hatte gezeigt, dass Harriet nicht Toms Mutter sein konnte.

Plato und Harriet hatten das abgestritten.

Tom war Spiders Zwilling.

Ich erinnerte mich an einen Fall vor Gericht.

Die Partikel verschmolzen zu einer kompletten Theorie.

Kaum atmend starrte ich den Monitor an, ich wollte, dass der Mann in der Maske direkt in die Kamera schaute.

Die Tür ging auf.

Mach schon!

Schritte durchquerten das Zimmer.

Mach schon!

Lang stellte mir ein Coke hin.

Mach schon!

Auf dem Monitor trat Schoon wieder ein und stellte eine weiße Papiertüte auf den Tisch. Das Duo aus Kalifornien holte Getränke, Sandwiches und Papierservietten heraus. Riss Dosen auf. Öffnete Tüten mit Mayo und Senf und drückte sie aus.

Mach's, du Mistkerl! Schau mich an!

Und schließlich tat er es.

Und ich wusste, wer er war.

Und was passiert war.

37

Ich sprang auf.

»Ich muss ins Internet.«

Ryan und Lang schauten mich an, als hätte ich gesagt, ich würde Al Qaida beitreten.

»Sagt Schoon, er soll auf Zeit spielen.«

»Warum?«

»Haltet den Kerl einfach am Reden.«

Ich ging zur Rezeption und sagte Tina, was ich brauchte.

Ohne mit der Wimper zu zucken, führte sie mich in ein leeres Büro, gab ein paar Tastaturbefehle ein und zog sich, ohne eine Erklärung zu verlangen, zurück.

Moneypenny war in Ordnung.

Ich loggte mich ein, rief das *New England Journal of Medicine* auf, holte mir einen Artikel auf den Bildschirm und las ihn quer. Notierte mir wichtige Punkte. Bewegte mich von Link zu Link, bis ich sicher war, genug verstanden zu haben.

Als Nächstes gab ich einen Namen ein und folgte den angegebenen Links.

Einen zweiten Namen.

Weitere Links.

Ich tanzte praktisch in den Konferenzraum zurück.

Eine Frau war inzwischen bei Ryan und Lang. Sie war groß, hatte kurze, braune Haare und aknenarbige Wangen. Ich schätzte sie auf Mitte dreißig.

Lang stellte uns vor. Er sah nicht glücklich aus.

Die Frau hieß Maya Cotton, eine Stellvertretende Staatsanwältin aus dem Büro des Staatsanwalts von Honolulu.

Cotton und ich gaben uns die Hände.

»Wie auch immer, tut mir leid, dass ich Ihnen den Tag verdorben habe«, sagte Cotton.

»Scheiße.« Lang trat gegen ein Tischbein.

»Was ist?«, fragte ich ohne wirkliches Interesse. Ich wollte unbedingt erzählen, was ich herausgefunden hatte.

»Pinky Atoa wurde heute Morgen auf freien Fuß gesetzt.«

Das überraschte mich. »Er hat doch zugegeben, in die Morde an Kealoha und Faalogo verwickelt zu sein.«

Entrüstet schnaubend deutete Lang auf Cotton.

»Wie sich herausgestellt hat, ist Atoa tatsächlich erst sechzehn. Das Geständnis gilt nicht. Da wir sonst nichts haben, konnten wir ihn nicht festhalten.«

Einige Zimmer weiter befragte Schoon noch immer Gesichtsmaske.

»Habe ich viel verpasst?«, fragte ich und deutete auf den Bildschirm.

»Spider ist ein Wiedergeborener«, sagte Ryan. »Hat vor, Jesuit zu werden.«

»Ich weiß, was passiert ist.« Ich war so aufgedreht, dass mir Langs Frustration ziemlich egal war. »Spider. Xander. Lapasa. Ich brauchte nur ein paar medizinische Informationen.«

»Achtung, Vorlesung«, flüsterte Ryan Lang und Cotton zu.

»Ich fasse mich kurz.« Vor Enthusiasmus konnte ich ihm die Spitze nicht übel nehmen.

»Und verständlich.«

»Ja, ja. Kein Fachchinesisch.«

Einmal tief durchatmen.

»2002 beantragte in Großbritannien eine schwangere Frau namens Lydia Fairchild Sozialhilfe. Zusätzlich zu ihrem ungeborenen Baby hatte sie zwei Kinder von einem Mann namens Jamie Townsend. Im Zuge des Antrags musste Fairchild einen DNS-Beweis liefern, dass Townsend tatsächlich der Vater war. Die Ergebnisse zeigten, dass er es war, deuteten aber auch darauf hin, dass sie nicht die Mutter war.«

»Pech«, sagte Ryan.

»Fürwahr. Fairchild wurde des Betrugs angeklagt, und ihre Kinder kamen ins Heim. Ein Richter ordnete an, dass ein Zeuge bei ihrer Entbindung anwesend sein müsse und dass Fairchild und dem Baby Blutproben entnommen werden müssten. Die DNS deutete darauf hin, dass sie auch nicht die Mutter dieses Kindes sein könne, obwohl es eine Geburt vor Zeugen gewesen war. Der Durchbruch kam, als Anwälte einen ähnlichen Fall in Boston aufspürten.«

»Man muss Gott auch für Verteidiger danken«, sagte Lang, der König des Sarkasmus.

»Tatsächlich war es der Staatsanwalt.« Ich lächelte Cotton an. »1998 brauchte eine Frau namens Karen Keegan eine Nierentransplantation. Ihre erwachsenen Söhne wurden auf ihre Tauglichkeit als Spender getestet. Zwei von dreien zeigten nicht die DNS-Übereinstimmung, die man bei biologischen Kindern erwarten würde. Differenzierte Untersuchungen zeigten, dass Keegan eine Chimäre war, eine Mischung aus zwei separaten Zelllinien mit zwei separaten Chromosomensätzen.«

»Wie haben sie denn das herausgefunden?«

»Keegan wurden noch einmal Gewebeproben entnommen,

die andere DNS-Sequenzierungen zeigten als die ursprüngliche. Der gegen Fairchild ermittelnde Staatsanwalt schlug diese Möglichkeit ihren Verteidigern vor, und daraufhin wurden von Mitgliedern ihrer erweiterten Familie Proben gesammelt. Die DNS von Fairchilds Kindern entsprach denen ihrer Mutter in dem Ausmaß, wie man es bei einer Großmutter erwarten würde.«

»Was beweist, dass sie wirklich die Mutter war.« Cotton schaute verwirrt drein.

»Weitere Tests zeigten, dass DNS von Fairchilds Haut und Haaren zwar nicht zu der ihrer Kinder passte, DNS aus einem Gebärmutterhalsabstrich aber anders war und zu ihnen passte.«

»Fairchild trug zwei verschiedene Genstränge in sich.« Ryan vereinfachte, aber grundsätzlich hatte er recht.

»Ja.«

»Und darum geht's bei diesen Chimären?« Lang.

»Ja.« Ich warf einen Blick auf meine Notizen.

»Und jetzt erzählt sie uns die ganze Geschichte«, warnte Ryan die anderen beiden.

»Bei Menschen findet man zwei Typen von Chimären. Beim Mikrochimärismus hat nur ein geringer Teil des Körpers eine andere Zelllinie. Normalerweise entsteht das dadurch, dass es fremden Zellen gelungen ist, sich innerhalb eines Wirts zu stabilisieren.«

»Fremde?«, fragte Cotton.

»Das könnten Zellen sein, die einem mütterlich-fötalen Austausch während der Schwangerschaft entstammen. Zum Beispiel kann der Fötus seine Stamm- oder Vorläuferzellen über die Plazenta an die Mutter weitergeben. Da sie undifferenziert sind, können diese Zellen im System der Mutter überleben und sich vermehren. Auf dieselbe Art können mütterliche Stammzellen auf den Fötus übertragen werden.«

Da niemand etwas sagte, machte ich weiter.

»Mikrochimärismus kann auch zwischen Zwillingen auftreten. Tatsächlich ist die häufigste Form einer menschlichen Chimäre eine sogenannte Blutchimäre. Die entsteht, wenn zweieiige Zwillinge sich einen Teil derselben Plazenta teilen. Blut wird ausgetauscht und nistet sich im Knochenmark ein. Die beiden Zwillinge sind genetisch verschieden bis auf ihr Blut, das zwei unterschiedliche Gensätze, vielleicht sogar zwei unterschiedliche Blutgruppen hat.«

»Wie verbreitet ist das?« Ryan.

»Man schätzt, dass bis zu acht Prozent der zweieiigen Zwillinge Blutchimären sind.« Ich überlegte einen Augenblick. »Dinge wie Bluttransfusionen oder Organtransplantationen können in einem Empfänger ebenfalls Mikrochimärismus hervorrufen.«

»Und das ist bei den beiden Damen passiert, von denen Sie reden?«, fragte Lang.

»Nein. Was Fairchild und Keegan hatten, ist ein viel seltenerer Typus, der sogenannte tetragametische Chimärismus. Der tritt auf, wenn zwei verschiedene Eier von zwei verschiedenen Spermien befruchtet werden und zwei Zygoten produzieren.«

»Embryos.« Ryan hob warnend den Zeigefinger.

»Ja, tut mir leid. Das kommt bei zweieiigen oder nicht identischen Zwillingen vor. Die Embryos verschmelzen sehr früh in der Entwicklung und produzieren ein einziges Baby mit zwei verschiedenen Zelllinien. Ein DNS-Satz kann dann in der Niere auftauchen und ein anderer in der Bauchspeicheldrüse.«

Cotton fasste zusammen. »Also verschmolzen diese beiden Frauen, Fairchild und Keegan, mit ihrem Zwilling zu einem Baby mit einem Kuddelmuddel aus Genen von beiden Zwillingen.«

»Ja.«

»Heilige Scheiße«, sagte Lang. »Diese Leute müssen komisch aussehen.«

»Die meisten Chimären weisen keine äußerlich sichtbaren Zeichen ihres Zustands auf. Oder es sind geringfügige Eigentümlichkeiten wie verschiedene Augenfarben, uneinheitliches Haarwachstum, solche Sachen. Andere haben weniger Glück. Ärzte der University von Edinburgh behandelten einen Mann, der über einen nicht herabgestiegenen Hoden geklagt hatte. Bei der Untersuchung stellte man fest, dass er einen Eierstock und einen Eileiter hatte.«

Auf dem Bildschirm fragte Schoon eben, warum man Gesichtsmaske ins Gefängnis in Long Binh gesteckt hatte.

Ryan deutete mit dem Kinn auf den Monitor. »Was hat das mit Lowery zu tun?«

»Er ist nicht Lowery.«

»Wo ist Lowery?«

»Tot in Quebec.«

»Die DNS sagt Nein.«

»Harriet Lowery war eine Chimäre. Sie hatte ein braunes und ein grünes Auge. Und Blaschko-Linien.«

Da niemand nachfragte, redete ich weiter.

»Blaschko-Linien sind V oder S oder Schleifen an spezifischen Körperteilen. Unter normalen Bedingungen sind sie unsichtbar, aber gewisse Haut- und Schleimhautkrankheiten manifestieren sich entsprechend diesen Mustern.«

»Werden dort sichtbar«, schlug Ryan vor.

»Ja.«

»Die sind wie was? Streifen?«, fragte Lang.

»Man nimmt an, dass Blaschko-Linien die Pfade der epidermischen Zellwanderung während der Fötusentwicklung darstellen. Die Sache ist die: Chimären haben sie häufig, und auf einem Foto in Platos Album konnte ich sie auf Harriet Lowerys Brust sehen.«

»War sie krank?«

»Das weiß ich nicht. Aber sie hatte Blaschko-Linien. Und laut Plato hatte Harriet unterschiedliche Augen.«

»Wenn sie eine Chimäre war, würde das erklären, warum ihre DNS nicht zu der ihrer Söhne passte.« Ryan dachte mit.

»Genau.«

»Das heißt, der Kerl im Teich ist doch Spider.« Wieder deutete er auf den Monitor. »Heißt: Dieser Penner ist es nicht.«

»Genau.«

»Und wer ist er dann?«, fragte Lang.

Ich drehte das Mannschaftsfoto um.

Alle drei beugten sich darüber.

Ich tippte auf einen Jungen in der hinteren Reihe. »Das ist Spider Lowery.«

»Einverstanden«, sagte Ryan.

Ich tippte auf einen Jungen, der in der vorderen Reihe kniete. »Das ist sein Cousin.«

»O Mann«, sagte Lang.

»Sie könnten Zwillinge sein«, sagte Cotton.

»Wer ist das?«, fragte Ryan.

»Reggie Cumbo«, sagte ich. »Schaut euch den Mann an, der mit Schoon spricht.«

Drei Köpfe drehten sich zum Bildschirm.

»Welche Farbe haben seine Augen?«

»Braun.«

»Laut Plato waren Spiders Augen grün.«

Ryan dachte die Sache zu Ende. Dann: »Du denkst, die Cousins tauschten 68 Plätze. Spider ging nach Kanada. Reggie ging nach Vietnam.«

Ich nickte. »Die Ähnlichkeit war so groß, dass sie jeden täuschen konnten, der sie nicht sehr genau kannte. Entweder tauschten sie ihre zahnärztlichen Unterlagen aus, oder Reggie entfernte sie irgendwie aus seiner Akte.«

»Jetzt verstehe ich gar nichts mehr«, sagte Cotton.

»Ich erklär's Ihnen später«, sagte Lang.

»Warum?«, fragte mich Ryan.

»Ich weiß es nicht. Wahrscheinlich wurde Spider eingezogen und wollte nicht gehen. Reggie war immer der Aggressivere und Selbstbewusstere der beiden, sagt zumindest Plato. Vielleicht wollte er zur Army, kam aber nicht rein. Er war schon ein paarmal verhaftet worden, hatte keinen Highschoolabschluss. Wenn Reggie es uns nicht sagt, erfahren wir vielleicht nie genau, warum sie es taten.«

Ryan richtete sich auf. »Wie soll das jetzt laufen?«, fragte er Lang.

»Lasst mich ihn befragen«, sagte ich.

»Auf keinen Fall.«

»Ich bin Anthropologin«, argumentierte ich. »Sie sind Polizist.«

»Das war kein Witz«, sagte Lang zu Ryan. »Die Kleine ist gut.«

»Hab ich doch gesagt.«

»Was ich damit sagen will: Kann sein, dass Reggie mich für weniger bedrohlich hält als Sie.«

»Ich habe eine Marke«, sagte Lang.

»Und eine Waffe«, fügte Ryan hinzu.

»Und ich trage dieses Hemd.« Lang zupfte an dem Aloha-Kunstwerk, das er an diesem Tag trug.

»Ihr beide seid ja echt lustig«, sagte ich. »Aber Cumbo wurde Immunität gewährt. Im Augenblick kann er gehen, wann er will. Ich kann ihm aus dem JPAC-Blickwinkel kommen. Er behauptet, er will mit reinem Gewissen sterben. Damit kann ich arbeiten, kann über Plato reden und darüber, dass Spider ein angemessenes Begräbnis verdient hat.«

»Sie sind sich mit dieser Chimärengeschichte ganz sicher?«

»Um absolute Gewissheit zu haben, brauche ich mehr von Harriets DNS. Aber im Augenblick ist es die einzige Theorie, die einen Sinn ergibt.«

Lang schaute Cotton an.

»Ich habe Atoa verloren. Ich möchte diesem Kerl gerne was anhängen.«

»Ich wüsste nicht, was dagegen spricht«, sagte sie. »Er wurde über seine Rechte aufgeklärt. Er hat seinen Anwalt bei sich. Die Army hat ein gerechtfertigtes Interesse. Dr. Brennan ist bei dieser Spider-Sache ihre Vertreterin.«

Lang zögerte.

Seufzte.

»Was soll's.«

Ich ging auf die Tür zu.

»Und Doc«, sagte Lang.

Die Hand bereits auf dem Türknauf, drehte ich mich um.

»Knallen Sie ihm alles vor den Latz, was Sie haben.«

38

Cumbo hob den Blick nicht, als ich das Zimmer betrat.

Schoon und Epstein hingegen schon. Die Anwälte schauten schweigend zu, wie ich zum Tisch ging.

Aus der Nähe sah ich, dass Cumbo stark schwitzte. Der Kragen seines Kapuzenshirts war nass von dem Schweiß, der ihm aus Gesicht und Hals quoll. Unter den Augen hingen fleischige, fast violette Halbmonde. Seine Haut war graubraun.

»Ich bin Dr. Temperance Brennan.« Ich setzte mich an den Tisch.

»Doktor?«

Epstein schaute von mir zu Schoon.

»Die Stellvertretende Bezirksstaatsanwältin hat vorgeschlagen, dass ich an dieser Befragung teilnehme.«

»Doktor?«, wiederholte Epstein.

»Ich bin forensische Anthropologin.«

»Ich sehe die Relevanz nicht.«

»Ich arbeite für das JPAC.« Ich sprach nun direkt zu Cumbo. »Joint POW/MIA Accounting Command. Sie haben davon vielleicht schon einmal gehört?«

Cumbo hob weder den Kopf, noch reagierte er auf meine Frage.

»Aufgabe des JPAC ist es, amerikanische Kriegstote aufzuspüren und sie nach Hause zu bringen. Und die Leute dort machen das sehr gut.«

Epstein wollte etwas einwenden. Ich beachtete ihn nicht.

»Ich bearbeite den Fall eines Soldaten, der in Vietnam getötet und schließlich in seinem Heimatstaat North Carolina bestattet wurde.«

Nichts.

»Die Familie und die Freunde des Soldaten nannten ihn Spider.«

Die Tränensäcke zogen sich ganz leicht zusammen.

»Vor Kurzem ist etwas Merkwürdiges passiert. In Kanada starb ein Mann. Die Fingerabdrücke identifizierten den Mann als Spider. Aber Spider lag in einem Grab in Lumberton, North Carolina.«

Cumbo fing an, seine Daumennägel zu bearbeiten. Mir fiel auf, dass sie gelblich und gefurcht waren.

»Wie Sie sich vorstellen können, sorgte die Situation für beträchtliche Verwirrung. Die Army hasst Verwirrung. Man leitete deshalb eine Ermittlung ein, um herauszufinden, wie ein Mann an zwei Orten gleichzeitig tot sein konnte.«

Ich hielt kurz inne, um die Wirkung zu steigern.

»Aber ich denke, Sie wissen Bescheid.«

»Das ist doch lächerlich«, sagte Epstein.

Wieder ignorierte ich ihn.

»Spiders wirklicher Name war John Charles Lowery.«

Epstein und Schoon schauten beide überrascht. Epstein bedauerte es. Zwang sich zu einer neutralen Miene.

»Aber Sie behaupten, John Charles Lowery zu sein. Sie sagten, Sie hätten vor vierzig Jahren in Long Binh Xander Lapasa getötet und seine Identität angenommen.«

Ich stützte die Unterarme auf den Tisch und beugte mich vor.

»Aber John Charles Lowery ging nie nach Vietnam. Oder, Reggie?«

Cumbo wich meinem Blick noch immer aus.

»Sie erinnern sich doch an Spider. Sie waren Cousins. Sie gingen miteinander zur Schule. Spielten zusammen Baseball. Waren nicht Sie es, der Spider ermutigte, zur Mannschaft zu gehen?«

Cumbos Daumennägel klapperten hektisch auf der Tischplatte.

»Wollen Sie wissen, wie Spider starb? Er band sich einen Stein an den Knöchel und ertränkte sich. Seine Leiche liegt in einer Leichenhalle in Montreal. Auf dem Etikett an seinem Zeh steht Mister X.«

Ein wenig großzügig mit den Fakten, aber nahe dran.

Epstein machte eine wegwerfende Handbewegung. »Wir sind hier fertig. Diese Frau ist offensichtlich falsch informiert.« Er packte die Armlehnen seines Stuhls und begann, sich aufzurichten.

»Sie haben recht, und Sie haben unrecht.« Cumbos Augen bohrten sich in meine.

»Mr. Lapasa, ich muss Ihnen dringend raten –«

Ohne sich umzudrehen, hob Cumbo den Zeigefinger wie ein Lehrer, der Stille einfordert.

Epstein runzelte missbilligend die Stirn.

Cumbo zog sich die Gummibänder von den Ohren und nahm die Maske ab.

Ich zwang mich zur Gelassenheit.

Cumbo hatte den Schutz nicht aus Angst vor einer Infektion getragen. Die untere Hälfte seines Gesichts war grotesk entstellt. Das Kinn war unnatürlich nach rechts verschoben, sein Unterkiefer wirkte zu klein. Ich vermutete, dass man ihm einen Großteil des Kinnbackens chirurgisch entfernt hatte. Sein Hals zeigte eine tiefe Delle, eine Narbe verlief quer über seine Kehle.

»Sind wir jetzt quitt? Ihr Gesicht ist auch Hackfleisch.«

Ich schaute Cumbo weiter unverwandt in die Augen.

»Sie haben's erfasst«, sagte er. »Ich bin nicht Al Lapasa. Und ich bin nicht Spider.«

»Sie sind Reggie Cumbo.«

»Reggie Cumbo bin ich seit vierzig Jahren nicht mehr.«

»Sie haben sich an Spiders Stelle zum Militärdienst gemeldet.«

»Er wollte nicht gehen. Ich schon.«

»Spider ging nach Kanada.«

Cumbo zuckte die Achseln. »Hat Schnee geliebt.«

»Blieben Sie in Kontakt?«

»Eine Weile. Ich hab die Briefe seiner Mama an ihn weitergeschickt. Hab's dann aber sein lassen, als ich nach Vietnam gegangen bin.« Cumbos Mund verzog sich zur Seite. »Hab immer noch was von ihrem Zeug in einem Karton.«

»Die Army war nicht so, wie Sie es erwartet hatten.«

Cumbo kniff die Augen zusammen.

»Kampfeinsätze. Heißer, stinkender Dschungel. Sie wollten raus.«

»Dieser Krieg war Blödsinn.« Verteidigend.

»Deshalb ermordeten Sie Xander Lapasa.«

»Was? Schaue ich mir jetzt eine Wiederholung an?« Cumbo warf die Maske weg. Sie schlitterte über den Tisch und fiel zu Boden.

Ich wechselte das Thema.

»Sie haben in Oakland eine Bar mit dem Namen Savaii.«

»Ist das ein Verbrechen?«

»Savaii ist eine Stadt auf Samoa.«

»Jetzt kriegen wir alle eine Eins in Erdkunde.«

»Das Savaii ist die Stammkneipe einer Straßengang mit dem Namen Sons of Samoa.«

Cumbo hob die Hand und ließ sie wieder auf den Tisch fallen. Na und?

»Wie kommt jemand aus Lumberton, North Carolina, zu den SOS?«

»Ich bin ein eher dunkler Typ, also hat mir die Rolle gepasst. Indianer, Sie wissen schon.« Was ein ironisches Grinsen sein sollte, war bei Cumbo nur ein seitliches Verschieben von Mund und Kinn. Es war abstoßend. »Die Crips haben den Namen Lapasa gehört, gedacht, ich bin Samoaner. Ein Cuz, einer von denen zu sein, ist mir ganz gelegen gekommen, deshalb hab ich mitgespielt.«

Schoon räusperte sich.

Epstein hörte zu, stumm, aber wachsam.

»Erzählen Sie mir von Francis Kealoha.«

»Wer zum Teufel soll Francis Kealoha sein?«

»Vielleicht kennen Sie ihn als Frankie Olopoto.«

Unter Cumbos Narbe hüpfte der Adamsapfel.

»Was ist mit George Faalogo? Klingelt da bei Ihnen was?«

Cumbo sagte nichts.

»Lassen Sie uns über Nickie Lapasa reden.«

Keine Reaktion.

»Xanders Bruder. Xander Lapasa. Der arme Kerl, den Sie umgebracht haben. Ich bin mir sicher, Sie wissen, dass Nickie Lapasa ein mächtiger Mann ist. Ein reicher Mann. Ich bin mir sicher, Sie wissen, dass die Familie Lapasa finanzielle Interessen hat, die weit über den Staat Hawaii hinausreichen. Vielleicht sogar bis nach Kalifornien. Sie haben uns gesagt, Sie hätten sich online über Nickie informiert. War das eine kleine Notlüge, Reggie? Bestehen zwischen Ihnen und Nickie nicht, sagen wir mal, berufliche Verbindungen?«

Nun erwachte Schoon zum Leben.

»Wir werden zu keinem Zeitpunkt dieser Befragung über Nicholas Lapasas persönliche oder berufliche Angelegenheiten sprechen.«

»Ist das der Grund, warum Sie Frankie und Logo hierher geschickt haben?«, fragte ich unbeeindruckt weiter.

Cumbo kniff die Augen noch mehr zusammen, sagte aber nichts.

»Soweit ich weiß, wird gegen Sie wegen des Verkaufs von Drogen ermittelt. Dealen Sie von Ihrer Bar aus, Reggie?«

Jetzt meldete sich auch Epstein. »Sie überschreiten eine Grenze, Miss.«

»Wollen Sie Ihr Absatzgebiet erweitern?« Ich richtete meine Fragen weiterhin direkt an Cumbo. »Ist das der Grund, warum Sie Kealoha und Faalogo nach Hawaii geschickt haben? Quasi als Frontsoldaten für neue Projekte?«

»Das reicht!« Epstein war aufgesprungen.

»Sie haben Mist gebaut, Reggie. Sie haben Frankie und Logo ins Revier eines anderen Mannes geschickt. Schon mal was von L'il Bud T'eo gehört? Sie haben sie in T'eos Vorgarten geschickt.«

»Das ist unerhört.« Über Epsteins Kragen breitete sich Röte aus.

»Sie haben sie in den Tod geschickt, Reggie.«

»Was soll die Scheiße?« Cumbos Lippen öffneten sich und zeigten eine Zunge, die aussah wie ein verschrumpelter Aal.

»Die Haie haben nicht viel zum Identifizieren übrig gelassen.«

Cumbos Mund schloss sich und verzog sich wieder zu einer ekligen Grimasse.

»Die Richtung, in die Ihre Fragen gehen, ist ungeheuerlich.«

Zum ersten Mal schaute ich Epstein direkt an. Eins musste man dem Kerl lassen. Er war verdammt hartnäckig.

»Wenn Sie diese Befragung fortführen wollen, müssen Sie sich ausschließlich auf die Umstände von Xander Lapasas Tod konzentrieren.«

»Gut. Dann konzentrieren wir uns auf Xander. Ihr Mandant sagt, er will in Bezug auf den Mord reinen Tisch machen. Dennoch lügt er weiterhin, was seine wahre Identität angeht.« Ich wandte mich wieder an Cumbo. »Warum, Reggie?«

»Hab ich doch schon gesagt. Ich empfinde Reue.«

»Sie suchen Frieden? Vergebung? Oder versuchen Sie nur, Ihren Hals zu retten?«

Cumbo schnaubte verächtlich.

»Wissen Sie, was ich glaube, Reggie? Vielleicht zieht die Polizei die Schlinge um Ihr kleines Geschäft zu. Vielleicht rücken Ihnen die SOS auf die Pelle, weil Sie Frankie und Logo in den Tod geschickt haben. Vielleicht haben Sie herausgefunden, dass T'eo einen Preis auf Ihren Kopf ausgesetzt hat. Was auch immer. Ich glaube, Ihr reines Gewissen ist Ihnen scheißegal. Ich glaube, Sie wollen sich nur mal wieder herauswinden.«

Ich war jetzt wirklich in Fahrt und improvisierte unterwegs.

»Ich glaube, Sie merken, dass die Al-Lapasa-Masche langsam nicht mehr zieht. Ich glaube, Sie hoffen, dass John Lowery Sie vor dem Gefängnis bewahrt. Das ist doch Ihre Masche, nicht? Jemandem die Identität stehlen und verschwinden? Aus Reggie Cumbo wird Spider Lowery. Aus Spider Lowery wird Al Lapasa. Jetzt ist es Zeit, wieder Spider Lowery zu werden. Zu verschwinden.«

Cumbo schob den Kopf so weit vor, dass seine Nase nur Zentimeter von meiner entfernt war. Ich roch seinen Schweiß, spürte seinen ranzigen Atem auf meinem Gesicht.

Cumbo schaute mir stier in die Augen, verschränkte die Finger und riss die Hände dann auseinander.

»Puff!«

Speicheltropfen spritzten mir ins Gesicht.

Angewidert wich ich zurück und griff nach meiner Handtasche. Ich suchte nach einem Taschentuch, als die Tür aufging.

Ich drehte mich um.

Langs Gesicht verriet mir, dass etwas nicht stimmte.

»Kann ich Ihnen helfen?«, fragte Schoon.

Lang deutete auf mich und zeigte dann mit dem Daumen zur Tür.

Ich stand auf und eilte in den Gang hinaus.

Ryan stand vor dem Konferenzzimmer, in dem wir die Befragung beobachtet hatten. Sein Körper wirkte angespannt. Die Staatsanwältin war nicht bei ihm.

»Wo ist Cotton?«, fragte ich.

»Nicht mehr da.«

Lang sagte nichts mehr, bis wir bei Ryan waren. Dann: »Pinky Atoa ist tot.«

»O mein Gott.« Ich war völlig verblüfft.

Ryans Miene sagte mir, dass er es bereits wusste.

»Ein Penner fand ihn vor neunzig Minuten hinter einem 7-Eleven an der Nuuanu. Mit einer Kugel im Kopf und drei in der Brust.«

Mir wurde übel. Atoa war sechzehn Jahre alt. Gestern hatte er sich noch Sorgen um seinen Hund gemacht.

»Seine Leiche lag neben einem Müllcontainer.« Lang schluckte. »Seine Zunge war herausgeschnitten und an den Container genagelt.«

O Gott.

»Wann wurde er getötet?«

»Perry schätzt den Todeszeitpunkt auf irgendwann zwischen neun und elf Uhr heute Vormittag.«

»Der Junge war kaum wieder auf der Straße.« Ich konnte das alles nicht glauben.

»Ja. Irgendjemand hat auf ihn gewartet.«

In Langs Augen stand sowohl Schmerz wie Entschlossenheit. Er wusste, was passiert war und was noch bevorstand.

Ryan und ich hatten bereits einen Bandenkrieg erlebt. Hatten das Blutvergießen gesehen, die sinnlosen Tode. Auch wir wussten Bescheid.

»Ich weiß nicht, ob dieser Wichser Cumbo was damit zu tun hat, aber Absprache hin oder her, sein Arsch bleibt hier, bis ich es herausgefunden habe.«

»Er wirkte ehrlich überrascht, als ich ihm sagte, dass Kealoha und Faalogo tot sind.«

»Ja, er ist unschuldig wie Bambi.«

Lang schaute auf die Uhr.

»Ding ist unterwegs hierher. Sie wird sich Cumbo vornehmen. Ich habe Fitch beauftragt, so viel wie möglich über den Anschlag auf Atoa herauszufinden. Und derweil fahre ich zum Fundort.«

Langs Sohlen quietschten leise, als er über den Marmor davonging.

Ryan und ich stiegen in den Aufzug und verließen schweigend das Gebäude.

Touristen mit Landkarten, Mütter mit Kinderwägen und Einkaufende mit Tüten bevölkerten den Bürgersteig, als wir zu seinem Auto gingen.

Die Abendsonne tauchte die Stadt in warme Safrantöne. Die Luft roch nach Meer und warmem Beton, mit Andeutungen von Hibiskus und grillendem Fleisch.

Der Tag ist viel zu schön für den Tod, dachte ich. Für einen Tod mit sechzehn.

Ryan schloss eben das Auto auf, als hinter uns Reifen quietschten.

Wir wirbelten beide herum.

Blaues Licht blinkte aus dem Kühlergrill und dem Heckfenster von Langs Crown Vic.

Ich schaute Ryan an. An seinem Gesicht sah ich, dass er ein ebenso ungutes Gefühl hatte wie ich.

Wir liefen auf Lang zu.

»Bin froh, dass ich euch noch erwischt habe.« Er sprach durchs offene Fenster, »Fitch hat angerufen. Es heißt, der Mord an Atoa geht auf T'eos Konto.«

»Er ließ einen seiner eigenen Männer umbringen?« Ich war schockiert und entsetzt.

»Anscheinend hat jemand Atoa beim Betreten oder Verlassen des Polizeireviers gesehen und es T'eo gesteckt. Und T'eo beschloss, ein Exempel zu statuieren.«

»Jesus«, sagte Ryan.

»Es heißt, Ted Pukui hat zwanzigtausend bekommen, damit er den Jungen abknallt.«

Wir warteten.

»Fitch hat gehört, dass Atoa erst der Anfang ist. T'eo hat vor, eine Botschaft zu senden, nicht nur hier, sondern auch an alle auf dem Festland.« Lang schnaubte angewidert. »Will an seinem Ruf basteln.«

Lang schaute zwischen Ryan und mir hin und her.

»Wo sind eure Töchter?«

»Zu Hause.« Eine kalte Faust umklammerte mein Herz.

»Ruft sie an.«

Ryan wählte die Nummer des Hauses. Niemand meldete sich. Lilys Handy. Voicemail. Er gab mir das Gerät. Ich wählte Katys Nummer. Voicemail.

»Warum fragen Sie nach Katy und Lily?«, fragte ich.

»Es heißt, T'eo hat weitere zwanzigtausend für Sie oder eins der Mädchen angeboten.«

Die kalte Faust füllte jetzt meine gesamte Brust aus.

»Er steckt hinter der Sache in der Waimanolo Bay. Hat ihn eine Kiste Rum gekostet, Sie von diesen Punks von der Straße schubsen zu lassen.«

»Warum?«

»Um Sie davon abzubringen, Perry zu helfen. Hat nicht funktioniert, und jetzt bereiten Sie ihm ernsthafte Unannehmlichkeiten. Diesmal bietet er das große Geld an.«

Ich sah Wut in Ryans Augen. Spürte sie in meinen.

»Aber seine Infos sind nicht ganz präzise, was eure Töchter angeht. Nach Fitch lautete T'eos Befehl, sich entweder den weißen oder den braunen Zucker zu schnappen.«

39

Meine Mutter verschloss sich, wenn Gefühle sie überwältigten. Ich mache es genauso.

Obwohl Wut und Angst in mir wüteten, blieb ich äußerlich völlig ruhig.

»Folgt mir.« Lang legte einen Schalter um. Ein pulsierendes Heulen zerriss die nachmittägliche Stille.

Fußgänger drehten die Köpfe. Oder erstarrten. Oder machten einfach weiter mit dem, was sie gerade taten. Autos fuhren an die Straßenränder.

Ryan rannte los, riss seine Tür auf, warf sich hinters Lenkrad. Ich war direkt hinter ihm.

Er rammte den Handballen gegen den Ganghebel und trat das Gas durch. Das Auto machte einen Satz nach vorne.

»Versuchs's noch mal.« Ryan warf mir sein Handy zu, während er durch das Wurmloch kurvte, das Langs Sirene geschaffen hatte.

Ich stützte mich am Armaturenbrett ab und tippte die Ziffern mit einer Hand ein.

Niemand hob ab.

»Wir hatten ihnen doch gesagt, dass sie zu Hause bleiben sollen.« Ryan behielt beide Hände am Lenkrad, beide Augen auf der Straße.

»Vielleicht sind sie am Pool«, sagte ich.

Eine lahme Erklärung. Wir wussten beide, dass sie ihre Handys mitgenommen hätten.

Der Verkehr war sehr dicht, aber dank Blaulicht und Sirene schafften wir es in dreiundzwanzig Minuten nach Kailua.

Über die Brücke, durch Lanikai hindurch und dann mit quietschenden Bremsen in die Einfahrt.

Ryan und ich sprangen aus dem Auto und rannten ins Haus.

»Katy?«

»Lily?«

Unser Rufen wurde von Stille beantwortet.

Ich rannte die Treppen hoch. Ryan eilte nach draußen. Sekunden später trafen wir uns wieder in der Küche. Lang war schon da. Unsere Gesichter erzählten die Geschichte.

»Wo zum Teufel sind sie?« Angst ließ meine Stimme zittern.

Ryan legte mir die Hand auf die Schulter. »Ich bin mir sicher, es geht ihnen gut.«

Lang drückte eben Tasten auf seinem Handy, als eine Schiebetür durch ihre Führungsschiene schabte.

Sechs Augen schnellten zum Esszimmer.

»Endlich.« Katy schaffte es, zugleich bockig und ängstlich zu klingen.

»Wo ist Lily?«, blaffte ich.

»Das würde ich auch gerne wissen. Sie ist mit irgendeinem gammeligen Typen weg. Ich hab mir Sorgen gemacht, nach ihr gesucht. Zuerst die Shopping Mall, dann heute Abend. Noch einer mehr, und sie ist praktisch läufig.«

»Warum hast du mich nicht angerufen?«

»Ich *habe* dich angerufen. Immer und immer wieder.« Plötzlich kam es ihr. »Oh, Scheiße. Ich bin ein Idiot. Dein BlackBerry ist ja im Meer.«

»Seit wann ist sie schon weg?«, fragte Lang.

»Dreißig Minuten vielleicht.«

»Wie sah der Kerl aus?«

»Wer sind Sie?«

»Er ist Detective«, blaffte ich. »Beantworte seine Fragen.«

»Ist Lily in Gefahr?« Panik erfüllte Katys Blick. »Ich habe ihr gesagt, sie soll nicht gehen.«

»Wie sah er aus?«, wiederholte Lang.

»Dreadlocks, Ketten, das komplette Gangsta-Outfit.«

Lang warf Ryan einen Blick zu.

»Weißt du, wohin sie wollten?« Ich bemühte mich, die Angst, die sich in mir aufbaute, nicht zu zeigen.

»Irgendeinen Pfad hoch. Der Penner meinte, die Aussicht da oben sei super.«

»Ka'iwa Ridge.« Lang setzte sich bereits in Bewegung.

»Ihr beide bleibt hier.« Ryan rannte hinter Lang her.

Ich drehte mich zu Katy um. »Gib mir deine Turnschuhe.«

»Was?«

»Tu's einfach.«

Sie band sie auf und gab sie mir. Ich trat aus meinen Sandalen und zog sie an.

»Jacke.«

Sie warf sie mir zu.

»Verschließ jede Tür, schalte die Alarmanlage ein und dann geh auf dein Zimmer und bleib dort. Wenn die Anlage losgeht, mach schnell. Ruf 911 an.«

»Aber –«

»Tu's. Wir sind alle in Gefahr. Sei auf der Hut.«

Ich zog mir die Jacke über den Kopf und stürzte zur Tür.

Die Sonne stand tief und warf lange, tintige Häuser und Hecken über den Rasen und die Straße. Bald würde es ganz dunkel sein.

Ich schaute nach links, nach rechts.

Einen Block weiter südlich bog Ryan eben von der Mokulua in die Kaelepulu ein, er rannte mit langen, rhythmischen Schritten. Ich wusste, dass Lang irgendwo vor ihm war.

Ich rannte durch die Finger aus Sonnenlicht und Schatten. Ich hatte keine Ahnung, wohin Lang wollte. Wenn ich Ryan aus den Augen verlor, hatte ich keine Chance.

Ich lief um die Ecke. Einige Blocks weiter vorne war auf der rechten Seite die Einfahrt zum Mid Pacific County Club. Direkt dahinter bog Ryan links ab.

Ich lief schnell, erreichte die Stelle, sah, dass dort eine Einfahrt in die Straße mündete. Ich rannte sie hoch.

Direkt vor mir verschwand Ryan durch ein schwarzes Loch ins Gebüsch neben einem Maschendrahtzaun.

Ich rannte auf die Öffnung zu.

Ein schmaler Pfad wand sich unglaublich steil den Hügel hoch.

Vielleicht braucht Lily dich.

Ich packte den Zaun mit einer Hand und einen Ast mit der anderen, stellte einen Fuß auf den Zaun und schwang mich darüber und auf den Anfang des Pfads.

Lose Erde und Steine rutschten unter mir weg.

Meine Turnschuhe verloren den Halt.

Schmerz explodierte in meinem bereits lädierten Knie.

Ich stand auf. Stellte prüfend den Fuß auf den Boden.

Los!

Mich von Baum zu Baum hangelnd, kletterte ich nach oben.

Hundert Meter? Zweihundert? Zu der Zeit kam es mir vor wie die Besteigung des Everest.

Schließlich wurde der Pfad ebener. Die Bäume machten niedrigem Gebüsch, Gras und Lavafelsen Platz.

Ryan und Lang konnte ich weit oben auf dem Grat sehen, dunkle Gestalten, die sich schnell durch die dunstige Dämmerung bewegten.

O Gott!

Der Pfad führte am Rand eines Abgrunds entlang. Kein Schutzgeländer. Keine Bäume. Links nichts außer gähnender Tiefe.

Ich stand keuchend da, das Herz hämmerte mir in der Brust.

Weit unter mir sah ich im Norden Kailua Bay und Waimanolo Bay im Süden. Winzige Häuser. Lanikai Beach. Die beiden kleinen Mokulua Islands, winzige schwarze Knubbel in einer aufgewühlten See.

Der Wind blähte meine Jacke und verwirbelte meine Haare zu einer Hexenfrisur. Lose Kieselsteine schlitterten unter den viel zu glatten Gummisohlen meiner Turnschuhe.

Die Höhe. Der gefährliche Weg. Die Angst um Lily.

Das Adrenalin schoss durch meinen Körper.

Ich kämpfte mich weiter.

Nach zehn Minuten Anstieg kam ich um eine Kurve.

Auf dem Grat über mir erhob sich, etwa fünfundzwanzig Meter entfernt, eine schwarze Silhouette. Ein Würfel. Aus Beton. Ein Überbleibsel aus dem Zweiten Weltkrieg.

Vor der mir zugewandten Seite des Bunkers sah ich eine Figur. Ryan, der sprungbereit kauerte.

Auf diese Entfernung konnte ich nicht sehen, was seine Aufmerksamkeit fesselte. Lang war nirgendwo zu sehen.

Ich brauchte einen Augenblick, um die Situation einzuschätzen.

Die Öffnung des Bunkers ging aufs Meer hinaus. Jemand im Inneren würde nicht sehen können, wie ich näher kam. Der Wind würde jedes Geräusch, das ich machte, übertönen.

Vorsichtig einen Fuß vor den anderen setzend, schlich ich vorwärts.

Ich war noch drei Meter entfernt, als Ryan angriffsbereit herumschnellte.

Er riss die Augen auf und starrte dann böse. Seine erhobenen Arme entspannten sich leicht. Mit einer Handbewegung nach unten scheuchte er mich hinter seinen Rücken.

Ich eilte zu ihm und kauerte mich hinter ihn.

Und bemerkte den Jungen.

Er lag versteckt im Schatten des Bunkers, die Dreadlocks umringten seinen Kopf wie die Schlangen den der Meduse. Seine Augen waren geschlossen. Seine Brust schien sich nicht zu bewegen.

Ich legte dem Jungen zitternde Finger an den Hals. Ertastete keinen Puls.

Ich versuchte es noch einmal, als seine Lider flackerten. Sich halb öffneten.

Ich fand und drückte seine Hand. Beugte mich zu ihm. Hörte den Atem in seiner Brust rasseln.

»Sarah?« Seine Worte waren im Wind kaum zu verstehen. »Es ist so kalt.«

Ich riss mir die Jacke herunter und legte sie ihm um.

Er runzelte verwirrt die Stirn, einen abwesenden Blick in den Augen.

»Es ist so kalt. Ich friere.« Seine Glieder zitterten unkontrolliert.

»Das wird schon wieder«, flüsterte ich ihm ins Ohr. »Wir bringen dich in ein Krankenhaus. Du bist jung. Du schaffst es.«

»Ich kann nichts sehen, Sarah.«

»Halte durch.« Ich verstärkte meinen Griff, spürte als Reaktion einen leichten Druck.

»Alles ist schwarz.« Gemurmelt. »Sarah, ich sterbe.«

Ich zitterte vor Kälte oder Angst. Hatte Gänsehaut auf den Armen.

Der Junge hustete feucht. Sein Mund sah dunkel aus. Zu dunkel.

Ich drückte meine Brust auf seine, um Wärme und Kraft in seinen Körper zu zwingen.

Gott, bitte!

»Ich habe Angst.« Seine Lippen waren direkt an meinem Ohr. »Scheiße. Ich will nicht st–«

Das Wort wurde abgeschnitten.

Vom Tod?

Nein! Nein!

Heiße Tränen rannen meine Wangen hinab.

Neben mir spürte ich, wie Ryan sich anspannte.

Ich hob den Kopf.

Folgte Ryans Blick.

Jeder Muskel in meinem Körper wurde starr.

Ein Mann zerrte Lily durch eine der türlosen Öffnungen des Bunkers. Eine fleischige Hand umklammerte ihre Kehle. Die andere hielt ihr eine Waffe an die Schläfe.

Pukui? Er musste es sein. Angetreten, um seine zwanzig Riesen zu kassieren.

Ryan machte sich zum Sprung bereit.

Pukui zwang Lily auf die Seeseite des Bunkers. Ich sah, dass der Pfad an dieser Stelle gerade einmal dreißig Zentimeter breit war.

Lilys Augen sahen aus wie die eines verängstigten Hunds, das Weiße riesig und voller Panik.

Ich reckte den Hals über Ryans Schultern, zu entsetzt, um hinzuschauen, zu entsetzt, es nicht zu tun.

Im Dämmerlicht tauchte plötzlich Lang oben auf dem Bunker auf, tief geduckt richtete er seine Glock mit beiden Händen auf Pukui. Zentimeter um Zentimeter schlich er vorwärts, tastete mit den Füßen, um nicht nach unten schauen zu müssen.

Ein Schritt. Zwei.

Lang war fast schon am vorderen Rand des Bunkers, als Pukui seine Waffe unter Lilys Kinn schob und ihren Kopf nach oben drückte. Sie jaulte vor Schmerz auf.

Lang erstarrte.

Ryan stützte sich mit einer Hand am Beton ab.

Pukui drehte den Kopf schnell von einer Seite zur anderen.

»Haben wir Gesellschaft?«, rief Pukui. »Tu dir selbst einen Gefallen, Bruder. Verschwinde von hier.«

Stille.

»Leg dich nicht mit mir an, Mann«, sagte Pukui mit Gift in der Stimme.

Die nächsten sechzig Sekunden schienen eine Stunde zu dauern.

Lang spannte die Muskeln an. Drückte ab.

Ein Schuss und ein Schrei explodierten als ein Geräusch.

Pukuis Oberkörper verdrehte sich nach rechts. Seine Waffe flog ihm aus der Hand und schlitterte in den Schatten.

Lily löste sich von ihm.

Pukui riss sie an der Kapuze ihrer Jacke zurück.

Lily knallte hart mit dem Hintern auf den Boden, suchte mit Händen und Füßen Halt.

Ryan sprang. Jagte den Handballen gegen Pukuis Adamsapfel.

Pukui taumelte zurück.

Ryan packte Lily. Zerrte sie von der Kante weg.

Pukui krümmte sich keuchend. Sein Gesicht war nur ein klaffendes Mundloch im Halbdunkel.

Ein zweiter Schuss knallte.

Pukui wirbelte herum. Fiel auf den Rücken.

Blut schäumte ihm aus dem Mund und quoll aus seiner Brust.

Ein Bein zuckte. Die Hüften bäumten sich auf.

Bevor Ryan reagieren konnte, rollte Pukui zur Seite und fiel über die Klippe.

40

Hoch über unseren Köpfen zog ein Jet einen weißen Zuckerwattestreifen hinter sich her. In heißen Windstößen schwankten die Wipfel der Weihrauchkiefern, das Gras wogte wie ein leuchtend grünes Meer.

Das Grab zu unseren Füßen roch nach frisch umgegrabener Erde. Ein Blumengebinde lag auf den Rasensoden, die Nelken aus dem Supermarkt waren bräunlich und verwelkt. Daneben hing eine winzige amerikanische Flagge schlaff an ihrem Balsaholzstecken.

Der alte Grabstein war verschwunden. Sein Nachfolger glänzte gesprenkelt rosa im Sonnenlicht. Die Inschrift war gestochen scharf und knochenweiß, eine offene Wunde im Granit.

Spec 2 Luis Alvarez, United States Army
28. Februar 1948 – 23. Januar 1968
Er starb als Held.

Als es dem JPAC nicht gelang, ein Mitglied der Familie Alvarez ausfindig zu machen, bot Plato das Grab im Gardens of Faith Cemetery an. Er meinte, die Stelle gehöre Alvarez und dass er in vertrauter Erde eher Frieden finden würde als woanders. Und er kaufte auch den Grabstein.

Hinter uns warfen neben einer kleineren Kieferngruppe zwei weitere Grabsteine Schatten auf den Rasen. Katy und ich hatten Blumen auf denjenigen gelegt, der ein zweites neues Grab markierte.

John Charles »Spider« Lowery
15. August 1950 – 5. Mai 2010
Er liebte alles Lebende.

Der andere Stein erhob sich über unversehrtem Rasen.

Plato Maximus Lowery
Liebender Ehemann von Harriet Cumbo Lowery
Vater von John und Thomas
14. Dezember 1928 –

Sheriff Beasley hatte recht. Plato Lowery war ein guter Mann.

Ironischerweise war es die Wissenschaft, die Plato so abgrundtief verachtete, die seinen Glauben an seine Frau und seine Familie wiederherstellte. DNS hatte meinen Verdacht bestätigt, dass Harriet eine Chimäre war.

Auf meine Bitte hin hatte Reggie Cumbo uns Briefe ausgehändigt, die Harriet ihrem Sohn nach seinem Weggang zur Armee geschickt hatte. Aus Speichelresten auf Briefmarken und Umschlägen ließ sich eine testfähige Probe entnehmen. Die DNS-Sequenzierung unterschied sich von der DNS, die wir Harriets Pathologieproben entnommen hatten, und passte zu der Sequenzierung des Opfers aus dem Teich in Hemmingford, Spider Lowery.

Die Herausgabe der Briefe war Reggie Cumbos vielleicht letzte Wiedergutmachung gewesen. Kurze Zeit später kam er in ein Hospiz.

Pinky Atoa hatte die Sache mit Cumbos Status bei den Sons of Samoa falsch verstanden. Cumbo war ein OG, ja, aber kein *original gangsta,* sonder ein *old guy,* ein alter Knacker, dem ein SOS-Stammlokal gehörte.

Cumbo hatte im Savaii vermutlich beide Augen zugedrückt, war vielleicht sogar geschmiert worden, aber es war unwahrscheinlich, dass er Kealoha und Faalogo nach Hawaii geschickt hatte. Die Expansion auf die Inseln war offensichtlich allein die Idee der SOS.

Cumbo würde keines Verbrechens angeklagt werden. Er würde bald tot sein. Das wahre Ausmaß seiner Schuld würden wir wahrscheinlich nie herausfinden.

Ich fragte mich noch immer, was für ein Motiv Cumbo gehabt hatte, nach so vielen Jahren freiwillig aus seiner Deckung zu kommen. War es späte Einsicht in ein falsches Leben? Ein Gesinnungs- und Prioritätenwechseln kurz vor dem Ende seines Lebens? Reue über den Mord an Xander Lapasa, wie er behauptete? Oder die Aussicht auf neue Geschäftsmöglichkeiten, auf einen Anteil an Theresa-Sophias Erbe? Auch das würden wir wahrscheinlich nie erfahren.

Nie so richtig verstanden hatte ich Cumbos Ansprache an einen unsichtbaren Nickie Lapasa in Schoons Konferenzzimmer. Es gab kein Indiz dafür, dass sie sich je getroffen hatten. Vielleicht fand Cumbo es wichtig, kurz vor seinem Tod vor Xanders Bruder ein Geständnis abzulegen. Er hatte sich im Internet über die Lapasas informiert und die Gelegenheit ergriffen, nach Hawaii zu kommen, weil er wahrscheinlich erwartete, Nickie dort zu sehen.

Nickie Lapasa hatte seiner Schwester letztendlich doch gestattet, eine DNS-Probe abzugeben. Ich hatte keinen Zweifel, dass man Xander sehr bald seiner Familie würde zurückgeben können.

Ich vermutete, meine erste Annahme über Nickies anfänglichen Widerstand war korrekt. Auch wenn er jetzt nur noch saubere Geschäfte betrieb, war Nickie doch auf Alexanders Knie groß geworden, hatte die Probleme seines Vaters gesehen und dessen Misstrauen gegen Polizei und Regierung verinnerlicht.

Hadley Perry überlebte den politischen Sturm, den ihre Sperrung der Halona Cove entfacht hatte, und herrschte nun wieder über ihr Königreich des Todes. Ich erfuhr nie, ob sie und Ryan eine gemeinsame Vergangenheit hatten. Würde auch nie danach fragen.

Der Junge am Bunker überlebte ebenfalls. Sein Name war Barry Byrd. Er war neunzehn, spielte Sax in einer Jazzband und besuchte zusammen mit seiner Schwester stundenweise die Universität.

Lily hatte Byrd während ihres Abstechers in die Ala Moana Mall kennengelernt, der Katy so verärgert hatte. Sie waren telefonisch in Kontakt geblieben. Sie hatten vorgehabt, sich in der Nacht zu treffen, als Katy Byrd an unserem Pool gesehen hatte.

Pukuis Kugel hatte Byrd einen Splitter aus der Schulter gerissen und ihm das Schlüsselbein gebrochen. Er hatte viel Blut verloren, aber die Ärzte, die mit dem Hubschrauber eingeflogen wurden, kamen noch rechtzeitig zu ihm. Zwei Tage nach seiner Aufnahme ins Queen's wurde er wieder entlassen.

Bis zum heutigen Tag wurde Pukuis Leiche nicht gefunden. Vielleicht war sie in eine Spalte gefallen oder hatte sich zwischen Felsen verklemmt. Vielleicht war sie ins Meer hinausgespült worden. Irgendwie schien Letzteres passender, als ausgleichende Gerechtigkeit für Kealoha und Faalogo.

L'il Bud T'eo behauptete, Pukui hätte aus eigenem Antrieb gehandelt. Er könne sich keinen Grund vorstellen, warum er so etwas tun sollte. Bis dahin hatte die Polizei nichts als Gerüchte, die ihn mit dem Atoa-Anschlag in Verbindung brachten. Oder mit den Morden an Kealoha und Faalogo. Doch Lang und Ding gaben nicht auf. Eines Tages würden sie ihn festnageln.

So viel Täuschung. So viele Geheimnisse. Ist das die Art, wie wir unser Leben verbringen?

Lily täuschte uns in Bezug auf ihre Beziehung zu Barry Byrd. Reggie täuschte die Welt, indem er zuerst als John Lowery, dann als Al Lapasa lebte. Spider tat dasselbe, indem er als Jean Laurier in den Untergrund ging, indem er seine Vorliebe für Plastik, Proktoskope und rosa Höschen geheim hielt. Plato verbarg die schmerzhafte Möglichkeit, dass seine Familie vielleicht nicht sein könnte, was sie schien, doch man muss ihm zugestehen, dass er die Mutmaßungen, die er unterdrückte, nie wirklich glaubte.

Wer wusste, was Nickie Lapasa unter Verschluss hielt?

Fragen blieben also offen.

Und Katy hatte ihre eigenen Fragen.

Warum hatte Coop nicht einen Tag früher aufbrechen können? Oder später? Warum war er genau in diesem Augenblick auf dieser Straße?

Warum treffen wir alle die Entscheidungen, die wir treffen?

Charlie Hunt rief an dem Tag an, als ich nach Charlotte zurückkehrte. Ich war freundlich, aber unverbindlich. Warum?

War es wegen Ryan? Falls ja, warum hatte ich Ryan dann jenseits des emotionalen Schutzzauns gehalten?

Warum gibt Ryan sich die Schuld an Lilys Sucht? Warum vergiftet Lily ihren Körper mit Drogen?

Ich beobachtete meine Tochter, als sie vor Alvarez' Grabstein stand. Ich wusste, welchen Schmerz sie empfand. Alvarez war zwanzig gewesen, als er starb. Coop fünfundzwanzig.

Katy, mit ihren so typisch hängenden Schultern, den oberen Zähnen auf der Unterlippe, den Haaren, die ihr seitlich ins Gesicht hingen.

Als ich meine Tochter anschaute, wurde mir fast schwindelig vor Liebe. Ich wusste, ich würde alles für sie tun. Mein Leben riskieren, um ihres zu schützen.

Aber ich wusste, ich konnte sie nicht vor jedem Schmerz bewahren.

Ryan war mit seiner Tochter nach Montreal zurückgekehrt. Seine Angst, dass sie wieder Heroin nahm, schien unbegründet. Im Augenblick. Ich hoffte von ganzem Herzen, dass Lily sauber bleiben würde.

Lutetia war nicht mehr da, um ihre Tochter willkommen zu heißen. Sie war nach Nova Scotia zurückgekehrt. Noch eine Ironie. Lutetias Anruf bei Lily hatte Katy dazu gebracht, sich ihr gegenüber zu öffnen.

Ich hatte Katy nach dem Grund für diese plötzliche Nähe gefragt, und ihre Antwort hatte mich überrascht.

Lily ist ohne Vater aufgewachsen, sagte Katy. Sie sehnt sich verzweifelt nach Anerkennung, vor allem von Männern. Ich habe sie weinend in ihrem Zimmer gefunden. Ich habe ihr ein Kompliment zu ihren Schuhen gemacht.

Ich lächelte über die Erinnerung an diese Unterhaltung.

Katy drehte sich mir zu. Schob sich die Haare hinter die Ohren.

»Warum grinst du?«

»Nur so«, sagte ich. »Auf nach Charleston?«

Sie nickte.

Wir gingen auf einem Kiesweg, der sich zwischen Grabsteinen und manikürten Rasenflächen hindurchschlängelte.

»Das ist so eine Verschwendung«, sagte Katy. »Coop. Luis Alvarez. Dieser Xander. Sie waren alle so jung und voller Leben. Und jetzt sind sie tot.«

Ich ließ sie reden. Wir hatten bereits über dieses Thema gesprochen, aber ich begriff, dass sie ihren Gefühlen freien Lauf lassen musste.

»Ich denke auch über diese zwei Typen nach, die vom Makapu'u Point hinuntergeworfen wurden. Und über die Typen, die sie hinuntergeworfen haben.«

»Das ist was völlig anderes. Diese Männer haben in ihrem Leben die Entscheidung getroffen, anderen zu schaden und ihr eigenes Leben aufs Spiel zu setzen. Sie haben kaum Mitleid verdient.«

Katys Miene umwölkte sich. »Aber irgendwo gibt es da doch eine Ähnlichkeit. Junge Leute treffen Entscheidungen, die zu ihrem Tod führen.«

»Es ist unfair, Soldaten oder Polizisten oder Feuerwehrmänner mit Leuten gleichzusetzen, die aus persönlichem Gewinnstreben anderen schaden und sich selber in Gefahr bringen.«

»Natürlich ist es das. Das will ich damit auch gar nicht sagen. Soldaten wie Luis Alvarez sind selbstlose Helden. Gangtypen wie Kealoha und Faalogo sind egoistischer Abschaum.«

»Ich fürchte, ich weiß jetzt nicht so recht, worauf du hinauswillst«, sagte ich.

»Ich weiß auch nicht«, sagte Katy. »Ich frage mich die ganze Zeit, warum der eine Risiken auf sich nimmt, um etwas Bedeutsames zu tun, und der andere, um Schaden anzurichten.«

»Und warum auf beiden Seiten der Gleichung manche überleben und andere sterben.«

»Und das.«

»Die Menschen stellen sich solche Fragen, seit sie angefangen haben, Bilder auf Höhlenwände zu malen.« Ich prägte mir ein, ihr ein Exemplar von *Die Brücke von San Luis Rey* zu besorgen.

Als wir durch die schmiedeeisernen Tore gingen, drehte ich mich noch einmal zu John Lowerys Grab um.

Was für ein Spinnennetz du und Reggie doch gewebt habt, dachte ich. So viel Kummer und Täuschung. So viele Menschen, die sich in den Fäden verfingen.

Aloha, Spider. Sagte ich im Stillen.

Gracias, Luis.

Ich hoffe, du findest hier Frieden, Plato.

Mein Mazda stand noch an der Stelle, wo ich ihn am Tag der Exhumierung geparkt hatte.

»Wieder alles frisch, Rabauke?«

»Und bereit zu neuen Schandtaten.« Sie grinste. Noch etwas dünn.

»Was meinst du, was Coop dir hinterlassen hat?«

»Ich habe keine Ahnung.«

»Dann lass es uns herausfinden.«

Aus den forensischen Akten von Dr. Kathy Reichs

Bis sie zu Hause sind

Die Aufgabe des Joint POW/MIA Accounting Command, JPAC, also der Zentralstelle für Kriegsgefangene und im Einsatz Vermisste, ist es, Amerikaner aufzuspüren, die als Kriegsgefangene gehalten werden, und diejenigen zu bergen, die in vergangenen Konflikten umkamen. JPAC entstand 2003 durch die Zusammenlegung von CILHI, dem U.S. Army Central Identification Laboratory, Hawaii, also dem zentralen Identifikationslabor der U.S. Army auf Hawaii mit der Joint Task Force-Full Accounting, also der Zentralstelle aller Truppenteile. Bis zum heutigen Tag hat die Regierung der Vereinigten Staaten keinen Hinweis darauf gefunden, dass noch irgendwo ein Kriegsgefangener festgehalten wird, das tägliche Hauptaugenmerk von JPAC richtet sich deshalb auf die Ermittlung von Spuren und Hinweisen und Bergung und Identifikation von Überresten.

Im Durchschnitt identifiziert das JPAC sechs menschliche Überreste pro Monat. Das Verfahren ist kompliziert, es erfordert beträchtliches forensisches Fachwissen und ein Vielzahl von Kontroll- und Überwachungsebenen.

An dieser Stelle kam ich ins Spiel. Damals in den CILHI-Tagen fungierte ich als externe Beraterin. Zu meinen Aufgaben gehörten die Analyse von Dossiers über Soldaten des Heers, Seeleuten, Angehörigen der Luftstreitkräfte und Marines, deren eindeutige Identifikation nur provisorisch erfolgt war, und Besuche im Labor von Honolulu zweimal im Jahr zur Überwachung und Instruktion.

Hawaii. Mitten im Winter. Glauben Sie, der Dekan meiner Fakultät an der University von North Carolina, wo ich in Vollzeit unterrichtete, ließ mich da so einfach ziehen?

Wie Ryan schon bei Tempe monierte, liebt das Militär seine Buchstabensuppe. Im CILHI erhielt ich ein Glossar mit Akronymen, das so dick war wie mein Arm. KIA/BNR: *killed in action/body not recovered* – im Einsatz getötet, Leiche nicht geborgen. DADCAP: *dawn and dusk combat air control* – Luftüberwachung von Kämpfen in der Morgen- und Abenddämmerung. AACP: *advance airborne command post* – vorgeschobener, fliegender Gefechtstand. TRF: *tuned radio frequency* – eingestellte Funkfrequenz. Oder *trident refit facility:* Hierfür braucht man schon ein wenig Kontext, es handelt sich nämlich um ein Reparaturdock für Trident-U-Boote. Aber Sie sehen, wie das läuft. Als Zivilist würde man da gerne der AAAAAA beitreten, der *Association for the Abolition of Abused Abbreviations und Asinine Acronyms,* als etwa der Gesellschaft zur Abschaffung Missbrauchter Abkürzungen und Idiotischer Akronyme.

Auch wenn ich versuchte habe, ein wenig Einblick in einige Operationen bei JPAC zu geben, passiert dort noch viel, was ich in *Blut vergisst nicht* gar nicht erwähnt habe. Vertreter des JPAC sind ständig in Verhandlungen mit Regierungen auf der ganzen Welt, und sie arbeiten eng mit diversen amerikanischen Behörden zusammen, um alle Hinweise zu verfolgen, die vermisste Amerikaner nach Hause bringen könnten.

Jedes Jahr sind Bergungsteams des JPAC auf Pferden oder Booten, in Zügen oder Hubschraubern unterwegs, um die Leichen von Soldaten zu bergen, die seit dem Zweiten Weltkrieg, dem Koreakrieg, dem Kalten Krieg oder den Kriegen in Südostasien vermisst werden. Sie hacken sich durch Dschungel, seilen sich von Klippen ab, tauchen in Meeresgräben und klettern auf Berge und schleppen dabei ihr eigenes Gewicht an Überlebens- und Ausgrabungsausrüstung mit sich herum. Im Vergleich dazu war meine Arbeit ein Spaziergang im Park. Wenigstens physisch. Emotional war sie bedrückend.

Durch Tempe habe ich versucht zu vermitteln, was ich bei der Durchsicht der Akten von Männern und Frauen empfunden habe, die vor langer Zeit und weit weg von zu Hause im Dienst an ihrem Land umgekommen waren. Die Karten, Fotos, die Briefe, die Geschichte der jeweiligen Truppenteile sowie die medizinischen und persönlichen Unterlagen machten jeden Fall quälend real.

Aber meine Zeit beim CILHI war nicht nur traurig. Wenn wir uns nicht auf unsere Arbeit konzentrierten, hatten meine Kollegen und ich viel Spaß. Ich weiß noch gut, wie Hugh Berryman, P. Willey und ich in der Brandung des Waikiki plantschten und dabei kicherten wie die Kinder. Und wie Jack Kenney bei einem Ausflug mehrere rote Ampeln überfuhr und dafür den dauerhaften Spitznamen »Rote Ampel« bekam. Oder wie Mike Finnegan und sein Team bei einer Buchsignierstunde als mein literarischer Manager und als Undercover-Bodyguards posierten. Sowohl durch die Arbeit wie durch die Freizeit schmiedete ich Beziehungen, die ein Leben lang halten werden.

Das JPAC war nicht immer so, wie ich es heute beschreibe. Als die Zentrale Anfang der Neunziger auf die Hickam Air Force Base umzog, umfasste das Personal nur eine Handvoll Anthropologen. Heute arbeiten dort mehr als zwei Dutzend.

Auch der Operationsrahmen hat sich erweitert, 2008 eröffnete das CIL die Forensic Science Academy, ein Programm für fortgeschrittene forensische Anthropologie unter der Schirmherrschaft des DoD. (Ja, noch eine: *Department of Defence,* das Verteidigungsministerium.) 2009 führte die USNS *Bruce C. Herzen*, ein Spezialschiff der U.S. Navy zur hydrografischen Vermessung, eine Unterwasseruntersuchung in vietnamesischen Hoheitsgewässern durch, eine historische Premiere, die zu einer Stärkung der Zusammenarbeit zwischen dem JPAC und der vietnamesischen Regierung führte.

Zu Veränderungen kam es auch, als *Blut vergisst nicht* in Druck ging. Am 29. Januar 2010 über gab U.S. Navy Rear Admiral (Konteradmiral) Donna L. Crisp das Kommando über das JPAC an Army Major General Stephen Tom. (Musste mich abhetzen, um diese Aktualisierung noch unterbringen zu können.)

JPACs Mission ist beängstigend. Noch immer werden aus dem Zweiten Weltkrieg 78 000 Amerikaner vermisst, 8100 aus dem Koreakrieg, 120 aus dem Kalten Krieg und 1800 aus dem Vietnamkrieg. Unermüdlich sind die Angestellten des Instituts am Befragen, Suchen, Graben, Analysieren, Messen und Testen.

In der Lobby des JPAC-Hauptquartiers hängt eine Erinnerungstafel mit Worten, die jenen auf POW/MIA-Fahnen sehr ähnlich sind: *Not To Be Forgotten.* Auf dass sie nicht vergessen sind. Winzige Messingplaketten tragen die Namen der seit 1973 Identifizierten. Zum Glück gibt es viele solcher Tafeln.

JPACS Motto erscheint am Anfang dieses Buchs: Bis sie zu Hause sind.

Das JPAC-Personal beschließt Besprechungen und Veranstaltungen, indem es diese Worte laut wiederholt. 2009 wurden Bergungsteams zu 69 Operation in 16 Länder geschickt. JPAC-Wissenschaftler identifizierten 95 Männer und Frauen.

Und sie werden noch viel mehr identifizieren.

Bis sie zu Hause sind.